티오

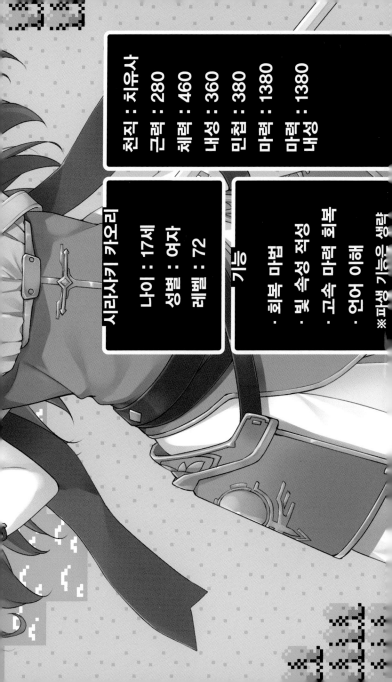

천직 : 치유사
근력 : 280
체력 : 460
내성 : 360
민첩 : 380
마력 : 1380
마력내성 : 1380

시라사키 카오리
나이 : 17세
성별 : 여자
레벨 : 72

기능
· 회복 마법
· 빛 속성 적성
· 고속 마력 회복
· 언어 이해

※ 파생 기능은 생략

시아

흔해빠진 **직업**으로

ARIFURETA SHOKUGYOU DE SEKAISAIKYOU

세계최강

#4

시라코메 료 지음
타카야Ki 일러스트
김장준 옮김

CONTENTS

【중립 상업 도시 휴렌】

온갖 물건과 사람과 야망이 오가는 이 세계 최대의 상업 도시는 여전히 떠들썩한 활기로 들끓었다. 그 시끌벅적한 소리는 도시 전체를 에워싼 거대하고도 높은 벽을 넘어 도시에서 한참 떨어진 곳까지 전해질 정도였다.

이미 【휴렌】의 명물이라고 해도 과언이 아닌 정문 앞 입장 검사 대기 행렬에서는 관광객과 상인, 모험가들이 그 소음을 들으며 따분하게, 혹은 짜증스럽게 자신의 차례가 돌아오기만을 기다리고 있었다.

그리고 그 행렬의 끄트머리에는 몹시 경박해 보이는 남자가 화려하게 치장한 여자 두 명을 낀 채, 지루해 죽겠다는 양 입장 검사에 대한 푸념을 주저리주저리 늘어놓고 있었다. 사람을 기다리게 하는 【휴렌】의 행정관이 얼마나 무능한지에 관한 일장 연설이었다. 일단 뭐든 어려운 말을 쓰면 똑똑해 보이겠거니 하는 얄팍한 생각이 고스란히 드러나는 말투에, 주위 상인들이 코를 실룩거리며 웃음을 참고 있었지만 정작 당사자와 여자들은 눈치챈 기미가 없었다.

그렇게 무자각하게 주위의 실소를 사던 남자의 귀에 문득 삐이이익, 하며 낯선 소리가 희미하게 들렸다. 흡사 증기를 뿜을 때 나는 고음 같았다.

처음에는 무시하고 옆에 낀 두 여자에게 우쭐거리며 지론을 펼쳤다. 하지만 앞쪽 상인들과 여자들이 눈을 동그랗게 뜨고 자신의 뒤를 바라보았고, 차츰 커지는 소리에 짜증이 나서 대체 뭐냐고 소리를 버럭 지르며 뒤쪽 가도를 돌아봤다.

그리고 난생처음 보는 검고 네모난 물체가 흙먼지를 날리면서 가도를 맹렬히 질주해 오는 광경을 목격했다. 남자는 「으헥?!」 하고 괴성을 지른 뒤 눈을 번쩍 떴다.

사람들이 서서히 웅성거리기 시작했다. 마물인가 싶어 도망가려고도 했지만 네모난 물체의 속도는 그들의 예상을 가뿐히 뛰어넘었다. 경악에서 빠져나온 뇌가 팔다리에 명령을 내렸을 때는, 이미 그 물체가 바로 코앞까지 육박해 있었다.

여자를 낀 남자는 그대로 굳어 버렸고 줄을 서던 사람들은 이제 다 틀렸다며 절망감에 빠졌다.

질주해 오는 검은 물체가 기어이 행렬에 격돌한다고 생각된 순간, 그 물체는 엉덩이를 앞으로 미끄러뜨리면서 반 바퀴 회전하여 급정지했다.

모래를 요란하게 일으키며 정지한 검은 물체…… 마력 구동 사륜차 『브리제』를 응시하던 사람들이 이게 대체 무슨 일이냐며 혼란에 빠진 가운데, 그 문이 벌컥 열렸다.

"이놈의 줄은 여전하네."

"……응, 어쩔 수 없어."

겁먹은 사람들은 제 알 바 아니란 듯 신경도 쓰지 않으며 안에서 내린 것은 물론 하지메와 유에였다. 이어서 시아와 티오, 묘하게 얼굴이 굳은 월 쿠데타도 나타났다.

하지메 일행은 며칠 전, 휴렌 모험가 길드 지부장 이루와 창에게 【북쪽 산맥 지대】 조사 의뢰로 나간 월을 찾아 와 달라는 지명 의뢰를 받았다. 그리고 강력한 마물과 마법으로 조종받던 용화 상태의 티오에게서 기적적으로 목숨을 부지하던 월을 보호하여 이렇게 무사히 귀환한 것이었다.

줄을 서던 사람들의 주목을 산 월은 소란을 피워 죄송하다며 귀족답지 않은 저자세로 사과했지만, 이내 사람들의 시선이 자신을 향한 것이 아님을 깨달았다.

사람들이 주목하는 대상은 기지개를 켜는 미녀와 미소녀들 같았다. 고속으로 이동하는 미지의 물체도, 그곳에서 사람이 나왔다는 사실도 지금은 중요하지 않다는 양 시선이 그녀들에게 고정되어 있었다. 여성진이 움직일 때마다 허어, 하며 탄성과 탄식이 곳곳에서 터져 나왔다.

브리제의 보닛에 기대어 앉은 하지메는 문까지 남은 거리를 보고 앞으로 한 시간은 더 걸리겠다며 눈살을 찌푸렸다. 그리고 장시간 운전으로 몸이 뻐근하던 티라 문에 도착할 때까지는 편하게 가자고 생각하면서 다른 일행들처럼 기지개를 켰다.

브리제는 하지메가 마력을 조작하여 직접 구동 장치를 움직이기 때문에 사실 마음만 먹으면 운전석에 앉지 않아도 움직일 수 있었다. 물론 핸들을 쓸 때보다 조작은 어렵지만 줄을 서는 동안 차체를 벤치 삼아 느릿하게 전진시키는 정도는 어려울 것 없다.

하지메가 어깨 결림을 해소하기 위해 목을 돌리고 있자니 유에가 등 뒤로 돌아가서 어깨를 주물렀다. 안마를 해줄 모양이었다. 하지메는 긴장을 풀고 유에의 손에 몸을 맡겼다.

그런 두 사람을 보고 외로워진 시아가 토끼 귀를 힘없이 늘어뜨린 채 하지메 옆에 찰싹 달라붙어 앉았다.

그러자 이번에는 그것을 본 티오가 자기도 끼어야겠다며 그 거대한 가슴을 괜스레 강조하면서 하지메의 팔을 끌어안고 앉으⋯⋯려 했으나, 하지메에게 뺨을 맞곤 「아흐응」 하는 교성과 함께 나가떨어졌다. 트리플 악셀이라도 돌 법한 기세였지만⋯⋯ 하지메의 발치에서 행복에 겨운 표정을 짓는 꼴을 봐선 이 진성 마조히스트 변태 드래곤한테는 더없는 기쁨이었나 보다.

하지메가 뺨을 실룩거리는 가운데, 난감한 듯 웃음 지은 시아가 하지메에게 물었다.

"저기요, 하지메 씨. 브리제를 그대로 타고 와도 괜찮나요? 전에는 가능한 한 숨길 생각이라고 하셨던 것 같은데⋯⋯."

"이제 와서 숨긴들 무슨 소용이야? 그렇게 보란 듯이 소란을 피웠는데. 일주일 후에는 웬만큼 벽지가 아닌 이상 우리와 내 아티팩트에 관한 소문도 퍼질 거야. 언젠가 이런 날이 올 줄은 알았어. ⋯⋯예상보다 조금 빨라졌을 뿐이지."

"⋯⋯응. 자중 안 해도 돼."

시아의 의문에 하지메는 어깨를 으쓱이며 답했다. 지금까지는 피할 수 있는 일은 되도록 피하고 보자는 방침이었지만,

【우르 마을】에서 벌인 전투의 소문은 삽시간에 방방곡곡으로 퍼질 테니 이제 와서 걱정들 부질없는 일이었다. 그래서 유에 말대로 아티팩트를 가능한 한 숨긴다는 방침은 그만두고 자중하지 않기로 한 것이었다.

"으음~, 그런가요. 하긴, 교회나 왕국에서는 분명 움직임이 있을 테니까 새삼스럽게 감출 필요도 없겠네요. 아이코 씨나 이루와 씨가 잘 막아주면 좋겠는데……."

"그 사람들은 어디까지나 보험이야. 제대로 효과를 발휘하면 좋겠다는 수준이지. 처음부터 무엇이 상대든 싸울 각오는 되어 있어. 앞길을 가로막는 게 있으면 쓸어버릴 뿐이야. 그러니까 시아, 너도 이제는 노예인 척 안 해도 돼. 그 목줄도 그만 푸는 게 어때?"

이루와나 아이코 같은 교회와 왕국의 간섭을 막아줄 방파제는 어디까지나 밑져야 본전인 셈으로 깔아 둔 포석이라서 하지메는 크게 신경 쓰는 기색이 없었다.

그래서 하지메는 그 이야기를 대충 끊어 버리는 대신, 목줄을 톡톡 치면서 시아에게도 노예 흉내를 그만하라고 말했다. 손을 대면 즉시 반격하라고, 더는 귀찮은 사태를 피하기 위해 참을 필요가 없다는 의도가 은연중에 전해졌다.

하지만 시아는 자기 목줄에 살며시 손을 얹어 만지고는 볼을 약간 붉히며 고개를 가로저었다.

"아뇨. 이건 이대로 둘래요. 일단은 하지메 씨에게 처음으로 받은 물건이기도 하고…… 게다가 제가 하지메 씨의 소유라는 증거잖아요. 최근에는 제법 마음에 들었어요. ……그러니까 그냥 이대로 둘래요."

시아는 그렇게 말했다. 토끼 귀가 부끄러운 듯 엉뚱한 방향을 보며 쫑긋쫑긋 움직였다. 고개와 눈을 내리깔고 쑥스러워하는 시아의 모습은 무척이나 귀여웠다. 하지메의 시야 한편에서 남자 몇 명이 코를 손으로 가린 채 피를 줄줄 흘리고 있었다.

"……그래? 그럼 조금 더 보기 좋게 해야겠네."

"하, 하지메 씨?"

하지메는 고개 숙인 시아의 턱에 손을 대고 살며시 위로 들었다. 그 행위에 시아의 볼이 점차 붉어졌다. 동시에 남자들의 발치도 붉어졌다.

하지메는 『보물 창고』에서 아름다운 빛깔의 수정 몇 개를 꺼낸 뒤 시아가 찬 목줄, 정확히는 그 목줄에 달린 수정에 손을 대고 연성을 시작했다.

시아의 목줄은 시아가 하지메의 노예란 것을 대외적으로 알리기 위해, 모양이 투박하며 디자인도 대충인 물건이었다. 본래 마을에서 말썽을 일으키지 않기 위해 일시적으로 만들어놓은 것이라 장식적 요소는 도외시했었다.

하지만 시아가 그것이 마음에 들어 계속 차고 있겠다면 이대로 두기엔 너무 투박한 감이 있었다. 그래서 하지메는 시아에게 어울리도록 고치자고 생각했다.

그 결과, 검은 천에 청색, 백색 문양이 기하학적으로 들어

가고, 정면에는 신결정(神結晶) 조각을 가공하여 담청색으로 희미하게 빛나는 작은 십자가가 달린 신비로운 목걸이…… 지구에서도 팔고 있을 법한 초커가 완성됐다. 이제 단순한 구속용 목줄 같은 인상은 조금도 없었다.

하지메는 그 완성도에 흡족한 표정을 지었다. 이따금 목을 쓰다듬는 손가락의 감촉에 정신을 놓고 있던 시아는 하지메에게 거울을 건네받자 퍼뜩 정신을 차렸다. 그리고 들뜬 마음으로 목을 확인했다. 그곳에는 신비롭고 아름다운 장식이 들어간 초커가 달려 있었다. 신결정 십자가가 시아의 푸른색 눈동자와 어울려 아름다웠다.

"와아~. 이렇게 예쁜 장식품은 처음 해 봤어요."

시아는 손끝으로 십자가를 살짝 건드리면서 히죽해죽 웃었다. 수해(樹海)는커녕 촌락에서조차 거의 나온 일이 없던 시아는 보석 장식과 인연이 없었다. 하지만 시아도 한창 꾸미고 싶은 나이의 여자아이다. 【페어베르겐】의 여성이 수해에서 나는 수정 따위를 가공하여 장식품으로 달고 다니는 것을 먼발치에서 보며 부럽다고 생각한 적이 많았다.

그렇기에 처음으로 가지게 된 반짝이는 장신구에 자연스럽게 마음이 들떴다. 게다가 그것을 준 사람은 자신이 사모하는 상대 아니던가. 토끼 귀는 이미 들썩들썩, 껑충껑충하며 기쁨을 드러내고 있었다.

"고마워요! 하지메 씨~!"

시아는 들뜬 마음에 몸을 맡기고 하지메의 팔에 와락 안겼다. 그리고 실로 행복한 듯 헤벌쭉이 웃으며 이마를 비볐다. 더불어 귀도 하지메에게 문질러 댔고 꼬리도 떨어질 것처럼 바쁘게 파닥거렸다.

행복해 보이는 시아의 표정에 하지메는 어깨를 으쓱거렸고 뒤에 있는 유에도 살며시 미소 지으며 토끼 귀를 쓰다듬었다. 살금살금 다가온 티오에게는 재차 따귀가 날아들었다.

갑자기 조성된 핑크빛 분위기 때문에 미지의 물체와 절세의 미녀, 미소녀가 등장한 충격에서 헤어난 사람들이 이번에는 하지메 일행에게 갖가지 감정을 품은 채 주목하기 시작했다.

여성들은 유에와 시아, 티오의 미모에 질투조차 느껴지지 않는지 열띤 탄식을 흘리며 넋 놓아 바라보는 이가 태반이었다. 한편, 남성들은 여성진에게 넋을 놓은 이, 하지메에게 질투와 살의를 보내는 이, 그리고 하지메의 아티팩트와 시아에게 상품 가치를 느끼고 입맛을 다시는 이로 나뉘어 있었다.

하지만 직접 하지메 일행에게 접근하는 이는 아직 아무도 없었다. 상인들은 말을 걸어 보고 싶었지만 다른 이들을 견제하느라 타이밍을 살피는 중이었다.

그런 와중에 맨 뒷줄에 있던 경박한 남자가 자신이 거느린 여자 둘과 유에 일행을 번갈아 보고는 아니꼽다는 표정으로 대놓고 혀를 찼다. 그리고 무모하게도 행동에 나섰다.

"안녕? 아가씨들. 괜찮으면 나랑—"

"어디서 마음대로 만지려 들어? 엉?"

남자는 하지메를 무시하고 뻔뻔하게 여성진에게 말을 걸었다. 그냥 말을 걸었을 뿐이라면 『위압』, 기절 코스로 끝났으리라. 하지만 가당치도 않게 남자는 느닷없이 시아의 뺨에 손을 대려고 했다.

겉모습은 경박해 보이지만 남자의 외모는 충분히 미남에 속했다. 그래서 자신이 스킨십과 함께 유혹하면 안 넘어올 여자가 없다고 생각했던 것이리라. 시아가 냉랭한 시선을 보내며 손이 닿기 전에 대처하려고 했지만 그 전에 하지메의 손이 남자의 머리를 덥석 움켜잡았다. 그것도 농후한 살기를 띠고서…….

"흐익?!"

남자는 순식간에 위축되어 한심한 비명을 흘렸다. 하지메는 그런 남자를 신경도 쓰지 않고 그대로 길 바깥으로 던졌다. 남자는 땅바닥과 수평을 이루며 쾌속으로 날아가 30미터쯤 앞에서 바닥과 접촉했고, 전갈처럼 허리를 꺾고 얼굴을 땅에 갈며 10미터는 더 미끄러졌다. 그리고 한순간 얼굴을 땅에 파묻은 채 물구나무를 서더니 털썩 쓰러져서는 움직이지 않게 되었다.

모래 먼지가 자욱하게 피어오르고 땅바닥에 쓰러져 미동도 하지 않는 남자……. 그 광경을 보던 주위 사람들은 인간이 말도 안 되는 궤도로 날아가는 모습에 아연실색했고 그 광경을 만들어 낸 하지메에게 눈길을 옮겼다. 경박한 남자가 끼고 있던 두 여자도 쭈뼛쭈뼛 하지메를 보았지만, 얼어붙을 듯한 눈초리로 주위를 흘기는 하지메에게 소스라치며 비명을 지르고 어딘가로 사라졌다.

방금까지만 해도 새치기하면 가만두지 않겠다며 서로를 견제하던 상인들이 지금은 형님 먼저, 아우 먼저 하며 서로 양보하고 있었다. 주변을 흘기는 하지메의 눈초리가 다음은 누구냐고 묻고 있었기 때문이다.

아무도 나서지 않는 상황에 만족스레 미소를 띤 하지메는 이미 주위 사람들에게는 관심이 없다는 양 눈에서 독기를 거두었다.

"우와아, 하지메 씨가 절 위해서 화내 주셨어요~. 이건 독점욕의 표출인가요? 목표 달성까지 앞으로 한 걸음이에요!"

"……시아, 파이팅."

"유에 씨……. 네에, 저 열심히 할게요~!"

"흐음, 이러니저러니 해도 소중한가 보구나. 그런데 주인님, 나도 소중하게 대해줘도 된다만? 저 남자처럼 막 던져줘도 되는데?"

시아는 경박한 남자가 자신에게 손을 대려고 한 일로 하지메가 화를 내줬다며 몸을 배배 꼬면서 기뻐했다. 사실 시아가 허락하지도 않았는데 당당하게 손을 대도록 놔둘 생각이 없었을 뿐이지 독점욕이 있어서 그랬던 것은 아니었다. 그래도 시아가 소중해서 취한 행동임은 틀림없기에 구태여 정정하지는 않았다.

참고로 날아간 남자를 부럽다는 눈으로 바라보던 티오가 기대에 찬 눈으로 다가오자 하지메는 어김없이 따귀로 대응했다.

"아앙!"

요염한 목소리를 내며 행복하게 쓰러지는 티오에게 하지메는 차다찬 눈빛을 보냈지만 그것조차 기쁜지 거친 숨을 뱉으며 흥분하고 있었다. 이 녀석은 이미 글렀다. 하지메는 땅이 꺼지도록 한숨을 쉬며 체념의 경지에 달한 머릿속에서 티오를 밀어냈다.

하지메 일행이 그런 식으로 노닥거리는 사이, 완전히 꿰다 놓은 보릿자루가 된 윌은 짐칸에 몸을 웅크리고 앉아 딴 곳을 보며 무시로 일관했다. 하지만 잠시 후 행렬 앞쪽이 조금 소란스러워졌다.

하지메가 시선을 돌려 보니 문지기가 달려오는 것처럼 보였다. 아마도 방금 소동을 보고, 아니, 아직도 푹 파인 땅바닥에 쓰러져서 미동도 하지 않는 남자를 보고 무슨 일이 났는지 확인하러 온 것이리라.

간소한 갑옷을 입고 말에 탄 남자 세 명은 근처 상인들에게 무슨 일인지 묻고 하지메 일행이 있는 곳으로 다가왔다. 상인 한 명이 하지메 일행을 가리킨 후, 이어서 쓰러진 남자를 가리켰다. 문지기 한 명이 동료에게 지시를 내려 쓰러진 남자 쪽으로 보냈다. 남은 두 문지기가 브리제의 보닛 위에서 쉬고 있는(노닥거리는) 하지메 일행 앞까지 오자 문지기 두 명의 눈매가 조금 험악해졌다. 직무 때문이 아니라, 질투로……

"거기 너! 이게 무슨 소란이냐! 게다가 그 검은 철통 같은 것도 뭔지 설명하도록!"

하지메에게 고압적으로 설명을 요구하고는 있으나, 시선이 힐끔힐끔 여자들에게 향하는 터라 근엄함이라고는 찾아볼 수 없었다. 하지메는 예상한 일이라서 문지기에게 눈길을 주고 막힘없이 대답했다.

"이건 내 이동용 아티팩트야. 말이 끌지 않아도 달리지. 그리고 저 남자는…… 내 동행에게 손을 대려고 해서 날려 버린 거야. 상식적으로 믿어져? 느닷없이 끌어안으려고 했다고. 얘네 겁먹은 것 좀 봐……. 문지기 양반, 설마하니 저런 성범죄자 편을 들지는 않겠지? 만약 그랬다가는 우리 동행이 무서워서 휴렌에 올 수나 있겠어? 괴한이 덮쳤는데 지켜주지는 못할망정 도리어 범죄자 취급을 하면 말이야…… 안 그래?"

하지메는 대충 지어낸 말을 마치 사실인 양 당당하게 떠들었다. 시아는 그저 어리광을 부리려고 하지메의 팔을 껴안았을 뿐이지만, 객관적으로 보면 겁먹어서 팔에 매달린 것처럼 보이기도 했다.

세상에 이런 비극이 어디 있냐는 표정으로 절실하게 호소하는 하지메를 짐칸 너머로 보던 윌이 「입에 침도 안 바르고……」라며 비난 어린 시선을 보내 왔지만 무시하기로 했다. 주위에 있는 상인들도 「끌어안기는커녕 말도 붙이기 전에 날려 버렸잖아?」라느니 「겁먹기는커녕 계속 농탕만 부렸으면서」라며 수군거렸지만 그것도 무시하자.

하지만 누가 봐도 경박해 보이는 남자와, 미소녀 측 사람의 변론 중 어느 쪽이 신빙성을 가질지는 굳이 말할 필요도 없으리라. 문지기들은 「저런, 봉변을 당했군」이라며 제대로 조사도 하지 않고 냉큼 믿어 버렸다.

그런데 그때, 문지기 중 한 명이 하지메 일행을 보고 고개를 갸웃거리더니 앗, 하며 소리쳤다. 그러고는 목소리를 낮춰 옆에 선 문지기에게 무언가를 확인했다. 상대 문지기가 마찬가지로 그러고 보니 그렇다고 중얼거리며 하지메 일행을 빤히 살펴봤다.

"너희…… 혹시 이름이 하지메, 유에, 시아인가?"

"응, 그런데……?"

"그래? 그렇다면 길드 지부장님 의뢰를 마치고 귀환하는 길인가?"

"그렇긴 한데…… 혹시 지부장에게 연락이라도 왔어?"

하지메의 예상이 맞았는지 문지기가 고개를 끄덕였다. 바로 들여보내라는 지시를 받은 듯, 문지기는 줄을 서지 않고 도시 안으로 들여보내 줄 심산 같았다. 하지메는 브리제를 움직여 문지기의 뒤를 따랐다. 줄을 서던 사람들의 호기심 어린 시선을 본체만체하며 유유히 나아간 일행은 다시금 【휴렌】에 발을 들였다.

【휴렌】에 들어오자마자 일행은 모험가 길드의 응접실로 안내받았다.

직원이 내온 척 보기에도 고급스러운 차와 과자를 마구잡이로 먹어 치우며 기다리길 약 5분. 방문을 때려 부술 기세로 열고 들어온 사람은 하지메에게 윌 구출 의뢰를 맡긴 휴렌 길드 지부장, 이루와 창이었다.

"월! 무사했구나! 어디 다친 덴 없니?!"

이루와는 예전의 차분한 분위기를 어디에 버리고 왔는지, 월을 보자마자 인사도 없이 안위를 확인했다. 그만큼 걱정했다는 뜻이리라.

"이루와 씨…… 죄송합니다. 제가 고집을 피운 탓에 이런 일이……."

"……무슨 소리야. 나야말로 생각도 없이 위험한 의뢰를 소개해 버렸구나. 정말로 무사히 돌아와서 다행이야. 너에게 무슨 일이 있었으면 그레일과 사리아에게 얼굴을 들지 못할 뻔했어. 두 사람 모두 많이 걱정하고 있었단다. 어서 얼굴을 보여주고 안심시켜 드리렴. 네가 무사하다는 소식은 이미 전해졌다. 며칠 전부터 휴렌에 와 계셔."

"아버지와 엄마가……. 알겠습니다. 바로 뵈러 갈게요."

이루와는 월에게 부모가 체류 중인 장소를 알려주며 빨리 가 보라고 했다.

월은 이루와에게 다시 한 번 탐색을 수배해준 점에 감사했고, 더불어서 하지메 일행에게도 인사차 다시 찾아뵙겠다고 약속한 뒤에야 방을 나갔다. 하지메는 더 관여할 생각이 없었지만 월은 제대로 감사의 뜻을 전하지 않으면 성이 차지 않는 모양이었다.

월이 나간 후 이루와와 하지메는 다시 마주 봤다. 이루와는 평온하게 미소 지어 하지메에게 깊이 머리를 숙였다.

"하지메 군, 이번 일은 정말로 고맙네. 설마 정말로 살아 있는 월을 데리고 와줄 줄은 몰랐어. 아무리 감사해도 모자랄 일이야."

"살아 있던 건 월의 운이 좋아서지."

"후후, 그런가? 확실히 운도 좋았겠지만…… 몇만이나 되는 마물 무리에게서 지켜준 건 사실이지 않은가, 『여신의 검』 님?"

이루와는 싱긋 웃으면서 하지메가 마물 무리와 싸우기 전, 연설 때 말한 명칭을 입에 올렸다. 하지메의 얼굴이 굳었다. 아무래도 길드 지부장에게는 하지메의 이동 수단보다 빠른 정보 전달 수단이 있는 것 같았다.

"……정보가 참 빨리 도는데?"

"길드 최상급 간부 전용이지만, 장거리 연락용 아티팩트가 있지. 우르 지부장은 가지고 있지 않아서 내 부하가 들고 갔다네. ……그가 처음으로 우는소리를 하더군. 휴렌을 나선 지 채 몇 분도 지나지 않아 자네들을 놓쳤다고 울먹거리며 통신을 해 왔어."

이루와는 그렇게 말하고 씁쓸하게 웃었다. 어쩌면 하지메를 미행하는 김에 비밀을 캐내려는 속셈이었는지도 모른다.

그것이 이루와의 지시인지, 아니면 부하의 독단이었는지는 모르겠지만 추적하려고 한 직후 목표를 놓친 그 부하가 얼마나 애간장을 태웠을지 생각하면…… 그리고 어렵사리 【우르 마을】에 도착했는데 수만 마리의 마물과 단 네 사람이 격돌하는 비현실적인 싸움을 목격하고, 그 후에도 목표를 놓쳐서 또 필사적으로 말을 몰아 돌아왔을 거라고 생각하면…… 동정을 금할 수가 없었다.

하지메의 입장에서는 그것이 감시든 단순한 통신용 아티팩트 배달이든 별 상관이 없었기에 딱히 비난하지는 않았다. 오히려 자신의 뒤를 봐줄 이루와의 치밀함에 조금 안심했다.

이루와는 한 차례의 헛기침 후 부하의 초조함과 당혹감, 정신적 피로를 제쳐 두고 이야기를 진행했다.

"그나저나 보통 일이 아니었겠어. 설마 북쪽 산맥 지대의 이변이 대참사의 징조였다니……. 자네에게 부탁해서 다행이야. 수만 대군을 섬멸한 힘에도 관심은 있지만…… 들려주겠나? 대체 무슨 일이 있었는지."

"그래, 상관없어. 하지만 그 전에 유에와 시아의 스테이터스 플레이트부터 부탁해. 티오는—"

"호오…… 두 사람 걸 남이 보는 앞에서 준비하려는 건가? ……흠, 그게 주인님의 판단이라면 내 것도 부탁할 수 있겠나?"

"……그렇다는데."

"그렇군. 스테이터스 플레이트를 봐야 대군을 물리친 이야기의 신빙성도 높아지겠지. ……알겠네."

이루와는 유에와 시아 외에 새롭게 하지메 일행에 참가한 티오에게도 『무언가』가 숨겨져 있다고 짐작하고 표정을 살짝 바꾸었다. 그리고 직원을 불러서 새 스테이터스 플레이트를 세 개 가지고 오게 시켰다.

그 결과 표시된 세 명의 스테이터스는 이하와 같았다.

유에 323세 여자 레벨: 75

천직: 무녀

근력: 120

체력: 300

내성: 60

민첩: 120

마력: 6980

마력 내성: 7120

기능: 자동 재생[+통각 조작], 모든 속성 적성, 복합 마법, 마력 조작[+마력 방사][+마력 압축][+원격 조작][+효율 상승][+마소 흡수], 상상 구성[+이미지 보강력 상승][+다수 동시 구성][+지연 발동], 혈력(血力) 변환[+신체 강화][+마력 변환][+체력 변환][+마력 강화][+혈맹 계약], 고속 마력 회복, 생성 마법, 중력 마법

※상상 구성: 마법진을 상상 속 이미지만으로 구성할 수 있다.

※혈맹 계약: 유일한 대상으로 지정한 상대에게서 흡혈 시 혈력 변환 효과가 대폭 상승한다.

시아 하우리아 16세 여자 레벨: 40

천직: 점술사

근력: 60[+최대 6100]

체력: 80[+최대 6120]

내성: 60[+최대 6100]

민첩: 85[+최대 6125]

마력: 3020

마력 내성: 3180

기능: 미래시[+자동 발동][+가정 미래], 마력 조작[+신체 강화][+부분 강화][+변환 효율 상승Ⅱ][+집중 강화], 중력 마법

※변환 효율 상승Ⅱ: 마력 1당 신체 능력치를 2 상승시킬 수 있다.

티오 클라루스 563세 여자 레벨: 89

천직: 수호자

근력: 770[+용화 상태 4620]

체력: 1100[+용화 상태 6600]

내성: 1100[+용화 상태 6600]

민첩: 580[+용화 상태 3480]

마력: 4590

마력 내성: 4220

기능: 용화[+용린(龍鱗) 강화][+마력 효율 상승][+신체 능력 상승][+포효Ⅱ][+바람 두르기][+통각 변환], 마력 조작[+마력

방사][+마력 압축], 불 속성 적성[+마력 소비 감소][+효과 상승][+지속 시간 상승], 바람 속성 적성[+마력 소비 감소][+효과 상승][+지속 시간 상승], 복합 마법

※포효Ⅱ: 용화 상태의 브레스에 더해, 용화 전 상태에서도 브레스를 사용할 수 있다.

※바람 두르기: 용화 시 바람을 둘러 비행을 보조한다.

※통각 변환: 그것은 감미로운 힘. 신세계에 발을 들인 증거. 예스, 컴 온!

하지메에게는 미치지 못할지언정 소환된 치터 집단조차 소수로는 상대하지 못할 레벨과 스테이터스였다. 모든 능력치가 높은 것은 아니지만 용사가 『한계 돌파』를 써도 도달하지 못할 능력치도 있었다. 이 세계의 통상적인 전투 계열 천직을 가진 자와 비교하면 그야말로 말도 안 되는 수치였다.

무엇보다도 그녀들의 본질을 나타내는 고유 마법이나 기능이 모험가 길드 최상위 간부인 이루와의 입을 떡 벌어지게 했다.

그도 그럴 것이 『혈력 변환』과 『용화』는 어느 한 종족밖에 지니지 않은 특수한 고유 마법이며 그 종족은 이미 몇백 년도 전에 멸망했다고 알려졌으니까. 몇백 년이 지난 지금도 성교 교회를 통해서 전설로 전해지는 종족, 신의 적을 가리키는 증거였다.

게다가 유에나 티오만큼의 임팩트는 없지만 종족의 상식을

완전히 뒤집는 시아에 관해서도 놀라지 않을 수 없었다.

"이거 원…… 뭔가 비밀이 있다고는 생각했지만, 설마 이 정도였을 줄이야……."

이루와는 평소의 미소를 지운 채 딱딱하게 굳어 식은땀을 흘리고 있었으나, 하지메는 신경도 쓰지 않고 자초지종을 설명했다. 그냥 말로만 들었다면 턱도 없는 소리라고 무시할 내용이었지만, 먼저 스테이터스 플레이트가 증명해준 수치와 기능을 보았으니 믿지 않을 수 없었다.

이야기를 끝까지 들은 이루와는 그사이에 10년은 늙은 것처럼 진이 빠진 표정으로 소파에 몸을 파묻고 있었다.

"……이러니 캐서린 선생님 눈에 든 거군. 하지메 군이 소환된 사람 중 한 명이라고는 예상했지만…… 실제로는 그 이상이었군그래……."

"그래서 지부장님, 당신은 어떻게 할 거야? 위험 분자라고 교회에 넘길 건가?"

이루와는 하지메의 질문에 비난 섞인 눈빛을 보내고는 자세를 고쳐 앉았다.

"그런 농담 말게. 내가 무슨 수로? 자네들을 적으로 돌리는 건 개인적으로도, 길드 간부로서도 불가능한 선택이야. …… 그리고 날 너무 우습게 보지 말아줬으면 좋겠군. 자네들은 내 은인이야. 내가 그 사실을 잊을 일은 평생 없을 걸세."

"……그래? 그거 다행이네."

하지메는 어깨를 으쓱이며 시험해 봐서 미안하다고 눈으로 사과했다. 이루와는 눈에 힘을 풀고 고개를 끄덕였다.

"나로서는 약속대로 가능한 한 자네들을 후원해줄 용의가 있네. 길드 간부로서도, 개인으로서도 말이지. 뭐, 그만한 힘을 보였으니까 당분간은 상부도 논의에 쫓겨서 자네들에게 섣불리 손을 대지는 못할 거야. 일단 자네들을 보호하기 쉽도록 랭크를 전원 『금색』으로 해 두지. 보통 『금색』을 달려면 이것저것 귀찮은 절차를 거쳐야 하지만…… 사후 승낙이라도 어떻게든 될 거다. 캐서린 선생님과 나의 추천, 그리고 『여신의 검』이라는 명성이 있다면 말이야."

그 밖에도 이루와의 아낌없는 후원으로 【휴렌】에 있는 동안 길드 직영 여관의 VIP 룸을 쓸 수 있게 되었고, 창 가문의 문장이 들어간 편지를 받기도 했다. 이번 일에 대한 감사 표시이기도 했지만 그 이상으로 하지메 일행과 우호 관계를 만들어 놓고 싶은 듯했다.

"그거 고마운데. 이런 건 다다익선이지. 고생해서 우르 마을까지 간 보람이 있었어."

"그렇게 말해주니 나도 기쁘군. ……하지만 스테이터스 플레이트를 숨기더라도 그녀들의 정체가 탄로 나는 건 시간문제야. 솔직히 내가 두둔해 봤자지. 최상급 마법을 종잇조각으로 막겠다는 꼴인데……."

이루와가 볼을 붉적이며 난처하게 웃자 하지메는 차를 마시고 어깨를 으쓱였다.

"종잇조각도 쓰기 나름 아니겠어? 내 천직은 연성사야. 쓸

모없는 물건을 쓸모 있게 바꾸는 거야말로 내 일이지. 당신의 도움과 호의는 충분히 활용할 거야."

"그래?"

"그래. 게다가 나에게 탐색 의뢰를 부탁했을 때 그쪽에서 직접 말했잖아?"

"응?"

이루와가 고개를 갸웃거리기 전에 하지메는 송곳니를 드러내며 씩 웃었다. 그리고 일전에 이루와 본인이 하지메의 심정을 짐작하며 했던 말을 꺼냈다.

"처음부터, 전부 각오한 일이야."

"……그렇군. 그랬었지."

이루와의 후원이 있든 없든 상관없다. 있으면 적당히 써먹겠다는 정도였고 그것이 없더라도 하지메의 걸음이 멈출 일은 없다. 그게 뭐 어쨌느냐고 눈을 번뜩이며, 송곳니를 드러내고, 당당히 웃으면서 앞길을 막아서는 모든 장애를 깨부술 뿐이다.

하지메의 결의와 한낱 불안도 걱정도 없이 그에게 몸을 기대는 일행의 모습을 보자, 이루와는 입가에 떠오르는 웃음을 참을 수 없었다. 이유도 없이 기분이 고양되었다. 마치 간부직을 노리며 악착같이 노력하던 젊은 시절의 기분을 되찾은 것 같았다.

분명히 느낀 것이다. 눈앞에 있는, 성교 교회의 적이라고 할 수 있는 이들이 세계를 바꿀지도 모른다는 예감을……

이루와는 현재 상황에 딱히 불만을 가지지 않았다. 그는 틀림없이 성공한 사람이며 이 세계에서 **올바르게 살고 있는** 인간이었다. 오히려 변하지 않는 것이 이루와에게는 바른 일이며 바라는 일일 것이다.

하지만 그럼에도 기대와 조금의 공포, 끓어오르는 고양감을 부정할 수 없는 것은 이루와 창이 **모험가** 길드의 간부이기 때문일 것이다.

"자네들의 여행이 더없이 성가시고 멋진 모험이 되길 빌겠네."

"……고맙다고 해야 할지 망설이게 되는 말인데."

이루와에게는 최고의 말이라도 하지메에게는 미묘하기 짝이 없는 말이었다. 다만, 왠지 모르게 모험가 길드 간부다운 말이라는 생각이 들어 싱겁게 웃고 말았다. 그것은 다른 이들도 마찬가지였나 보다. 서로 얼굴을 마주 보며 애매한 표정을 짓고 있었다.

이루와는 그런 하지메 일행을 보고 최근 몇 년 동안 일에 치여서 보인 적 없던, 마음에서 우러나오는 쾌활한 웃음을 꺼내 보였다.

그 후 이루와와 헤어진 일행은 【휴렌】의 중앙 지구에 있는 길드 직영 여관 VIP 룸을 찾았다. 일행의 방은 20층짜리 건물 최상층에 위치했다. 창문으로는 관광 지구가 한눈에 들어왔고 내부도 근사하여 넓은 거실에 방이 네 개, 심지어 방마다 캐노피 침대가 구비되어 있었다. 소파와 융단도 푹신푹신하여 만진 순간 고급품이란 것을 알 수 있었다.

하지메가 소파에 몸을 맡겼고, 유에가 옆자리를 차지했으며, 시아와 티오가 흥미진진하게 방을 탐색하고 있자니 월의 부모인 그레일 쿠데타 백작과 사리아 쿠데타 부인이 월을 데리고 인사를 왔다. 예전 왕궁에서 본 수많은 귀족과 달리 도리를 아는 사람 같았다. 월의 올곧은 성격이 어디서 왔는지 짐작할 수 있었다.

쿠데타 백작은 감사를 표하고 싶다며 계속해서 집으로 초대하거나 금품을 내겠다고 제안했지만, 거기에 대해 하지메는ㅡ.

"아드님이 무사해서 정말로 다행입니다. 보수라면 길드에서 받았으니까 충분합니다. 저는 의뢰를 받고 달성한 것에 불과해요."

ㅡ라며 사글사글한 태도를 보였다. 일단 시아가 비명을 지르며 「메딕, 메디이이익!」을 외쳤고, 티오가 끔찍한 것을 본 것처럼 침대에 파고들어서 「아이고, 주인님이 실성하였구나, 실성했어~!」라고 빽빽 소리치며 부들부들 떨어 쿠데타 부부를 기겁하게 했다.

하지메는 쿠데타 부부에게 잠시 실례하겠다고 양해를 구하고 혼란에 빠진 시아와 티오에게 부드럽게 말을 걸었다.

"잠깐 밖에서 놀다 오렴."

그리고 창문 밖으로 던졌다. 20층에 있는 VIP 룸의 창문에서……

"아아아아아아아아아아아아~"

창밖으로 점점 멀어지는 비명에 쿠데타 부부의 얼굴이 창백해졌지만, 창을 닫고 돌아본 하지메가 환하게 웃으며 「둘 다 기운이 넘치네요」라고 말하자 죽자 살자 고개를 끄덕였다.

하지메는 사람 좋아 보이는 부부에게 굳이 건방진 태도를 보여 나쁜 인상을 심는 건 좋지 않다고 생각해서 조금 연기를 할 작정이었는데…… 시아와 티오에게는 다소 자극이 심한 언동이었나 보다.

"가서 데리고 올게."

유에가 황당하다는 표정을 지으며 똑같이 창문으로 뛰어내렸다. 쿠데타 부부는 아무 말도 없이 기름을 치지 않은 기계처럼 뻣뻣하게 목을 돌려 아들을 봤다.

아들은 왠지 소름이 돋은 팔을 문지르면서도 그저 어이없다는 눈으로 하지메를 바라보고 있었다. 하지메가 사글사글한 태도를 보인 이유와 그 뒤에 이어질 일을 짐작했기 때문이었다.

"하지만 백작님의 호의를 사양하는 건 예의가 아니겠죠."

"응? 아, 그, 그래……."

살짝 비상식적인 사태가 이어진 탓에 혼란에 빠져 있던 쿠데타 백작은 하지메가 갑자기 꺼낸 말에 아들에게서 시선을 돌렸다. 하지메는 그런 쿠데타 백작을 보고 싱글싱글 웃으며 이루와에게 한 것과 같은 요구를 했다.

"그러니까 저희가 무슨 도움이 필요할 때 한 번 편의를 봐주십시오. 그거면 충분합니다."

"그, 그런가? 아들에게 듣기로는 자네가 몸을 던져서 용의 브레스로부터 지켜줬다고 하던데, 대단히 겸허한 젊은이로군. ……그건 그렇고 방금 자네 일행이 창밖으로 떨어졌……."

"겸허하다뇨……. 어쩌면 엄청 귀찮은 일이 있을 때 도움을 바랄지도 모릅니다. 그렇게 생각하면 오히려 실례가 되는 과한 보수 아닙니까?"

"하하하, 그래, 그럴지도 모르겠군. 그렇다면 내가 확실한 약속은 못하더라도 가능한 범위 내에서 힘이 되어주겠네. 그런데 말이네, 자네. 더는 돌려 말하지 않겠네만, 아까 일행 두 명을 창밖으로 던지……."

"고맙습니다, 백작님. 그거면 충분합니다."

하지메는 은근슬쩍 쿠데타 백작의 질문을 무시했다. 너무나도 자연스럽게 이루어진 행위에 쿠데타 부부는 아직 현실을 제대로 인식하지 못하는 듯했다. 하지만 곧 「어? 지금 눈앞에서 살인 사건이 일어나지 않았나? 맞지? 지금 여관 아래에서는 큰일이 난 거지?!」라고 전율하며 식은땀을 흘리기 시작했다. 그런데 그때—

"으으~. 너무해요, 하지메 씨. 죽을 정도는 아니라지만 이 높이는 좀 무섭단 말이에요."

"누, 누가 아니라더냐. 느닷없이 던져 버리다니…… 내가 버림받은 건 처음이다. 살짝, 가슴이 뛰어 버렸어."

"……닥쳐, 변태."

하얀 손이 창틀을 덥석 잡더니 앞머리를 버드나무처럼 늘어뜨린 시아와 티오가 기어 올라왔다. 유에는 홀로 중력 마법을 썼는지 공중에 떠 있었지만, 그런 유에가 눈에 들어오지 않을 정도로 흐느적흐느적 기어 올라오는 시아와 티오는 무시무시했다.

그 증거로 쿠데타 부인은 외마디 비명을 지르고 꼿꼿이 선 채 뒤로 자지러졌다. 순간적으로 월이 「엄마!」 하며 부인의 몸을 떠받았다. 젊을 적 엄마 사진을 한시도 몸에서 떼어 놓지 않는 희대의 마마보이라서 그런지, 그 반응은 남편 쿠데타 백작보다 빨랐다.

"아니, 하지메 씨. 왜 그렇게 기분 나쁜 말투를 쓰고 그러세요? 저 아직도 소름이 돋아 있다고요."

"참으로 그렇다. 아무리 나라도 그건 좀 아닌 듯싶구나. 주인님, 고민이 있으면 내가……."

명확한 의도가 있어서 정중한 말투를 썼는데, 네가 사람을 정신 이상자 취급할 자격이 있냐고 따지고 싶어지는 변태 용과 유감 토끼가 상황 파악도 하지 못하고 폭언을 쏟아 내자 하지메는 이마에 핏대를 세웠다.

그리고 쿠데타 백작이 질겁하면서도 무사한 두 사람에게 무심코 말을 걸었을 때―

"자, 자네들 무사했……."

투팡, 투팡!

두 발의 총성이 울렸다. 그 순간, 「후끼약!」, 「고맙습니다!」라는 비명과 감사(?)와 함께 시아와 티오의 모습이 다시 창밖으로 사라졌다.

"제 동행이 실례가 많았습니다."

"……아뇨, 그렇지 않습니다. 안사람도 많이 지친 것 같으니 오늘은 돌아가 보겠습니다."

왠지 땀을 폭포수처럼 흘리는 쿠데타 백작이 부인을 끌어안고 이만 물러나겠다며 인사했다. 윌이 그런 아버지의 모습을 보고 못 말리겠다는 듯 쓴웃음 지으면서 하지메에게 감사 인사를 남긴 후 발길을 돌렸다.

하지메는 마치 맹수에게 등을 보여 언제 공격받을지 몰라 전전긍긍하는 사람처럼 긴장한 쿠데타 백작에게 조용히 말을 던졌다.

"힘들게 찾아와 주셔서 감사합니다. 사례에 관한 것도…… 기대하고 있겠습니다."

"무, 물론이죠!"

혀끝까지 굳었나 보다. 이미 쿠데타 백작에게는 방에 들어왔을 때 보인 귀족다운 위엄이 남아 있지 않았다. 마지막으로 윌이 쓴웃음과 함께 머리를 숙이고는 방문을 탁 닫았다.

하지메는 생각했다. 미소와 겸허한 태도로 좋은 인상을 주며 백작 가문의 편의를 취할 생각이었는데, 이래서는 아무리 봐도 공갈당해 명령을 따르는 불쌍한 피해자 일가족이 아닌가, 하고……

"왜지? 어쩌다 이렇게 됐지……?"

"……자업자득이란 말 알아?"

사랑하는 연인에게서 돌아온 말이 이상하리만치 신랄했다.

쿠데타 가족이 돌아간 후, 하지메는 다시 거실 소파에 벌렁 드러누워 편한 자세로 깊은숨을 내쉬었다.

유에가 소파에 누운 하지메의 머리를 들어 평소처럼 무릎베개를 했고, 시아는 그런 하지메의 발치에 앉았다. 티오는 계속해서 방을 탐색할 생각인 듯했다. 일일이 가구와 기타 물건들을 보고 만지며 감탄하거나 고개를 갸웃거리고 있었다. 옛날과 지금의 생활 양식이 어떻게 달라졌는지 궁금한 것일까?

"일단 오늘은 이만 쉬자. 내일은 소비한 식량을 보충하든지 해야지."

하지메가 자신의 머리를 쓰다듬는 유에의 손길에 눈을 반쯤 감고 내일 할 일을 입 밖에 내어 말했다. 그런데 시아가 하지메의 몸에 손을 뻗어서 조심스럽게 흔들었다.

"저기~, 하지메 씨. 약속……."

"……아 참, 관광 지구에 데리고 가기로 했지?"

【우르 마을】에서 돌아오는 차 안에서, 하지메를 위해 몸을 던져 아이코를 구한 시아에게 보답하고자, 하지메는 하루 동안 【휴렌】의 관광 지구를 함께 돌기로 약속했다.

시아가 기대에 찬 눈빛으로 하지메를 바라봤다. 하지메가 물건을 사긴 사야 하는데 어떡할지 궁리하는 중, 유에가 그 고민을 해결했다. 부드러운 손으로 하지메의 양 볼을 누르고 살며시 눈꺼풀을 내리깔았다.

"……필요한 건 나랑 티오가 사 놓을게. 시아랑 다녀와."

"……괜찮겠어?"

"응…… 그 대신……."

"대신?"

유에는 하지메와의 약속을 진심으로 기대하는 시아에게, 친구라기보다는 언니 같은 분위기를 띤 상냥한 눈빛을 보내고는 하지메에게 부탁했다. 하지메가 약간 복잡한 표정으로 뒷말을 확인하자 유에는 순간 상냥한 표정을 요염하게 바꾸고서 혀를 할짝거렸다. 그리고 하지메의 귓가에 얼굴을 가져가 속삭였다.

"……오늘 밤은 많이 사랑해줘."

"……응."

하지메는 한 손으로 얼굴을 덮고 짧은 대답을 돌려줬다. 그럴 수밖에 없었다. 하지메는 대미궁 밑바닥에 있는 가디언에게도 이길 자신이 있지만 아마 유에에게는 평생 이길 수 없을 거라며 빠르게 백기를 들었다.

"……쥐도 새도 모르는 사이 자연스럽게 두 사람만의 세계가 펼쳐지네요……. 유에 씨 장난 아니에요."

"흠, 하지만 꺾이지 않는 시아도 어지간하다고 생각하는데……. 뭐, 나야 주인님에게 벌만 받을 수 있다면 그만이니 문제없지만…… 시아는 고생이 많겠구나."

시아는 유에에게 역시나 사부라며 존경의 눈빛을 보냈고, 티오는 서로에게 질투를 느끼지 않는 시아와 유에의 관계에 흥미로운 눈길을 보냈다. 그 후 유에의 기습으로 이성이 날아가기 일보 직전이던 하지메도 가까스로 정신을 되찾았고, 네 사람이 이런저런 잡담을 나누는 사이 그날 밤은 깊어 갔다.

그날 심야.

달이 하늘 꼭대기에 걸렸을 무렵. 모험가 길드 직영 여관의 최상층 테라스에서 살금살금 고양이 걸음을 치는 그림자가 있었다. 암살자처럼 온몸을 검은 옷으로 두른 두 사람은 기척이 나지 않도록 천천히 어느 방의 창가로 다가가 살그머니 안쪽을 살폈다.

그 방의 상태로 말할 것 같으면—.

"우와! 보세요, 티오 씨! 저렇게 격렬하게…… 유에 씨 몸이 못 버틴다구요오."

"후오오오오오! 주인님이 마치 야수처럼……! 허, 헌데 시아야. 유에의 저 표정…… 솔직히 저건 눈에 해롭구나! 같은 여자인 내가 봐도 기분이 야릇해지는 것이……."

"아으으으, 정말로 표정이 달아오르다 못해 녹아내리겠어요! 엄청 행복해 보여요~. 부러워라~."

"음~, 괴롭힘만 받으면 족하다고 생각했거늘…… 저런 것도 나쁘지 않겠어~."

……그 후 두 변태가 인기척을 느낀 하지메에게 불벼락을 맞은 것은 두말할 필요도 없다.

"흥흐흥~, 흥흐흥~! 날씨가 좋네요~, 데이트하기 딱 좋은 날씨예요~."

콧노래를 흥얼거리는 토끼 귀 소녀가 【휴렌】의 큰길을 폴짝폴짝 뛰다시피 걷고 있었다.

복장은 평소 입는 튼튼하고 노출이 심한 모험가풍 옷이 아니라 귀여운 흰색 원피스였다. 어깨끈은 가늘고 가슴 쪽이 크게 트여서 시아의 풍만한 가슴이 걸을 때마다 출렁출렁 흔들렸다. 허리에는 가느다란 검은 벨트를 약하게 졸라매어 시아의 잘록한 몸매가 한층 돋보였고, 볼륨감 있는 엉덩이 라인과 함께 참으로 매력적인 곡선을 그리고 있었다. 무릎 위 15센티미터까지 올라오는 옷자락 아래로 뻗은 날씬하고 탄력 있는 각선미는 출렁이는 가슴에 뒤지지 않을 만큼 남자들의 시선을 끌어모았다.

하지만 그중에서도 가장 매력적인 것을 꼽으라면 그녀의 분위기와 미소라 하겠다. 뺨을 붉히며 즐거워서 어쩔 줄 모르겠다는 감정이 온몸으로 숨김없이 흘러넘쳤다. 아인족이라거나, 예쁘게 꾸몄어도 목줄 비슷한 것을 차고 있다는 사실은 사사로운 문제라는 양, 시아는 지나가는 족족 주위 사람의 눈길을 사로잡았고 연배가 있는 어르신은 흐뭇하게 미소 지었다.

하지메는 평소에 보이지 않는 온화한 표정으로 그런 시아의 뒤를 따라 걷고 있었다.

얼마나 마음이 들떴는지, 시아는 혼자 앞으로 나가서 빙글 돌아 하지메에게 웃어 보이고는 하지메가 따라오는 것을 기다렸다가 다시 앞으로 나가길 반복했다. 그 모습에 하지메도 주위 사람들과 마찬가지로 무심결에 표정이 누그러들었다.

"시아, 그만 촐싹대고 앞을 봐. 그러다 넘어질라."

"후후후, 그런 실수를 할까 봐요~? 전 유에 씨한테 훈련받고 있다구욧—?!"

시아는 주의를 주는 하지메를 다시 돌아보며 괜찮다고 하면서도, 아니나 다를까 발을 헛디뎌 넘어질 뻔했다. 하지메는 곧장 그 허리를 감싸서 받쳤다. 시아의 신체 능력이라면 문제없이 균형을 잡았겠지만 기장이 짧은 원피스를 입은 터라 만약을 위해 잡아준 것이었다. 콧구멍을 벌렁거리며 시아를 응시하는 남자들에게 눈 호강을 시켜줄 생각은 없었다.

"제, 제성해여……."

"자, 똑바로 서. 신 난 건 알겠으니까 옆에 서서 걸어."

허리를 안겨 부끄럽게 몸을 옴츠러뜨린 시아는 하지메의 소맷자락 끄트머리만을 살짝 잡은 채, 이번에는 좁은 보폭으로 다소곳이 하지메 옆을 걸었다. 볼을 붉히고 수줍어하는 그 사랑스러운 모습에 주위 남자들은 거의 모두 녹아웃 된 상태였다. 그중 몇 명은 함께 걷던 연인의 주먹이 원인인 것 같기도 하지만…….

그렇게 주변의 시선을 모으던 두 사람은 마침내 관광 지구에 들어섰다.

관광 지구에는 수많은 오락 시설이 존재한다. 그 예로 극장부터 시작해 길거리 공연 구역, 서커스, 음악 홀, 수족관, 투기장, 게임 스튜디오, 전망대, 형형색색의 꽃밭과 거대한 미로 정원, 아름다운 건축물과 광장 등이 있었다.

"하지메 씨, 하지메 씨! 우선은 메어슈타트에 가요! 살아 있는 바다 생물은 한 번도 못 봤단 말이에요!"

가이드북을 한 손에 든 시아가 빨리빨리를 외치듯 토끼 귀를 쫑긋거렸다. 【하르치나 수해】 출신이라서 바다 생물을 본 적이 없다는 이유로, 【휴렌】 관광 지구에서도 유명한 수족관인 메어슈타트에 가보고 싶다는 것이었다.

참고로 수해에도 큰 호수나 강은 있어서 민물고기라면 자주 봤다는 모양이지만, 바다 생물이라면 설령 생김새가 같은 물고기라도 느끼는 바가 다르다나 뭐라나. 하지메는 물고기가 다 거기서 거기지, 라고 생각했으나…… 분위기를 깨지 않기 위해 입 밖으로 내진 않았다. 하지메 나름대로 오늘은 시아를 다정하게 대해줄 생각이었다.

"이야, 내륙인데 바다 생물을……? 본격적인걸. 운송이나 관리하기 힘들 텐데."

흥미를 느끼는 부분이 조금 색달랐지만 거절할 이유도 없기에 승낙했다. 시아는 싱글벙글 웃으며 하지메의 손을 잡고 끌었다. 토끼 귀가 통통 뛰고 꼬리가 실룩샐룩 춤췄다.

도중에 길거리 공연 구역에서 인간의 한계에 도전하는 듯한 아슬아슬한 묘기에 눈길을 빼앗기기도 하며 두 사람은 메어슈타트에 도착했다. 도착하고 본 메어슈타트는 상당히 큰 시설이었다. 바다의 이미지를 연출한 것인지 건물은 전체적으로 푸른색을 띠었으며 많은 사람으로 북적거렸다.

내부는 지구의 수족관과 몹시 유사했다. 다만 지구만큼 높은 수압에 견딜 투명 수조를 만들 기술력은 없는지, 격자형 금속제 울타리에 두꺼운 유리가 타일처럼 박혀 있는 식이라서 조금 구경하기 불편한 감은 있었다.

하지만 시아는 전혀 신경 쓰이지 않는지 처음 보는 바다 생물이 헤엄치는 모습에 눈을 해맑게 빛냈고, 눈에 비치는 것마다 손가락을 뻗으며 하지메에게 말을 걸었다.

그 눈빛이며 행동거지가 바로 옆에 있는 한 가족의 꼬마 여자애와 똑같았다. 불현듯 아이의 아버지로 보이는 사람과 눈이 맞았는데 그 눈에서 묘한 측은지심이 느껴지는 것만 같았다. 하지메는 괜히 멋쩍은 마음에 시아의 손을 붙잡고 냉큼 자리를 떴다.

그리고 시아가 하지메의 행동에 깜짝 놀라면서도, 손을 잡힌 것이 기쁜지 홍조를 띠며 그 손을 맞잡은 것은 당연한 흐름이었다.

그 후 여차여차 한 시간쯤을 수족관에서 보내고 있는데, 갑자기 시아가 움찔하더니 어느 수조를 다시 돌아보고는 응시하기 시작했다.

그곳에 있는 것은…… 시O[1]이었다. 하지메가 아는 모 게임의 인면어와 붕어빵이었다.

"……왜, 왜 저게 여기에……."

전율한 시아가 한 발 뒷걸음질 쳤다. O맨은 시아를 알아차

---

[1] 시O 게임 「시맨 ~금단의 펫~」에 등장하는 시맨의 패러디.

렸는지, 수조 안에서 나른한 표정으로 그녀를 마주 보았다. 영문 모를 긴박감이 흘렀다. 하지메는 그런 두 명(?)을 그대로 두고 수조 옆에 붙은 설명문을 읽었다.

"어디 보자…… 대화를 할 수 있다고?"

설명문에 의하면 이 시오은 어엿한 수생 마물이지만, 놀랍게도 고유 마법 『염화(念話)』로 대화가 가능하다고 한다. 현재까지 확인된 바로는 유일하게 의사소통이 가능한 마물로 유명하다는 모양이다.

다만 엄청나게 게을러서 좀처럼 말을 하려고 하지 않는 데다가, 어쩌다 대화가 가능하더라도 만사가 귀찮다는 대답밖에 하지 않는 탓에 이야기를 나누는 동안 상대방마저 무기력하게 만드는 부작용(?)이 있으니 주의가 필요하다나 뭐라나…….

그리고 술을 대단히 좋아해서 술이 들어가면 말이 많아진다고 한다. 단, 일방적인 훈계만 끝없이 늘어놓을 뿐 대화할 생각이 없어진다고……. 덧붙이자면 정식 명칭은 리맨[2]이었다.

하지메는 한 줄기 땀을 흘리면서 수조를 바라보는 건지, 노려보는 건지 알 수 없는 시아를 놔두고 리맨에게 말을 걸어 봤다. 하지만 그냥 말을 걸어도 여간해서는 대답해주지 않는다고 하니 마찬가지로 『염화』를 써 봤다.

『이봐, 너 염화를 쓸 수 있다며? 정말로 말할 수 있어? 말뜻은 이해하고?』

갑작스런 『염화』에 리맨의 눈가가 한순간 꿈틀했다. 그리고

---

[2] 리맨 일본에서 샐러리맨을 뜻하는 속칭.

시아에게서 눈을 뗀 뒤 천천히 하지메를 돌아봤다. 시아가 왠지 이겼다는 표정을 지었지만 그건 무시하기로 했다.

『……나 참, 너 나 본 적 있어? 자기소개부터 하는 게 예의 아니야? 하여튼, 이래서 요즘 젊은것들은…….』

아저씨 얼굴의 물고기에게 예절을 지적받았다. 뼈아픈 실수였다. 하지메는 뺨을 실룩거리며 다시 대화를 시도했다.

『……미안. 나는 하지메야. 정말로 대화가 가능하네. 리맨이란 건 대체 뭐야?』

『……그러는 넌 인간이란 건 대체 뭐냐고 질문받으면 어떻게 대답할래? 그딴 걸 알 리가 없잖아? 뭐, 구태여 말하자면 나는 나지. 그게 다야. 그리고 나한테 이름은 없으니까 부르고 싶은 대로 불러.』

하지메는 내심 맙소사를 외쳤다. 어쩐지 하는 말이 모두 상식적이고 조금 멋있었다. 너무나도 예상 밖이었다. 만사 귀찮아하는 것 아니었냐며 수족관 직원에게 클레임을 걸고 싶을 지경이었다.

하지메가 현실에서 도피하느라 살짝 정신을 놓고 있자 이번에는 리맨 쪽에서 질문을 던졌다.

『나도 하나만 묻자. 어떻게 염화를 쓸 수 있지? 인간의 마법을 쓰는 느낌도 안 드는데…… 마치 나와, 아니, 우리와 같은 것 같군.』

어떻게 보면 당연한 의문일 것이다. 인간이 고유 마법으로 『염화』를 쓰고 있으니까. 왜 마물인 자신처럼 아무렇지도 않게 고유 마법을 쓸 수 있는지 궁금한 것이리라. 평소에는 좀처럼 입을 열지 않는 리맨이 하지메와의 대화에 응한 것은 그것이 원인일지도 모르겠다.

하지메는 헛기침을 한 번 하여 마음을 가다듬고 『염화』를 쓸 수 있는 마물을 잡아먹어 능력을 빼앗았다고 상당히 간추려 설명했다.

『……젊은데 고생이 많았나 보군. 기분이다, 묻고 싶은 게 있으면 물어봐. 이 아저씨가 아는 거라면 알려주마.』

동정을 샀다. 아무래도 마물을 잡아먹을 수밖에 없을 만큼 가난하다고 착각한 모양이었다. 지금 하지메가 입은 제법 말쑥한 복장을 보고 『굳세게 살았구먼! 짜식, 눈물 나게……』라며 지느러미로 코를 슥 문지르는 시늉을 했다.

실제로 고생한 것은 맞으니 하지메도 딱히 정정하지는 않았다. 인면어에게 동정받는 자신의 인생에 약간 정신적 충격은 받았지만…….

간신히 정신을 추스른 하지메는 리맨에게 여러 질문을 했다. 예를 들어 마물에게는 명확한 의사가 있는지, 마물은 어떻게 생겨나는지, 의사소통 가능한 마물은 더 없는지 등을…….

그에 대해 리맨이 말하길, 대부분의 마물은 본능에 따를 뿐 명확한 의사는 없으며 언어를 이해하고 의사소통 가능한 마물은 자신의 종족 외에는 모른다, 또 마물이 태어나는 방법도 모른다고 했다.

그 밖에도 이런저런 말을 주고받다 보니 제법 시간이 흘렀다. 옆에서 보면 젊은 남자와 아저씨 얼굴을 한 인면어가 마주 본다는, 이루 뭐라고 표현할 수 없는 기이한 광경인지라 사람들이 쳐다보기 시작했다.

"우우, 하지메 씨. 사람들이 다 쳐다봐요. 저랑 데이트하는 중에 왜 아저씨 얼굴 마물이랑 마주 보고 계신 거예요……. 마주 볼 사람은 저잖아요?"

시아가 토끼 귀를 납작하게 접고는 민망한 듯 안절부절못하면서 하지메의 옷자락을 살짝 당겼다. 하지메는 어쩔 수 없이 이야기를 끝맺었지만 그 아쉬워하는 태도에 시아의 토끼 귀가 더욱 힘없이 처졌다.

하지메는 개인적으로 리맨과 나누는 이야기가 제법 재미있어서 가능하면 조금 더 이야기를 나누고 싶었지만…… 오늘은 시아에게 맞춰주기로 했기에 무시하면 약속을 어기는 셈이었다.

리맨도 『어이쿠, 데이트를 방해했군. 눈치가 없었어』라며 대화를 끝냈다. 어쩜 이리도 눈치 좋은 아저씨(단, 인면어 마물)가 다 있을까.

참고로 그때는 이미 「리 아저씨」니 「하 도령」이니 하는 사이가 되어 있었다. 하지메는 리맨에게서 사나이다움을 느꼈다.

하지메는 마지막으로 리맨이 왜 이런 곳에 있는지를 물었다. 그러자 돌아온 대답은—.

『아니 그게, 아까도 말했다시피 마음 따라 발길 따라 여행하고 있었는데…… 얼마 전 지하 수맥을 헤엄칠 때 난데없이 지상으로 솟구치더라고. 정신을 차리고 보니 지상 물웅덩이 옆 풀밭에 떨어져 있었어. 딱히 물속이 아니라도 죽지는 않지만, 그래도 움직일 수가 있어야지. 그래서 염화로 도움을 요청하고 있다 보니…… 여기로 끌려왔다, 뭐 그런 이야기야.』

하지메의 얼굴을 타고 땀 한 줄기가 죽 흘러내렸다. 그것은 하지메 일행이 밀레디 라이센에게 대미궁에서 강제 배출되었을 때가 분명했다.

아무래도 리맨은 거기에 말려들어 함께 지상으로 튀어나온 듯했다. 직접적인 원인은 밀레디 그 멍청이지만 말려들게 한 점에는 변함이 없었다.

하지메는 거북함을 느끼면서도 일단 리맨에게 물었다.

『저~, 리 아저씨. 그 뭐냐, 여기서 나가고 싶어?』

『뭐? 그야 나가고 싶지. 나한테는 정처 없이 떠도는 여행이 성미에 맞아. 생명은 자연에서 태어나 자연으로 돌아가는 게 제일이야. 이런 우리 속이 아니라 드넓은 바다에 안겨 죽고 싶군.』

리맨의 말 한마디 한마디에 깊이가 있었다. 이미 리맨이 마음에 든 하지메는 자기 탓에 말려들기도 했으니 그를 돕고자 생각했다.

『리 아저씨, 그럼 내가 근처 강으로라도 보내줄게. 사정을 들어 보니까 우리 일에 말려들어서 이렇게 된 것 같거든. 몇 분 있다가 탈것을 보낼 테니까 나만 믿고 그대로 실려 가.』

『하 도령……. 헷, 젊은 게 마음 쓰기는. 무슨 짓을 하려는 건지는 모르겠다만, 날 도와주겠다는 녀석을 믿지 못할 만큼

삐뚤어지지는 않았다. 하 도령을 믿고 기다리겠어.』

하지메와 리맨은 함께 의리의 웃음을 주고받았다.

그렇게 의기투합한 표정으로 마주 보는 두 명(?)에게 시아는 설마하니 라이벌 등장이냐며 얼굴을 굳혔다.

하지메가 시아의 손을 잡고 그 자리에서 발길을 돌렸다. 영문은 모르겠지만 일단 하지메를 따라가는 시아에게 리맨이 『염화』를 날렸다.

『아가씨, 그때는 놀라게 해서 미안했어. 하 도령이랑 잡은 손, 놓으면 안 된다.』

"에, 엥? 아, 아뇨, 신경 안 써요! 덕분에 하지메 씨랑 첫 키스도 했고요! 그리고 물론 안 놓을 거예요!"

시아는 뭐가 뭔지는 몰라도 대답만은 똑바로 돌려줬다. 리맨은 그런 시아에게 만족스러운 미소를 지어 보였다. 오지랖도 넓다며 피식 웃은 하지메는 새로운 친구(따지고 보면 이 세계에 와서 처음 사귄 남자(?) 친구)의 앞날에 행운이 함께하길 빌며 수족관을 뒤로했다.

그리고 그로부터 몇 분 후, 아래에 바구니를 매달고 하늘을 나는 십자가가 수족관에 날아들어 리맨의 수조를 박살 냈다. 그리고 흘러나온 리맨을 누군가가 바구니에 담은 뒤 쫓아오는 직원을 다치지 않게끔 뿌리친 후, 벽을 부수고 하늘 저 멀리 사라지는 괴사건이 발생했다.

신종 마물인가, 아니면 리맨의 숨겨진 능력인가? 【휴렌】의 행정부까지 말려드는 소란이 벌어졌지만…… 그건 아무래도 상관없는 이야기다.

　한편 그 무렵…….

　유에와 티오는 필요한 물건을 사러 상업 지구를 걷고 있었다. 그래도 하지메의 『보물 창고』에는 필요한 것이 대량으로 들어 있어서 여행 중 소비한 분량을 조금 보충하는 수준이었다. 그러므로 식료품을 많이 사러 다닐 필요는 없기에 두 사람은 상업 지구를 어슬렁어슬렁 산책하며 가게를 여기저기 돌아보고 있었다.

　"흠, 그나저나 유에. 정말로 괜찮겠느냐?"

　"응? ……시아?"

　"그래. 어쩌면 지금쯤 뭔가 진전이 있었을지도 모를 일이야. 네가 생각하는 이상으로 말이다."

　티오가 옷 가게의 전시품을 들여다보던 유에에게 그런 질문을 했다. 말투에는 살짝 놀리는 듯한 억양이 섞여 있었다. 여유 부리고 있을 때인가? 믿는 도끼에 발등 찍힐지도 모른다, 라는 투로…….

　하지메 일행의 여행에 참여한 지 얼마 안 된 신입인 티오는 세 사람의 기묘한 관계에 흥미가 있었다. 앞으로 함께 여행하는 이상 허심탄회하게 이야기해 보고 싶었던 것이다.

　그 말에 유에는 한 치의 동요도 없이 티오를 힐끔 보고는 어깨를 으쓱했다. 그 태도로 보아 정말로 아무런 위기의식도 없는 것 같았다.

"……그럼 기뻐."

"기쁘다고? 내 남자가 다른 여자와 정분이 나는 데도?"

"……다른 여자가 아니라, 시아니까."

티오는 고개를 갸웃거렸으나 유에는 가게를 돌아보며 말을 이었다.

"……처음에는 하지메에게 달라붙고, 이런저런 흑심이 보여서 성가셨어. 그래도 그 애를 보다 보니까 알게 됐어."

"알게 돼?"

"……응. 그 애는 언제나 전력투구. 열심이야. 소중한 걸 위해, 좋아하는 걸 위해. 좋든 나쁘든 올곧아."

"흠, 그건 보고 있으면 알 것도 같구나. ……그래서 그 정에 마음을 풀었다?"

티오는 시아를 알게 된 지 얼마 되지 않았지만 지금까지 보아 온 그녀를 머릿속에 떠올리며 미소 지었다. 아인족 속에서 살기 힘든 체질을 타고났으면서도 웃음을 잃지 않는 분위기 메이커 토끼 소녀를 생각하면 자연스럽게 입꼬리가 올라갔다.

아직 젊은 나이 때문에 부족한 점이나 엉뚱한 짓을 하는 경향은 있지만 티오도 언제나 열심인 시아를 좋아했다. 하지만 유일무이한 연인과 데이트를 허락할 근거로는 다소 부족하다는 생각이 들었다. 그래서 티오는 이유가 그것뿐이냐고 재확인했다.

"……절반은."

"절반? 흠, 그럼 남은 절반은 무엇이더냐?"

의아해하는 티오에게 유에는 처음으로 입가에 작고 부드러운 웃음을 띠며 대답했다.

"……시아는 날 좋아해. 하지메를 좋아하는 만큼이나. 의미는 달라도 크기는 같아. 귀엽지?"

"……오호라. 그 아이에게는 주인님과 유에가 모두 필요하다는 건가. ……순수한 호의를 내칠 수 있는 사람은 적은 법. 그 아이의 인덕인지도 모르겠어. 흠, 유에가 시아를 생각하는 마음은 알았다. ……하나 주인님은 어떻지? 마음을 빼앗길 거란 걱정은 안 하는 게냐? 그 아이의 매력은 유에 너도 잘 알지 않느냐?"

유에는 그거야말로 괜한 걱정이라는 듯 어깨를 으쓱이고 이번에는 요염한 미소를 지어 보였다. 눈을 가느스름하게 뜨고 볼을 붉히며 작은 혀로 입술을 날름 핥았다.

소녀처럼 자그마한 몸집을 가졌으면서 온몸에서 흘러나오는 농염함에 길을 가던 이들이 남녀 불문하고 발길을 멈추어 눈길을 빼앗겼다. 그리고 유에에게 시선이 고정된 채로 걸어오던 보행자와 충돌하는 사고가 곳곳에서 일어났다. 옆에 있는 티오의 색기 넘치는 풍만한 육체조차 빛을 발하지 못할 정도였고, 정작 티오 본인도 어젯밤 훔쳐본 유에의 녹아내릴 듯한 표정을 떠올리고는 무심결에 눈길을 사로잡혔다.

유에는 자각 없이 여기저기에 사고를 발생시키며, 혹은 자각하면서도 일부러 그것을 무시하며 말했다.

"……하지메가 『소중한 것』을 더 많이 늘려줬으면 해. 그래도······『특별한 것』은 나뿐이야. 빼앗을 수 있으면 한번 해봐. 언제, 어디서, 그 누구라 할지라도······ 받아들일 테니까."

유에는 은연중에 네가 할 수 있겠느냐고 도발하며 미소 지었다. 그 표정은 평소의 무표정과 대비되었고 이루 말할 수 없는 박력을 느낀 티오는 한 발 물러섰다.

무의식중에 뒷걸음질 쳤던 것일까? 티오는 그런 자신에게 한순간 놀란 표정을 짓고 쓴웃음과 함께 양손을 들어 항복했다.

"뭐, 사실······ 도전하겠다는 말은 아니야. 나는 주인님이 괴롭혀주면 족하니 말이다."

"······변태."

유에는 어처구니없다는 표정으로 티오를 보았지만 본인은 쾌활하게 깔깔 웃을 뿐이었다.

유에는 티오가 일부러 이런 이야기를 꺼낸 이유가 자신들과의 관계를 돈독히 하기 위함이라고 짐작하고 있었다. 한때 동경하던 용인족의 한결같은 변태성에 한숨을 푹 쉬면서도 그녀와는 잘해 나갈 수 있을 것 같다고 피식 웃었다.

그렇게 거리가 조금 줄어든 두 사람이 온화한 분위기로 걸음을 떼려고 한 순간—.

"으헥!"

"푸헉!"

바로 근처에 있는 건물 벽이 큰 소리와 함께 무너졌고 그곳에서 두 남자가 튕겨 날아왔다. 남자들은 비명을 지르며 길바닥에 떨어진 후 그대로 바닥에 얼굴을 대고 몇 미터 나아간

뒤에야 겨우 멈췄다. 꼼짝도 하지 않는 그들은 마치 시체 같았…… 아니, 시체였다.

그리고 또다시 같은 건물 창문을 깨며 남자 몇 명이 비명을 지르면서 핀 볼처럼 튕겨 날아왔다. 그 건물 안에서는 뭔가가 과격하게 부서지는 소리가 울려 퍼지고 있었고 그때마다 건물이 격렬하게 진동하여 외벽에 금이 갔다.

그리고 십수 명의 남자가 『보여줄 수 없어요!』한 상태로 널브러져 있거나, 팔다리가 이상한 방향으로 꺾인 채 움찔움찔 경련하며 길거리에 엎어져 있던 그때, 기어코 건물 자체가 극심한 피해를 견디지 못하고 꽝음과 함께 폭삭 내려앉았다.

구경꾼이 비명을 지르며 거미 새끼 흩어지듯 거리를 두는 와중, 유에와 티오는 귀에 익은 목소리와 인기척에 그 자리에 가만히 머물며 어이없다는 표정을 지었다.

"아, 역시 너희 둘이었군……."

"어? 유에 씨랑 티오 씨? 왜 이런 곳에 계세요?"

"……그건 우리가 할 말. 데이트치고는 너무 과격해."

"그러게 말이다. 그래서 주인님, 이번에는 또 무슨 사건에 휘말렸는고?"

유에와 티오가 감지한 대로 먼지를 헤치고 나온 것은 하지메와 시아였다.

둘은 데이트를 나갔을 때 복장 그대로 각자 친숙한 무기를 들고 유에와 티오 곁으로 다가왔다. 사랑스럽게 옷을 빼입고서 흉악한 전투용 망치를 어깨에 걸친 시아의 모습이 대단히 언밸런스했다.

"아하하, 저도 이런 데이트를 할 생각은 아니었는데 어쩌다 보니……. 잠깐 인신매매 조직 관련 시설을 없애고 다니던 참이에요."

"……어쩌다 보니 범죄 조직과 싸워?"

유에가 기가 막힌다는 표정을 짓자 시아가 메마른 웃음을 흘렸다. 티오는 눈짓으로 어떻게 된 영문인지 하지메에게 설명을 요구했다.

"뭐, 마침 일손이 부족하던 차에 잘됐어. 설명할 테니까 좀 도와줄래?"

하지메는 돈나를 총집에 넣고 통행에 방해되는 길바닥에 나뒹구는 남자들을 건물 잔해 위로 휙휙 집어던졌다. 그리고 층층이 쌓이는 남자들을 한 번 흘긴 후 유에와 티오에게 무슨 일이 있었는지 사정을 설명했다.

메어슈타트 수족관을 나와서 점심 식사를 마친 뒤, 하지메와 시아는 미로 정원과 길거리 공연을 보며 산책하고 있었다. 시아의 팔에는 노점에서 산 음식 꾸러미가 잔뜩 들렸고 지금은 바닐라 아이스크림 같은 것을 먹어 치우는 중이었다.

"잘도 먹네……. 그렇게 맛있어?"

"냠…… 네! 엄청 맛있어요. 휴렌은 역시 뭐가 달라도 다르네요. 그냥 노점도 수준이 높아요."

"너무 먹어서 살찌진 마라."

"……하지메 씨, 여자에게 그런 소리 하는 거 아니에요."

하지메의 말에 한순간 시아의 손이 멈췄지만 「나중에 운동할 건데 뭐……. 내일부터 조금 자제할 건데 뭐……」라는 둥 중얼중얼 변명을 늘어놓으며 다시 노점 음식을 탐닉하기 시작했다. 그런 시아를 보고 피식 웃으면서 나란히 걷던 하지메는 문득 살벌한 표정으로 발밑을 내려다봤다.

그것을 눈치챈 시아가 고개를 갸우뚱 기울이고 하지메에게 물었다.

"하지메 씨, 무슨 일 있어요?"

"응? 아, 기척 탐지에 인기척이 느껴져서……."

"기척 탐지를 쓰고 있었어요?"

"단련도 할 겸, 기본적으로 항상 쓰고 있지."

"응~? 그래도 뭐가 신경 쓰이시는 거죠? 사람이라면…… 주변에 많잖아요?"

시아는 주위를 돌아보며 의아해했다.

"아니, 그런 게 아니라……. 내가 감지한 건 아래야."

"아래? ……아, 하수도요? 음, 그럼 관리 시설 직원분이 있다거나?"

"그럼 신경도 안 쓰였겠지. 왠지 기척이 이상하게 작은 데다가 약해……. 이거 아마 어린애일 거야. 게다가 쇠약해졌어."

"……?! 크, 큰일이잖아요?! 어쩌면 어디 구멍으로 떨어져서 떠내려가고 있는 건지도 몰라요! 하지메 씨, 쫓아가요! 어디예요?"

시아는 하지메의 말을 듣기가 무섭게 달려 나갔다.

하지메는 아이코가 말한『쓸쓸한 삶』을 살지 않도록 나름대로 유념하고 있었지만 정작 먼저 달려 나간 것은 시아라는 사실에 자조하지 않을 수 없었다. 역시 시아의 밝고 올바른 성격은 하지메에게도 좋은 영향을 주는 듯했다.

하지메는 시아와 둘이서 지하를 제법 빠르게 떠내려가는 기척을 쫓았다. 그리고 도시의 구조상 현재 서 있는 큰길을 따라서 하수도가 흐르고 있으리라 예상하고, 단숨에 인기척을 앞질러 바닥에 손을 대 연성을 했다. 붉은 스파크가 발생하고 금세 수직으로 구멍이 뚫렸다.

하지메와 시아는 망설이지 않고 구멍으로 뛰어내렸다. 그리고 지하에서 지독한 악취를 풍기며 흐르는 하수에 떨어지기 전에, 하지메는 시아를 끌어안고『공력』으로 도약해 하수구 양 측면에 있는 통로에 착지했다.

"하지메 씨, 저도 기척을 파악했어요. 제가 들어가서 건져 올게요!"

"아니, 안 그래도 돼."

하지메는 모처럼 데이트용으로 장만한 옷이 더러워지는 것을 개의치 않고 하수구에 뛰어들려하는 시아의 목덜미를 붙잡았다. 그리고 다시 바닥에 손을 대고 연성을 했다.

붉은 스파크와 함께 수로에서 철망이 솟아났고, 떠내려온 아이는 비스듬히 설치된 철망에 걸려 그대로 하지메가 있는 곳으로 옮겨졌다. 하지메는 왼팔의 기믹으로 팔을 늘려서 아이를 들어 통로 위까지 건져 올렸다.

"이 아이는······."

"숨은 쉬네. 일단 여기서 나가자. 냄새 때문에 죽겠어."

건져 올린 아이를 보고 시아가 놀라서 눈을 크게 떴다. 하지메도 아이의 외견을 보고 이곳에 있을 아이가 아니라는 것쯤은 눈치챘기에 내심 제법 놀라고 있었다. 하지만 장소가 장소다 보니 몸과 정신 건강에 좋지 않을 것 같아 우선 장소를 옮기기로 했다.

아이의 신원으로 봐서 단순한 사고로 떠내려왔다고는 생각하기 어려우므로 그대로 구멍을 통해 거리로 나가는 것은 주저되었다. 하지메는 연성으로 처음 구멍을 막는 대신 지상의 건물 배치를 떠올리며 하수도 벽을 연성해 구멍을 냈다. 그리고 『보물 창고』에서 꺼낸 담요로 아이를 감싸서 안아 들고 이동을 개시했다.

잠시 후, 어느 막다른 골목에 갑자기 붉은 스파크가 튀더니 바닥에 구멍이 뻥 뚫렸고 그곳에서 하지메와 시아가 불쑥 튀어나왔다. 하지메는 연성으로 구멍을 막고 안아 든 아이를 보았다.

그 아이는 에메랄드그린의 머리를 길게 늘어트린, 이제 서너 살이나 됐을까 싶은 여자아이였다. 어린 데다가 오물 범벅이 되었는데도 그 얼굴은 한눈에 알 수 있을 정도로 곱고 앙증맞았다.

그리고 무엇보다도 특징적인 것은 하수도에서 하지메와 시아를 당혹시킨 귀였다. 보통 인간의 귀 대신 부채꼴 지느러미 같은 것이 달려 있었던 것이다. 게다가 담요 사이로 쏙 삐져나온 고사리 같은 손가락 사이사이에 부채처럼 접힌 얇은 막이 있었다.

"이 애, 해인족(海人族) 아이네요. 왜 이런 곳에⋯⋯."

"뭐, 제대로 된 이유가 아니란 건 확실하겠지."

해인족은 아인족 중에서 상당히 특수한 위치에 있는 종족이다.

서쪽 대륙 끝자락, 【그류엔 대사막】을 넘어서 바다 멀리 위치한 【바다 위 마을 에리센】에서 생활한다. 그들은 종족의 특성을 활용하여 대륙에 유통되는 해산물의 70퍼센트에 이르는 양을 잡아서 보내고 있다. 그렇기 때문에 아인족이면서도 【하일리히 왕국】이 공식적으로 보호하는 종족이다. 차별은 차별대로 하면서 쓸모가 있으면 보호한다니, 실로 약아빠졌다고밖에 할 말이 없다.

그렇게 보호받는 해인족이, 그것도 어린아이가 내륙에 위치한 대도시의 하수구에서 떠내려가고 있었다는 것은 말이 안되는 이야기였다. 범죄의 냄새가 물씬 풍겼다.

하지메와 시아가 복잡 미묘한 표정으로 마주 보고 있자 해인족 아이의 앙증맞은 코가 실룩실룩 움직이더니 눈을 깜빡떴다.

처음에는 당황스러운 눈길로 주변을 살피던 해인족 아이는 이윽고 그 크고 동그란 눈동자를 하지메에게 고정했다. 그리고 말없이, 그저 물끄러미 하지메를 바라보았다.

하지메도 눈이 맞자 왠지 피하지 않고 물끄러미 마주 보았다. 쭉, 계속, 끊임없이…….

"둘이서 대체 뭐하는 거예요…….""

정체 모를 긴박감이 떠도는 가운데, 시아가 어처구니없다는 표정으로 다가오자 해인족 아이의 배에서 꼬르륵 하고 귀여운 소리가 났다. 아이는 다시 코를 실룩거리고는 드디어 하지메에게서 눈을 돌려 이번에는 시아가 들고 있는 노점 음식에 시선을 고정했다.

"이거?"

시아가 고개를 까딱거리면서 꼬치구이가 든 꾸러미를 좌우로 흔들었다. 그러자 아이의 눈도 마치 자석이라도 붙은 것처럼 좌우로 흔들렸다. 아무래도 배가 많이 고픈 모양이었다. 하지만 하지메는 시아가 봉투에서 꼬치구이를 꺼내려는 것을 막고 아이에게 말을 걸며 연성을 시작했다.

"너, 이름이 뭐야?"

여자아이는 시아가 가진 꼬치구이에 눈길을 빼앗겨 있다가, 갑자기 바닥에서 붉은 스파크가 튀며 땅이 사각형 상자 모양으로 솟아오르자 놀란 듯 몸을 움츠렸다. 그리고 하지메의 질문에 눈동자를 이리저리 굴린 후 작게 속삭이듯 자신의 이름을 말했다.

"……뮤."

"뮤……. 나는 하지메고, 저 애는 시아야. 그런데 뮤, 그 꼬치구이가 먹고 싶으면 우선 몸부터 씻어."

하지메는 완성된 간이 욕조에 『보물 창고』에서 꺼낸 깨끗한 물을 채우고 플람 광석을 이용한 온석(溫石)으로 수온을 조절하여 목욕물을 준비했다. 오수(汚水)가 묻은 몸으로 그대로 음식을 섭취하는 것은 대단히 위험하다. 얼마쯤 마시기도 했을 테니까 해독 작용이나 살균 작용이 있는 약도 사다 먹일 필요가 있었다.

대답할 틈도 없이 오수를 머금어 더러워진 옷이 벗겨져 욕조에 내던져진 뮤는 겁먹은 듯 몸을 움츠렸지만, 몸을 감싸는 열기에 차츰 눈에서 힘이 풀렸다.

하지메는 시아에게 약과 수건, 비누 등을 건네어 뮤를 잠시 돌보게 하고 자신은 뮤의 옷을 사러 골목에서 나갔다.

얼마 안 있어 뮤의 옷을 산 하지메가 골목으로 돌아오자 뮤는 이미 욕조에서 나와 새 담요를 말고 시아 품에게 안겨 있었다.

"아~, 해야지."

그리고 그 품 안에서 조그마한 입을 오물오물 열심히 움직여 시아가 주는 꼬치구이를 먹고 있었다. 지저분하던 머리는 반짝이는 에메랄드그린의 빛깔을 되찾았고 빛을 반사하여 마치 천사의 고리를 연상시켰다.

"앗, 하지메 씨. 어서 오세요. 전문 지식은 없지만 뮤는 괜찮아 보여요."

하지메가 돌아온 것을 눈치챈 시아가 아직 물기가 남은 뮤의 머리를 쓰다듬으면서 하지메에게 보고했다. 뮤도 그 말에

하지메가 돌아온 것을 알고 입을 오물오물하면서 다시 빤히 하지메를 바라보기 시작했다. 아마도 좋은 사람인지 나쁜 사람인지를 판단하려는 것이 아닐까.

하지메는 시아의 말에 고개를 끄덕이고 사 온 옷을 꺼냈다. 시아가 지금 입은 옷에 잘 어울리는 페미닌 룩의 흰색 원피스와 스트랩 샌들 같은 신발, 속옷이었다. 유아용이라고는 하나 가게에서 살 때 점원의 눈이 무지하게 신경 쓰였다.

하지메는 뮤 옆으로 다가가서 담요를 벗기고 머리 위로 원피스를 쑥 입혔다. 하는 김에 속옷도 후딱 입힌 뒤 뮤 앞에 무릎 꿇어 신발을 한쪽씩 신겼다.

그리고 온풍을 내는 아티팩트, 쉽게 말해 드라이어를 『보물창고』에서 꺼내 물기가 남은 뮤의 머리를 말렸다. 뮤는 그냥 하지메가 하는 대로 얌전히 있으면서 여전히 하지메를 물끄러미 바라보았지만, 온풍이 기분 좋은지 「응뮤~」 하는 괴상한 소리를 내며 서서히 눈에서 힘을 풀었다.

"……하지메 씨는 안 그럴 것 같으면서도 사람을 잘 돌보네요."

"무슨 소리야? 생뚱맞게……."

하지메는 뮤의 머리를 말리면서 시아의 말에 눈썹을 일그러뜨렸으나 당장 그 모습이 사람을 잘 돌본다는 증거이기에 시아는 싱글싱글 웃었다. 왠지 멋쩍어진 하지메는 화제를 돌리기로 했다.

"그런데 앞으로 어떻게 할래?"

"뮤를 어떻게 하느냐 말이죠?"

뮤는 두 사람이 자신의 이야기를 한다는 것을 아는지 눈동자를 위로 굴려 시아와 하지메를 번갈아 봤다.

하지메와 시아는 일단 뮤의 사정을 듣기로 했다.

그 결과, 뮤가 더듬거리며 말한 내용은 하지메의 예상과 가까웠다. 즉, 어느 날 해안선 근처에서 어머니와 함께 헤엄치다가 홀로 떨어져 버렸는데, 헤매는 도중 인간족 남자에게 잡혔다는 것이었다.

그리고 사막을 건너 몇 날 며칠의 고된 여정 끝에 【휴렌】으로 끌려온 뮤는 어두컴컴한 감옥 같은 곳에 갇혔다. 그곳에는 자기 말고도 인간족 아이가 많았다.

거기서 며칠을 지내는 사이, 함께 있던 아이들은 매일 몇 명씩 밖으로 끌려 나가서 돌아오지 않았다. 나이가 조금 많은 소년이 말하길, 구경거리가 되어 손님이 부르는 값에 팔려 나간다는 것이었다.

마침내 뮤의 차례가 되었을 때, 그날 우연히 하수 시설을 정비하고 있었는지 지하 수로로 이어진 문이 열려 있었고 그리운 물소리를 들은 뮤는 순간적으로 뛰어들었다.

서너 살밖에 안 된 아이가 뭘 할 수 있겠냐고 생각했던 건지, 족쇄를 채워 놓지 않았던 것이 천만다행이었다. 뮤는 오수의 불쾌함을 꾹 참으며 죽자 살자 헤엄쳤다. 어리다고 해도 해인족의 아이. 통로를 따라 달릴 수밖에 없는 인간에게는 물살을 타고 도망치는 뮤를 따라잡을 재간이 없었다.

하지만 익숙하지 않은 긴 여행에 유괴되었다는 과도의 스트레스, 입에 맞지 않는 맛없는 음식밖에 먹지 못했으며 하수에 오래 잠겨 있다는 악조건 속에서 뮤는 기어이 육체적, 정신적 한계를 맞이해 정신을 잃었다.

그리고 몸을 감싸는 따스한 온기에 눈을 떠 보니 하지메의 팔에 안겨 있었다고 했다.

"손님이 가격을 부른다…… 경매인가? 그것도 인간족 아이나 해인족 아이를 상품으로 낸다면 불법 경매겠지."

"……하지메 씨, 어떻게 하실 거죠?"

시아가 마음이 아픈 듯 뮤를 꼭 끌어안았다. 그 눈동자에는 어떻게든 하고 싶다는 의지가 깃들어 있었다. 아인족은 인간에게 붙잡혀서 노예로 전락할 위험성을 으레 품고 있다. 그 공포와 괴로움은 가족이나 마찬가지인 이들을 빼앗긴 시아도 잘 알 것이다.

하지만 하지메는 고개를 가로저었다.

"보안서에 맡기는 게 나아."

"네? 이 아이나 다른 아이들을 버리시려고요……?"

하지메의 말에 시아가 물고 늘어졌다. 시아는 뮤를 꼭 끌어안은 채 충격을 받은 눈으로 하지메를 봤다.

하지메가 말하는 보안서란 지구에서 말하는 경찰 기관이다. 그곳에 맡긴다는 것은 뮤를 공적 기관에 맡긴다는 뜻이며, 자신들은 완전히 손을 놓겠다는 뜻이기도 하다. 그러니까 버린다기보단 미아를 찾았을 때의 올바른 대응이라고 해야겠지만 보통 사건이 아닌 만큼 시아는 그런 기분이 든 모양이었다.

하지메는 그런 시아에게 알아듣기 쉽도록 차근차근 설명했다.

"시아, 잘 생각해 봐. 미아를 찾으면 보안서에 보내는 건 당연한 일이야. 하물며 뮤는 해인족 아이니까 분명히 극진하게 보호받을 테고. 어디 그뿐이겠어? 해인족을 경매에 부치려고 한 대사건이잖아. 조만간 정식으로 수사가 시작될 거고, 그러면 다른 아이들도 보호받겠지."

아인족이라고 해도 【하일리히 왕국】이 공식적으로 보호하는 해인족 아이를 유괴했으니 제아무리 중립 도시라도 모른 척할 수는 없다. 행정부나 치안 유지 기관이 움직일 것은 자명했다. 그렇게 되면 틀림없이 뮤도 고향 땅으로 돌려보내지리라.

그렇게 설명해도 여전히 불만스러워 보이는 시아를 보고 하지메는 말을 덧붙였다.

"시아. 나도 직접 본 건 아니지만, 대도시에 이런 그림자는 따라붙게 마련이야. 뮤가 잡혀 있던 곳뿐만 아니라 공적 기관의 손이 미치지 않는 장소에서는 어디서든 횡행하고 있겠지. 즉, 이건 휴렌의 문제야. 우리가 생각 없이 손을 댈 문제가 아니라고. 게다가 어차피 신고는 해야 하잖아? 네 처지를 생각하면 자기 손으로 어떻게 하고 싶은 건 이해하지만……."

"그건…… 그렇지만요……. 하지만 적어도 이 아이만이라도 우리가 데리고 가지 않을래요? 어차피 서쪽 바다에는 가야 하는데……."

"……야, 그 전에 대화산에 가야 하잖아. 설마 대미궁 공략에 데리고 갈 생각이야? 아니면 사막에 혼자 내버려 둘까?

애초에 유괴당한 해인족 아이를 마음대로 데리고 나가 봐. 그럼 우리까지 유괴범 취급받을걸. 너무 투정 부리지 마."

"우우, 네……."

아무래도 시아는 이 짧은 시간에 뮤에게 상당히 정이 붙어 버린 모양이다. 자기 때문에 분위기가 안 좋게 흘러간다는 것을 짐작했는지 뮤는 시아의 몸을 꼭 안고 있었다. 뮤도 시아에게는 제법 마음을 허락하고 있는 것 같았다. 그 점이 뮤를 떼어 놓는 데 추가로 저항감을 낳은 것이리라.

하지만 하지메가 하는 말이 지당하니 시아는 어깨를 떨어뜨리면서도 고개를 끄덕였다. 하지메는 몸을 숙여서 뮤에게 눈을 맞추며 뮤가 이해할 수 있게끔 천천히 말했다.

"뮤, 잘 들어. 지금부터 너를 지켜줄 사람들에게 갈 거야. 그러면 시간은 걸리겠지만 언젠가 서쪽 바다에도 돌아갈 수 있어."

"……오빠랑 언니는?"

하지메의 말에 뮤가 불안에 잠긴 목소리로 물었다.

"미안하지만, 거기서 헤어져야지."

"싫어!"

"아니, 싫어가 아니라……."

"오빠랑 언니가 좋아! 여기 있을래!"

뜻밖에 강한 거절이 돌아와 하지메는 조금 당황했다.

뮤는 시아의 무릎 위에서 떼쓰는 아이처럼 야단을 피우기 시작했다. 지금까지 비교적 얌전한 아이라고 생각했는데 아무래도 그건 하지메와 시아가 어떤 사람인지 확인하던 중이라 그랬던 것이고, 지금은 믿을 수 있는 사람이라 판단한 듯 상당한 떼쟁이가 되어 있었다. 원래는 제법 명랑한 아이일지도 모른다.

하지메로서도 믿고 따라주는 것은 썩 나쁘지 않았지만, 어찌 됐건 공적 기관에 신고는 해야 하고, 도중에 【그류엔 대화산】이라는 대미궁도 공략하러 가야만 하니 뮤를 데리고 갈 생각은 없었다.

그래서 싫다고 빽빽 소리치며 한사코 말을 듣지 않는 뮤의 설득을 포기한 채 강제로 목말을 태워서 보안서에 데리고 가기로 했다.

뮤에게 하지메와 시아는 궁지를 벗어난 뒤 기적적으로 만난 사람이자 믿을 수 있는 사람이었다. 두 사람과 결코 떨어지고 싶지 않은 뮤는 보안서로 가는 도중 하지메의 머리며 안대, 볼을 있는 대로 잡아당기거나 할퀴면서 필사적으로 저항했다.

귀엽게 차려입고 애써 웃음 짓는 시아가 옆에 없었더라면 하지메야말로 유괴범으로 신고당했을지도 모른다. 엉망으로 헝클어진 머리에, 볼에는 할퀸 상처 자국, 안대를 빼앗겨 한쪽 눈을 감은 채 목말 태운 여자아이에게 토닥토닥 맞으며 보안서에 도착한 하지메는 눈을 동그랗게 뜬 보안원에게 사정을 설명했다.

사정을 들은 보안원은 표정이 험악해지더니, 앞으로 할 수사나 뮤를 고향에 돌려보내는 절차를 밟으려면 본인이 필요하다고 설명했다. 그리고 뮤를 성심껏 보호할 테니 서에 맡기도록 제안했다. 하지메의 예상대로 역시나 큰 사건인지 본부에서도 곧바로 지원이 온다고 하기에 하지메는 이제 자신이 할 일은 끝났다며 물러나려고 했다. 그런데—.

"오빠는, 뮤 싫어?"

어린 여자애가 글썽글썽한 눈망울로 올려다보며 그런 말을 하는데 마음이 흔들리지 않을 사람은 많지 않을 것이다. 천하의 하지메도 끙, 앓는 소리를 내며 여행에 함께 데리고 갈 수 없다는 것, 여기 있는 보안원 아저씨를 믿고 기다리면 집에 데려다줄 것이란 이야기를 끈기 있게 설명했지만 뮤의 슬픈 표정은 사라질 생각을 안 했다.

보다 못한 보안원들이 뮤를 어르며 조금씩 억지로 하지메와 시아에게서 떼어 놓았다. 뮤의 슬픈 목소리가 발걸음을 붙잡았지만 하지메와 시아는 겨우 보안서를 나올 수 있었다.

당연히 그대로 데이트를 할 기분도 나지 않았고 시아는 걱정스럽게 눈썹을 팔자로 내리깔며 몇 번이나 보안서를 돌아보았다.

이윽고 보안서도 보이지 않을 만큼 멀리 왔을 무렵, 하지메는 아직도 침울한 표정의 시아에게 뭔가 말을 걸려고 했다.

그 순간 쿠우우우우웅, 하며 뒤쪽에서 폭발이 일어났다. 놀라서 돌아본 하지메와 시아의 눈에 검은 연기가 피어오르는 것이 보였다. 그 장소는—.

"하, 하지메 씨, 저기는……."

"큭, 보안서인가?!"

그랬다. 검은 연기가 올라오는 장소는 조금 전까지 하지메와 시아가 있던 보안서였다.

두 사람은 서로 고개를 끄덕이고 보안서로 달렸다. 타이밍으로 보아 최악의 사태가 뇌리를 스쳤다. 바로 뮤를 유괴한 조직이 정보 누출을 막기 위해서 뮤와 함께 보안서를 폭파했다는 것이었다.

조급한 마음을 억누르며 보안서에 도착하자, 서의 유리창 파편이나 문이 떨어져 나와 길가에 어지럽게러이 널려 있는 광경이 눈에 들어왔다. 하지만 건물 자체는 큰 피해를 입지 않았는지 붕괴할 우려는 없어 보였다. 두 사람이 안으로 들어가자 자신들을 대응해준 보안원 아저씨가 바닥에 엎어져 있는 것을 발견했다.

양팔이 부러져서 정신을 잃은 듯했다. 다른 직원들도 비슷한 상황이었지만 언뜻 보아 목숨에 지장이 있는 사람은 없어 보였다. 하지메가 직원들의 상태를 확인하는 동안 다른 장소를 조사하러 갔던 시아가 초조한 표정으로 돌아왔다.

"하지메 씨! 뮤가 없어요! 게다가 이런 게……!"

시아가 넘긴 것은 한 장의 종이였다. 그곳에는 이렇게 쓰여 있었다.

─해인족 아이를 살리고 싶으면 백발 토인족을 데리고 ○○으로 와라.

"하지메 씨, 이건……."

"보아하니 상대방께서 욕심이 나신 모양이군……."

하지메는 메모지를 꽉 구겨 쥐고 흉악한 웃음을 띠었다. 아마도 놈들은 보안서에서 뮤와 하지메 일행이 나눈 대화를 모종의 방법으로 엿듣고 있었을 것이다. 그리고 뮤가 인질로 도움이 된다고 판단하여 입막음을 위해 죽이기보다는, 기왕이면 귀한 토인족까지 손에 넣자는 심산 같았다.

그런 하지메의 옆에서 시아는 결연한 표정을 지었다.

"하지메 씨! 저는!"

"긴말할 것 없어. 나도 잘 아니까. 이놈들은 이미 내 적이야. 쓸데없는 이야기는 끝. 전부 박살 내고 뮤를 되찾는다."

"네!"

솔직히 하지메는 위험한 여행에 동행시킬 생각이 없는 이상 얼른 헤어지는 편이 낫다고 생각했다. 정신적으로 내몰린 아이에게 괜히 정을 붙이면 도리어 괴로워지기 때문이다.

하지만 다시 납치되었다면 가만히 놔둘 수 없었다. 그럴 여유가 있고 능력이 있는데 궁지에 몰린 어린아이를 내버려 두는 것은 분명 『쓸쓸한 삶』일 테니까. 실제로 자기와는 관계없다고 못 본 체하면 분명히 시아는 슬퍼할 것이다.

게다가 이번에 상대는 시아까지도 빼앗으려고 하고 있었다. 하지메의 『소중한 것』에 손을 대려고 한 것이다. 다시 말해 『적』이다. 인정사정 볼 것 없다. 그들은 하지메가 그어 놓은 넘어선 안 될 선을 넘어 버렸다.

하지메와 시아는 무기를 들고 잠자는 괴물을 깨운 어리석은 자들이 지정한 장소로 단숨에 내달렸다.

"그래서 지정한 장소에 가 봤는데, 무장한 깡패들만 바글바글하고 정작 뮤는 없었어. 아마 처음부터 나를 죽이고 시아만 빼앗을 생각이었겠지. 일단 몇 명만 남기고 전부 죽인 다음 뮤가 어디에 있는지 물어봤지만 모른다더라고. 고문해서 다른 아지트를 알아내고 그 짓을 반복하고 있던 참이야."

"저뿐 아니라 유에 씨나 티오 씨를 유괴할 계획도 있었나 봐요. 그래서 기왕 이렇게 된 거, 본보기로 이번 일에 관여한 조직과 그 관련 조직을 전부 없애기로 해서……."

뭘 어떡해야 데이트하러 나갔다가 대도시의 범죄 조직과 전쟁을 벌이게 된단 말인가. 이동하면서 하지메와 시아의 설명을 들은 유에와 티오는 하지메의 바람 잘 날 없는 기구한 운명에 뭐라고 형언하기 어려운 표정을 지었다.

"……그럼 그 뮤라는 아이를 찾으면 돼?"

"그래. 캐낸 정보에 의하면 제법 큰 조직 같더라고. 관련 시설 수도 보통이 아니야. 도와줄래?"

"응…… 맡겨줘."

"주인님의 부탁인데 여부가 있으려고."

유에와 티오도 망설임 없이 승낙했다. 하지메는 현재 판명된 아지트의 위치를 전하고 하지메와 유에, 시아와 티오 두 팀으로 갈라져 뮤 탐색 겸 조직 괴멸에 나섰다. 참고로 하지메와 시아가 나뉜 이유는 뮤를 발견했을 때 아는 사람이 있는 편이 낫겠다고 생각한 까닭이었다.

상업 지구 안에서도 외곽에 가깝고 관광 지구와 장인 지구에서도 떨어진 장소. 공적 기관의 눈이 가장 닿기 어려운 완벽한 무법 지대이자 대도시의 그림자. 그곳은 대낮인데도 어째선지 어두침침했으며 길을 오가는 사람들도 어딘가 음침한 분위기를 뿜어냈다.

그런 장소의 한 귀퉁이에 10층 높이의 커다란 건물이 서 있었다. 표면상으로는 인력 파견 단체였지만 실상은 인신매매를 총감독하는 범죄 조직 『프리트호프』의 본거지였다.

평소에는 조용하고 으스스한 분위기를 자아내는 프리트호프 본거지가 지금은 어수선한 분위기에 싸여 사람이 바삐 들락날락하고 있었다. 연락원 따위로 일하고 있을 말단 조직원들의 표정은 이해할 수 없는 사태에 대한 당혹감과 초조함, 그리고 공포로 일그러져 있었다.

평소보다 수십 배는 분주하게 사람이 오가는 와중에 그 혼란을 틈타서 머리까지 로브를 푹 뒤집어쓴 두 사람이 프리트호프 본거지에 어렵잖게 침입했다.

눈이 돌아가도록 분주하게 뛰어다니는 사람들 속을 미꾸라지처럼 빠져나간 뒤 마침내 최상층에 있는 어느 방 앞에 섰다. 유독 중후한 문이 달린 그 방에서는 분개한 남자의 굵직한 목소리가 복도까지 울리고 있었다. 그것을 들은 한 사람의 후드가 볼록 솟아 쫑긋쫑긋 움직였다.

"지금 장난치는 거냐! 어?! 야 인마, 다시 한 번 지껄여 봐!"

"히익! 그, 그러니까, 파괴된 아지트가 이미 50곳을 넘었습니다. 습격하고 있는 건 2인조 두 팀입니다!"

"그럼, 뭐? 고작 그 망할 놈 네 명한테 프리트호프가 쪽도 못 쓰고 당하고 있단 거냐? 어?!"

"그, 그렇습— 허윽?!"

실내에서 고함이 멎었나 싶더니, 무언가가 부딪치듯 쾅 소리가 난 뒤 한순간 잠잠해졌다. 아무래도 보고하던 남자가 고함치는 남자에게 얻어맞고 쓰러지기라도 한 모양이다.

"야, 너희, 무슨 일이 있어도 그 망할 자식들을 산 채로 내 앞에 데려와라. 살아만 있으면 상태는 어떻든 상관없어. 이대로 당하고만 있으면 프리트호프의 체면에 똥칠하는 거야. 그 놈들한테 생지옥을 보여줘서 본보기로 삼아야 돼. 데려온 놈에겐 그 자리에서 보수로 500만 루타를 주겠다! 한 명당 500만이다! 전 조직원에게 전달해!"

남자의 호령과 함께 실내가 어수선해졌다. 남자의 지시대로 조직 구성원 전원에게 명령을 전하기 위해 방에서 나오려는 것이리라. 후드를 뒤집어쓰고 귀를 기울이고 있던 두 사람은 얼굴을 마주 보며 한 차례 고개를 끄덕였다. 그중 한 명은 등에서 전투용 망치를 꺼내 뒤로 쭉 뻗었다.

그리고 실내에서 누군가가 손잡이에 손을 댄 순간을 노려 어마어마한 중량의 망치에 원심력과 중력을 한가득 담아, 후려쳤다.

무지막지한 폭음을 내며 문이 산산조각 났다. 손잡이에 손을 대고 있던 남자는 그 충격에 몸 오른쪽 절반이 찌부러졌고 순식간에 만신창이가 되어 반대쪽 벽으로 날아가 격돌했다.

"조직원에게 전할 필요는 없어요. 본인이 여기 있거든요."

"밖에 있는 녀석들은 내가 맡으마. 빨리 해치우거라, 시아."

"고마워요, 티오 씨."

지금 막 일으킨 참극 따위는 안중에도 없다는 태도로 태연히 실내로 침입한 것은 물론 시아와 티오였다.

대뜸 문이 박살 나더니 눈앞에서 일직선으로 날아간 부하가 반대편 벽에 처박히는 모습을 보고 프리트호프의 두목, 한센은 눈을 커다랗게 뜬 채로 굳어 있었다. 하지만 시아와 티오의 목소리에 정신을 차리고 재빨리 무기를 들며 목소리를 깔았다.

"……너희가 그 습격자 패거리냐? 그 모습…… 쳇, 리스트에 올라왔던 것들이잖아. 시아와 티오라고 했던가? 그리고 유에라는 쪼끄마한 것도 있었지. ……그래, 외모는 1등급이군. 어이, 지금 바로 투항하면 목숨만은 살려주마. 설마 프리트호프 본거지에 손을 대고 살아서 돌아갈 생각은……."

투쾅!

상스러운 눈으로 시아와 티오를 훑어보며 입을 놀리는 한센의 말을 끊고 몸속까지 파고드는 굉음이 울려 퍼졌다.

자세히 보니 시아가 한센에게 차갑게 식은 눈빛을 보내며 손잡이가 짧아진 포격 모드 드뤼켄을 겨누고 있었다. 더 들을 것도 없다는 양 샷건을 쏴 버린 것이다.

지근거리에서 흉악하기 짝이 없는 파괴력을 자랑하는 철탄을 뒤집어쓴 한센은 오른팔이 어깻죽지부터 뜯겨 나갔고 몸을 회전시키며 벽으로 날아가 격돌했다. 그리고 한 박자 늦게 자신의 상태를 깨달은 한센은 절규하며 몸을 웅크렸다.

　"보스?! 지금 그건 무슨 소립니까?!"

　"무사하십니까?!"

　소란스러운 소리를 듣고 본거지에 있던 조직원이 일제히 달려왔다. 하지만―.

　"어린아이의 피눈물로 시커먼 배를 채우다니…… 나도 조금 화가 나 있다. 저세상에서 뉘우치거라."

　차디찬 목소리로 그렇게 중얼거린 티오가 무시무시한 화력을 가진 화염계 마법으로 계단을 잿더미로 만들어 버렸다. 위층으로 이어진 길을 없앤 탓에 조직원들은 발만 동동 굴러야만 했다.

　그 직후 우왕좌왕하는 그들에게 용이 이빨을 드러냈다. 바로 『브레스』였다. 티오의 한 손에서 나온 축소판 브레스라고는 하지만, 나락이 낳은 괴물마저 필사적인 방어전을 펼 수밖에 없게 한 그 공격이 쓸고 지나가면 목조 건물 따위가 버틸 수 있을 리 없었다.

　프리트호프의 본거지는 10층에 있는 한센의 방을 제외하고 처참한 몰골로 변했다. 가까스로 붕괴하지는 않았으나 현관 쪽 벽이 소실되어 바람구멍이 난 정도를 넘어 벌거벗은 꼴이었다. 흡사 관찰용 개미집 같았다.

비틀비틀한 걸음걸이로 남은 건물 내에서 나온 조직원들은 망연자실하게 위층을 올려다볼 수밖에 없었다. 그것도 어쩔 수 없는 일이었다. 갑자기 자신들의 본거지가 세로로 반쪽이 났으니까. 머리가 현실을 받아들이지 못하는 것은 당연한 반응이었다.

하지만 평소에는 변태일지라도 분노에 휩싸인 용인은 그자들에게 눈곱만큼의 자비도 보이지 않았다. 바람의 칼날과 화염의 탄환이 하지메의 개틀링 건처럼 그들을 꿰뚫었다. 일말의 자비도 없는 공격에 조직원들은 혼비백산 도망치려고 했지만…… 그 뜻을 이룰 수 있는 자는 얼마 되지 않을 것이다.

티오가 바깥의 조직원을 홀로 상대하는 사이, 시아는 드뤼켄으로 어깨를 툭툭 치며 웅크린 채 움직이지 않는 한센 곁으로 다가갔다. 그리고 공포와 고통으로 오만상을 쓰는 한센의 배를 드뤼켄으로 아무렇게나 찍었다.

한센은 고통에 비명을 지르면서도 어떻게든 거대한 망치를 치우고자 몸부림쳤지만 드뤼켄의 중량을 한 손으로 어떻게 할 수 있을 리 만무했다. 결국 한센이 할 수 있는 일은 꼴사납게 목숨을 구걸하는 것뿐이었다.

"부, 부탁이야. 살려줘! 돈이라면 원하는 대로 가져가! 이제 너희에게 관여하지도 않을게! 그러니까, 읍?!"

"마음대로 말하지 마세요. 당신은 제 질문에 대답만 하면 돼요. 알겠어요? 대답하지 않으면 그때마다 무게가 늘어날 테니까…… 배가 터지기 전에 대답하는 걸 추천해요."

"……시아. 너도 역시 주인님의 동료로구나……. 언동이 많이 닮았어."

티오가 고개만 돌려 한마디를 던졌지만 시아는 슬쩍 무시하고 한센에게 뮤에 관해서 물었다.

한센은 뮤라는 말에 한순간 의아한 표정을 보였으나, 해인족 아이라고 하자 기억이 났는지 조금씩 무게가 늘어나는 드뤼켄에 죽을상을 쓰며 필사적으로 답했다. 듣자 하니 오늘 저녁쯤 경매가 있을 회장 지하로 이송되었다고 했다.

덧붙여서 한센은 시아와 뮤의 관계를 모르는 모양이었다. 왜 해인족 아이에게 집착하는지 의아한 눈치였다.

그 모습으로 추측컨대 하지메와 시아가 뮤와 나눈 대화를 들은 한센의 부하가 즉흥적으로 시아를 유괴하려고 한 듯했다. 원래 시아의 이름은 프리트호프의 유괴 리스트 상위에 실려 있었으니까 자기가 유괴해서 조직 내 평가를 높이고 싶던 것이리라.

시아는 목의 초커에 손을 대고 염화석을 기동해서 하지메에게 연락했다.

『하지메 씨, 하지메 씨. 들리세요? 저 시아인데요.』

『……시아. 그래, 들려. 무슨 일이야?』

『뮤가 있는 곳을 알았어요. 하지메 씨는 지금 관광 지구에 계시죠? 그쪽이 가까우니까 먼저 가주세요.』

『알았어.』

시아는 하지메에게 자세한 위치를 전하고 『염화』를 끊었다.

이미 드뤼켄의 무게에 숨조차 제대로 쉬지 못하는지, 얼굴색이 푸르죽죽하게 변한 한센이 눈빛으로 목숨만 살려 달라고 필사적으로 애원했다.

시아는 드뤼켄에 걸린 중력 마법을 풀어 무게를 되돌린 후 어깨에 걸쳤다. 드뤼켄의 무게에서 해방되기는 했으나 이미 피를 많이 흘려서 의식이 몽롱해지고 있던 한센은 이를 악물고 시아에게 손을 뻗어 도움을 요청했다.

"사, 살려…… 의사를……."

"어린아이의 인생을 가지고 놀았으면서 그건 너무 뻔뻔하지 않아요? ……게다가 당신은 우리와 적대했어요. 그런 사람을 행여 놓치기라도 하면 하지메 씨와 유에 씨에게 혼난다구요. 그러니까, 잘 가세요!"

"그, 그만……."

우지직. 끔찍한 소리가 실내에 울렸다. 시아는 내려찍은 드뤼켄을 힘껏 휘둘러서 망치 앞머리에 묻은 피를 털고 다시 등에 멨다. 그리고 TV 방송이라면 틀림없이 모자이크 처리될 한센의 모습에는 눈길 한 번 주지 않고 티오를 돌아봤다.

"티오 씨. 이곳에 살아남은 사람은 얼른 처리하고 빨리 하지메 씨와 합류해요!"

"그, 그래. ……시아도 꽤 무자비하구나. ……조금 설레어 버렸어……."

"네? ……뭐라고 하셨어요?"

"아, 아무것도 아니다."

슬그머니 중얼거린 말에 왠지 모를 오한을 느낀 시아가 티오에게 되물었지만 티오는 묘하게 열띤 표정을 보일 뿐이었다. 시아는 고개를 갸웃거리면서도 프리트호프 본거지 파괴에 착수했다.

시아와 티오가 떠난 뒤에는 산처럼 쌓인 시체와 건물 잔해만이 남았다.

【휴렌】에서 최대 규모를 자랑하는 거대 범죄 조직 프리트호프는 이날 어이없이 싱겁게 괴멸했다.

한편, 시아에게서 염화를 받은 하지메와 유에는 전해 들은 장소로 급히 향하고 있었다. 뮤가 경매에 나가는 이상 목숨을 잃을 걱정은 안 해도 되겠지만 정신적 부담은 상당할 것이다. 탈환은 이르면 이를수록 좋으리라.

"여긴가……. 그래, 확실히 아래쪽에서 기척이 나."

"……응."

목적지에 도착하자 그곳의 입구에는 검은 옷을 입은 두 거한이 버티고 있었다. 하지메는 소란을 피워 또 뮤가 이송되면 귀찮아진다는 생각에 뒷골목으로 이동해 연성을 써서 지하로 침입했다.

그리고 유에와 함께 기척 차단을 쓰며 신속하게 이동했다. 골판지 상자[3]가 없는 것이 못내 아쉬웠다. 그것만 있다면 기척 차단조차 필요 없는데…….

#3 골판지 상자 잠입 액션 게임 『메탈 기어』 시리즈의 아이템. 뒤집어쓰면 놀라운 위장 성능을 발휘한다.

머지않아 지하 깊숙한 곳에 있는 무수한 감옥을 발견했다. 입구에 감시인이 한 명 졸고 있었고, 그 감시인 앞을 그대로 지나쳐 안으로 들어가자 그곳에는 인간 아이가 열 명 정도 있었다. 갑자기 들어온 사람 그림자에 겁먹은 아이들은 냉골 같은 돌바닥에 다닥다닥 붙어 앉아 몸을 웅크리고 있었다. 십중팔구 오늘 경매로 팔릴 아이들일 것이다.

기본적으로 인간족 대부분은 성교 교회 신자이기 때문에 평범한 인간을 노예로 삼거나 거래하는 것은 금지되어 있다.

인간족이라도 그런 매매 대상이 되는 것은 오직 범죄자뿐이다. 그들은 신을 배신한 자로서 노예 취급이나 매매가 허용된다. 그리고 눈앞에서 떨고 있는 아이들이 모두 그런 처우를 받은 범죄자라고는 도저히 생각할 수 없었다. 즉, 이곳이 불법 경매장인 것은 의심의 여지가 없다는 뜻이었다.

하지만 감옥 안에는 정작 중요한 뮤가 없었다. 하지메는 몸을 숙여서 아이들과 쇠창살 너머로 눈높이를 맞추고 조용히 물었다.

"여기 해인족 여자애가 오지 않았어?"

자기 차례가 온 줄만 알고 떨고 있던 아이들은 예상 밖의 질문에 당황한 듯 서로 얼굴을 마주 봤다.

아이들은 잠시 침묵했으나 하지메 옆에 쭈그려 앉은 유에가 자상한 눈길로 「……괜찮아」라고 중얼거리자 조금 마음을 놓았는지, 일고여덟 살쯤 되어 보이는 소년이 머뭇머뭇하며 하지메의 질문에 대답했다.

"그, 해인족 아이라면 조금 전에 끌려갔어. ……형이랑 누나는 누구야?"

역시 이미 데리고 간 뒤였다. 속으로 혀를 찬 하지메는 불안해 보이는 소년에게 간결하게 답했다.

"구해주러 왔어."

"정말?! 구해줄 거야?!"

하지메의 말에 경악과 희색을 띠며 소년은 그만 소리를 왁 질러 버렸다.

그 목소리는 어둑어둑한 지하 감옥에서 유난히 크게 울려 퍼졌다. 소년은 제풀에 놀라 입을 양손으로 틀어막았지만 감시인에게는 똑똑히 들린 모양이었다. 눈을 뜨고 웬 소란이냐며 버럭 소리치고는 성큼성큼 감옥 안으로 들어왔다.

그리고 하지메와 유에를 발견하고 한순간 얼어붙었지만 웬 놈들이냐고 외친 뒤 단검을 빼 들어 달려들었다. 그것을 보고 아이들은 칼을 맞고 쓰러지는 하지메와 유에의 모습을 상상해 비명을 질렀다.

하지만 그런 미래가 찾아올 리 없었다.

하지메는 찌르고 들어온 단검의 날을 왼손으로 아무렇게나 잡고는 힘을 줘서 박살 내 버렸다. 손을 펼치자 칼날 파편이 후드득 떨어졌다.

감시인은 그것이 무엇인지 순간 이해하지 못했는지 어리둥절한 표정을 짓고 손에 쥔 단검으로 시선을 떨어뜨렸다. 그리고 자루만 남은 칼을 보고서야 겨우 상황을 이해하여 핏기가 싹 가신 얼굴로 한 발 뒷걸음질 쳤다.

하지메는 말없이 한 발 다가서서 남자의 목을 손으로 찌르고 곧장 다리를 걸며 머리를 바닥에 찍어 눌렀다.

콰득. 무언가가 부러지는 소름 돋는 소리와 함께 순식간에 남자는 목숨을 잃었다.

"감시인이면 먼저 경보부터 울려."

하지메는 어이없어하며 말했다. 눈 깜짝할 사이에 감시인을 깔끔하게 처리한 하지메에게 아이들은 눈을 휘둥그렇게 뜨며 놀라고 있었다.

하지메는 그런 시선에도 아랑곳하지 않고 연성으로 쇠창살을 분해했다. 아이들의 눈에는 갑자기 쇠창살이 사라진 것처럼 보였기에 더욱 놀라서 입을 벌리고 굳어 버렸다.

"유에. 미안한데 이 애들을 좀 봐주고 있을래? 나는 아무래도 한탕 더 치르고 와야 할 것 같아."

"응…… 맡겨줘."

"아마 이제 곧 보안서도 들이닥칠 테니까 그 사람들한테 맡기면 될 거야. 이루와 지부장이 알아서 손을 써줄 테고…… 자잘한 일은 그 사람한테 다 떠넘기자."

유에가 약간 딱하다는 눈빛으로 엉뚱한 방향을 바라봤다. 그곳은 길드 지부가 있는 방향이었다.

실은 이곳에 오기 전, 지나가던 모험가를 대충 잡아서 이루와 앞으로 염화석을 보내 자초지종을 설명해 두었다.

『금색』 스테이터스 플레이트는 이럴 때 대단히 도움이 되었다. 하지메의 랭크 색을 본 순간 평범한 모험가가 긴장하는 태도란 정말이지…… 길거리에서 만난 할리우드 스타가 일반인에게 말을 걸었을 때를 보는 것 같았다. 경례까지 하며 흔쾌히 부탁을 들어준 것이다.

참고로 이루와 쪽에서 염화석을 기동할 수는 없으므로 그는 일방적으로 하지메에게서 거대 범죄 조직과 싸우고 있다는 보고와, 사후 처리를 잘 부탁한다는 말을 듣고 집무실에서 새하얗게 질려 있었다.

편의를 봐준다고 한 바로 다음 날, 이루와는 성가시고 멋진 모험에 말려들었다. ……살짝, 메마른 웃음과 함께 후회가 흘러나왔다.

하지메는 다시 지하 감옥에서 연성을 통해 위층으로 통로를 만들고 아이들을 유에에게 맡긴 뒤 경매장으로 서둘렀다. 그런데 그때 방금 그 소년이 하지메를 불러 세웠다.

"형! 구해줘서 고마워! 그 애도 꼭 구해줘! 엄청 겁먹고 있었어. 난 아무것도 못해서……."

아무래도 이 소년은 아인족이란 사실과 관계없이 뮤를 북돋워주려고 했던 모양이다. 자기도 감금된 처지에 제법 근성 있는 소년이었다. 하지메는 자신의 무력함에 분한 듯 고개 숙인 소년의 머리를 거칠게 쓰다듬었다.

"앗, 뭐, 뭐야?"

"분하면 강해지면 돼. 강해지는 것 말고 방법은 없어. 뭐, 이번에는 내가 해 둘게. 다음에 무슨 일이 있으면 네가 직접 해결해라."

하지메는 그 말만 남기고 곧바로 발길을 돌려서 지하 감옥을 나갔다. 흐트러진 머리를 멍하니 양손으로 누르고 있던 소년은, 다음 순간 눈을 빛내며 조금 남자다운 얼굴로 주먹을 꽉 쥐었다.

유에는 그런 소년을 흐뭇하게 바라보며 아이들을 데리고 지상으로 향했다.

경매장은 괴상한 분위기에 휩싸여 있었다.

회장의 손님은 대략 100여 명. 그곳에 모인 모두가 기묘한 가면을 썼고, 숨소리조차 내지 않으며 그저 자신이 바라는 상품이 나올 때마다 조용히 번호표를 들 뿐이었다. 신원을 드러내지 않기 위해 말소리를 내는 것조차 망설이는 것이리라.

그렇게 세심한 주의를 기울이는 그들조차 그 상품이 나온 순간 무심코 경악의 목소리를 흘렸다.

나온 것은 가로세로 2미터 너비의 수조에 든 해인족 아이, 뮤였다.

옷은 벗겨서 알몸이었고 수조 구석에서 무릎깍지를 낀 채 웅크리고 있었다. 해인족은 물속에서도 호흡할 수 있기 때문에 진짜 해인족이라고 증명하기 위해서 넣어 둔 것 같았다. 그리고 한 번 도망친 탓인지 이번에는 팔다리에 쇠사슬을 차고 있었다. 작은 팔다리에는 몹시 안쓰러운 광경이었다.

많은 시선 앞에서 떨고 있는 뮤를 놔두고 경매는 진행되었다. 가격은 무서운 기세로 뛰었다. 그들은 한번 사람 눈에 띈 해인족을 사서 끝까지 숨길 수 있다고 생각하는 것일까? 어쩌면 낮에 일어난 사건을 아직 모르는 건지도 모르겠다.

술렁이는 회장에 점점 겁먹고 위축되는 뮤는 손에 든 검은 천을 꽉 쥐었다. 그것은 하지메의 안대였다. 뮤와 헤어질 때 뮤를 달래는 데 정신이 팔려 안대를 깜빡 잊은 하지메는 나중에서야 그것을 떠올렸고 현재는 예비 안대를 차고 있었다.

그 하지메의 안대가 지금 뮤의 마음을 적게나마 지탱해주고 있었다.

어머니와 떨어져 힘들고 긴 여행을 하게 된 것으로도 모자라 어둡고 칙칙한 감옥에 갇히고, 오수에 뛰어들어 필사적으로 도망치다가 이제 틀렸다고 생각한 그때, 온기에 싸였다.

뭔가 좋은 냄새가 나서 눈을 떠 보니 눈앞에는 한쪽 눈에 검은 천 조각을 댄 백발 소년이 있었다. 놀라서 물끄러미 바라보고 있는데, 왠지 질 수 없다는 양 상대도 마주 보기 시작했다. 뮤도 어쩐지 오기가 솟아 똑같이 마주 보고 있자니 콧속을 간질이는 먹음직스러운 냄새에 정신이 향했다.

묻는 대로 이름을 말하자, 다음 순간 예쁜 붉은 빛이 튀더니 따뜻한 물에 들어가게 됐다. 그리고 소년과 닮았지만 살짝 푸른빛을 띤 백발의 토끼 귀 소녀가 몸을 씻겨주었다. 따뜻한 목욕물도, 부드럽게 씻겨주는 감촉도 무척 기분이 좋아서 어느 순간 자신을 시아라고 소개한 소녀를 『언니』라고 부르며 완전히 마음을 놓았다.

뮤는 시아가 무릎 위에 앉히고 먹여준 꼬치구이의 맛을 평생 잊지 못할 것이다. 꼬치구이를 주는 대로 허겁지겁 받아먹고 있으니 어느샌가 사라졌던 하지메라는 소년이 돌아왔다.

조금 경계심이 솟았지만 귀여운 옷을 꺼내서 조심스럽게 입혀주고, 따뜻한 바람으로 머리를 말려주며 빗겨주는 사이 기분이 풀려서 경계심도 완전히 녹아 사라졌다.

그래서 보안서라는 곳에 맡겨져 헤어져야 한다는 말을 들었을 때는 무척 슬펐다.

어머니와 헤어지고 쭉 고독과 공포를 견뎌 온 뮤에게 있어 먼 타향에서 만난 친절한 언니, 오빠와 헤어지고 다시 혼자가 되는 것은 견디기 어려운 일이었다.

그래서 뮤는 철저하게 저항했다.

하지메의 머리를 잡아당기고, 볼을 몇 번이나 때리고, 눈에 달린 검은 천도 빼앗았다. 돌려받고 싶으면 자신과 같이 있으라는 의사 표명이었다.

하지만 함께 있고 싶던 언니, 오빠는 결국 뮤를 두고 가 버렸다.

뮤는 제 몸을 끌어안고 생각했다.

역시 아프게 해서 두고 간 걸까? 검은 천을 빼앗아서 화가 난 걸까? 나는 언니, 오빠에게 미움받은 걸까?

그렇게 생각하니 북받치는 슬픔이 눈물이 되어 떨어졌다. 다시 만난다면 때려서 미안하다고 할 테니까, 검은 천도 돌려줄 테니까, 그러니까 다음에는 정말로…… 제발 함께 있게 해줬으면…….

'오빠…… 언니…….'

뮤가 마음속으로 그렇게 중얼거린 순간, 문득 커다란 소리와 함께 수조에 충격이 퍼졌다. 뮤는 잔뜩 겁먹은 듯 눈썹을 늘어뜨리고 주위를 돌아봤다. 그러자 바로 코앞에서 턱시도 차림에 가면을 쓴 남자가 계속 뭐라고 고함치며 수조를 발로 차고 있다는 걸 알았다.

아무래도 값을 더 올리기 위해 손님에게 헤엄치는 모습이라도 보이라는 것 같았다. 하지만 움직일 생각을 않는 뮤에게 인내심이 끊겨 수조를 발로 차기 시작한 것이었다.

하지만 더 겁먹은 뮤는 오히려 몸을 더욱 움츠려 움직이지 않게 되었다. 하지메의 안대를 꽉 쥔 채 몸을 있는 대로 둥글게 말고 수조를 덮치는 소리와 진동을 가만히 견뎠다.

프리트호프 조직원 중 한 명이자 불법 경매의 사회를 맡은 이 남자는 뮤가 너무 움직이지 않자, 혹시 병이라도 걸린 게 아니냐는 의혹에 값이 떨어질 것을 우려해 다른 스태프에게 장대를 들고 오게 했다. 그것으로 직접 찔러서 움직이게 하려는 생각이리라. 술렁거리는 객석에 초조함을 느낀 남자는 얼떨결에 욕을 뱉었다.

"진짜 답답하네, 이놈의 꼬맹이. 인간님을 번거롭게 하면 쓰겠어? 능력도 없는 얼치기가……."

그렇게 말하며 남자가 사다리에 올라 위에서부터 뮤를 장대로 찌르려고 했다. 그 광경에 뮤는 눈을 질끈 감고 충격에 대비했다.

하지만 몸에 닿을 충격 대신 닿은 것은— 익숙한 사람의 목소리였다.

"그 말 그대로 너한테 돌려주마, 쓰레기."

다음 순간, 천장에서 맹렬한 기세로 뛰어내린 누군가가 남자의 머리를 짓밟아 사다리째 바닥에 찍어 눌렀다. 츄와아악! 소리가 나며 피가 사방으로 튀었다. 글자 그대로 압살이었다.

충격적인 등장을 선보인 인물, 하지메는 뭉개져서 순식간에 목숨을 잃은 남자에게는 눈길도 주지 않고 의수로 수조를 쳤다. 쨍그랑 소리와 함께 수조가 부서졌고 안에 든 물이 쏟아졌다.

"꺄!"

물살에 밀려 뮤도 바깥으로 떠밀려 나왔다. 무심결에 비명을 질렀으나, 곧 폭신하고 따뜻한 것이 몸을 받치는 감각에 감은 눈을 조심스레 떴다.

그곳에는 만나고 싶던 사람이, 목소리가 들린 순간 간절한 기대와 함께 머릿속에 그린 사람…… 분명히 존재했다. 자신을 안아 들고 있었다. 뮤는 눈을 깜빡거리며 처음 만났을 때처럼 물끄러미 하지메를 바라봤다.

"안녕, 뮤. 넌 왜 만날 때마다 흠뻑 젖어 있냐?"

하지메가 농담처럼 그렇게 말해도 뮤는 여전히 물끄러미 바라보며 작게 중얼거리듯 물었다.

"……오빠?"

"오빠인지 아닌지는 몰라도, 네가 머리를 잡아당기고, 볼을 할퀸 거로도 모자라 안대까지 빼앗아 간 하지메라면, 바로 나야."

하지메가 싱겁게 웃으면서 그렇게 대답하자 뮤의 동그란 눈이 촉촉이 젖었다.

그리고—.

"오빠!"

하지메의 목에 있는 힘껏 매달려 오열했다. 하지메는 난감하다는 표정으로 뮤의 등을 토닥토닥 부드럽게 두드리며 잽싸게 담요로 감쌌다.

그렇게 재회한 두 사람에게 찬물을 끼얹듯 검은 옷을 입은 사내들이 소란스럽게 뛰어와 하지메와 뮤를 포위했다. 객석의 경매 참가자들은 어차피 하지메가 도망가지 못할 거라고 생각하는지, 웅성거리기는 해도 아직 도망가는 이는 없었다.

"야, 꼬맹이. 프리트호프에 손을 대? 이거 아주 골이 비었구만. 그 상품을 지금 당장 내놓으면 적어도 고통 없이 죽여주마."

스무 명 가까운 장정에게 둘러싸이자 뮤는 목에서 얼굴을 떼고 불안하게 하지메를 올려다봤다.

"오빠……."

"괜찮아. 내가 있잖아. 조금 시끄러울 테니까 귀 막고 눈 감고 있어."

하지메는 뮤의 귓가에 얼굴을 가져가서 속삭이고는 뮤의 작고 통통한 손을 잡아 그녀의 귀에 댔다. 여유로운 하지메를 보자 초조함도 불안감도 전혀 느껴지지 않았다. 뮤는 신기해하면서도 안심한 것처럼 고개를 끄덕였다. 그리고 들은 대로 양손으로 귀를 막고 눈을 감아 하지메의 가슴에 얼굴을 폭 묻었다.

"이게 어디서 사람 말을 무시해? 엉?! 야, 상품에는 흠집 내지 마. 꼬맹이는 죽여!"

완전히 무시당한 검은 옷은 화가 난 듯 이마에 핏대를 세우고 명령을 내렸다.

투팡!

하지만 그 순간, 메마른 파열음과 함께 리더로 보이는 검은 옷의 머리가 터졌다.

모두가 상황을 파악하지 못하고 눈만 휘둥그레진 채, 실이 끊긴 꼭두각시 인형처럼 쓰러지는 검은 옷을 시선으로 좇았다.

그사이 하지메는 다시 발포했다. 모두 무슨 일을 당한 건지도 모르고 굳어 있는 사이 연이은 발포음이 울려 퍼졌고, 그들이 제정신을 찾았을 무렵에는 시체가 열한 구로 늘어나 있었다.

"꺄, 꺄아아아아아아악! 살인자다!"

"우, 우릴 죽일 거야! 저건 악마야!"

그때가 되어서야 겨우 앞에 있는 소년이 범상치 않은 상대란 걸 깨달았는지, 검은 옷 사내들은 뒷걸음질 쳤고 참가자들은 비명을 지르며 앞다투어 출구로 쇄도했다. 인신매매를 하러 온 너희가 그런 말을 할 처지냐고 내심 투덜거린 하지메는, 도망치는 참가자에게는 눈길도 주지 않고 아직 자신을 둘러싼 검은 옷 사내들에게 눈을 고정했다.

"너, 너 이 자식, 정체가 뭐냐! 대체, 왜…… 이런 짓을!"

검은 옷 중 한 명이 혼란과 공포에 전율하면서도 필사적으로 허세를 부려 목청을 끌어올렸다. 안쪽에서 열 명 정도가 추가로 더 달려왔지만 홀의 참상을 보자 선뜻 다가오지 못했다.

하지메는 그런 그들에게 코웃음 쳤다.

"왜냐고? 보면 알잖아? 빼앗긴 걸 빼앗으러 왔다. 그것뿐이야. 그 외에는…… 그냥 본보기지. 내 일행에게 손을 대면 이렇게 된다는 본보기. 그러니까 마무리는 화려하게 지어야겠어."

하지메는 그렇게 말하며 『공력』을 사용해 홀 천장까지 올라갔다. 그리고 어느 틈에 외부까지 뚫어 놓은 구멍으로 뛰어들어 바깥으로 나왔다.

『유에. 뮤는 무사히 확보했어. 그쪽은 어때?』

『……응, 피난 완료. 지금은 손님이 우르르 몰려나오는 중.』

『그래? 그럼 피날레는 화려하게 가자.』

『응!』

하지메는 『공력』으로 더욱 높은 곳까지 뛰어오르며 뮤에게 말을 걸었다.

"뮤, 이제 됐어."

하지메의 말을 똑바로 지켜 귀를 막고 가슴에 얼굴을 묻고 있던 뮤는 하지메의 부름에 눈을 깜빡거리며 주변을 둘러보고…… 우와, 하면서 비명을 질렀다.

눈을 떠 보니 대도시【휴렌】이 한눈에 내다보이는 하늘 위인데 어떻게 놀라지 않을 수 있겠는가. 지평선 너머로 막 저물려는 해는 새빨갛게 불타며 하늘을 붉게 물들이고 있었고 지상에는 인공의 빛이 점점이 빛나며 아름다운 일루미네이션을 이루고 있었다.

처음 보는 광대하고 아름다운 광경에 뮤는 눈을 빛내며 하지메의 가슴팍을 잡고 꺅꺅 소리쳤다.

"오빠 대단해! 하늘 날고 있어!"

"나는 게 아니라 뛴 것뿐이지만…… 뭐, 아무럼 어때. 그보다 뮤, 조금 화려한 불꽃놀이를 볼 수 있을 거야."

"불꽃놀이?"

"불꽃놀이란 건…… 폭발이야."

"폭발?"

제대로 설명하진 않았지만, 지금부터 할 일에는 변함이 없으므로 하지메는 신경 쓰지 않았다. 뮤를 한 팔에 안은 채 『공력』으로 하늘에 머물며 『보물 창고』에서 반지 하나를 꺼냈다. 그것은 『감응석』을 이용한 폭탄의 원격 기폭 장치였다. 사실 뮤를 찾으며 적당한 곳에 폭탄을 대충 던져 놓았었다.

"그럼 시작해 볼까? 타마야~#4."

"타마야~?"

맥 빠지는 하지메와 뮤의 말소리가 저녁 하늘에 울린 바로

#4 타마야 일본에서 불꽃이 터질 때 외치는 구호.

다음 순간, 【휴렌】 전체를 뒤흔드는 굉음과 함께 장엄한 충격이 퍼졌다.

불법 경매장으로 쓰이던 미술관은 산산이 박살 나 버렸다. 역사적 건조물? 예술품? 그게 뭐죠? 먹는 건가요?

더불어 주위에 있던 프리트호프 관련 시설도 해일과 같은 충격과 폭염으로 폭삭 무너져 내렸다.

불이 번지지 않게 하려고 방향성을 지정한 폭염이 맹렬하게 하늘로 치솟았고, 저녁노을과는 다른 붉은색으로 주변 건물과 하늘을 물들였다. 그것은 마치 도시 한복판에서 갑자기 화산이 분출한 듯한 비현실적인 광경이었다.

"으에에에에에엥?!"

"뮤, 어때? 놀랐어? 이게 불꽃놀이야."

"불꽃놀이 무서워."

뮤가 폭발의 장엄함에 바들바들 떨고 눈물지으며 하지메에게 와락 매달렸다. 하지만 하지메에게 적대한 자들에 대한 환영 파티가 이 정도로 끝날 리 없었고―.

"오, 오, 오, 오빠! 뭐가 나왔어!"

"예쁘다⋯⋯."

"저게?!"

뮤의 정신에 추가타를 가하듯, 조금 떨어진 곳 하늘에 문득 먹구름이 끼더니 그 직후 우레와 같은 포효와 함께 네 마리의 『뇌룡』이 출현했다.

한 마리일 때와 비교해서 상당히 크기가 작아졌지만 그 위압감은 조금도 뒤떨어지지 않았다. 먹구름 아래에서 몸을 구불거리며 지상을 흘겨보는 모습에 담력이 약한 사람이라면 눈빛만으로 졸도할 것 같았다.

유에가 만들어 낸 『뇌룡』 네 마리는 우레를 동반하여 저마다 다른 방향으로 붉게 불타는 하늘을 유유히 가로질렀다.

아마도 【휴렌】에 있는 거의 모든 사람이 그 위용을 목격했으리라.

마치 보란 듯이 대도시의 하늘을 유유히 헤엄치는 네 마리 뇌룡은 곧 남은 프리트호프 중요 거점 네 곳으로 우렛소리와 함께 『떨어졌다』.

번갯불로 다시 한 번 도시와 하늘을 물들이고 굉음과 함께 건물이 증발했다. 땅울림과 벼락이 떨어진 소리가 【휴렌】에 울려 퍼졌다.

폭음과 먼지 폭풍이 도처에서 일며 저녁 하늘과 불꽃에 비쳐 붉게 물든 【대도시 휴렌】. 그야말로 악몽 속 광경이었다.

그래도 일단 관계가 없는 일반인에게는 해가 가지 않도록 주의했다. 관련 시설이나 그 주변에도 무인 정찰기 오르니스를 보내서 프리트호프와 관계없는 사람이 있는지 없는지 확인했다. 다시 말해 잿더미나 숯덩이가 된 것은 프리트호프 관계자란 뜻이다.

개중에는 자신의 행동에 죄책감을 가졌거나 개심의 여지가 있는 인간도 있었을지 모르지만…… 하지메에게 적대 조직에 속한 개인의 인격까지는 알 바 아니었다.

『하지메 씨! 뮤는 무사한가요?!』

『잠깐, 기다려 보아라, 시아. 뭐가 이리 빨라! 네 신체 능력은 어떻게 된 거냐?!』

뮤와 둘이서 잦아들기 시작한 불길과 연기를 바라보고 있는데 시아에게서 염화가 왔다. 무엇을 한다고 자세히 알리지 않아 폭발과 『뇌룡』에 놀라서 허둥지둥 연락한 것 같았다.

『그래, 무사해. 놈들의 거점도 거의 다 부쉈고……. 어디 보자, 그럼 이루와 지부장이 있는 곳에서 만날까? 아마 지금쯤 산처럼 쌓일 사무 처리를 상상하면서 비명을 지르고 있겠지.』

『우~, 다행이다~. 지부장님께 가면 되죠? 알았어요. 바로 갈 테니까 어서 뮤랑 만나게 해주세요.』

『그래, 알았어. 그럼 거기서 보자.』

『네.』

갑자기 먼 곳을 바라보며 침묵한 하지메를 뮤가 의아한 듯 쳐다봤다. 하지메가 언니랑 곧 다시 만날 거라고 전하자 뮤는 「언니!」하며 활짝 웃음꽃을 피웠다.

그 후 지상으로 내려온 하지메 곁으로 유에가 찾아왔다. 잡혀 있던 아이들을 보안원에게 인도했는지 이미 혼자였다. 가까이 온 유에가 하지메에게 안긴 뮤를 물끄러미 바라보자 뮤는 안절부절못하며 눈을 굴리다가 하지메를 올려다봤다. 그 눈이 이 사람은 누구냐고 묻고 있었다.

"뮤, 이 사람 이름은 유에야. 내 애인."

"뮤? 애인? ……시아 언니는?"

"동료야."

"애인 아니야?"

"아니지."

"……말은 그렇게 하면서 사실은?"

"무슨 대답이 그래? 애인은 여기 있는 유에야."

"우~."

유에를 소개받은 뮤는 왠지 불만스럽다는 표정으로 유에를 봤다. 유에는 아직까지 물끄러미 뮤를 바라보고 있었다. 그리고 뮤도 무언가를 알아내려는 것처럼 유에를 빤히 마주 봤다.

두 사람은 얼마간 그렇게 마주 보았으나, 그 균형은 불시에 깨졌다. 유에가 천천히 앞으로 걸어온 것이다.

"옷."

뮤는 경계했다. 하지만 유에는 그런 뮤의 경계심에는 아랑곳없이 하지메에게서 뮤를 빼앗아 보기에도 괴로울 만큼 세게 끌어안았다. 뮤는 낑낑거리며 몸부림쳤지만 유에는 놓으려고 하지 않았다. 그리고 한마디 던지길—

"……치사해. 너무 귀엽잖아."

아무래도 뮤가 상당히 마음에 드셨나 보다. 겨우 얼굴을 들어 숨을 쉴 수 있게 된 뮤는 코앞에 있는 유에와 마주 봤다.

"……뮤. 나는 유에. 혼자서 잘 참았어. 장해라."

유에는 상냥하게 눈웃음을 짓고 끌어안은 뮤의 머리를 어루만졌다.

그 부드러운 손길과 따스한 분위기에 뮤는 자연스럽게 긴장을 풀고 눈물을 뚝뚝 흘리더니 그대로 울음을 터뜨렸다. 하지메와 재회했을 때는 아직 긴박한 상황이었던 터라 마음을 놓고 울 수 없었다. 하지만 지금 이 순간, 완전히 긴장이 풀려 지금까지 참아 온 괴로움을 전부 토해 냈다.

하지메는 역시 유에라며 쓴웃음을 지었고 뮤가 울음을 그칠 때까지 기다렸다가 모험가 길드 지부장이 있는 곳으로 향했다.

"무너진 건물 열다섯 채, 반파된 건물 서른두 채, 소멸된 건물 아홉 채, 사망이 확인된 프리트호프 조직원 서른여덟 명, 재기 불능 마흔네 명, 중상 스물여덟 명, 행방불명 백십구 명……. 뭔가 변명은 있나?"

"울컥해서 계획적으로 했어. 반성도 안 하고 후회도 안 해."

"하아아아아~."

모험가 길드 응접실에 앉은 이루와가 보고서를 한 손에 들고 하지메를 아니꼽게 노려보았으나, 무릎에 앉힌 뮤와 접대용 과자를 우적우적 나눠 먹으며 반성의 기미라고는 보이지 않는 하지메를 보자 힘이 쭉 빠졌다.

"설마 아니겠지만…… 메어슈타트의 수조와 벽을 부수고 리맨이 하늘을 날아 도망갔다던데…… 관계없겠지?"

"……뮤, 이것도 맛있어. 먹어 봐."

"아~."

하지메는 글쎄, 하며 고개를 갸웃거리고 무덤덤하게 뮤에게 과자를 먹였지만 옆에 앉은 시아가 한순간 눈길을 피하는 것을 이루와는 놓치지 않았다. 다시 땅이 꺼지도록 깊은 한숨을 쉬었다. 손이 자연스럽게 위장 근처로 가는 것을 보고 옆에 선 비서장 도트가 딱하다는 눈초리와 함께 슬그머니 위장약을 건넸다.

"뭐, 지나쳤다는 생각은 없잖아 있지만, 우리도 범죄 조직 때문에 골머리를 앓고 있긴 했어. 이번 일은 사실 도움이 되었다고도 할 수 있네. 그들은 명확한 증거를 남기지 않고, 설령 현행범으로 검거하더라도 도마뱀처럼 꼬리를 잘랐지. 솔직히 말해서 그들을 뿌리 뽑기란 불가능한 수준이었어. ……하지만 이걸로 범죄계의 균형이 크게 무너졌으니까……. 후우, 보안국과 연계하느라 모험가 길드도 많이 바빠지겠군."

"원래 그건 휴렌의 행정 쪽에서 알아서 할 일이잖아? 이번 일은 우연히 일행에게까지 손을 대려고 해서 반격한 것뿐이야."

"단순한 반격으로 휴렌 최대 규모의 범죄 조직을 고작 한나절 만에 척결했나? 정말로 헛웃음밖에 안 나오는군."

어이없다는 듯 웃는 이루와는 순식간에 20년은 늙은 것처럼 보였다. 하지메 일행의 스테이터스 플레이트를 보았을 때의 10년과 합쳐서 이미 할아버지가 다 됐다. 아무리 그래도 조금 불쌍하다는 생각에 하지메는 이루와에게 한 가지 제안을 했다.

"일단 그런 범죄자 집단이 두 번 다시 손을 대지 못하도록 본보기 겸 요란하게 했어. 지부장도 우리 이름이 필요하면

써. 정 불안하면 지부장 직속 『금색』이라는 걸로 하면…… 상당한 억제력이 되지 않겠어?"

"음, 괜찮겠나? 그건 무척 고마운데…… 그런 식으로 이용당하는 건 싫어하는 타입이잖나?"

이루와는 하지메의 말에 의외라는 표정을 지었지만 그 눈은 이게 웬 떡이냐고 말하고 있었다. 하지메는 피식 웃으며 어깨를 으쓱였다.

"상부상조지. 신세를 질 거니까 그 정도는 상관없어. 지부장이라면 그 정도는 조절할 줄 알 테고 말이야. 게다가 우리 때문에 범죄 조직과 전쟁이 벌어졌다거나 일반인이 말려들었다고 하면 찝찝하기도 하고."

"……흠, 하지메 군, 조금 변하지 않았나? 처음 만났을 때의 자네는 남은 아무래도 상관없다는 것처럼 보였는데, 우르에서 무슨 좋은 일이라도 있었나 보지?"

"……내가 보기에는 나쁜 일밖에 없었어."

과연 대도시의 길드 지부장답게 사람을 보는 눈이 있는지, 하지메의 미묘한 변화마저 알아차린 듯했다. 그 변화는 이루와에게도 바람직한 일이었기에 하지메의 제안을 고맙게 받아들이기로 했다.

참고로 그 후 프리트호프 붕괴를 기회 삼아서 세력을 늘리려고 획책하던 범죄 조직이 몇 곳 있었지만, 이루와가 하지메의 이름을 교묘하게 사용한 덕분에 큰 혼란은 없었다.

이 사건으로 하지메는 『휴렌 지부장의 최종 병기』, 『폭염의 백발 안대』, 『여자 아이 킬러』라는 둥 이런저런 별명이 붙었지만 본인은 신경 쓰지 않았다. ……아무튼 아니라면 아니다.

난장판을 벌인 하지메 일행의 처우에 관해서는 이루와가 관계 각처를 열심히 뛰어다닌 덕분에 특별히 문제는 없었다. 게다가 뜻밖에 치안을 지켜야 할 보안국도 정당방위 같은 이유를 들먹이며 죄를 묻지 않겠다고 했다. 보안서를 폭파당하고 한번 보호한 아이를 다시 유괴당한 일 때문에 상당히 약이 올라 있었나 보다.

또 평소 자신들을 우습게 보며 범법 행위를 이어 오던 범죄 조직에게 쌓인 감정이 있었는지, 환갑은 넘어 보이는 국장이 인사를 와서는 회심의 미소를 지으며 하지메 일행에게 엄지를 세우고 돌아갔다. 경쾌, 발랄한 발걸음에 그 심정이 고스란히 드러났다.

"그건 그렇고 뮤 군에 관한 일이다만……."

이루와가 쿠키를 양손에 들고 다람쥐처럼 먹던 뮤에게 눈길을 줬다.

뮤는 그 시선에 몸을 흠칫 떨고는 또 하지메 일행에게서 떼어 놓는 게 아닌가 싶어 불안하게 하지메와 유에, 시아를 쳐다봤다. 티오에게 눈길이 가지 않는 것은…… 아이가 해로운 것을 보지 않게 하는 것이 연장자의 의무이기 때문이다.

"우리 쪽에서 보호해 정규 절차에 따라 에리센으로 돌려보내거나, 자네들에게 맡겨서 의뢰 형식으로 돌려보내는 두 가지 방법이 있다네. 자네들은 어느 쪽이 낫지?"

하지메는 유괴된 해인족 아이를 공적 기관에 맡기지 않아도 되는가, 하고 고개를 갸웃거렸다. 이루와의 설명에 따르면 하지메의 『금색』 랭크라는 지위와, 이번 소동의 원인이 뮤의 보호를 위해서였다는 점을 고려하여 맡겨도 좋다는 결론이 나왔다고 한다.

이 또한 이루와가 사방팔방으로 활약한 결과였지만…… 그런 것을 일일이 생색내지 않는 점이 이루와의 장점이었다.

"하지메 씨…… 저, 반드시 이 애를 지킬게요. 그러니까 함께…… 부탁해요."

시아가 하지메에게 머리를 숙였다. 무슨 일이 있어도 뮤가 집에 돌아갈 때까지 함께 있고 싶은 모양이었다. 유에와 티오는 하지메의 판단에 맡기겠다는 듯 침묵을 지키며 하지메를 바라보았다.

"오빠…… 같이 있을래. ……안 돼?"

무릎 위에서 올려다보며 애원하는 아이. 심장에 좋지 않았다. 사실 뮤를 되찾기로 한 시점에서 본인이 바라면 데려갈 생각이었기에 하지메의 결론은 이미 나와 있었다.

"처음부터 그럴 생각으로 구한 거야. 아무리 나라도 이렇게 정을 붙여 놓고 모른 체하진 않아."

"하지메 씨!"

"오빠!"

시아와 뮤는 만면에 웃음을 지으며 기뻐했다. 【바다 위 마을 에리센】에 가기 전에 【그류엔 대화산】의 대미궁을 공략해야만 하지만 하지메는 어떻게든 되겠지, 라며 내심 각오를 다지고 뮤의 동행을 허락했다.

"다만 뮤. 그 오빠란 말은 안 하면 안 될까? 그냥 하지메라고 부르면 돼. 그렇게 불리면 왠지 낯간지러워서."

하지메는 기쁨을 주체 못하고 자신을 껴안은 뮤에게 쑥스러움을 숨기며 그렇게 요구했다. 전직(?) 오타쿠다 보니『오빠』라는 호칭은…… 여러모로 좋지 않았다.

하지메의 요구에 뮤는 잠시 고개를 까딱 기울이고는 이내 뭔가를 깨달은 듯 고개를 끄덕였다. ……그리고 하지메는 고사하고, 그 자리에 있는 모두의 예상을 뛰어넘는 답을 내놓았다.

"……그럼 아빠."

"……뭐, 뭐라고? 뮤, 미안한데 잘 못 들었어. 다시 한 번 말해 볼래?"

"아빠."

"그, 그거 혹시 해인족 말로『오빠』나『하지메』라는 뜻이야?"

"아니. 아빠는 아빠야."

"어, 그래. 잠깐 기다려 볼래?"

하지메가 미간을 손으로 누르며 문지르는 동안 시아가 조심조심 뮤에게 왜『아빠』라고 부르는지 물어봤다.

"뮤는 아빠가 없어. ……뮤가 태어나기 전에 하늘나라로 갔어. 친구들은 다 있는데 뮤만 없어……. 그래서 오빠가 아빠야."

"대충은 알겠지만, 뭐가『그래서』인지 따지고 싶어. 뮤, 부탁이니까 아빠는 참아줘. 나는 아직 열일곱이라고."

"싫어, 아빠야!"

"알았어. 이제 그냥 오빠면 돼! 많은 거 안 바랄 테니까 아빠는 하지 마!"

"싫어어! 아빠는 뮤 아빠야아!"

그 후, 뮤의 『아빠』를 무르려고 갖은 방법을 동원해 보았지만, 뮤는 오빠보다 그쪽이 마음에 들었는지 예상 이상으로 강경하게 나오는 바람에 결국 실패했다.

이렇게 된 이상 【에리센】에 보낼 때 모친에게 설득을 부탁하는 수밖에 없다. 하지메는 나락을 나온 이래 가장 충격을 받은 표정으로 물러섰다.

이루와와 이야기를 마치고 여관으로 돌아온 후로는 누가 뮤에게 『엄마』라고 불릴지 경쟁이 일어났지만, 일단 하지메는 뮤에게 악영향이 없도록 티오만은 결박해서 바닥에 던져 놓았다. 당연히 흥분한 건 말할 것도 없었고……

결국 『엄마』는 진짜 엄마밖에 안 된다고 하여 유에와 시아, 일단 티오도 『언니』로 정착되었다.

하지만 그날 밤, 결국 뮤에게 『엄마』라는 말을 듣지 못한 유에가—

"……하지메, 아기 갖고 싶어."

—이런 소리를 해서 하지메는 식은땀을 흘리게 됐다. 어쩌면 유에가 『엄마』라고 불릴 날이 그리 멀지 않았을지도 모르겠다.

덧붙여서 시아도 같은 부탁을 해 왔지만 하지메는 철저하게 무시했다. 그리고 온갖 넋두리를 늘어놓는 시아 옆에서 우리 쓸모없는 용인께서도—.

"주인님, 나도 각오는 되어 있다. 언제든 아이……."

"농담은 작작해라?"

"나한테만 신랄해?!"

소원을 한마디로 거절당한 티오가 바닥을 쾅쾅 치며 몸부림친 것은 말할 것도 없다.

다음 날 이루와와 보안국, 그리고 쿠데타 백작 가문의 배웅을 받은 하지메의 어깨에는 뮤가 오도카니 앉아 있었다. 어린 아이를 목말 태우고 떨어지지 않게끔 다리를 잡아주는 하지메와, 그런 하지메의 머리에 찰싹 달라붙은 뮤의 모습은 제법 부녀 같아 보였다.

이날, 나락의 괴물은 아빠가 된 것이다.

이제부터 애 딸린 괴물의 여행이 시작된다!

의지할 것이라고는 어슴푸레한 녹색 빛밖에 없는 어두운 지하 미궁에 격렬한 검격 소리와 폭음이 울렸다. 그 격렬함은 가히 가열하다고 할 만했고, 그 소리의 원인이 보이지 않을 만큼 멀리 떨어진 곳에서도 미궁의 벽이 진동할 정도였다.

검이 허공에 아름다운 은색 곡선을 무수히 그렸고 화염 탄환과 화염 창, 바람의 칼날과 물 레이저가 탄막처럼 난무했다. 강인한 육체가 서로 부닥치는 소리와 동료를 향한 고함, 우렁찬 기합 소리가 본래 정적에 싸여 있어야 할 공간을 전쟁터로 바꾸어 놓았다.

"만상을 가르는 빛, 휘몰아치는 단절의 바람, 흩날리는 백화 같은 소용돌이, 빛의 폭풍이 되어 적을 난자하라! 『천상열파(天翔裂破)』!"

성검을 팔과 손목으로 가속시키며 자신을 중심으로 빛의 칼날을 무수히 날리는 자는 『용사』의 천직을 가진 아마노가와 코우키였다.

지금 막 덤벼들려던 몸길이 50센티미터의 박쥐형 마물 십여 마리가 순식간에 잘게 썰렸고, 제대로 공격도 하지 못한 채 피와 살점을 흩뿌리며 바닥에 떨어졌다.

"전열! 카운트, 10!"

"""""오케이!"""""

귀에 거슬리는 소리를 내며 단단한 턱을 움직이는 개미 마물, 하늘을 날아다니는 박쥐 마물, 그리고 무수한 촉수를 꿈틀거리는 말미잘 마물. 그것들이 직경 30미터 정도의 원형 방 안을 가득 메웠다. 방에 난 여덟 개의 통로로 마물이 물밀듯 쏟아져 들어오고 있었다.

장소는 【오르크스 대미궁】의 89계층. 전열을 맡은 것은 『용사』 코우키 및 죽마고우인 『권사』 사카가미 류타로, 『검사』 야에가시 시즈쿠, 그리고 『중투사(重鬪士)』 나가야마 쥬고, 『경전사(輕戰士)』 히야마 다이스케, 『창술사』 콘도 레이치였다. 그리고 어디선가 유격을 펼치고 있을 『암살자』 엔도 코스케도 있었다.

마물들은 어떻게든 후방을 공격하려고 했고 전열은 갈고닦은 기술로 그것들을 쓰러뜨리거나 밀어냈다. 그런 와중 후방에서 타이밍을 맞춰 마법을 쓰겠다는 총공격 카운트다운이 선언되었다.

성가신 비행 마물인 박쥐 마물이 전열의 틈을 찔러서 후방으로 돌진했지만 믿음직한 『결계사』가 성벽이 되어 그것을 저지했다.

"찰나의 폭풍이여, 보이지 않는 방패여, 휘몰아쳐라, 휩쓸어라, 회오리치며 모든 것을 가로막아라. 『폭람벽(爆嵐壁)』!"

『결계사』 천직을 가진 타니구치 스즈의 공격형 방어 마법이 발동했다.

주문을 읊는 후방 대열에서 한 걸음 앞으로 나온 그녀가 내민 양손 앞에 산들바람이 불었다. 겉으로는 변화가 없었다. 박쥐 마물들도 스즈에게는 개의치 않고 본능이 경종을 울리는 대로 대규모 공격 마법을 준비하는 후열을 향해 돌격했다.

하지만 그 바로 앞에서 마물의 돌진에 맞춰 공기의 벽이 크게 휘어졌다. 몇십 마리나 되는 박쥐 마물이 잇따라 충돌했지만 공기의 벽은 휘어질 뿐 단 한 마리도 통과시키지 않았다.

그리하여 돌진해 온 박쥐 마물들이 모두 공기의 벽에 충돌한 순간, 한계까지 휘어진 공기가 엄청난 충격과 함께 폭발했다.

그 폭력적인 충격만으로 몸이 조각난 박쥐가 있는가 하면, 단번에 미궁 벽까지 날아가 끔찍한 소리와 함께 찌부러져 죽은 박쥐도 있었다.

"흐흥! 그렇게 쉽게 보낼 순 없지!"

격한 전투음 속에서 반의 분위기 메이커 스즈의 우쭐거리는 목소리가 울렸다. 그와 동시에 전열이 일제히 큰 기술을 펼쳤다. 적을 쓰러뜨리는 것보다도 충격을 줘서 발을 묶고 자신들이 거리를 두는 것을 중시한 공격이었다.

"후퇴!"

코우키의 호령과 함께 전열이 단숨에 마물들에게서 거리를 뒀다.

그 직후, 완벽한 타이밍에 후열 여섯 명의 공격 마법이 발동했다.

거대한 불덩어리가 착탄과 동시에 대폭발을 일으켰고, 진공 칼날을 동반한 회오리가 주위 마물을 빨아들여 난도질하면서 전장을 유린했다. 발아래에서 무서운 기세로 솟아난 돌창이 마물들을 아래에서 위로 찔러 죽였고, 그와 함께 위에서는 고드름이 폭우처럼 쏟아져 마물의 몸에 구멍을 뚫었다.

자연 그 자체가 살의를 가진 것 같은 장렬한 공간에서 생물이 살아남을 방법은 없었다. 고작 수십 초간의 공격. 하지만 그 짧은 시간에 마물들의 90퍼센트 이상이 목숨을 잃거나 빈사의 중상을 입었다.

"좋아! 잔당을 단숨에 처리하자!"

코우키의 호령에 전열이 다시 앞으로 뛰어들었고 총공격의 충격에서 헤어나지 못한 마물들을 한 마리, 한 마리 확실하게 각개 격파해 나갔다. 모든 마물을 섬멸하는 데 채 5분도 걸리지 않았다.

전투 종료와 함께 코우키 일행은 방심하지 않고 주위를 경계하며 서로의 건투를 칭찬했다.

"후, 다음이 90계층인가……. 이 계층 마물도 어렵지 않게 쓰러뜨릴 수 있고…… 미궁에서 실전 훈련을 쌓는 것도 곧 끝나겠어."

"그렇다고 긴장 풀면 안 돼. 이 앞에 어떤 마물이나 함정이 있을지 아무도 몰라."

"시즈쿠는 걱정도 팔자야. 우리는 지금까지 아무도 도달하지 못한 계층에서 여유롭게 싸우고 있다고. 뭐가 덤비든 다 해치워주겠어. 설령 마인족이 와도 말이지."

감개무량하게 중얼거리는 코우키에게 시즈쿠가 주의를 줬지만 뇌까지 근육이 들어찬 류타로가 호쾌하게 웃으며 그렇게 말했다. 그리고 코우키와 주먹을 맞대고 무서울 것이 없다는 듯 웃음을 주고받았다.

시즈쿠는 그 모습에 한숨을 쉬면서 미간의 주름을 주물렀다. 지금까지도 무모한 두 사람을 고생고생 커버해 온 탓에 자연스럽게 주름을 잡는 일이 늘어 있었다. 설마 주름이 그대로 남는 건 아닐까 싶어서 최근 거울을 보는 횟수가 조금 늘어나고 말았다. 그런데도 결국은 코우키와 류타로에 한하지 않고 주변 모두를 도우러 돌아다니는 것을 보면 착해빠진 천성은 어찌하지 못하는 모양이다.

"히야마, 콘도, 이걸로 나았을 것 같은데…… 어때?"

아이들이 방금 전투에 관한 이야기를 주고받는 옆에서 카오리는 자신의 본분을 다하고 있었다. 즉, 『치유사』로서 방금 전투로 다친 동료를 치료하는 것이었다.

일단 미궁 실전 훈련 겸 공략에 참가한 열다섯 명 중에는 한 명 더 『치유사』 천직을 가진 소녀가 있어서 지금은 둘로 나뉘어 치료 중이었다.

"……그래, 이제 아무렇지도 않아. 땡큐, 시라사키."

"어, 어어. 괜찮아. 고맙다."

카오리에게 치료받은 히야마가 바로 앞에 있는 카오리의 얼굴을 멍하니 바라보며 건성으로 대답했다. 넋이 나가 있는 게 훤히 보였다. 콘도도 귀를 빨갛게 물들이고 더듬거리며 감사했다. 근접 전투직이니 종종 카오리의 힐링을 받고 있었을 텐데도…… 아직 카오리를 대할 때는 긴장되는 모양이었다.

콘도의 태도는 어떤 의미로 사춘기 아이 같아 훈훈하다고
도 할 수 있었다. 하지만 히야마가 카오리를 보는 눈은……
예사롭지 않았다. 눈 속 깊은 곳에 거무튀튀한 진창이 고여
있었다. 그것은 나날이 짙어져 갔지만…… 콘도부터 시작해
친한 나카노 신지와 사이토 요시키를 포함해서 눈치챈 사람
은 그다지 많지 않았다.

"천만에."

두 사람에게 감사를 받은 카오리는 미소 짓고 일어서서 돌
아갔다.

주변을 돌아보니 조금 떨어진 곳에서 또 한 명의『치유사』인
츠지 아야코가 보였다. 언제나 머리를 묶어 넓은 이마를 내놓
고 있는 그녀는 마침 나가야마의 치료를 마친 참이었다. 거구
로 동료의 방패가 되는 것이 역할인 나가야마의 치료에 제법
애를 먹었는지 숨을 돌리며 이마에 흐른 땀을 닦고 있었다.

후방조인『토술사』노무라 켄타로나『부여술사』요시노 마오는
다친 곳이 없어 보였고 나가야마 파티도 모두 무사한 듯했다.

그런데 그때 누가 츠지의 소매를 꾹꾹 잡아당겼다. 존재감
이 없기로는 누구에게도 지지 않는 엔도가 눈물을 머금고 작
은 상처가 난 팔을 보이고 있었다. 분명 보기와 달리 대단히
아픈 것이리라. 쭉 차례를 기다렸는데 아무도 알아주지 않고
그대로 치료를 끝내는 분위기라서 그런 건 아닐 것이다. 츠지
가 아차 하는 표정을 짓더라도 절대 깜박 잊어서 그런 건 아

닐 것이다.

카오리는 그렇게 사이가 좋은(?) 나가야마 파티에게 미소 지으며 달리 치료가 필요한 사람이 없는지 확인하고는 눈에 띄지 않게 살짝 한숨을 쉬었다. 그리고 안쪽으로 이어진 어두운 통로를 수심 어린 눈으로 바라보았다.

"……."

그 모습을 본 시즈쿠는 친구의 심정을 자기 일처럼 이해할 수 있었다. 카오리의 마음속은 지금 불안으로 가득하겠지. 앞으로 10계층이면 일반적으로 미궁의 최하층이라고 알려진 곳에 도착하는데 아직도 하지메의 흔적을 무엇 하나 발견하지 못했기 때문이다.

그것은 희망이기도 했지만 훨씬 강한 절망이기도 했다. 자기 눈으로 확인할 때까지 하지메의 죽음을 믿지 않겠다고 결심했어도, 계층을 하나 내려가서 아무것도 발견하지 못할 때마다 밀려오는 부정적인 생각은 쉽게 떨쳐 낼 수 없었다. 게다가 하지메가 나락에 떨어진 날로부터 이미 4개월이 지났다. 강한 결의가 있다 하더라도 어두운 생각이 침투하기에는 충분한 시간이었다.

자신의 아티팩트인 백장(白杖)을 매달리다시피 꽉 끌어안은 카오리를 보고 시즈쿠는 참지 못한 채 말을 걸려고 했다.

그런데 시즈쿠가 행동에 나서기 전에 작은 체구의 분위기 메이커가, 카오리가 불안에 흔들리건 말건 알 바 아니라는 듯 뛰어오더니 폴짝 뛰어 카오리를 등 뒤에서 와락 끌어안았다.

"카오링~! 그런 시커먼 남자들 말고 날 치료해주라~! 찰싹 달라붙어서 치료해주라~."

"꺄아! 스즈! 어딜 만지는 거야! 그보다 스즈는 안 다쳤잖아!"

"다쳤어~! 스즈의 유리 같은 하트가 다쳤어~! 그러니까 애정을 줘! 어서 애정을 줘! 구체적으로는 카오링의 그 가슴으로!"

"가, 가슴…… 안 된대두! 앗, 스즈! 꺅! 시즈쿠, 도와줘!"

"하악, 하악, 좋은겨? 여기가 좋은겨? 아따, 아가씨, 겁나게 민감하부혁?!"

"……어휴, 그만해, 스즈. 남자들이 못 일어나게 되잖아……."

그냥 변태 아저씨로 변한 스즈가 다른 사람에게는 차마 못 보여줄 표정으로 카오리의 가슴을 주무르다가 정수리에 시즈쿠의 촙을 먹고 격침당했다. 덤으로 스즈와 카오리의 백합백합한 광경을 본 일부 남자들도 번뇌에 격침당했다.

머리에 혹을 달고 움찔움찔 경련하는 스즈에게 다가온 나카무라 에리가 평소처럼 못 말리겠다는 양 웃으며 간호했다.

"우우, 고마워, 시즈쿠. 부끄러워 죽는 줄 알았어……."

"그래그래, 이제 괜찮아. 변태는 내가 물리쳤으니까."

시즈쿠는 글썽거리며 자신에게 매달리는 카오리를 부드럽게 쓰다듬었다. 최근 자주 보는 광경이었다.

시즈쿠는 카오리의 매끄러운 머리를 매만지면서 몰래 안색을 살폈다.

하지만 카오리는 난감해하면서도 어딘가 즐거워 보이는 표정을 짓고 에리가 돌보는 스즈를 보고 있었다. 그 얼굴에 방

금 보인 수심 어린 표정은 없었다. 잠시나마 우울한 마음을 떨칠 수 있었나 보다. 역시 반의 분위기 메이커 스즈(아저씨 버전). 이것도 일종의 재능이구나 싶어 시즈쿠는 내심 감탄했다.

"앞으로 10계층이야. ……힘내자, 카오리."

시즈쿠가 카오리의 어깨에 얹어진 손에 조금 힘을 담으며 올곧은 눈빛을 보냈다. 친구의 마음이 꺾이지 않도록 하는 고무적 의미도 포함된 행동이었다. 카오리도 그런 시즈쿠의 행동에 마음이 조금 약해져 있었다는 것을 자각하고 양손으로 자기 볼을 탁 때렸다. 그리고 억센 눈빛으로 시즈쿠에게 눈을 맞추었다.

"응. 고마워, 시즈쿠."

시즈쿠의 배려가 얼마나 자신을 지탱해주는지 새삼스럽게 실감했다. 카오리는 눈동자에 실은 힘을 풀어 포근한 표정과 함께 감사의 뜻을 표했다. 시즈쿠도 눈꼬리를 내리고 조용히 고개를 끄덕였다.

……옆에서 보면 백합이 만발해 있었지만 본인들은 그것을 눈치채지 못했다. 남성진이 눈을 어디에 둬야 할지 몰라 시선을 이리저리 돌리는 것도 눈치채지 못했다. 두 사람만의 세계에 빠져 있는데 오죽하랴.

"지금이라면…… 지킬 수 있을까?"

"그럼. 분명 지킬 수 있어. 그때와는 다른걸. 레벨도 이미 멜드 단장님을 뛰어넘었잖아. ……그래도, 후후, 어쩌면 그 애가 더 강해져 있을지도 모르겠네. 그때도 결국 우리가 도움을 받은 거였고."

"후후, 시즈쿠도 참……."

하지메의 생존을 믿는 카오리가 지금의 자신을 내려다보며 무심히 중얼거린 말에 시즈쿠는 농담처럼 그렇게 말했다. 사실 그것은 정확히 현실을 꼬집은 말이었고 그로 인해 여러모로 깜짝 놀라게 되지만…… 그것을 알게 되는 것은 아직 조금 더 미래의 이야기다.

한편, 멜드 단장이 이끄는 왕국 기사들은 실력 문제로 도중에 기권하여 30계층으로 이어진 70계층 전이진 경호를 맡게 된 이후, 일행은 자력으로 완전 답파를 목전에 두고 있었다. 지금 일행의 실력은 이미 이곳 토터스에서 최고 수준이라고 칭해도 될 단계까지 올라와 있었다.

아마노가와 코우키 17세 남자 레벨: 72

천직: 용사

근력: 880

체력: 880

내성: 880

민첩: 880

마력: 880

마력 내성: 880

기능: 모든 속성 적성[+빛 속성 효과 상승][+발동 속도 상승], 모든 속성 내성[+빛 속성 효과 상승], 물리 내성[+치유력

상승][+충격 완화], 복합 마법, 검술, 완력, 축지, 예측, 고속 마력 회복, 기척 감지, 마력 감지, 한계 돌파, 언어 이해

사카가미 류타로 17세 남자 레벨: 72

천직: 권사

근력: 820

체력: 820

내성: 680

민첩: 550

마력: 280

마력 내성: 280

기능: 격투술[+신체 강화][+부분 강화][+집중 강화][+침투 파괴], 축지, 물리 내성[+금강], 모든 속성 내성, 언어 이해

야에가시 시즈쿠 17세 여자 레벨: 72

천직: 검사

근력: 450

체력: 560

내성: 320

민첩: 1110

마력: 380

마력 내성: 380

기능: 검술[+참격 속도 상승][+발도 속도 상승], 축지[+중축지(重縮地)][+진각(震脚)][+무박자], 예측, 기척 감지, 은형[+환격(幻擊)], 언어 이해

시라사키 카오리 17세 여자 레벨: 72

천직: 치유사

근력: 280

체력: 460

내성: 360

민첩: 380

마력: 1380

마력 내성: 1380

기능: 회복 마법[+효과 상승][+회복 속도 상승][+이미지 보강력 상승][+침투 간파][+범위 효과 상승][+원격 회복 효과 상승][+상태 이상 회복 효과 상승][+소비 마력 감소][+마력 효과 상승][+연속 발동][+복수 동시 발동][+지연 발동][+부가 발동], 빛 속성 적성[+발동 속도 상승][+효과 상승][+지속 시간 상승][+연속 발동][+복수 동시 발동][+지연 발동], 고속 마력 회복[+명상], 언어 이해

그중에서도 카오리의 회복 마법과 빛 속성 마법이 두드러졌다. 특히 회복 마법은 극에 달했다고 해도 과언이 아니었다. 본래 기능 수만을 따지면 카오리는 네 명 중에서도 가장 적은 기능을 가졌었다. 그런데도 불구하고 현재는 총 기능 수가 용사인 코우키조차 넘어섰다.

이것은 모두 두 번 다시 약속을 깨뜨리지 않기 위하여. 살아 있으리라 믿고 이번에야말로 마음에 둔 이를 지키기 위하여. 잠잘 시간도 아껴 가며 하염없이 자신이 할 수 있는 일을 우직하게 반복해 온 결과였다.

"슬슬 출발하고 싶은데…… 괜찮겠어?"

코우키가 아직도 서로를 마주 보는 카오리와 시즈쿠에게 조심스럽게 말을 걸었다. 예전 카오리의 방에서 카오리와 시즈쿠가 껴안고 있는 모습을 목격한 이래, 이따금 태도가 이상해지는 코우키를 보고 카오리는 어리둥절해했지만 그 속내를 환히 들여다보고 있는 시즈쿠는 비난 섞인 시선을 보냈다. 그 눈은 「언제까지 이상한 착각에 빠져 있을 거야, 이 바보야」라는 의사를 여실히 말해줬다.

코우키는 시즈쿠의 눈총을 깨닫지 못한 척하며 일동에게 호령을 내렸다. 이미 89계층의 탐색은 90퍼센트를 마친 상태였으며 지금 지나는 루트가 마지막 탐색 장소였다.

그리고 일행은 출발한 지 10여 분 만에 별 탈 없이 계단을 발견했다. 함정의 유무를 확인하면서 신중하게 어두운 나선 계단을 내려갔다. 그리하여 체감으로 10미터쯤 내려갔을 즈음, 드디어 코우키 일행은 90계층에 도착하였다.

그래도 앞자리 수가 바뀌었으니까 무슨 일이 일어나지 않을까 싶어서 일단 경계부터 했다. 하지만 겉으로 봐서는 지금까지 탐색한 80계층대와 아무런 차이가 없었다. 바로 매핑을 하며 탐색을 개시하기로 했다. 미궁의 구조 자체는 바뀌지 않았더라도 출현하는 마물은 강력해졌을 테니까 방심할 수 없었다.

탐색은 특별한 문제도 없이 순조롭게 진행됐다. ……하지만 이윽고 한 명씩 의아하다는 표정을 보이기 시작했다.

"……어떻게 된 거야?"

상당히 깊은 곳까지 탐색해서 탁 트인 방에 나왔을 무렵, 마침내 의아함이 정점에 달하여 표정을 당혹스럽게 일그러뜨린 코우키가 의문을 입 밖으로 꺼냈다. 다른 멤버들도 마찬가지로 당황한 표정을 보이며 코우키의 의문에 동조하여 걸음을 멈췄다.

"……왜 이만큼 탐색해도 마물이 한 마리도 안 나오지?"

이미 자잘한 갈림길을 빼면 탐색은 절반 가까이 끝나 있었다.

이때까지는 강력한 마물이 지겹도록 덤벼들어 쉽게 앞으로 나아가지 못했다. 한 계층을 절반 정도 탐색하려면 평균 이틀씩은 걸리곤 했다.

그런데도 불구하고 일행이 이 90계층에 내려오고서 탐색을 시작한 후 불과 세 시간을 조금 넘겨 이곳까지 왔다. 그 이유는 단순했다. 아직까지 한 번도 마물과 만나지 못했기 때문이다.

처음에는 마물이 숨어서 일행을 관찰이라도 하는 것인가

의심했지만 일행의 감지 기능이나 마법을 사용해도 개미 새끼 하나 발견할 수 없었다. 마물의 기척조차 나지 않는다는 것은 아무리 그래도 이상했다. 명백한 이상 사태였다.

"……이거 괜히 더 불안한데. 처음부터 없었던 걸까?"

류타로와 마찬가지로 멤버가 저마다 이런저런 가능성을 내놓았지만 해답을 얻을 수 있을 리가 없었다. 당혹감은 점점 짙어지기만 했다.

"……코우키. 한번 돌아가지 않을래? 왠지 안 좋은 예감이 들어. 단장님이나 기사단이라면 이런 사태에 관해서도 뭔가 아는 게 있을지도 몰라."

시즈쿠가 경계심을 품으며 코우키에게 제안했다.

시즈쿠의 제안에 코우키는 고민하는 모습을 보였다. 이상하게 안 좋은 예감이 드는 것은 코우키도 마찬가지였다. 신중을 기한다면 한번 돌아가는 게 분명 현명한 판단이리라.

하지만 설사 큰 장애가 있다고 해도 자신들은 그것을 타파하고 나아가야만 하는 입장이었다. 막연한 불안만으로 후퇴하자니 조금 거부감이 들었다. 게다가 89계층에서도 여유를 가지고 싸운 자신들이라면 무엇이 앞을 가로막더라도 괜찮다는 생각이 있었다.

그렇게 코우키가 망설이는 사이, 별안간 주변을 주의 깊게 살피던 엔도가 긴장감이 묻어나는 목소리로 말했다.

"이거…… 피…… 맞지?"

엔도가 바닥을 문지른 손가락을 보였다. 일행은 그 말에 바닥과 벽을 눈여겨보기 시작했다. 그리고—.

"어둡고 벽 색과 동화되어서 알아보기 어렵지만…… 저쪽으로 이어져 있어."

"그래도…… 이거 양이 상당해 보이는데……."

나가야마는 심각한 표정으로 경계심을 드러냈고, 노무라는 굳은 얼굴로 주위를 돌아보았다.

다른 멤버들도 사방에 튄 범상치 않은 양의 핏자국을 뒤늦게 눈치채고 낯빛이 새파랗게 질렸다.

"아마노가와. 야에가시의 제안에 따르는 편이 나아. 이건 마물의 피야. 그것도 얼마 안 됐어."

손가락에 묻은 피를 문지르거나 냄새를 맡아 분석한 엔도가 평상시와 달리 강한 어조로 주장했다. 코우키는 조금 고민하며 약하게 반론했다.

"이만큼 마물의 피가 있으면 이 근처 마물은 모두 죽었다는 걸 테고, 그만큼 강력한 마물이 있다는 뜻이겠지만…… 어차피 쓰러뜨리지 않으면 앞으로 갈 수 없잖아?"

코우키의 말에 나가야마가 고개를 저었다. 나가야마는 류타로와 어깨를 견주는 반의 양대 거인이었지만 류타로와 달리 대단히 생각이 깊은 인물이었다. 또 엔도와 오래 사귀어 온 친구이기 때문에 그의 말을 크게 신뢰하고 있었다.

따라서 엔도가 내는 극도의 긴장과 말로 사태의 심각성을 즉각 이해했고, 엔도와 마찬가지로 임전 태세를 취하며 코우키에게 자신의 견해를 피력했다.

"아마노가와, 들어 봐. 마물이 이 방에서만 나왔을 리는 없어. 지금까지 지나온 통로나 다른 방에서도 나왔을 거야. 그런데도 우리가 흔적을 발견한 건 이 방이 처음이지. 그건 다시 말해서……."

"……누군가가 마물을 죽이고 그 흔적을 은폐했다는 거지?"

말꼬리를 대신 이은 시즈쿠에게 나가야마는 고개를 끄덕였다. 코우키도 이제야 상황을 깨닫고 나가야마와 마찬가지로 살벌한 표정을 지으며 경계심을 최대로 끌어올렸다.

"그만큼 머리가 돌아가는 마물이 있을 가능성도 있지만…… 사람이라고 생각하는 편이 자연스럽겠지……. 그리고 이 방에만 흔적이 있다는 건 미처 은폐하지 못했거나, 혹은……."

—이곳이 종착점이란 거지.

문득 처음 듣는 여성의 목소리가 코우키의 말을 이으며 방에 메아리쳤다. 남자 같은 말투의 허스키한 목소리였다. 일행은 흠칫 놀라 순간적으로 전투태세를 취하며 목소리가 들린 방향을 주시했다.

구둣발 소리를 내며 방 안쪽의 어둠 속에서 모습을 드러낸 건 불타는 듯한 붉은 머리카락을 가진 묘령의 여성이었다. 그 여성은 귀가 조금 뾰족했고 피부가 거무스름했다.

코우키 일행이 경악하여 눈을 크게 떴다. 여성의 그 특징은 일행이 잘 아는 것이었다. 실제로 본 적은 없었지만, 교회나 왕국 사람에게 교육받을 때 몇 번이나 들은 어느 종족의 특징이었다. 성교 교회가 내건 신의 적이자 인간족의 숙적. 바로—

"……마인족."

누군가가 중얼거린 말에 마인족 여성은 살며시 차가운 미소를 띠었다.

일행 앞에 나타난 여성은 입가에서 냉소를 거두지 않은 채 놀라서 눈을 크게 뜬 일행을 관찰하듯 마주 봤다.

눈동자 색은 머리와 같이 불타는 듯 붉었고 옷은 광택이 없는 검정 일색의 바이크 슈트 같았다. 몸에 착 달라붙는 디자인이라서 그녀의 아름다운 몸매가 어두운 미궁 속에서도 고스란히 드러났다.

콘도와 나카노, 사이토 등은 그럴 상황이 아니란 것을 알면서도 그 요염한 분위기에 얼굴이 붉어지는 것을 막을 수 없었다.

"네가 용사지? 거기 그 멍청해 보일 만큼 번쩍번쩍한 갑옷을 입은 너."

"머, 멍청…… 시, 시끄러워! 마인족에게 멍청하다는 소리를 들을 이유는 없어! 그보다 왜 마인족이 이런 곳에 있지?!"

폭언에 가까운 말에 살짝 울컥한 코우키가 경악에서 빠져나와 여성의 목적을 물었다.

하지만 여성은 시끄럽다는 듯 코우키의 질문을 무시하고 어이없다는 양 머리를 절레절레 저었다.

"어쩜 이리 감정적인지……. 이게 회유 대상인 용사님이라고? 정말로 유용할까 모르겠네. 뭐, 명령이 있는 이상 따질 수도 없지만."

그리고 어쩐지 엄청나게 싫은 티를 내며 뜻밖의 말을 던졌다.

"너, 그래, 쓸데없이 번쩍번쩍한 너 말이야. 우리 쪽에 붙지 않겠어?"

"뭐, 뭐라고? 붙지 않겠냐니…… 무슨 뜻이야!"

"이해력이 부족하네. 말 그대로지. 용사를 회유하려는 거야. 우리 마인족 쪽에 붙지 않겠느냐고. 대우는 섭섭하지 않게 해줄게."

코우키 일행에게는 완전히 예상을 벗어난 말이었기에 그 말뜻을 이해하는 데 조금 시간이 걸렸다. 그리고 그 의미를 이해하자 다른 멤버들은 자연스럽게 코우키에게 주목했다. 코우키는 어리벙벙한 표정을 바로잡고 여성을 노려봤다.

"거절한다! 인간족을, 친구들을, 왕국 사람들을 배신하라니, 그런 말이 잘도 나오는군! 역시 너희 마인족은 듣던 대로 사악한 무리야! 날 회유하러 일부러 여기까지 온 모양이지만, 혼자 온 건 어리석었어. 우리 모두를 상대할 순 없을 거야. 투항해!"

코우키의 단호한 말소리가 울려 퍼졌다. 그 말에는 조금의 흔들림도 없었다.

하지만 정작 단칼에 거절당한 여성은 눈을 살짝 가늘게 뜨고 관찰하는 듯 쳐다볼 뿐 딱히 신경 쓰는 내색이 없었다. 그리고 오히려 양보안을 제시했다.

"일단 상부에서는 친구들까지 데려와도 된다고 했어. 그래도 거절할 거야?"

"대답은 똑같아. 몇 번을 물어도 배신할 생각은 전혀 없어!"

코우키는 역시나 일말의 망설임도 없이 대답했다. 그리고 그런 권유를 받는 것 자체가 불쾌하다고 말하듯 성검을 발동해서 빛을 발했다. 이 이상의 대화는 필요 없다. 투항하지 않겠다면 힘으로라도 굴복시키겠다는 의사를 드러낸 것이었다.

그런 코우키의 행동에 초조해한 것은 마인족 여성이 아니라 오히려 나가야마와 시즈쿠였다.

두 사람은 속으로 혀를 차면서 여성보다 주위를 최대한 경계했다. 나가야마가 은근슬쩍 등 뒤로 내민 손으로 지시를 내리자 함께 경계하던 엔도의 기척이 소리도 없이 사라졌다.

나가야마와 시즈쿠는 상황에 따라서는 한번 거짓으로 여성을 따라가서라도 장소를 바꿔야만 한다고 생각했다. 하지만 그 생각을 전하기 전에 코우키가 답을 내놓고 말았다. 그래서 하는 수 없이 예기치 못한 사태에 대비하고 있는 것이었다.

평범하게 생각해서 아무리 마법이 뛰어난 마인족이라도 이런 장소에 혼자 왔으리라고는 생각할 수 없었다. 이 계층의 마물을 상처 하나 없이 섬멸하고, 더 나아가 그 흔적조차 남기지 않았다는 건 더더욱 말도 안 됐다. 그만큼 마인족이 강했다면 인간족은 처음부터 대책 없이 마인족에게 유린당했을 것이다.

더불어서 이 계층에 도착할 수 있는 인간족 열다섯 명을 앞에 두고도 여성은 전혀 초조함을 보이지 않았다. 전투 흔적을 은폐한 것도 포함해서 생각해 볼 때, 처음 우려한 대로 이곳에 잠복하고 있었다고 봐야 했다. 그렇다면 지리적 이점은 마인족 여성 쪽에 있다고 생각하는 게 타당했다.

—우리는 지금 대미궁에 있는 게 아니다. 적의 영역 안에 있다!

그런 나가야마와 시즈쿠의 위기감이 옳았다는 것이, 곧 증명되었다.

"……그래? 그럼 너희에겐 볼일이 없어. 말해 두지만 널 꼭 회유해야 하는 건 아니야. 명령은 『가능하다면』이거든. 상황에 따라서는 제거하라는 명령도 받았어. 죽이지 않을 거라는 안이한 생각은 버리는 게 신상에 이로울 거야. 루토스, 하벨, 엔키. 밥 먹을 시간이다!"

여성이 세 이름을 부른 것과, 쨍그랑 하며 뭔가가 깨지는 소리와 함께 시즈쿠와 나가야마가 비명을 삼키며 날아간 것은 동시였다.

"윽?!"

"크아?!"

둘을 날려 버린 것의 정체는 불명. 여성의 호령과 함께 갑자기 코우키 일행 좌우의 공간이 일렁이는가 싶더니 『축지』나 다를 바 없는 속도로 『무언가』가 접근했다. 코우키와 여성의 대화에 정신이 팔린 후열을 덮친 것이었다.

처음부터 최대한 경계를 하고 있던 시즈쿠와 나가야마만이 그 기습을 간신히 알아차렸다.

시즈쿠는 일렁이는 공간을 향해 칼과 칼집을 십자로 교차시켜 방어했다. 그리고 충격이 닿는 순간 스스로 뒤로 뛰어 충격을 완화하려고 했지만 상대의 공격은 상상을 아득히 초월했다. 시즈쿠의 방어는 쉽사리 무너져 배가 살짝 찢어졌고, 폐의 공기를 토할 정도로 땅에 세게 부딪쳤다.

나가야마는 『신체 경화』라는 육체 강도를 향상시키는 기능과 마력을 몸에 둘러 강화하는 『금강』을 습득하고 있었다. 두 기능을 모두 사용했을 때 내구력은 강철 방패보다도 훨씬 뛰어나다. 나가야마 본인의 거구도 합쳐서 인간 요새라고 해도 좋은 방어를 돌파하기란 지극히 곤란하다.

하지만 그런 나가야마조차 『무언가』의 공격으로 방어가 뚫려서 양팔이 깊게 찢어졌고 피를 뿜으며 날아갔다. 그래도 후방에 있던 사이토와 아이들에게 부딪친 덕분에 간신히 바닥에 격돌하는 추가 피해는 면할 수 있었다.

유리가 깨진 것 같은 소리는 스즈가 본능적 위기감에 따라 반사적으로 전개한 장벽이 부서진 소리였다.

장소는 파티 후방. 그곳에 『무언가』가 있다고 느낀 것은 아니었다. 그냥 왠지 모르게 시즈쿠와 나가야마의 위치를 보아 자신은 후방에 장벽을 전개해야만 한다고, 이 또한 본능적으로 혹은 경험적 직감을 통해 깨달은 것이었다.

그 행동은 결과적으로 대단히 옳은 판단이었다. 스즈의 장벽이 없었다면 세 번째 일렁이는 공간이 츠지와 요시노 등을 가차 없이 찢어발겼을 것이다.

하지만 아군을 훌륭하게 지켜 낸 대신, 장벽 파괴의 충격을 정통으로 받은 스즈도 후방으로 떠밀려 날아갔다.

운 좋게 뒤에 있던 에리가 받아 내었기에 큰 탈은 없었지만 충격에 마비된 스즈의 몸이 바로 말을 듣지는 않았다.

세 개의 일렁거리는 공간이 바로 추가타를 날렸다. 지금 막 날아가서 피해를 입은 시즈쿠, 나가야마, 스즈는 물론이거니와 갑작스러운 습격에 반응하지 못하는 후방조는 대처할 방도가 없었다.

친구가 죽는다…… 그렇게 생각한 순간—.

"호광(護光)으로 가득 메우라!『회천』,『주천』,『천절』!"

카오리가 거의 없다고 생각될 정도로 영창을 생략하여 동시에 세 가지 빛 속성 마법을 발동했다.

하나는 상처와 함께 나가떨어진 시즈쿠와 나가야마를 즉석에서 치료하는 빛 속성 중급 회복 마법『회천』. 떨어진 장소에 있는 복수의 대상을 동시에 치료하는 마법이다.

고통에 신음하며 어떻게든 일어서려고 하는 두 사람에게 연보라색 빛이 쏟아지며 급속도로 상처를 막았다.

이어서 조금이라도 눈을 떼면 바로 놓칠 것만 같은, 형체 없는 세 존재에게도 똑같이 연보라색 빛이 쏟아져서 달라붙었다. 그러자 그 푸근한 빛이 퍼지며 공간에 빛의 윤곽을 만들었다.

빛 속성 중급 회복 마법『주천』. 회복량은 적지만 일정 시간마다 자동으로 회복되며 발동 중에는 대상이 마력광(魔力光)을 띠는 특징을 가진 마법이다. 카오리는 그 특징을 이용해서 회복량을 최소화한『주천』을 정체불명의 적에게 사용해

간접적으로 적을 가시화한 것이었다.

연보라색 빛으로 드러난 적의 모습은 사자의 머리에 용을 닮은 팔다리와 날카로운 발톱, 뱀의 꼬리와 수리의 날개를 등에 단 괴상한 마물이었다. 이름을 붙인다면 역시 키메라가 적절하리라. 아마도 은신 관련 고유 마법을 가졌을 것이다. 모습만 아니라 기척까지 없애는 상당히 성가신 능력이지만 움직일 때는 효과가 온전히 발휘되지 않는지 공간이 일렁이는 허점이 있어서 천만다행이었다.

다름 아닌 반에서도 최고의 근접 전투 능력을 가진 시즈쿠와 나가야마를 한 방에 움직이지 못하게 한 괴물이 모습까지 완전히 감출 수 있다면 상대할 방법이 없다. 이때까지 지나온 계층의 마물을 생각하면 명백하게 이 계층에 있을 법한 마물의 수준을 벗어났다.

"""크르아아아아아아!"""

그 키메라 세 마리는 몸에 붙은 빛이 대수냐는 듯 포효하며 아직 태세를 정비하지 못한 시즈쿠와 나가야마에게 흉악한 발톱을 휘둘렀다.

무시무시한 속도로 사신의 낫처럼 날아드는 발톱. 하지만 그 발톱은 시즈쿠와 나가야마의 목숨을 거두기 직전에 엉뚱한 방향으로 미끄러지고 말았다. 허공에 출현한 빛나는 방패들이 그 궤도만을 획 틀어 버린 것이다.

빛 속성 중급 방어 마법 『천절』.『광절』이라는 빛의 장벽을 전개하는 빛 속성 초급 방어 마법의 상급판이며 여러 장벽을 한 번에 펼칠 수 있는 마법이다.

『결계사』인 스즈는 이 마법을 응용하여 약하지만 부서지는 족족 고속으로 장벽을 보충해서 돌파에 시간이 걸리는 다중 장벽처럼 다루기도 한다.

아무리 카오리가 빛 속성 전반에 높은 적성을 가졌다지만 결계 전문인 스즈에게는 미치지 못해서 그런 식의 응용은 불가능했다. 하지만 완벽한 각도로 최적의 위치에 누구보다 빠르게 장벽을 전개하여 마치 합기도처럼 적의 공격을 흘리는 그 기술은 그야말로 절기(絶技)라고 할 수 있었다.

모든 것은 두 번 다시 소중한 것을 잃지 않기 위해서 갈고 닦은 수련의 성과였다. 카오리의 피 토하는 노력이 이 위기 상황에서 모든 이의 생명을 지켜 냈다.

공격을 방해받은 키메라 세 마리는 다소 짜증이 난 듯 다시 공격하려 들었다. 한순간 시간을 벌었을 뿐 어차피 약자의 무의미한 발버둥에 지나지 않는다는 양…….

하지만 한순간이라고는 하나 귀중한 시간을 벌었다는 점에는 변함이 없었다. 그 시간을 코우키 일행이 헛되이 할 리 없었다.

"시즈쿠한테서 떨어져!"

코우키는 분노를 담아 외치며 찰나의 순간 『축지』를 써서 시즈쿠에게 엄습하는 키메라에게 파고들었다. 코우키의 속도가 보는 이의 초점 속도를 넘어 뒤로 잔상을 보게 했다. 치켜든 성검이 단칼에 키메라의 목을 떨어뜨리겠다는 듯 점차 강하게 빛났다.

그리고 동시에—.

"어딜 감히!"

류타로도 나가야마를 공격하려던 키메라를 향해 공수도의 정권지르기 자세를 취했다. 직접 파고들어서 공격하기보다 건틀릿형 아티팩트의 능력인 충격파를 날리는 쪽이 빠르다고 판단한 까닭에서였다. 류타로에게서 우렁찬 기합 소리가 터져 나오며 건틀릿에 마력이 집중되었다.

게다가—.

"집어삼키소서, 붉은 어머니시여, 『염랑(炎浪)』!"

스즈를 감싼 채 에리가 한 손을 내밀어서 지금껏 보인 적 없는 영창을 생략한 강력한 마법을 발동했다. 『염랑』이라는 이름의 불 속성 중급 마법은 글자 그대로 화염 해일을 조종하는 마법이며 형태로 분류하자면 범위 마법이다. 몸이 날랜 적이라도 그렇게 쉽게는 도망칠 수 없으리라.

코우키는 머리 위로 치켜든 성검을 막대한 위력과 빠른 속도로 내려쳤다. 류타로는 더할 나위 없이 깔끔한 자세로 정권을 내질렀고 거기서 천지를 진동시키는 충격파가 포탄처럼 날아갔다. 에리의 죽음을 나르는 진홍색 해일이 목표를 집어삼켜 잿더미로 만들고자 용솟음쳤다.

하지만—.

""우가아아아아아!!""

대체 어디에 숨어 있었던 것일까. 세 명의 공격이 직격하기 일보 직전, 두 그림자가 포효를 지르며 일행을 습격했다.

"윽?!"

"뭐야?!"

갑작스러운 사태에 코우키와 류타로의 등에 오한이 퍼졌다.

두 그림자는 각자 코우키와 류타로에게 맹돌진하여 손에 든 금속제 메이스를 매서운 속도로 휘둘렀다.

순간적으로 코우키는 검의 원심력을 이용해 몸을 틀어 피했고 류타로는 내지른 오른팔 대신 안쪽으로 빼고 있던 왼팔을 들어 코앞까지 다가온 메이스를 튕겨 냈다.

코우키는 중심을 잃고 바닥을 나뒹굴었고 류타로는 메이스를 튕겨 낸 뒤 날아든 적의 주먹을 맞아서 날아갔다.

코우키와 류타로의 허를 찌른 것은 키가 2.5미터나 되는 브루탈을 닮은 마물이었다.

하지만 브루탈이 흔히 오크나 오거라고 불리는 RPG의 마물처럼 돼지 같은 체형인 데 비해, 그 마물은 군살이 없는 마른 체형이었다. 마치 브루탈의 몸을 극한까지 단련하여 지방을 모조리 태운 듯한 몸이었다. 실제로 방금 기습으로 보아도 완력과 이동 속도 모두 브루탈과는 비교를 불허했다.

"이놈들은 뭐야?!"

"이런 제기랄, 대체 어디서 튀어나온 거야!"

코우키와 류타로가 지금까지 본 적 없는, 명백하게 강력한 마물의 갑작스러운 출현에 욕설 섞인 의문을 입에 담았다. 그러자 그때—

"크악?!"

비명을 지르며 두 사람의 딱 중간쯤으로 엔도가 바닥을 튀면서 굴러왔다.

"엔도?!"

"윽, 다들 조심해! 보이는 게 다가 아냐! 주변에 쫙 깔렸어!"

코우키가 놀라며 엔도의 이름을 불렀지만, 엔도는 부상을 당했는지 옆구리를 부여잡고 경고했다.

엔도는 나가야마의 지시를 받아서 기척을 없앤 후, 암살자의 기능인 은형을 사용해 마인족 여성의 뒤로 돌아가고 있었다.

하지만 완전히 등 뒤로 돌아가기 전에 사태가 급변하여 동요로 기척을 드러내 버렸다. 어쩔 수 없이 단숨에 거리를 줄이려고 했을 때, 옆에서 어마어마한 충격을 받아 튕겨 날아갔다. 그때 목격했다. 자신을 날린 상대가 코우키와 나가야마를 날린 것과 같은 마물이라는 것을…… 그리고 그 브루탈 옆에는 키메라가 있었고 자신을 날려 버린 후 브루탈이 키메라에 손을 대자 다시 모습을 감추어 버린 것을…….

즉, 적은 키메라의 은형 능력을 빌려서 곳곳에 숨어 있다는 뜻이었다. 적어도 90계층의 마물을 전멸시킬 수 있을 전력이 있으리라.

엔도의 경고를 증명하듯 에리 쪽에도 새로운 적이 출현했다.

휘우우웅, 하는 소리와 함께 에리가 펼친 화염 해일이 점점 한곳으로 흡수되어 사라져 갔다. 마치 공간에 구멍이라도 뚫려서 그곳으로 모든 것이 빨려 들어가는 것 같았다.

"말도 안 돼……."

범위 마법이 무효화된다는 믿기지 않는 사태에 에리는 정신적 충격을 받아 자기도 모르게 굳어 버렸다. 그리고 그녀가 바라보는 앞에서 불길과 열기가 완전히 사라졌다.

그렇게 시야가 트인 공간에 그 범인이 모습을 드러냈다. 그것은 몸에 다리가 여섯 개 달린 거북 같은 마물이었다. 등의 껍데기는 방금까지 적을 잿더미로 바꾸려고 미쳐 날뛰던 불길과 같은 새빨간 색이었다.

그리고 직후, 다족 거북이 불을 죄다 흡수하고 한번 닫았던 입을 다시 쩍 벌렸다. 동시에 껍데기가 격하게 빛나더니 열린 입 안쪽에 붉은빛이 생겼다. 마치 에너지를 모아 발사 직전인 레이저 포 같았다.

"아, 안 돼."

그 모습을 본 에리의 얼굴이 초조함에 휩싸였다. 마법을 쏜 직후라서 대응할 여유가 없었지만 그 초조함은 팔에 안은 친구가 평소의 기운 넘치는 목소리와 함께 날려 버렸다.

"얕보지 마! 수호의 빛은 거듭되고, 의지가 있는 한 되살아나니, 『천절』!"

그 찰나, 스즈 앞으로 빛의 장벽 스무 개가 첩첩이 겹쳐지듯 출현했다. 그 장벽은 모두 대각선 45도로 설치되었고, 장벽의 출현과 함께 다족 거북이 내뿜은 초고열 포격은 장벽을 분쇄하면서도 위쪽으로 비껴갔다.

하지만 그칠 줄 모르고 뿜어져 나오는 포격의 위력은 조금 전 키메라의 공격을 넘어선 흉악함을 자랑하며 한순간에 장벽을 꿰뚫었다.

스즈는 이를 악물면서 영창에 맞춰 차례차례 새로운 장벽을 구축해 나갔다. 명불허전 『결계사』라고 해야 할까. 다족 거북의 포격으로 장벽이 파괴되는 속도와 재구축되는 속도가 경쟁하며 간신히 공격을 막아 내고 있었다.

비껴간 포격은 미궁 천장에 직격해서 격진과 함께 주변을 파괴했고 벌겋게 달아오른 광물을 비처럼 흩뿌렸다.

"젠장! 대체 어떻게 된 거야!"

"이 마물은 다 뭐야!"

"제길, 어쨌든 싸우자!"

사태가 거기까지 가서야, 히야마 일행과 노무라 일행이 욕지거리를 하면서도 혼란에서 빠져나와 완벽하게 전투태세를 갖췄다.

"나가야마! 치고 나갈게! 후방 방어 부탁해!"

"알았어! 다녀와, 야에가시!"

부상당한 시즈쿠와 나가야마도 완치되어, 눈에 보이게 된 키메라를 향해 공격에 나섰다.

시즈쿠가 잔상조차 남기지 않는 초고속의 세계로 진입했다. 한순간 바람이 파열하는 듯한 소리를 내며 그 모습이 사라졌다고 생각한 찰나, 다음 순간 키메라의 바로 뒤에서 나타난 시즈쿠가 어느샌가 납도한 칼을 발도술의 요령으로 내뿜었다.

『무박자』로 예비 동작 없이 이루어지는 이동과 참격. 모습조차 보이지 않는 것은 단순히 빨라서라기보다는 급격한 완급이 붙은 움직임에 사람의 인지 체계가 따라가지 못하기 때문이다. 거기다가 검술의 파생 기능으로 참격 속도와 발도 속도가 중첩되어 상승한다. 그 검속을 발도술에 이용하면 보통 생물은 인식조차 할 수 없는 신속의 일격이 된다.

방금 받은 일격을 돌려주듯 날린 것은 야에가시류 도술 중 하나인 『단공』. 칼집을 잡는 손 엄지로 칼코등이를 눌러 힘을 모으다가, 발도하는 순간 손가락을 거꾸로 튕겨 극한까지 발도 속도를 상승시키는 기술이다.

공간조차 끊는다는 이름에 걸맞게 은색 궤적만이 허공을 갈랐다고 생각된 직후, 키메라의 꼬리가 절반으로 절단되었다.

"크롸아아!"

키메라가 분노의 포효를 지르며 돌아보는 반동으로 날카로운 발톱을 휘둘렀지만 그 공격은 허무하게 허공을 갈랐다. 이미 시즈쿠는 반대쪽으로 돌아가 있었고 두 번째 참격을 휘둘러 이번에는 키메라의 두 날개를 잘랐다.

"큭!"

시즈쿠는 속도로 적을 농락하며 착실하게 피해를 입혀 나갔다. 하지만 시즈쿠의 표정에 낀 그늘은 사라지지 않았고 오히려 벌레를 씹은 듯한 표정으로 무심결에 목소리를 흘렸다.

그것은 의도와 벗어난 결과가 원인이었다. 시즈쿠는 본래 처음 일격으로 키메라의 몸통을 절단할 생각이었다. 하지만 아슬아슬하게 꼬리가 끼어들어 칼이 닿지 않았다. 두 번째 공격도 몸통을 자를 생각이었지만 칼이 닿기 일보 직전 키메라가 몸을 숙여 버려서 날개를 자르는 데 그친 것이다.

키메라는 시즈쿠의 속도에 따라오지 못했다. 하지만 전혀 대응하지 못하는 것도 아니었다. 모습을 감출 수 있는 데다가 시즈쿠가 진심을 다한 속도에 아슬아슬하게나마 대응하는 반응 속도. 악몽 같은 난적이었다. 얼른 쓰러뜨리고 친구들을 구하러 가고 싶은 시즈쿠로서는 성가시기 짝이 없었다.

그 후로도 세 번째, 네 번째 공격을 휘둘러 키메라의 몸에 상처를 냈지만 어느 것 하나 치명상에는 이르지 못했다. 그뿐 아니라 키메라는 서서히 시즈쿠의 속도를 파악하기 시작한 것 같았다. 시즈쿠의 표정에 초조함이 깃들었다.

거기서 시즈쿠에게, 아니, 모두에게 나쁜 일이 이어졌다.

"큐와아아아!"

별안간 방에 울음소리가 퍼지더니 시즈쿠가 보는 앞에서 두 날개와 꼬리를 절단당한 키메라가 검붉은 빛에 휩싸였다. 그리고 순식간에 상처가 아물어 버렸다.

카오리의 『주천』은 거의 의미가 없을 정도로 효과를 낮춰 놓았다. 아무리 작은 상처라도 그렇게 간단히 낫지는 않는다. 눈을 크게 뜬 시즈쿠가 치료되는 키메라에게 주의하며 울음소리가 난 방향으로 눈을 힐끔 돌렸다.

그러자 높은 곳에 올라가서 팔자 좋게 싸움을 구경하던 마인족 여성의 어깨에 어느샌가 머리가 두개인 흰 까마귀가 앉아 있는 게 보였다. 그 흰 까마귀의 한쪽 머리는 시즈쿠 쪽을,

아니, 정확히는 시즈쿠의 눈앞에 있는 키메라를 보고 있었다.

"회복 담당까지 있어?!"

난적에게 겨우겨우 상처를 입혀 왔는데 그것이 즉석에서 치료되는 끔찍한 사태에 시즈쿠는 저도 모르게 비명처럼 소리질렀다. 안 그래도 시간이 지나면 지날수록 속도에 적응하여 승산이 적어지는데 후방에는 우수한 회복 담당이 대기하고 있었다.

자세히 보니 시즈쿠만이 아니라 다른 곳에서도 같은 비명을 지르는 친구들이 있었다.

코우키 쪽도 지원을 받으며 브루탈과 싸우고 있었지만, 브루탈 한 마리에게 주었던 치명상도 흰 까마귀의 한쪽 머리가 바라보며 울자 마치 비디오를 거꾸로 재생한 것처럼 아물어 갔다.

류타로와 나가야마 쪽도 다를 바는 없었다. 류타로가 상대하던 두 번째 브루탈은 배가 파열되고 한쪽 팔이 부러져 있었지만, 흰 까마귀가 울자 점점 치료되었다. 후열을 지키는 나가야마를 공격하던 키메라도 함몰된 육체 일부가 곧바로 치료되었다.

"많이 힘든 모양인걸. 어떻게 할래? 역시 우리 쪽에 붙지 않겠어? 지금이라면 아직 고려해 볼 수 있는데."

여유작작하게 팔짱을 끼고 코우키 일행의 고전을 구경하던 여성이 다시 회유의 말을 건넸다. 하지만 무슨 대답이 돌아올지 뻔히 안다는 것처럼 그 표정은 여전히 차가울 따름이었고,

그 예상은 옳았다.

"웃기지 마! 우리는 협박에 굴하지 않아! 우린 절대로 지지 않아! 그걸 증명해주겠어! 간다, 『한계 돌파』!"

마인족 여성의 말과 태도에 분노한 코우키는 다시 메이스를 내려치는 브루탈의 일격을 성검으로 튕겨 내고 한순간의 틈을 찔러 『한계 돌파』를 발동했다. 하지만 말 그대로 한계를 돌파하기 때문에 장시간 사용, 상시 사용이 불가능하며, 사용한 후에는 사용 시간에 비례해서 몸이 약화되어 버린다. 심한 권태감에 휩싸이고 본래의 절반 정도밖에 힘을 발휘할 수 없게 되는 것이다. 따라서 사용할 때와 장소를 생각해 비장의 수단으로 사용해야만 한다.

코우키는 마물이 생각 이상으로 강하며 회복이 가능하다는 사실에, 이대로 가다간 일행의 사기가 떨어져 밀릴 것이라고 판단했다. 그래서 『한계 돌파』를 발동해 단숨에 적을 쓰러뜨리기로 결단했다.

코우키의 『한계 돌파』 선언과 함께 순백색 빛이 그 몸을 감쌌다. 동시에 메이스가 튕겨 나간 브루탈이 코우키의 변화에 아랑곳하지 않고 다시 덤벼들었다.

"칼날 같은 의지여, 빛 속에 깃들어 적을 베어라, 『광인(光刃)』!"

코우키는 몸을 숙여 브루탈이 휘두른 메이스를 피한 뒤 성검에 빛의 칼날을 부가하여 하단에서 단숨에 쳐올렸다.

조금 전에도 『광인』을 사용해 베었지만 그때는 깊은 상처를 입히는 데 그쳐서 처치할 수는 없었다. 하지만 이번에는 『한계 돌파』로 세 배까지 끌어 올린 스테이터스와 빛의 칼날의 시너지도 있어서인지 마치 버터를 자르듯 브루탈의 몸통을 대각선으로 두 동강 낼 수 있었다.

한 박자 늦게 브루탈의 몸이 비스듬히 어긋나며 철퍽, 내장이 쏟아지는 소리와 함께 무너져 내렸다. 코우키는 내디딘 다리에 그대로 힘을 줘서 마인족 여성에게 맹렬히 돌진했다.

코우키와 여성을 가로막는 것은 아무것도 없었다. 아무리 마인족이 마법에 뛰어난 종족이라고 해도, 이제 할 수 있는 일이라곤 기도밖에 없을 것이다. 이대로 흰 까마귀와 함께 처치하면 끝이다. 모두가 그렇게 생각했다.

그 순간.

""""""크르아아아!""""""

"아닛?!"

일렁거리는 공간이 다섯 군데에서 포효를 지르며 코우키를 덮쳤다. 사방에서 포위하듯 동시에 공격해 온 키메라에게 코우키는 무심코 경악하며 눈을 크게 떴다.

순간적으로 급브레이크를 걸고 몸을 숙여 정면에서 온 일격을 피했다. 동시에 오른쪽에서 달려든 키메라를 성검으로 일격에 꿰뚫었다. 그리고 몸에 두른 성개(聖鎧)의 성능을 믿고 후방의 공격을 몸통 부분으로 받아서 죽음의 마수를 버텨 냈다.

하지만 할 수 있는 것은 그게 다였다. 왼쪽에서 다가온 키메라의 발톱이 어깻죽지를 도려냈고 그 충격에 코우키는 나가떨어졌다. 그리고 포위망 밖에 있던 마지막 한 마리가 뛰어들어 코우키의 어깨를 두 앞발의 발톱을 사용해 꿰어 찍어 눌렀다.

"끄으으!"

코우키는 악문 이 틈새로 고통 섞인 목소리를 흘리며, 끝장을 내려고 목에 이빨을 들이대는 키메라의 입을 성검으로 간신히 막았다.

『한계 돌파』 중인데도 불구하고 두 어깨에 박힌 발톱이 힘을 빼앗아 코우키의 팔이 서서히 밀렸다.

"총화(寵華)로 가득 메우라, 『초천(焦天)』! 『봉금(封禁)』!"

코우키의 위기를 본 카오리가 곧바로 빛 속성 마법을 사용했다.

『초천』. 1인용 중급 회복 마법이다. 조금 전에 쓴 다인용 회복 마법 『회천』보다 높은 효과를 발휘한다. 하지만 코우키의 어깨에는 키메라의 발톱이 박혀 있어서 이대로는 치유할 수 없었다.

그래서 빛 속성 중급 포박 마법 『봉금』을 동시 발동했다. 『봉금』은 대상을 중심으로 빛의 우리를 만들어 가두는 마법이다. 카오리는 그 마법을 **코우키**에게 걸었다. 코우키를 중심으로 눈 깜짝할 사이에 빛의 우리가 펼쳐졌고, 위에 올라타 있던 키메라를 튕겨 냈다.

어깨에서 발톱이 빠지자 『초천』이 비로소 효과를 발휘해 순식간에 코우키의 상처를 치료했다.

동시에 스즈와 에리 쪽을 덮친 키메라와 다족 거북을 상대하던 후방조 몇 명이 코우키를 공격하는 적들에게 공격 마법을 쐈다. 다만 거리가 제법 떨어져 있었고, 카오리의『주천』이 걸리지 않아 잘 보이지 않아서 조준이 엉성하여 큰 피해는 줄 수 없었다.

그래도 태세를 재정비할 시간은 벌 수 있었는지 코우키는 성검을 다시 세워 들었다. 그리고 치료받으며 읊던 영창을 완성해 반격에 나섰다.

"……『천상검 사익(四翼)』!"

내려친 성검에서 곡선을 그리는 빛의 참격이 일렁이는 공간 네 곳으로 날아갔다. 키메라들은『한계 돌파』로 강화한 코우키의 대표 기술에 위기감을 느꼈는지 반사적으로 그 자리에서 물러나 피하려고 했다. 하지만 그때—.

"……『박황쇄』!"

이제는 카오리의 대표 기술이 된 빛 속성 포박 마법『박황쇄』가 발동했다. 피하려던 키메라들의 발밑에서 빛의 사슬이 무수히 튀어나와 목, 다리, 몸통을 옭매었다. 키메라의 힘이라면 끊어 버리는 것도 어렵지 않지만 짧은 순간 움직임이 멈추는 것은 피할 수 없었다.

그 결과, 키메라 네 마리에게 코우키의『천상검』이 직격했고, 키메라들은 피를 흩뿌리며 목숨을 잃었다.

코우키는 다시 마인족 여성에게 돌아서서 성검을 뻗으며 노려봤다.

"아깝게 됐어. 네 비장의 수단은 우리에게 통하지 않아. 너를 지켜줄 건 이제 아무것도 없다!"

코우키의 말을 들은 여성은 의아한 듯, 혹은 어이가 없는 듯한 표정을 보였다. 왜 바로 공격하지 않고 일일이 그런 말을 하는지 이해되지 않아서였다.

코우키는 궁지에 몰렸을 텐데도 여전히 여유를 부리는 여성에게 짜증이 났다.

처음 나타난 키메라, 다음에는 브루탈, 그리고 방금 싸운 키메라. 그게 모두 기습이었다는 것도 코우키를 짜증 나게 하는 원인이었다.

기습만 하고 정정당당하게 싸우려 들지 않는다. 그러면서 자기는 안전한 곳에서 관망할 뿐. 이렇게 비겁한 녀석이 있다니! ……그것이 코우키의 속내였다.

"……딱히 비장의 수단은 아닌데 말이지."

"아직도 허세를……!"

"뭐, 허세인지 아닌지는 이 녀석들을 물리친 다음에나 판단하시지. 『이교의 사도』라는 것들의 힘도 어느 정도 확인했으니까 나는 이제 정말 볼일이 없거든."

"무슨 소릴……."

"꺄아아아!"

마인족 여성이 머리를 쓸어 올리며 귀찮다는 투로 말하고, 그 말을 코우키가 추궁하려고 했을 때 뒤에서 비명이 울려 퍼졌다.

무심코 돌아본 코우키의 눈에 비친 것은 브루탈과 키메라 다섯 마리, 그리고 처음 보는 검은 눈이 네 개 달린 늑대와 등에 네 개의 촉수가 자란 60센티미터 정도의 검은 고양이가 일제히 아이들에게 달려드는 장면이었다. 이미 츠지를 감싼 노무라가 검은 고양이의 촉수에 배를 뚫리고 있었다.

"켄타로! 젠장, 어디서 감히!"

"아야코, 정신 차려! 치료해줘야지!"

노무라의 참상을 보고 엔도가 검은 고양이의 촉수를 대거로 자른 후 분노를 감추지 않고 역습에 나섰다.

노무라가 고통을 호소하며 쓰러지는 모습에 망연자실한 츠지에게 요시노가 질타하며 회복 마법을 재촉했다. 츠지는 요시노의 고함에 퍼뜩 정신을 차리고 엔도의 옆구리 부상을 치유하고자 읊던 회복 마법을 노무라에게 발동했다.

"아니, 아직도 저만큼이나?!"

코우키는 후방을 돌아보고 어느 틈엔가 나타난 대량의 적에게 경악했다.

"키메라의 고유 마법 『미채(迷彩)』는 닿아 있는 것에도 효과를 발휘하지. 아까 거기 꼬마가 경고했잖아? 뭐, 구체적인 수까지는 가늠하지 못했겠지만. 자, 슬슬 막을 내려 볼까!"

"큭?!"

코우키는 갑자기 출현한 대량의 마물에게 일행이 수세에 몰린 것을 보고 서둘러 돌아가려고 했지만, 마인족 여성은 그런 코우키에게 계속해서 마물을 보냈다. 그녀의 뒤에서 네눈박이 늑대와 검은 고양이가 열 마리씩 코우키를 노리고 쇄도했다.

"큿, 으으으으으!"

검은 고양이의 촉수가 무시무시한 속도로 늘어나 사방에서 코우키를 향해 날아들었다.

코우키는 성검을 풍차처럼 회전시켜 엄습하는 촉수를 모두 절단하고 접근해 온 검은 고양이 한 마리를 향해 옆으로 크게 칼을 휘둘렀다.

코우키의 얼굴을 노리고 공중에서 달려들던 검은 고양이에게는 피할 곳이 없었다. 코우키도 「우선 한 마리!」라고 외치며 마물의 죽음을 확신했다.

하지만 그 직후 확신은 허망하게도 뒤집혔다. 믿기지 않게도 검은 고양이가 공중을 발판 삼아 공중제비를 돌며 코우키의 공격을 피한 것이다. 그리고 그 체격에 어울리지 않는 예리한 발톱으로 코우키의 목을 노리고 일격을 내질렀다.

코우키는 머리를 빼서 간발의 차로 공격을 피했지만 자세가 무너지는 바람에 뒤에서 덮치는 네눈박이 늑대에게 대응하지 못했다. 갑옷의 방어력과 『한계 돌파』의 영향으로 깊은 상처는 입지 않았어도, 세차게 앞으로 떠밀려 원래 있던 자리까지 되돌아오는 꼴이 되었다.

거기에 맞춰 명백히 상식의 범주를 벗어난 마물들이 일행을 내몰며 포위해 갔다.

카오리와 츠지, 두 명의 『치유사』가 쉴 새 없이 아군을 치료한 덕분에 어떻게든 치명적인 전선 붕괴는 피하고 있지만, 상황을 타개할 만한 결정타가 없었다.

코우키가 『한계 돌파』의 힘으로 적을 쓰러뜨리려고 해도 마물들은 코우키에게 항상 다섯 마리 이상이 붙어 치고 빠지길 반복했다. 결코 무리하게 공격하려고 하지 않아 공격에 들어가기가 쉽지 않았다.

시즈쿠의 『무박자』를 이용한 고속 이동도 속도가 빠른 검은 고양이와 고유 능력 『예측』을 가진 네눈박이 늑대의 연계 앞에선 빛을 발하지 못했고 상처는 입혀도 치명상은 입히지 못하는 실정이었다.

"위험해……. 이거 진짜로 위험하다고!"

"젠장할, 어떡할 거야!"

필사적으로 응전하면서도 차츰 아이들의 표정에 절망의 그림자가 드리우기 시작했다. 그리고 그 감정은 마인족 여성의 참전으로 더욱 짙어졌다.

"땅속 깊이 잠든 금안(金眼)의 도마뱀, 대지가 낳은 마안의 주인, 깃드는 것은 어둠을 내다보고 꿰뚫는 저주, 가져오는 것은 영구불변한 어둠의 감옥. 공포도 절망도 비탄도 없이 그 눈동자로 자신의 적을 모두 가둘지니. 남는 것은 종언. 말 없는 차가운 조각상. 그렇다면 모든 것을 부수어 대지로 돌려보낼지어다! 『낙뢰(落牢)』!"

그 영창이 완료된 직후, 여성이 들어 올린 손에 소용돌이치는 회색 구체가 생겼다. 그리고 그것이 포물선을 그리며 코우키 일행 쪽으로 날아왔다.

속도는 결코 빠르지 않았다. 지금의 코우키 일행 중에서 피하지 못할 이는 아무도 없었다. 언뜻 아무런 위협도 되지 않을 공격 마법으로 보였지만 촉수로 배를 뚫린 노무라가 그것을 보자 새파란 낯빛으로 피를 토하며 급히 외쳤다.

"큭?! 위험해! 타니구치! 저걸 막아! 배리어를 써!"

"뭐?! 아, 알았어! 이곳은 성역이 되어 신의 적을 보내지 않으리! 『성절』!"

다급한 노무라의 지시에 스즈가 영창을 생략한 빛 속성 상급 방어 마법을 발동했다. 빛나는 장벽이 돔이 되어 일행 전원을 감쌌다. 하지만 『성절』에 피아를 구분하는 기능은 없다. 돔 모양 장벽 안에는 많은 마물도 함께 들어와 있었다.

『성절』은 강력한 마법인 만큼 마력 소비가 막대해서 평소라면 이렇게 무의미하게 사용하지는 않는다. 그러나 노무라의 고함이 마인족 여성이 쏜 마법의 위험성을 오롯이 전달했고 스즈는 순간적으로 『성절』을 고른 것이었다.

『성절』이 전개된 직후 회색 구체가 충돌했다. 소용돌이치는 구체는 장벽을 돌파하고자 겉보기와 달리 엄청난 위력으로 압력을 가해 왔다. 스즈는 돌파당할 성싶으냐고, 자신의 마력이 급속도로 말라 가는 감각에 이를 악물며 필사적으로 버텼다.

그때 마인족 여성에게서 명령이라도 받았는지 마물의 움직임에 변화가 생겼다. 여러 마물이 일제히 스즈를 노린 것이다.

"스즈!"

"타니구치를 지켜!"

에리가 스즈의 이름을 부르며 마법을 날려 브루탈의 접근을 저지했다. 스즈를 중심으로 에리 반대편에서 키메라나 네눈박이 늑대와 싸우던 사이토와 콘도가 노무라의 부름에 스즈 곁으로 달려오려고 했다.

하지만 『성절』 유지로 움직일 수 없는 스즈를 향해 검은 고양이가 틈새를 비집고 단숨에 접근했다. 노무라가 얼른 지면에서 돌창을 솟구치게 해 꿰뚫으려고 했지만, 검은 고양이는 공중에서 지그재그로 도약하고 몸을 비틀어 돌창을 피한 후 촉수를 전부 뻗었다.

"타니구치!"

"아?!"

노무라가 스즈의 이름을 불러 경고했지만 이미 한발 늦었다.

촉수는 반사적으로 몸을 비튼 스즈의 배와 허벅지, 오른팔을 관통했다. 게다가 그 상태로 옆으로 휘둘러 스즈의 조그마한 몸을 세차게 내동댕이쳤다.

스즈는 피를 흩뿌리며 등이 바닥에 부딪치자 숨이 턱 막혔다. 그리고 숨통이 트임과 동시에 불이 몸을 지지는 듯한 격통에 견디지 못하고 비명을 질렀다.

"아아아아아아아악!"

"스즈?!"

"스즈!"

그 고통스러운 소리를 듣고 카오리와 에리가 자기도 모르게 비명처럼 스즈의 이름을 불렀다. 곧장 카오리가 회복 마법을 쓰려고 정신을 집중했지만 그보다 스즈가 펼친 빛나는 결계가 사라지는 게 먼저였다.

"다들 저 구체에서 떨어져!"

노무라가 초조함이 가득한 목소리로 경고했다. 하지만 방금까지 스즈의 철벽을 자랑하는 『성절』과 맞붙던 마법 앞에서는 너무 늦은 경고였다.

결계가 소멸하고 불쑥 날아든 회색 구체는 그대로 지면에 떨어졌다. 그러고는 소리도 없이 파열하더니 순식간에 회색 연기를 주위에 퍼뜨렸다.

연기 옆에는 쓰러져서 고통에 몸부림치는 스즈와 달려가던 사이토, 콘도, 그리고 노무라가 있었다. 회색 연기는 삽시간에 그들을 감쌌으나 마물의 그림자는 없었다. 착탄과 동시에 일제히 거리를 두었기 때문이다.

회색 연기는 멈출 줄 모르고 퍼져 나가 코우키 일행을 감싸려고 했다.

"오너라, 바람이여! 『풍폭』!"

코우키가 순간 돌풍을 뿜는 바람 속성 마법을 사용해 회색 연기를 광장 바깥으로 밀어냈다.

마법으로 만들어진 연기라 그런지 보통 연기와 달리 쉽게 날아가지는 않았지만, 『한계 돌파』 중인 코우키의 마법도 위력이 올라간 터라 잠깐의 줄다리기 끝에 연기를 미궁 통로로 배출시키는 데 성공했다. 하지만 연기가 걷히고 난 곳에는—.

"스, 스즈!"

"노무라!"

"사이토! 콘도!"

완전히 석화하여 말 없는 조각상이 된 콘도와 사이토, 하반신이 석화된 스즈, 그 스즈를 감싼 상태로 상반신이 석화된 노무라가 있었다.

사이토와 콘도는 무슨 일이 일어났는지 이해하지 못하고 어리둥절한 표정으로 굳어 버렸다. 스즈는 하반신이 석화되고 더욱 심한 격통에 시달리는지 괴로운 표정으로 기절했다.

한편, 스즈를 감싸면서도 가장 피해가 경미했던 노무라 역시 격통에 시달리는 것 같았다. 꽉 깨문 어금니 사이로 고통을 참는 신음이 새어 나왔다.

노무라의 피해가 적었던 이유는 천직이 『토술사』라서 땅 속성 마법에 높은 내성을 가졌기 때문이었다. 마인족 여성이 발동한 마법을 바로 간파한 것도 그 마법이 땅 속성 마법이며, 노무라도 공부하던 마법이어서였다.

땅 속성 상급 공격 마법 『낙뢰』. 석화하는 회색 연기를 퍼뜨리는 골치 아픈 마법이다. 살짝만 닿아도 그곳부터 서서히 침식되어 완전히 돌이 되고 마는 마법이며, 대처법으로는 배리어 계열 결계로 마법의 효과가 끝날 때까지 버티거나 연기를 강력한 마법으로 날릴 수밖에 없다. 심지어 배리어 계열은 상급 마법이 아니면 장벽 자체가 석화되는 데다가, 연기도 상급 마법의 위력이 아니면 날아가지 않는 강력함을 지녔다.

"이 자식이 감히!"

코우키가 아이들의 참상에 분노한 표정을 지었고 『한계 돌파』의 빛이 한층 강한 빛을 내기 시작했다. 당장에라도 마인족 여성에게 달려들 기세였다.

하지만 코우키를 멈추기 위해 시즈쿠가 언성을 높였다.

"기다려, 코우키! 후퇴하자! 퇴로를 뚫어!"

"뭐?! 이런 짓을 당하고 도망가라는 거야?!"

친구가 다쳤다는 사실에 격노한 코우키는 시즈쿠를 날카롭게 쏘아보며 반론했다.

코우키가 방출하는 압박감이 시즈쿠에게도 쏟아졌지만 시즈쿠는 태연히 받아넘기고 험악한 표정을 유지한 채 코우키를 설득했다.

"내 말 들어! 카오리라면 분명 고칠 수 있어. 하지만 그러려면 시간이 필요해. 치료가 늦으면 손을 쓸 수 없을 가능성도 있어. 한번 물러나서 태세를 정비해야 한다고! 게다가 세 명이 빠진 지금 네가 뛰쳐나가면 애들은 다음 공세를 못 버텨! 정말로 전멸한다니까?!"

"윽, 하지만……."

"게다가 『한계 돌파』도 슬슬 위험하지 않아? 이 상황에서 네가 약해지면 정말 다 끝장이야! 냉정해져! 분한 건 다들 마찬가지야!"

소꿉친구의 논리 정연한 말에 코우키는 아랫입술을 깨물고 고민했지만 시즈쿠의 악문 입가에서 피가 흐르는 것을 보자 부글부글 끓던 머리에서 열이 빠져나갔다.

시즈쿠도 분한 것이다. 무의식중에 입술을 깨물어 찢을 정도로. 가능만 하다면 소중한 친구들을 다치게 한 적을 당장에라도 날려 버리고 싶으리라.

"알았어! 모두 후퇴한다! 시즈쿠, 류타로! 조금만 버텨줘!"

"걱정 마!"

"그래!"

코우키는 하늘을 찌르듯 성검을 들어 올리고 긴 영창을 외기 시작했다. 지금까지는 영창 시간이 긴 데다가 상황 타개에 도움이 되지 않아 쓰지 않았지만 퇴로를 뚫기에는 안성맞춤인 마법이었다.

단, 영창 중에는 완전히 무방비 상태가 되는 관계로 시즈쿠와 류타로에게 보호받을 수밖에 없었다. 그것은 코우키가 맡고 있던 마물도 그들이 상대해야만 한다는 뜻이었다. 당연히 시즈쿠와 류타로 둘이서 완전히 대응할 수 없었고 사력을 다해 응전하지만 상처는 급속도로 늘어 갔다.

"후퇴하도록 놔둘 거라 생각해?"

그렇게 중얼거리며 마인족 여성이 일행의 뒤에 있는 통로에도 마물을 보내 퇴로를 막았다. 이어서 무슨 영창을 외기 시작한 코우키를 향해 여성도 마법을 영창했다.

하지만 그때 처음으로 여성의 예측을 벗어난 사태가 벌어졌다.

""""""크아아아!""""""

"윽?! 대체 왜?!"

어떻게 된 영문인지 아군인 키메라 다섯 마리가 여성을 공격한 것이다. 경악에 눈을 번쩍 뜨며 쓰려던 마법 영창을 반사적으로 생략해 즉시 발동시켰다. 고밀도 모래 폭풍은 여성을 중심으로 소용돌이치는 칼날이 되어 덮쳐드는 키메라 두 마리를 난도질했다. 남은 키메라의 공격은 스스로 모래 폭풍에 떠밀려 날아감으로써 간신히 회피했다.

여성은 왜 마물들이 자신을 공격하는지 몰라 동요하면서 공격해 온 키메라를 응시했다. 그리고 눈치챘다. 다섯 마리 키메라 모두 몸이 심하게 손상된 것을―.

"이 녀석들……."

그랬다. 여성이 눈치챈 것처럼 그녀를 공격한 마물은 코우키에게 죽은 키메라들이었다. 숨통이 끊겼을 키메라가 일어나서 생기가 느껴지지 않는 분위기로 자신을 공격해 온 사태에 여성은 한 마법을 떠올렸다.

"설마……."

"코우키를 방해하게 두진 않아!"

그렇게 외치며 손을 지휘봉처럼 움직여 키메라의 사체로 여성을 포위한 것은 에리였다.

"칫! 강령술사……! 그런 정보는 없었는데!"

여성은 코우키 일행을 매복하며 우선 사전 조사를 했었지만 그중에 강령술이라는 초고난도 마법을 구사하는 자가 있다는 정보는 없었다. 완전히 예상을 벗어난 사태였다.

에리는 『강령술사』라는 천직을 가졌으면서 정신적 이유로 강령술을 꺼렸다. 그래서 실전에서 사용하지 않았던 것이 지금 이 순간 요행으로 작용했다.

에리는 그런 거부감은 이 자리에서 극복해 주겠다고 선언이라도 하는 양 강한 눈빛으로 여성을 노려봤다. 실전에서 처음 쓴 것이라고는 생각하지 못할 정도로 능수능란한 솜씨였다. 에리는 키메라들을 조종하여 여성을 쓰러뜨리기보다 시간을 벌기 위해 움직였다.

"스즈, 힘내! 꼭 고쳐줄게!"

카오리가 스즈를 향해 『초천』과 『만천』을 사용했다.

지금 멤버 중에서 가장 위급한 사람은 스즈였다. 그래서 카오리는 우선 스즈를 집중적으로 치료하기로 했다.

『만천』은 빛 속성 중급 회복 마법 중 상태 이상을 해제하는 마법이지만 석화가 상당히 강력한지 해제는 더디게 이루어졌다. 배와 팔에 뚫린 구멍은 얼마 안 가서 아물었으나 이미 흘린 피가 제법 많았다. 지금 당장 안정이 필요한 만큼 중태였다. 게다가 석화가 풀리자마자 다시 다리의 구멍도 막아야만 했다.

몸 왼쪽이 석화된 노무라에게는 츠지가 붙어서 상태 이상 해제에 힘쓰고 있었다. 츠지의 회복 마법 적성이 높기도 하지만 노무라의 땅 속성 마법 내성이 높은 점도 있어서 해제는 상당히 빠른 속도로 진행되었다. 이미 다리의 석화는 풀려있었다.

하지만 츠지는 백장을 휘두르는 카오리를 힐끔 보고 입술을 깨물었다. 같은 『치유사』인데 역량은 명백히 카오리 쪽이 뛰어났다.

카오리는 노무라보다 훨씬 중상인 스즈를 마법 동시 사용으로 치료하면서 코우키를 지키며 싸우는 시즈쿠와 류타로에게 회복 마법을 쓰는 것으로도 모자라, 『박광인』이나 『박황쇄』를 써서 엄호까지 하고 있었던 것이다. 츠지로서는 도저히 흉내 낼 수 없는 경지였다.

'시라사키…… 너무 대단해. 그에 비해서 난……. 아니야, 지금은 이런 생각을 할 때가 아냐!'

츠지는 이런 상황에서 아군을 충분히 치료할 수 없는 자신이 답답했고 동시에 무척이나 한심하게 느껴졌다.

입술을 꽉 깨물며 아득바득 자신을 치료해주는 츠지를 보고 노무라는 무언가 말을 건네고 싶은 눈치였다. 하지만 지금은 그럴 상황이 아니라고 생각을 고쳐먹은 뒤 통증을 견디면서 주절주절 영창을 이어 나갔다.

아군의 전력 감소와 코우키의 전투 중단으로 상대할 마물이 지나치게 많아 만신창이가 되어 가던 히야마와 나카노, 그리고 나가야마와 엔도, 에리는 두 치유사를 지키며 싸우는 것도 한계가 왔음을 깨달았다. 이대로 가다가는 몇 분 사이에 자신들의 힘이 다할 것이다.

당장에라도 울음을 터뜨릴 것 같은 나카노는 코우키의 성검에 모이는 빛이 없었다면 공황에 빠져 자살하려고 들었을지도 모른다.

그리고 모두의 애탄 기다림 끝에…… 드디어 그 순간이 왔다.

"간다!『천락류우(天落流雨)』!"

코우키가 치켜든 성검이 한 줄기 섬광을 쏘아 올리는가 싶더니, 그 빛은 천장 부근에서 파열하듯 흩어져 주위 마물들에게 유성처럼 쏟아졌다.

이 『천락류우』는 적의 머리 위에서 여러 적을 정밀 타격하는 빛 속성 공격 마법이다. 분산되어 위력이 그다지 높지 않아 본래는 다수의 약한 적을 일망타진할 때 쓰지만,『한계 돌파』 중에 사용하면 50계층 수준의 마물에게는 충분히 효과를 발휘하는 폭격 마법이었다.

다만, 마인족 여성이 거느린 이상하리만치 강한 마물들에게는 역시나 이렇다 할 피해를 주지 못했다. 기껏해야 뒤로 나가떨어지게 만들어 아이들에게서 떨어뜨려 놓는 정도였다.

하지만 코우키는 그것으로 충분했다. 틈을 만들어 일행이 후퇴할 수 있는 상황을 만들 수 있으면 됐던 것이다.

여성은 아직 에리가 조종하는 키메라에게 애를 먹고 있었다.

그것을 확인한 코우키는 영창이 쓸데없이 긴 이 마법의 진가를 발휘했다.

"……『집속』!"

하늘에서 쏟아져 마물들을 일시적으로 후퇴시킨 빛의 유성우는 코우키의 영창으로 다시 성검에 모여들었다. 유성이 꼬리를 늘어뜨리며 한곳에 모이는 광경은 자못 환상적이었다.

코우키는 모여든 빛을 두르고 빛나는 성검을 퇴로가 될 통로와, 그 앞에 버티고 있는 마물들에게 똑바로 뻗었다. 그리고 높은 기합 소리와 함께 마지막 한마디를 외쳤다.

"……『천조류우(天爪流雨)』!"

그 직후 앞으로 뻗은 성검에서 무수한 유성이 포탄처럼 발사됐다. 같은 포격이라도 코우키의 비장의 무기 『카무이』에는 한참 미치지 못했고 당연히 퇴로를 막은 마물들을 소탕할 수는 없었다.

마음 같아서는 『카무이』를 쓰고 싶었지만 영창이 너무 길어서 방패가 되어주는 시즈쿠와 류타로가 도저히 버틸 수 없을 것 같았기에 불가피한 선택이었다.

하지만 『천조류우』는 지금 이 상황에서 최적의 선택이었다.

유성이 되어 직진한 빛줄기는 퇴로 상에 있는 마물에게 닿자마자 무수한 폭발을 일으켰다. 포격을 구성하는 무수한 빛의 탄환이 클러스터 폭탄처럼 파열한 것이었다. 그에 따라 충격이 연속으로 발생했고 마물들은 버티지 못해서 멀찍이 튕겨 날아갔다.

"""크아아아아!"""

마물들이 눈을 질끈 감으며 비명을 질렀다.

섬광으로 시력에 피해를 주는 『천조류우』의 부가 효과였다. 바로 눈앞에서 발생한 강렬한 빛이 망막을 태운 결과, 마물들은 혼란에 빠져 눈을 비비며 닥치는 대로 날뛰었다.

그들은 이미 퇴로 상에서 벗어났다. 통로를 향해 일직선으로 길이 열렸다.

"지금이다! 후퇴한다!"

코우키의 호령에 전원이 일제히 움직였다. 석화한 콘도와 사이토는 나가야마가 혼자 어깨에 뗐고, 기절한 스즈는 엔도가 업었다. 노무라는 아직 왼팔이 석화한 상태였지만 격통을 참으면서도 자력으로 일어서서 통로를 향해 달렸다.

"이런……! 놓치지 마! 한꺼번에 공격해!"

마인족 여성이 남은 키메라 두 마리를 상대하면서 무사한 마물들에게 명령했다. 마물들은 그 명령을 따라 즉각 추격에 나섰다. 키메라도, 네눈박이 늑대도, 검은 고양이도, 하나같이 발이 빠른 마물들인지라 코우키 일행이 벌린 거리는 금세 줄어들었다.

하지만 그때 노무라가 몸을 돌렸고 통증에 얼굴을 찌푸리면서도 회심의 미소를 지으며 오른팔을 앞으로 내밀었다.

"땅 속성 마법으로 질 수는 없다고! 답례다! 『낙뢰』!"

아까 마인족 여성이 쓴 것과 같은 소용돌이치는 회색 구체가 노무라의 손에서 날아갔다.

석화 연기를 머금은 마법구가 엄습해 오는 마물들 앞에서 발동했다. 아까 마인족 여성이 『낙뢰』를 사용했을 때 그녀가 아무 말 하지 않아도 마물들은 즉시 거리를 뒀다. 그래서 노무라는 마물들도 이 마법의 위험성을 잘 알고 있을 것이라 생각했고, 후퇴 시의 추격을 대비해 영창을 준비해 두었다.

그 노무라의 추측은 적중했다. 회색 구체가 날아든 순간, 돌진해 오던 마물들이 일제히 급정지해 그 자리에서 냉큼 뒤로 물러난 것이다. 동시에 연기는 연막이 되어 후퇴하는 일행의 모습을 감추었다.

거기에 맞춰서 엔도가 마력 잔재나 냄새 등의 흔적을 지웠다. 『암살자』의 파생 기능 중 하나인 『은폐』였다.

이미 뒤로 작게 보일 뿐인 방의 입구에서 마물들의 포효가 울려 퍼졌다. 기분 탓인지, 그것은 마치 분에 이기지 못해 지르는 고함처럼 들렸다.

일행은 만신창이가 된 몸과 눈을 뜨지 않는 동료에 대한 울분 반, 살아남았다는 기쁨 반으로 말을 아낀 채 하염없이 도망쳤다.

제3장 ◆ 조역(助役)의 사력

89계층 최심부에 위치한 방.

그 정팔각형의 넓은 방에는 네 개의 출입구가 있었다. 하지만 지금은 그중 두 입구 사이에 통로가 하나 더 존재했고 그 안쪽에는 열여섯 평쯤 되는 방이 숨겨져 있었다. 현재 입구는 교묘하게 위장되어 닫혀 있었다.

그곳에서는 코우키 일행이 저마다 자리를 잡고 휴식을 취하고 있었다. 하지만 그 표정은 하나같이 어두웠고 다들 깊이 가라앉은 표정으로 고개를 숙이고 있었다. 만신창이라서 고통에 인상을 쓰는 이도 많았다.

평소라면 그 카리스마로 아이들을 북돋웠을 코우키도, 『한계 돌파』의 부작용으로 온몸이 심한 권태감에 싸여 벽에 등을 기댄 채 입을 꾹 다물고 있었다.

그리고 이럴 때면 좋은 방향으로 분위기를 깨고 떠들썩하게 해주는 학급 제일의 분위기 메이커는, 핏기 없는 창백한 얼굴로 여전히 고통에 이맛살을 찌푸린 채 거친 숨을 헐떡이며 잠들어 있었다. 그 사실도 일행이 고개를 숙인 이유 중 하나일 것이다.

스즈의 하반신은 무릎 아래가 아직도 석화된 상태였고 카오리가 계속해서 치료를 위해 붙어 있었다.

허벅지의 관통상은 이미 완치되었다. 이제 남은 것은 석화를 해제하는 것뿐. 하지만 운 나쁘게도 스즈가 당한 촉수 공격은 그녀의 몸에서 대량의 피를 앗아 갔다. 아마도 중요한 혈관이 손상된 것이 아닐까. 카오리가 없었다면 돌이킬 수 없었을지도 모른다.

하지만 아무리 카오리라도 스즈가 잃은 혈액을 바로 보충할 수는 없었다. 기껏해야 이세계에서 제작한 증혈약(增血藥)을 먹이는 게 고작이었다. 그러므로 스즈의 상태가 금방 호전되지는 않을 것이다. 반드시 안정을 취할 필요가 있었다.

카오리가 스즈의 곁에서 한시도 떨어지지 않고 간호하느라 다른 이들은 아직 치료를 받지 못했다. 당연히 장식품처럼 놓인 사이토와 콘도의 조각상도 그대로였다.

스즈의 치료가 끝나도 다음은 그들 차례였다. 자신들이 치료받으려면 한참 멀었다는 것을 아는 일행은 극히 일부를 제외하고 딱히 불만을 내비치지 않았다. 그저 그럴 기력도 없기 때문인지도 모르겠지만…….

무거운 분위기가 즉석에서 만들어 낸 어두운 방을 짓눌렀다. 시즈쿠는 어떻게든 아이들의 기운을 북돋아야겠다고 생각하며 미간에 주름을 잡고 머리를 굴렸다.

본래 시즈쿠는 과묵한 편에 속했고 스즈처럼 분위기를 띄우는 일과는 거리가 멀었다.

하지만 코우키가 『한계 돌파』와 패전의 영향으로 도움이 안 되는 이상, 자신이 무슨 수를 써야 한다고 생각했다. 시즈쿠의 타고난 배려심에서 나온 생각이자 사서 고생하는 시즈쿠다운 사고방식이었다.

그래도 시즈쿠 본인 또한 신체적으로나 정신적으로 한계를 느끼긴 마찬가지였다.

그래서 점점 머리를 쥐어짜는 것도 귀찮아진 시즈쿠가 차라리 이것저것 따지지 말고 자폭하는 셈으로 개그나 한 방 날려볼까, 하며 살짝 이성을 놓기 시작했을 무렵, 통로 안쪽에서 노무라와 츠지가 말을 나누며 나타났다.

"휴, 위장은 그럭저럭 잘됐다고 봐. 그런 섬세한 마법을 쓴 적이 없다 보니 피곤하네. ……진짜 죽겠다."

"벽을 이질감 없이 변형하는 건 분야가 다르니까. ……처음부터 마법진을 구축했으니 그럴 만도 하지. 고생했어."

"너야말로 석화를 완전히 푸느라 애먹었지? 수고했어."

두 사람의 대화에서 알 수 있듯이 이 공간을 만들고 입구를 주위 벽과 이질감 없도록 위장한 것은 노무라였다.

『토술사』는 땅 계열 마법에 높은 적성을 가지지만, 땅 속성 마법은 기본적으로 지면을 직접 조작하는 마법이라서 『연성』처럼 가공이나 조형 같은 섬세한 작업은 할 수 없다. 예를 들면 지면을 폭발시키거나, 땅속에 묻힌 바위를 날리거나, 흙을 한곳으로 모아 창 모양 가시를 날리거나, 흙먼지를 조종하거나…… 상급 마법이면 석화나 골렘(자율성이 없는 단순한 인형)을 다룰 수 있게 되지만 다양한 광물을 분석하거나 합성해서 새로운 것을 창조할 수 없다.

그래서 알고 있는 마법진으로 벽에 대강 구멍을 낼 수는 있었지만, 주위 환경과 비교해 이질감 없는 벽을 『조형』하는 것은 전문 분야에서 완전히 벗어난 일이므로 노무라는 마법진을 처음부터 구성할 수밖에 없었다.

또한 츠지가 노무라를 따라간 이유는 석화가 풀리지 않은 노무라의 팔을 치료하기 위함이었다.

"수고했어, 노무라. 이제 조금은 시간은 벌 수 있겠지."

"……정말 그러면 다행일텐데……. 이렇게 된 이상 회복할 때까지 들키지 않길 빌 수밖에 없어. 코스케 쪽은…… 그쪽도 기도할 수밖에 없나."

"……코스케라면 괜찮아. 눈에 띄지 않기로는 견줄 사람이 없으니까."

"쥬고, 그거 듣기만 해도 서글퍼지니까 본인한테는 말하지 마라……."

은신처의 안전성이 보완됐다는 이야기에 가라앉은 분위기가 조금이나마 누그러든 느낌이 들었다. 일생일대의 흑역사를 만들 뻔한 시즈쿠는 입가에 미소를 머금고 노무라의 노고를 위로했다.

그 반응에 노무라는 기진맥진하게 웃으면서 지금 이곳에 없는 친구의 건투를 빌며 허공을 바라봤다.

사실 지금 이곳에는 엔도가 없었다.

엔도는 혼자서만 일행의 곁을 떨어져 멜드 단장에게 사태를 전하러 갔다. 본래라면 아무리 이세계에서 소환된 사기 능력자라도 80계층대를 단독으로 돌파하는 것은 자살행위였다.

일행이 조금 여유를 가지고 공략할 수 있던 것도 열다섯 명의 멤버가 연계했기 때문이다.

하지만 오로지 엔도만은 홀로 돌파할 가망이 있었다. 그만이 사용할 수 있는 방법이 있었던 것이다.

엔도는 딱히 말주변이 없지도 않고, 음침하지도 않으며, 누구하고나 스스럼없이 대화할 수 있는 극히 평범한 고등학생이었다. 그런데도 어느 순간 모든 이의 시야에서 사라지고 집중해서 주위를 둘러보면 실은 바로 옆에 있어서 깜짝 놀라게 된다는, 본인이 전혀 의도하지 않은 신출귀몰한 스킬을 지구에 있을 때부터 발휘했다. 엔도라면,『존재감이 없기로는 세계 제이이일!』[#5]이라며 가슴을 펼 수 있을 법한 그 남자라면『은형』을 백분 활용하여 마물들에게 들키지 않고 멜드 단장이 있는 70계층에 도착할 가능성이 있었다!

게다가 이 세계에서 기능과 마법을 습득한 후 엔도는 더더욱 눈에 띄지 않게 됐다. 재능 위에 쌓아 올린, 있어도 없는 것 같은 지금의 존재감이라면 대미궁의 마물조차「응? 지금 누가 지나갔나?」라며 지나칠 게 뻔하다.

그렇게 생각한 일행은 엔도에게 정보를 맡겨서 보냈다.

헤어질 때 엔도는 살짝 눈물을 글썽거렸지만…….

분명 친구들을 두고 홀로 후퇴하는 자신이 창피하여 그런 것이 틀림없다. 설령 설득하기 위해 네 흐릿한 존재감이라면

#5 세계 제이이일! 만화 『죠죠의 기묘한 여행』의 「독일의 과학력은 세계 제이이일」이라는 대사의 패러디.

예민한 마물이라도 눈치 못 챌 거라는 둥, 존재감이 흐릿하기로는 누가 널 이기느냐는 둥, 나는 요전에 엔도 이름도 바로 안 떠올랐을 정도니까 무조건 괜찮을 것이라는 둥, 나는 어제도 널 잊고 있었다는 둥, 친구들에게 격려의 말을 들었기 때문이 아닐 것이다.

사실 다른 이들도 바로 더 높은 계층까지 후퇴하고 싶은 마음은 굴뚝같았지만 그럴 여력이 없었다. 만신창이인 멤버들, 전투가 불가능한 세 명, 약화된 코우키…… 도무지 80계층대를 돌파할 엄두가 나지 않았다.

물론 멜드 단장과 기사단이 구원을 오리라는 생각도 하지 않았다.

멜드 단장을 포함해서 70계층에 거점을 세울 실력자는 고작 여섯 명이었다. 그 여섯 명을 중심으로 다음가는 실력을 가진 기사단원이나 길드 고랭크 모험가의 조력을 얻는다면 70계층대 후반까지는 올 수 있을지도 모른다. 안전을 고려하지 않는다는 조건을 붙인다면 말이다. 하지만 그 이상은 무리였다. 설사 그곳까지 와준다 한들 어차피 80계층대는 코우키 일행이 자력으로 돌파해야만 했다.

다시 말해서 엔도를 혼자 보낸 것은 구원 요청을 위해서가 아니라, 자신들의 현재 상황과 마인족이 이끄는 마물의 정보를 전하기 위해서였다.

일행은 성교 교회의 교황 이슈타르 및 관계자에게서 마인족이 마물을 다수, 그것도 기존에 존재하는 세뇌 등의 방식이 아니라 명확한 의지를 가진 상태로 사역한다는 이야기를 들었다. 하지만 그렇게나 강력한 마물이라는 말은 듣지 못했다. 어디까지나 위협적인 것은 개개의 힘이 아니라 『수』였을 터였다.

그런데도 불구하고 실제로 마인족 여성이 이끄는 마물은 전인미답의 【오르크스 대미궁】 90계층의 마물을 쉽사리 소탕했고 사기 능력을 가진 코우키 일행을 압도했다. 그런 일이 애당초부터 가능했다면 인간족은 진즉에 멸망했어도 이상할 게 없었다.

즉, 이슈타르의 정보도 그 시점에서는 사실이었다는 뜻이다. 결론적으로 마인족이 이끄는 마물이 『강력해졌다』고 봐야 하리라.

『수』에 더해서 개체의 『힘』도 위협이 되었다. 일행은 이 정보를 무슨 일이 있더라도 확실하게 전해야만 한다고 판단했다.

"시라사키. 콘도와 사이토의 석화 해제는 맡겨도 될까? 내가 하면 시간이 너무 오래 걸려서……. 대신 다른 애들 치료는 내가 할게."

"응, 알았어. 무리는 하지 마, 츠지."

"에이, 무슨 소리야. 그건 오히려 내가 할 소린걸……. 미안. 내가 더 도움이 되면 네 부담도 줄어들 텐데……."

이야기를 나누는 노무라 곁에서 마력 회복약을 꿀꺽꿀꺽 복용하던 츠지가 스즈의 치료를 계속하는 카오리에게 그런 말을 했다.

같은 『치유사』면서 카오리와 비교해 크게 기량이 떨어지는 츠지는 겉으로는 아무렇지 않은 척했지만, 그 속마음은 자괴감과 카오리에게만 부담을 주고 있다는 미안함으로 가득했다.

그렇지 않다며 고개를 젓는 카오리에게 츠지는 애매한 웃음을 돌려주면서 일행의 치료에 나섰다. 그녀의 마법으로 치료되는 이들의 얼굴에서는 조금이지만 어두운 분위기가 사라졌다.

노무라는 그런 츠지를 뭐라고 표현하기 힘든 표정으로 바라보았으나 치료에 방해가 될까 봐 말은 걸지 않았다.

"……이런 상황이잖아. 해야 할 말이 있으면 해 둬."

"……시끄러."

나가야마가 놀리는 듯한 표정으로 노무라에게 말했지만 본인은 부루퉁하게 얼굴을 홱 돌릴 뿐이었다.

그로부터 몇 시간 동안 코우키 일행은 교대로 선잠을 자며 조금씩 심신을 회복해 갔다.

한편 홀로 마인족의 정보 전달을 맡은 엔도는 단 한 번의 전투도 없이 모든 마물을 지나치며 멜드 단장이 있는 70계층을 목표로 착실히 나아가고 있었다.

80계층대에서 마물에게 들킬 경우 1대 1이라면 어떻게든 되지만 여러 마리라면 대책이 없다. 그렇기 때문에 가능한 한 서두르면서도 세심한 주의를 기울이며 이동하고 있었다. 그 덕분에 지금도 마물이 눈앞을 그냥 지나쳐 갔다.

마물이 완전히 보이지 않게 된 뒤 엔도는 매달려 있던 천장에서 땅으로 내려왔다. 『은형』을 최대한 활용하기 위한 아티팩트 흑의로 온몸을 감싼 모습은 누가 보나 『암살자』였다.

분명 방금 엔도의 눈앞을 지나친 마물도 천장에서 기습하면 눈치채지도 못하게 치명타를 줄 수 있었으리라. 마음속으로 「……조금은 눈치채줘도 되는데」 같은 생각은 하지 않았다. 전혀 알아차리지 못하고 지나간 마물을 보고 눈가에서 빛나는 무언가가 흘러내리지도 않았다. 아니라면 아닌 거다.

"서둘러야지……."

엔도는 자신이 이루어야 할 역할을 잘 알고 있었다. 그리고 코우키 일행이 정보 전달이란 목적 외에도 혼자라도 살아남으라는 의도로 보내줬다는 것 또한 헤아리고 있었다. 나가야마와 노무라, 친구 두 명의 「돌아오지 마라」라는 마음은 말로하지 않아도 전해졌다.

하지만 역할을 수행한 후 엔도는 일행이 기다리는 곳으로 돌아갈 생각이었다. 무슨 말을 듣건 간에 이대로 자신만 안전한 곳에 도망쳐서 두 다리를 뻗고 있을 순 없는 노릇이었다.

엔도는 자신을 눈치채지 못하는 마물에게 약간 허탈감을 느끼면서도 지금은 그것이 최대의 무기가 되고 있다고 제 마음을 달래며, 머릿속에 박혀 있는 귀환 루트를 주파해 마침내 70계층에 도착했다.

조급한 마음을 다스리면서 멜드 단장이 거점을 잡은 전이진이 있는 방으로 향했다. 이내 엔도의 기척 감지에 여섯 명의 인기척이 탐지되었다. 틀림없이 멜드 단장과 기사단이다. 『은형」을 풀었기에 거리상 상대방도 눈치를 챘을 것이다.

엔도는 마지막 모퉁이를 돌아서 멜드 단장이 있는 전이진 방으로 들어갔다. 하지만 이미 모습을 완전히 드러내 놓고 있는데 기사단은 특별히 눈치챈 기색이 없었다.

엔도는 썩은 동태눈으로 멜드 단장에게 다가가서 외쳤다. 일행이 위기에 빠졌다는 초조함과 「날 눈치채줘요, 플리즈」라는 마음을 담아서…….

"단장님! 저예요! 눈치 좀 채세요! 큰일 났다고요!"

"으악?! 뭐야, 적이냐?!"

엔도가 버럭 소리친 순간 멜드 단장이 그런 소리를 하며 검을 뽑아 폴짝 물러났다. 그 후 바짝 경계하면서 주위를 둘러보았고 다른 기사들도 마찬가지로 몸을 움찔거리며 전투태세로 돌입했다.

"아, 글쎄 저라니까요! 진짜 그러지 좀 마세요!"

"어? 아, 코스케 아니냐? 인석아, 놀라게 하지 마. 그런데 다른 애들은 어쩌고? 게다가 몸이 엉망진창이잖아?"

"그러니까 큰일 났다니까요!"

멜드 단장은 상대가 엔도라는 것을 알자 그의 체질을 알기에 어깨에서 힘을 쭉 뺐다.

하지만 돌아오기에는 예정보다 조금 이르다는 점과 엔도가 혼자라는 점, 그리고 엔도가 만신창이나 다를 바 없는 상태인 점으로 금세 무언가 예기치 못한 사태가 일어났음을 짐작해 진지한 표정을 지었다.

엔도는 왕국 최정예 기사들조차 말을 걸지 않으면 역시 알아차리지 못한다는 사실에 은근히 상처받으면서도 그럴 때가 아니라고 마음을 고쳐먹고 정황을 빠르게 설명했다.

기사단은 처음엔 의아하다는 표정을 짓고 있었지만 엔도의 이야기가 진행됨에 따라 인상이 점차 험악해졌다.

그리고 엔도는 아이들이 자기 혼자만 도망치게 해줬다고 이야기하면서 차츰 마음이 아픈지 눈물을 쏟았다. 멜드 단장은 그런 엔도의 머리를 거칠게 쓰다듬었다.

"코스케, 울지 마라. 너는 너밖에 할 수 없는 일을 완수했어. 달리 누가 이 단시간에 한 번도 싸우지 않고 20층이나 주파할 수 있겠어? 너는 잘한 거다. 잘 전해주었어."

"단장님…… 저, 저는 이제 돌아갈게요. 걔들은 자력으로 돌아올 수 있다고 했지만…… 이번에는 지지 않는다고 했지만…… 아마노가와가 『한계 돌파』를 써도 쓰러뜨리지 못했어요. 도망치는 게 고작이었다고요. 다들 상당히 지쳐서 상처가 나아 봤자 다시 습격받으면……. 그 망할 마물도 그게 전부였는지 모를 일이에요. 그러니까 먼저 지상으로 돌아가서 이 일을 전해주세요."

엔도는 눈물이 창피한 듯 소매로 눈가를 아무렇게나 문지르고 결연한 표정으로 멜드 단장에게 말했다.

멜드 단장은 분하게 아랫입술을 잘근 깨물고는 소지한 최고급 회복약이 몽땅 든 주머니를 통째로 엔도에게 건넸다. 다른 단원들도 멜드 단장과 마찬가지로 분하게 표정을 일그러뜨리며 자신의 도구 주머니를 엔도에게 맡겼다.

"미안하다, 코스케. 함께 도와주러 가고 싶은 마음은 굴뚝같지만……. 우리가 가 봤자 방해만 될 테지……."

"아, 아뇨, 신경 쓰지 마세요. 약도 많이 줄었을 테니까 이것만 해도 감지덕지예요."

엔도는 그렇게 말하고는 회복약 등이 든 주머니를 흔들며 애서 웃어 보였다. 하지만 멜드 단장의 표정은 오히려 더더욱 악화되었다. 그것은 도와주러 갈 수 없다는 답답함뿐만이 아니라, 무언가 고뇌에 찬 표정이었다.

"……코스케. 나는 지금부터 인간으로서 해선 안 될 말을 할 거다. 경멸해도 상관없어. 그게 당연한 일이야. 하지만 부디 들어 다오."

"……? 갑자기 무슨 말씀을……."

"……무슨 일이 있어도 『코우키』만은 데려와 다오."

"네?"

멜드 단장의 말에 엔도가 얼떨떨한 표정을 지었다.

"코스케. 지금 너희조차 궁지에 내몰 정도로 마물이 강력해졌다면…… 코우키를 잃는 순간 인간족에게 미래는 없다. 물론 난 너희 모두가 이 상황을 극복하고 재회할 수 있으리라 믿고, 그러길 바라고 있어. 하지만 그래도 나는 하일리히 왕국 기사단의 단장으로서 이 말을 꼭 해야겠구나. 만에 하나의 상황이 닥치면 『코우키』를 살려 다오."

"……."

겨우 멜드 단장의 의도를 이해한 엔도는 아연실색했다.

그것은 더욱 중요한 누군가를 살리기 위해 희생하라는 발상. 윗자리에 앉은 사람이 해야만 하는 『선택』이었다. 엔도가 할 수 있는 사고방식은 아니었기에 엔도의 표정은 심하게 어두워져 갔다.

"……우리는 아마노가와의 들러리인가요?"

"절대로 그렇지 않아. 나도 모두가 살아남길 바라는 건 사실이야. 아니, 이런 말이 무슨 소용이 있겠어……. 코스케, 적어도 지금 한 말을 시즈쿠와 류타로에게는 전해 다오."

"……."

엔도는 멜드 단장의 말에 마음이 어둡게 가라앉았다.

멜드 단장과 그들이 지낸 시간은 길고 농밀했다. 사리 분별도 못하던 때부터 항상 옆에 있으면서 줄곧 함께 싸워 왔다. 특히 전선에 나오는 학생들에게 멜드 단장은 맏형, 맏오빠 같은 존재였고, 이 세계에서는 누구보다도 믿고 따르는 인물이었다.

그렇기에 엔도는 자신을 버릴 것처럼 이야기하는 멜드 단장에게 배신감을 느꼈다.

그래도 한편으로는 멜드 단장의 말이 필요한 일이라고 이해하기에 충동에 맡겨 욕을 퍼부을 수도 없었다. 엔도는 어두운 표정 그대로 고개만 끄덕이고 걸음을 돌렸다.

그런데 그 순간—.

"코스케!"

"윽?!"

멜드 단장이 갑자기 엔도를 밀쳤다. 키기기이익! 금속이 부딪쳐 마찰하는 소리를 내며 원을 그리듯 손에 든 검을 휘두른 멜드 단장은 그대로 한 바퀴 돌아 원심력을 실은 돌려 차기를 **일렁거리는 공간에** 날렸다.

픽! 고기를 치는 소리가 나며, 일렁거리는 공간은 후방으로 날아갔다. 그리고 5미터 정도 앞쪽 바닥에 무수한 발톱 자국을 남겼다. 땅에 발톱을 세워 감속한 것이리라.

그것을 보고 바닥에 털썩 주저앉은 엔도는 창백한 얼굴로 중얼거렸다.

"어, 어떻게…… 벌써 쫓아오다니……."

마치 그 말이 신호가 된 것처럼 코우키 일행을 내몬 마물들이 꼬리를 물고 나타났다.

엔도는 예상보다 일찍 따라잡혔다는 사실에 동요하여 엉덩방아를 찧은 채 일어서지 못했다. 이곳까지 오는 동안 『암살자』 기능을 사용해서 기척과 냄새, 마력 잔재 등 흔적을 지우며 이동했다. 마인족 여성이 코우키 일행을 찾으며 이동하는 이상 일직선으로 달려온 엔도를 이렇게 일찍 따라잡을 수 있을 리가 없었다.

그런 엔도의 의문은 이어서 나타난 악몽 같은 여성과 함께 해소되었다.

"쳇, 한 명뿐인가…… 도망간다면 전이진이 있는 이 방으로 올 줄 알았는데…… 보아하니 어딘가에 숨어 있는 모양이지?"

네눈박이 늑대의 등에 타고 짜증스럽게 머리를 쓸어 올리며 나타난 마인족 여성에게 기사단이 임전 태세를 취했다.

그녀의 말로 추측컨대 코우키 일행이 곧장 전이진으로 도망칠 거란 생각에 탐색하지 않고 일직선으로 이곳까지 온 듯싶었다. 예상이 빗나가 코우키 일행을 찾아야만 한다는 사실에 짜증이 난 모양이었다.

그것은 동시에 코우키 일행이 아직 무사하다는 증거이기도 했다. 엔도와 기사단도 조금이나마 가슴을 쓸어내리고 표정을 풀었다. 그것을 빠르게 깨달은 여성이 코웃음 치며 웃었다.

"뭐, 원래 임무도 있으니까…… 너희를 얼른 처리하고 찾으러 가야지."

그 직후 마물이 일제히 달려들었다.

키메라가 공간을 일렁거리며 돌진했고 검은 고양이가 질풍처럼 거리를 좁혔다. 브루탈이 메이스를 쳐들며 다가왔고 네눈박이 늑대가 후방에서 호시탐탐 기회를 노렸다.

"원형으로 뭉쳐라! 전이진을 사수한다! 코스케! 언제까지 꼴사납게 그러고 있을 거냐! 얼른 일어나서…… 도망쳐라! 지상으로!"

"네?!"

기사단은 과연 왕국 최정예라고 무심결에 감탄할 정도로 신속하게 진형을 이루고 연계해 덤벼드는 마물의 공격을 버텼다. 사전에 엔도에게 마물의 이야기를 들었기에 자신들의 실력으로는 공격력이 부족하다고 생각해서 철저히 방어로 받아치고 있었다.

엔도는 지상으로 도망치라는 멜드 단장의 말에 무심코 의아하게 소리 질렀다. 도망친다면 함께 도망치면 될 것이고, 기왕 이곳을 이탈한다면 지상이 아니라 코우키 일행이 있는 곳으로 돌아가서 단장의 말을 전해야 한다고 생각했기 때문이었다.

"미적거리지 마! 마인족에 관한 걸 지상에 전해!"

"그, 그래도 여러분은……."

"우리는…… 이곳에서 죽기를 각오했다! 코스케! 넘어가서 전이진을 부숴라! 가능한 한 시간은 벌어주마!"

"어, 어떻게 그런……."

멜드 단장의 생각은 자명했다.

지상으로 도망친다고 해도 누군가가 조금이라도 시간을 벌지 않으면 곧 마물들도 전이할 것이다. 그렇게 되면 추격을 뿌리칠 방법이 없어지고 따라잡혀 죽을 가능성이 크다.

그런고로 한 명을 도망치게 하고 남은 전원이 시간을 버는 것이 최선이다. 시간을 벌면 반대편에 있는 30계층의 전이진을 일부 파괴하여 완전히 추격을 뿌리칠 수 있다. 전이진은 직접 바닥에 새겨진 형태이므로 『연성』으로 복구하는 것은 간단하다. 도망쳐서 지상 주둔군에게 사건의 전말을 알린 후 다시 코우키 일행이 쓸 수 있도록 복구하면 그만이다. 그것이 멜드 단장의 생각이었다.

그리고 그렇게 도망칠 한 명으로 뽑힌 것이 엔도였다.

엔도는 방금 코우키 외의 학생들을 버릴 것처럼 발언한 멜드 단장이 이번에는 자신을 희생해서 엔도 한 사람을 도망치게 한다고 하자 당혹스러웠고, 그 탓에 어쩔 줄 모르고 있었다.

그런 엔도에게 격렬한 전투를 치르는 멜드 단장의 본심과 바람이 함성이 되어 다가왔다.

"무력해서 미안하다! 구해주지 못해 미안하다! 고를 수밖에 없어서 미안하다! 코스케! 한심한 나의 마지막 소원이다! 들어 다오!"

주저하는 엔도에게 맏형처럼 따르던 남자가 마지막이라며 소원을 말했다.

"살아라!"

그 말에 엔도는 이해했다.

멜드 단장이 사실은 그 누구도 죽지 않길 바란다는 것을. 누군가를 희생해서 누군가를 살려만 한다면 자신들이 희생해서 모든 학생을 살리고 싶어 한다는 것을. 엔도에게 말한 『선택』이 얼마나 고뇌에 찬 말이었는지를……

엔도는 입술을 꽉 깨물며 돌아섰다. 그리고 온 힘을 다해 전이진으로 달렸다. 이곳에서 멜드 단장의 마음과 각오에 부응하지 않으면 남자가 아니라고 생각했다.

"그렇겐 안 돼!"

마인족 여성이 검은 고양이를 보내며 자신도 마법을 날렸다. 검은 고양이가 등의 촉수를 총알 같은 속도로 뻗었고, 거기에 더해 돌창이 살의를 실은 바람을 타고 허공을 질주했다.

엔도는 가까스로 촉수를 대거로 쳐 내고 몸을 비틀어 피했지만 이어서 날아온 돌창까지는 피할 수 없었다. 미리 촉수의 위치를 계산한 듯이 절묘한 타이밍과 방향에서 연속으로 날아들었기 때문이다.

엔도는 이를 악물고 충격에 대비했다. 설사 공격에 맞더라도 멈추지 않고 그대로 전이진에 뛰어들겠다는 각오로…….

하지만 예상하던 충격은 오지 않았다. 기사단원 중 한 명이 진형에서 빠져나와 그 몸을 방패 삼아 엔도를 지켜준 것이다.

"애, 앨런 씨!"

"우윽…… 난 됐으니까 상관 말고 가!"

배에 돌창이 박힌 채로 검을 휘둘러 덤벼드는 마물의 공격을 받아넘기는 기사, 앨런이 호기롭게 웃으며 엔도에게 말했다. 엔도는 피가 터지도록 입술을 악물고 전이진으로 내달렸다.

"쳇! 조무래기 주제에 질기긴! 저 소년을 집중적으로 노려라!"

마인족 여성이 조금 안달하며 다시 명령을 내렸지만…… 이미 늦었다.

"하, 우리가 이겼다! 하일리히 왕국 기사를 우습게 보았더냐!"

멜드 단장이 당당하게 웃으며 외침과 동시에 엔도가 전이진을 기동해 사라졌다.

마인족 여성은 멜드 단장의 말을 무시하고 마물을 돌진시켰다. 직접 마력을 조작할 수 있는 마물은 귀찮은 기동 영창 없이도 전이진을 사용할 수 있었다. 그래서 지금이라면 아직 늦지 않았다고 생각했지만—

"우습게 보지 말라고 했잖아!"

기사단이 코우키 일행에게는 없는 교묘한 기술과 연계, 그리고 경험에서 오는 노련한 움직임으로 마물들을 방해했다. 머릿수로 밀리는 와중에 그 방어 능력과 악착스러움은 높이 평가할 만했다.

하지만 그들이 제아무리 사력을 다한들 상대하는 마물의 수와 힘은 비정상적이기 짝이 없었고, 당연히 그리 오래 버틸 수 있을 리도 없었다. 가장 먼저 배에 돌창이 박혀 기어코 힘이 다한 기사 앨런이 마물의 공격에 견디지 못하고 무릎 꿇었다. 그 구멍으로 키메라 한 마리가 방어선을 돌파해서 전이진에 도착했다.

키메라가 사라지는 것과 마법진이 빛을 잃은 것은 동시였다.

"큭, 한 마리 통과해 버렸나……. 코스케…… 죽지 마라."

멜드 단장의 혼잣말은 마물의 포효에 묻혔다. 엔도를 놓친 화풀이로 마인족 여성이 마물들에게 기사단을 일제히 공격토록 한 것이었다.

"훗, 이곳에서 죽겠다고 마음먹었다면 이제는 마지막까지 싸울 뿐이다. 자, 하일리히 왕국 기사단의 집념을 보여주자!"

"""""옛!"""""

멜드 단장의 호령에 부하 기사들이 우렁찬 함성으로 답했다. 그 함성에 담긴 기백은 한순간이지만 주위 마물들을 움츠러들게 할 정도였다.

……그리고 10분 뒤.

전이진이 있는 70계층의 방에 다시 정적이 돌아왔다.

"으아아아아아아아!"

비명인지 함성인지 모를 소리를 지르며 【오르크스 대미궁】 30계층 전이진에서 뛰쳐나온 엔도는 곧장 대거를 휘둘러 바닥의 마법진을 파괴하려고 했다.

"뭐, 뭐야?! 잠깐, 너! 무슨 짓을 하려고……!"

"멈춰!"

"붙잡아!"

전이진에서 나타난 검은 옷의 소년이 난데없이 소리를 지르며 마법진을 손상시키려고 하자, 기사단 제복을 입은 이들이 한순간 얼떨떨해하다가 노성을 지르고 엔도를 뜯어말리려고 했다.

그들은 멜드 단장의 부하이며 30계층 전이진을 보호하는 이들이었다. 실력이 부족해서 30계층 경비가 한계인 이들이기도 했다.

한 번에 마법진을 파괴하지 못한 엔도가 두 번, 세 번 칼을 내려찍었고, 진의 일부를 파괴하기 일보 직전 기사단은 간신히 엔도를 저지할 수 있었다. ……아니, 저지해 버렸다.

"이, 이거 놔! 빨리, 빨리 부숴야 해! 놈들이……! 놔!"

"아니, 너는 용사 일행의?! 왜 네가……."

미쳤다고밖에 생각하지 못할 행동을 하던 인물이 눈에 익은 용사 일행 중 한 명인 것을 알자 단원들은 경악하여 무심코 힘을 풀었다. 엔도는 그 틈에 다시 대거를 휘둘러 마법진 일부를 파괴하려고 했지만 한발 늦고 말았다.

마법진이 다시 빛나며 기동했다. 그리고 다음 순간, 일렁이는 공간이 튀어나와 그곳에 있는 이들을 덮치기 시작했다.

"젠장! 당신들, 물러나!"

"무슨 일이?! 으아아악!"

엔도는 냉큼 경고하며 그 자리에서 훌쩍 물러나 간신히 키메라의 일격을 피했다. 하지만 사태를 바로 파악하지 못한 단원 한 명은 그것을 피할 방법이 없었다. 무방비하게 키메라의 흉악한 일격을 맞아 갑옷째로 몸통이 깊이 찢어졌다.

단원들은 갑자기 피를 뿌리며 죽은 동료를 보고 동요를 감추지 못했다. 그런 그들에게 엔도는 초조함이 묻어나는 목소리로 소리 질렀다.

"적이야! 일렁거리는 공간을 조심해! 마법진을 파괴하지 않으면 계속 몰려올 거야!"

그 절규와도 같은 엔도의 말에 단원들이 퍼뜩 정신을 차렸다. 하지만 그때는 이미 한 사람이 더 찢겨 나가고 있었다.

30계층 전이진 경비를 맡은 단원은 모두 일곱 명. 그중 이미 두 명이나 죽었다.

그 사실에 어금니를 깨문 엔도는 『암살자』의 기능 『영무(影舞)』를 이용해 천장으로 달려 올라가 위쪽에서 마법진 파괴를 노렸다. 하지만 그것을 깨달은 키메라가 도약해서 맞받아치려고 들었다.

"제길! 이 마물은 대체 뭐야?!"

단원들은 상황 판단이 되지 않는 와중에도 지금 해야 할 일을 깨닫고 엔도에게 달려드는 키메라에게 뛰어들었다.

하지만 그들에게 키메라는 일렁이는 공간으로밖에 보이지 않았다. 당연히 어떤 공격을 해 오는지, 경계해야 할 것이 무엇인지 아무것도 몰랐다. 때문에 키메라의 뒤에서 달려든 자는 뱀 꼬리에 목을 물어 뜯겼고 옆에서 덤빈 자는 날개에 치여 바닥에 내려찍혔다.

그래도 전혀 헛된 일은 아니었다. 키메라가 약간 균형을 잃은 탓에 엔도는 위험한 순간 그 발톱과 이빨에서 벗어날 수 있었다. 완전히 피하지 못해 어깨와 옆구리 살이 뜯겨 나가긴 했지만 키메라와 교차하며 꼬리를 자르고 바닥에 낙하했다.

키메라가 날개를 퍼덕이며 다시 균형을 잡고 조금 떨어진 곳에 착지한 것과, 어깨부터 바닥으로 추락한 엔도가 곧바로 일어나서 전이진의 훼손된 부분으로 대거를 쳐든 것은 동시였다.

키메라가 착지의 반동을 이용해 쏜살같이 엔도의 숨통을 끊으려고 내달렸다.

하지만 그때는 이미 혼신의 힘을 담은 엔도의 대거가 마법진에 박혀 있었다. 파앙! 하고 크게 손뼉을 친 듯한 맑은 소리가 울려 퍼지며 마법진이 전이할 때 사용하는 마력의 잔재가 안개처럼 흩어졌다. 마법진이 파괴되었다는 증거였다.

"이걸로……. 악, 아아아아아아악!"

전이진 파괴에 성공했으니 더는 추격해 오지 못할 거라고 엔도가 무심결에 안도의 한숨을 내쉬는데, 그 직후 오른팔에 키메라의 이빨이 박혀 격통 때문에 절규했다. 강인한 턱이 그대로 엔도의 오른팔을 찢으려고 했다.

"이게 어디서!"

"그에게서 떨어뜨려!"

하지만 달려온 단원들이 돌진력을 실은 혼신의 일격으로 그것을 저지했다. 키메라는 모종의 수단으로 강화한 단창에 찔리자 저도 모르게 턱에서 힘을 풀었다.

그 순간 엔도는 오른팔을 빼며 왼손 소매에 감춰 놓은 투척용 나이프를 미끄러지는 듯한 움직임으로 꺼냈고 피를 뒤집어써서 모습이 드러난 키메라의 눈에 박았다.

고통에 날뛰는 키메라가 끝장을 낼 생각으로 접근한 기사들을 두 명 더 찢어 죽였다. 엔도는 투척용 나이프를 던졌지만 키메라는 한쪽 눈을 잃고도 야생의 감으로 공격을 피했다.

그런데 그 직후, 갑자기 기사 한 명이 비명을 질렀다.

얼떨결에 그쪽으로 고개를 돌리자 아까 바닥에 쓰러진 기사의 목에 절단당하고도 살아 움직이는 뱀이 이빨을 박고 있는 광경이 눈에 들어왔다. 기사는 물린 목이 보라색으로 변색하더니 괴롭게 몸부림치다가 이내 목숨을 잃고 말았다.

"젠장!"

그것을 본 마지막 기사가 뱀을 죽이려고 달려갔지만, 그것은 치명적 실수였다. 키메라는 자신에게 등을 보인 적을 발견하자 반사적으로 달려들었다. 엔도는 만신창이가 되었으면서도 마지막 힘을 쥐어짜서 기사에게 다가들려던 키메라의 목에 필살의 일격을 가했다.

"죽어어어어어엇!"

자신을 일행과 헤어지게 한 것. 멜드 단장과 기사단을 버리고 오게 한 것. 얼굴을 아는 단원들을 죽인 것. 그 밖에도 온갖 원한을 담은 포효와 함께 가해진 치명적 일격은 그 힘을 완벽하게 발휘했다. 키메라는 목덜미가 찢겨 한순간에 목숨을 잃었다.

죽은 키메라와 옆에서 뛰어든 엔도는 관성의 법칙에 따라 서로를 교차하며 지나쳤고 바닥에 몸을 세게 부딪친 뒤 나뒹굴었다.

어깨, 오른팔, 옆구리의 통증을 견디며 왼팔만으로 상체를 일으킨 엔도는 키메라의 죽음을 확인하고자 눈에 힘을 줬다.

『미채』가 풀린 키메라는 목이 절반가량 찢어진 상태로 조용히 가로누워 있었다. 완전히 숨이 끊긴 듯했다. 하지만 엔도의 표정은 기쁨은 고사하고 울음을 터뜨릴 것 같았고 입에서는 「제기랄!」이라며 오갈 데 없는 분노가 새어 나왔다.

그 시선 끝에는 뛰어가던 마지막 기사의 모습이 있었다.

그는 바닥에 엎드려 있었다. 오른팔에 검을 쥔 채 얼굴을 보라색으로 물들이고……. 그의 옆에는 가로로 잘린 뱀이 있었다. 아마 키메라에게 공격받기 직전, 달려든 뱀을 베어 체내에 품은 독소를 얼굴에 뒤집어쓴 것이 아닐까.

결국 30계층을 경비하던 기사들은 전멸하고 말았다. 한 사람도 구하지 못했다는 사실에 엔도는 연거푸 욕설을 퍼부으며 눈물을 흘렸다.

엔도는 얼마간 그렇게 있었지만, 이대로는 출혈 과다로 죽을지도 모른다고 생각한 뒤 기사단에게 받은 주머니에서 최고급 치료약을 꺼내 복용했다. 그리고 응급 처치 세트로 상처를 치료한 후 말없이 기사들의 주검을 옮겨 전이진이 있는 방 한구석에 나란히 놓았다.

잠시 동안 엔도는 그들을 바라보다가 천천히 발길을 돌려 지상을 향해 걸음을 옮겼다. 그 얼굴은 유령처럼 창백했고 공허한 눈에는 패기가 없었다.

—또, 혼자만 살아남았다.

그 생각이 엔도의 마음을 무겁고 차가운 쇠사슬로 칭칭 옭아매었다. 지금은 그저 주어진 역할만을 버팀목 삼아 몸을 움직여 지상으로 걸음을 옮길 뿐이었다.

"햣햐~!#6"

왼편의 【라이센 대협곡】과 오른편의 웅대한 초원 사이로 마력 구동 이륜차 『슈타입』이 태양을 등지고 서쪽을 향해 질주하고 있었다.

가도에 흙먼지를 일으키면서도 길을 따라 달리는 브리제와 달리, 슈타입은 협곡 측 황야와 초원을 오가면서 흥분한 듯 폭주하고 있었다.

"……시아 저 녀석, 기분 좋아 보이네. 세기말 모히칸 같은 환성까지 지르고."

"……으음, 조금 해 보고 싶기도……."

브리제 운전석에서 창틀에 팔꿈치를 올리고 한 손으로 핸들을 쥔 하지메가 어이없게 중얼거렸다. 하지메의 말대로 지금 시아는 브리제에 타지 않았다. 혼자 슈타입을 운전하고 있기 때문이었다.

원래 시아는 슈타입의 바람을 가르며 달리는 느낌을 유독 좋아했는데, 최근 사람이 많아져 브리제가 주 이동 수단이 된 것을 다소 불만스럽게 여겼다.

브리제도 창문으로 얼굴을 내밀면 바람을 느낄 수는 있지만 역시 무언가 아쉬운 듯했다. 게다가 브리제에서 하지메의

#6 햣햐~! 만화 「북두의 권」의 조무래기 악당들이 외치는 대표적 환성.

옆자리는 유에의 지정석이므로 슈타입을 탈 때처럼 하지메에게 달라붙을 수도 없었다. 그렇다면 운전법을 배워서 자기가 슈타입을 몰아보고 싶다며 하지메에게 간청한 것이었다.

마력 구동차는 마력을 직접 조작할 수만 있다면 비교적 쉽게 움직일 수 있다. 경우에 따라서는 핸들을 손으로 조작하지 않고 마력만으로 조작 가능했다. 그래서 시아에게 운전은 크게 어렵지 않아서 금세 탈 수 있게 되었고 그 매력에 빠진 것이다.

지금도 괴성을 지르며 종횡무진, 드리프트에 윌리, 그 밖에도 잭나이프나 백 라이딩 등, 프로 익스트림 바이크 스턴트 저리 가라 할 기술을 선보이고 있었다.

액셀과 브레이크도 마력으로 조작할 수 있으므로 지구보다 난이도는 훨씬 낮겠지만…… 그래도 이미 하지메는 발끝에도 미치지 못할 만큼 능수능란했다.

시아의 토끼 귀가 종종 「헤이, 내 테크닉 어때?」라고 뻐기듯 조금 건방지게 하지메 쪽을 가리키는 것이 은근히 짜증 났다. 가끔 탈것을 운전하면 성격이 변하는 사람이 있다고 하는데 시아는 그런 부류인지도 모르겠다.

하지메 옆에서 마찬가지로 시아를 보던 유에가 자기도 해보고 싶어 했다. 유에가 「햣하~!」 같은 소리를 하면 지독히 슬퍼질 것 같아 하지메는 반드시 저지하겠다고 결심했다.

그런 하지메의 기분도 모르고 유에 옆에서 창밖에 얼굴을 내밀고 바람을 맞던 서너 살 난 여자아이 뮤가 열심히 유에의 무릎 위로 기어 올라오더니 커다란 눈망울을 초롱초롱 빛냈다. 그리고 핸들을 잡고 물구나무를 서기 시작한 시아를 가리키며 하지메에게 졸랐다.

"아빠! 아빠! 뮤도 저거 하고 싶어!"

"어림없는 소리 하지 마."

"싫어어! 뮤도 할 거야!"

뮤가 유에의 무릎 위에 앉으며 자신의 소원을 단박에 거부하는 하지메에게 힘껏 투정을 부렸다.

"……날뛰면 뗵!"

"우~."

날뛰는 뮤가 좌석에서 떨어지지 않게끔 유에가 뒤에서 끌어안으며 혼내자 뮤는 귀여운 소리를 내고 풀이 죽었다. 그걸 본 하지메는 못 이기는 척 말했다.

"뮤. 나중에 내가 태워줄 테니까 그걸로 참아."

"……정말?"

"그래. 시아랑 타는 건 절대 허락 못하지만……. 나하고 타는 건 상관없어."

"시아 언니랑은 안 돼?"

"절대 안 돼. 저 녀석 하는 짓 좀 봐. 얼씨구, 이제는 핸들 위에서 괴상한 포즈까지 잡네. 어쩐지 좀 멋있어 보이긴 하는데…… 저런 곡예 운전 하는 녀석의 오토바이에는 절대 타면 안 돼."

시아는 슈타입 핸들 위에 서서 오른손 다섯 손가락을 쫙 펼쳐 얼굴을 가리며, 왼손을 내리고 어깨를 살짝 드는 기묘한 포즈#7를 하고 미국인처럼 웃어 댔다.

하지메는 그런 죠○에 나올 법한 묘하게 멋진 포즈를 잡는 시아를 못마땅하게 바라보며 뮤에게 신신당부했다. 자신이 보지 않는 곳에서 시아에게 태워 달라고 하지 말라는 뜻을 담아······.

"애당초 오토바이는 위험하니까 될 수 있으면 태우고 싶지 않은데 말이지. 오토바이용 차일드 시트라도 만들어 볼까? 재료는······ 중얼중얼."

"유에 언니. 아빠가 중얼중얼해. 이상해."

"······하지메 아빠는 뮤가 걱정돼서 그래. ······의외로 과보호야."

"후후, 주인님은 의외로 아이를 끔찍이 아끼나 보군? 흠, 이 갭은 제법······ 하아, 하아."

"유에 언니, 티오 언니가 하악하악거려."

"······불치병이니까 신경 쓰면 안 돼."

유에가 무릎 위에서 자신을 올려다보는 뮤의 머리를 쓰다듬으며 뮤의 말 상대를 했다.

뮤와 여행을 시작하고 시간이 조금 지났지만 하지메는 「아빠」라는 호칭에 관해서는 이미 포기했다.

처음에는 어떻게 해서든 호칭을 바꾸려고 손을 써 보았지만, 그럴 때마다 뮤의 눈가에 눈물이 핑 돌며 「안 돼? 뮤 싫어?」라고 무언으로 애원해 왔다. 나락의 마물도 쓸어버릴 수

#7 오른손 ~ 기묘한 포즈 만화 「죠죠의 기묘한 모험」 2부에 등장한 포즈.

있는 하지메가 왠지 뮤에게는 유에를 상대할 때만큼이나 이길 수 있을 것 같지 않았다. 그리고 결국 시간이 지남에 따라 아빠라는 호칭이 정착해 버렸다.

아빠라는 호칭을 허용(이라는 이름의 체념)한 후로 하지메는 이러니저러니 하면서도 뮤를 챙겨주게 되었다. 지금은 오히려 과보호라고 해도 좋을 정도였다. 시아는 유감 토끼고 티오는 변태니까 모친에게 데려다줄 때까지 뮤는 자기가 지켜야 한다고 생각한 모양이었다. 너무 참견이 심할 때는 오히려 유에가 제동을 걸어 뮤에게 상식을 가르치는 것이 현재 하지메 일행의 역할 구도였다.

뮤가 하지메에게 붙어서 떨어지지 않자 유에는 좀처럼 둘만의 시간을 가질 수 없어서 약간 욕구 불만이었지만, 그래도 자신을 따르는 뮤가 귀여워서 그냥 별수 없거니 하고 말았다.

좌석 뒤에서 무슨 망상에 열을 올리기 시작했는지 하악하악거리는 숨소리가 시끄러워진 티오에게 마법을 날려 조용히 만든 후, 유에는 아이의 정서 교육에 좋지 않다고 뮤의 귀를 막았다.

그리고 아직도 뮤 전용 좌석 만들기에 골몰하며 중얼거리는 하지메와, 이제는 슈타입에 타지도 않고 슈타입의 뒷부분을 잡은 채 육지에서 수상 스키를 타는 시아를 보며 자기가 정신 바짝 차려야겠다고 조금 허망한 결의를 다졌다.

마력 구동차로 가도를 질주한 얼마 뒤, 일행은 【여관 마을 호르아드】에 도착했다.

원래대로라면 그냥 지나쳐도 상관없었지만 【휴렌】의 이루와에게 부탁받은 일이 있어서 들르게 되었다. 어차피 【그류엔 대사막】으로 가는 길에 지나는 곳이라서 크게 수고롭지도 않았다.

하지메는 그리운 듯 눈을 가늘게 뜨며 【호르아드】의 모험가 길드에 가고자 마을의 메인 스트리트를 걸었다. 하지메의 어깨에 목말을 탄 뮤가 하지메의 변화를 눈치챘는지, 의아하다는 표정을 짓고 하지메의 이마를 조막만 한 손으로 찰싹찰싹 때렸다.

"아빠, 왜 그래?"

"응? 아, 그냥, 전에 온 적이 있어서……. 아직 4개월 정도밖에 안 지났는데 벌써 몇 년은 지난 것 같아……."

"……하지메, 괜찮아?"

유에는 복잡한 표정을 짓는 하지메의 팔에 살며시 자신의 손을 갖다 대고 걱정스러운 눈빛을 보냈다. 하지메는 어깨를 으쓱인 다음 평소의 분위기로 돌아왔다.

"그래, 문제없어. 참 정신없는 시간을 보냈다는 생각이 들어서 잠깐 감회에 젖었지 뭐야. 생각해 보면 여기서 시작됐구나……. 긴장과 공포와 약간의 자포자기로 밤을 보내다가, 다음 날 미궁에 들어갔고…… 그리고 떨어졌지."

"……."

하지메는 어떤 의미로 운명의 날이라고 해야 할지도 모를 그날을 떠올리며 독백했다. 다른 이들은 그 말에 조용히 귀만 기울였고 유에는 가만히 하지메를 바라보았다. 티오가 흥미를 보이며 하지메에게 물었다.

"흠, 주인님은 다시 시작하고 싶다는 생각은 들지 않나? 원래 동료가 있었다지? 주인님이 옛날에 어떤 처지였는지는 대강 들었지만…… 모두가 주인님에게 상처 준 것은 아니지 않나? 친한 이도 있었던 게 아닌가?"

티오는 아직 하지메 일행과 함께한 날이 길지 않아서 가끔 지금처럼 그들의 속내를 알아내고자, 보통은 상대를 배려해서 묻지 않을 법한 질문을 했다.

그것은 단순한 동행자가 아니라 티오 자신이 어엿한 일행의 동료가 되기 위한 그녀 나름의 노력이었다. 대책 없는 변태지만 그런 태도는 하지메에게 호감을 줬다.

그래서 딱히 기분도 상하지 않아 티오의 질문을 있는 그대로 받아들였다.

그리고 문득 달빛 비치는 야밤의 다과회를 떠올렸다. 맛없는 싸구려 홍차, 하얀 네글리제, 달빛을 반사해 빛나는 검은 머리칼, 자신을 지키겠다고 맹세한 여자아이. 마지막 순간, 동료들이 말리는 와중에 비통한 표정으로 자신에게 손을 뻗던 그 아이.

하지메는 갑자기 자신의 팔에 닿은 손에 힘이 들어가는 것을 느끼고 퍼뜩 정신을 차렸다. 옆을 보니 유에가 흔들림 없는 강한 눈빛으로 똑바로 하지메를 바라보고 있었고 팔에 닿은 손은 하지메의 소매를 꽉 붙들고 있었다.

하지메는 그런 유에와 눈을 맞췄다. 그리고 눈꼬리를 내린 뒤 부드러운 눈빛으로 유에를 가만히 마주 보았다.

"확실히 그런 녀석들도 있었지. ……하지만 만약 그날로 돌아간다 해도 나는 몇 번이든 같은 길을 선택할 거야."

"호오, 무슨 연유로?"

하지메를 살펴보면 자연스럽게 답은 알 수 있을 텐데 티오는 조금 장난기 섞인 표정으로 구태여 이유를 물었다.

하지메는 유에에게서 눈을 떼지 않으며 팔을 잡은 유에의 손에 자신의 반대쪽 손을 올려 살며시 쥐었다. 유에의 표정이 어렴풋이 풀렸고 볼도 조금 붉어졌다.

"물론…… 유에를 만나고 싶으니까."

"……하지메."

【여관 마을 호르아드】는 레벨 올리기와 돈벌이를 위한 마석 회수를 자신의 수준에 맞춰 행할 수 있는【오르크스 대미궁】이 바로 옆에 있기 때문에 모험가와 용병, 왕국의 병사가 모두 몰려든다. 그리고 그들의 주머니를 노리는 수많은 상인도 모이니까 항상 활기로 가득 차 있다. 그런 마을의 메인 스트리트라면 당연히 그 활기도 한층 더했다.

그렇게 수많은 사람으로 북적이는 메인 스트리트 한복판에서 하지메와 유에가 갑자기 멈추고 서로를 마주 봤다.

둘만의 세계에 빠져서 주위 사람이 보거나 말거나 서로의 볼에 손을 뻗어 당장에라도 키스를 나눌 분위기였다. 호기심과 질투의 시선이 두 사람에게 사정없이 쏟아졌고 구경꾼으로 작은 인파가 이루어질 지경이 되었으나, 역시 하지메와 유에는 눈치채지 못했다. 다른 사람은 안중에도 없는 것 같았다.

"티오 씨, 들었어요? 저기선 『너희를』이라고 해야 하지 않아요? 유에 씨 온리예요, 온리. 또 두 사람만의 세계에 빠진 것 좀 봐요. 이젠 때와 장소도 안 가린다니까요. 그걸 옆에서 보는 우리는 어쩌라고 저러나 몰라요. 이제는 저하고 저 분위기를 만들 때도 됐다고 생각하거든요? 저는 언제든 받아들일 준비가 되어 있는데, 아무리 지나도 안쓰러운 사람 취급이고……. 아니, 저도 유에 씨가 특별하다는 건 알아요. 유에 씨가 특별한 건 당연하고, 그래야 한다고 생각해요. 오히려 유에 씨를 홀대하는 하지메 씨는 하지메 씨가 아니죠. 그런 짓을 해서 유에 씨를 슬프게 하면 오히려 제가 하지메 씨를 죽여 놓을 생각이지만요. 그래도, 그래도 말이에요. 최근 조금 넘어오는구나~, 슬슬 어른의 계단을 오르는 건가~, 기대하고 있는데 전혀 그럴 낌새가 안 보이네요? 아무리 유에 씨가 특별해도 조금 더 눈길을 줘도 된다고 생각 안 하세요? 차려진 밥상에 숟가락을 못 올리면 남자도 아니죠. 이렇게 뻔히 웰컴 상태인데 쪼잘쪼잘 변명이나 하고, 쿨한 척 무시하고, 야 이 숙맥아! ……라고 생각해도 저한테 잘못은 없다고 생각하거든요. 저도 달콤하게 깨를 쏟아 보고 싶다고요! 침대 위에서 이런 짓 저런 짓 해줬으면 한다고요! 유에 씨한테 하듯이 하드한 플레이를 저한테도! 그 점에 관해서 변태 대표 티오 씨는 어떻게 생각하세요?!"

"시, 시아. 네가 한이 많이 맺혔다는 건 알았으니까 조금 진정해라. 오히려 사람들 오가는 길거리에서 할 소리 못할 소리 다 외치는 네가 더 주목받고 있잖느냐. 그런데 마지막에 은근슬쩍 날 욕하더구나. ……이런 공공장소에서 변태 취급받았어, 하아, 하아. 그렇게 생각해서 그런지 주위에서 나를 보는 눈이 싸늘해…… 하아, 하아, 으으응~."

메인 스트리트 한복판에서 야한 짓을 해 달라고 부르짖는 토끼 귀 소녀와, 변태라고 욕먹은 뒤 묘한 분위기를 내며 숨소리가 거칠어지는 묘령의 미녀. 호기심으로 모인 주위 사람들이 눈살을 찌푸리고 뒷걸음질 쳤다.

"아빠~, 시아 언니랑 티오 언니가……."

"뮤, 보면 안 돼. 모르는 사람인 척해."

"……시아. ……다음에 하지메를 묶어서 시아랑 같이……."

시아가 떠드는 소리에 현실로 돌아온 하지메와 유에는 상황을 이해하지 못해 어리둥절해하는 뮤가 시아와 티오를 보지 못하게 하며 모르는 사람인 척했다.

유에가 작은 목소리로 뭔가 무시무시한 소리를 한 기분이 들었지만 못 들은 셈 치자. 신경 쓰면 앞으로 유에와 시간을 보낼 때마다 함정이 있을 가능성을 우려해야만 한다. 그것만은 피하고 싶었다. 유에라면 그렇게 막무가내로…… 나오진…… 않겠지? 않을 거다, 아마도……. 전과가 있었던 것 같기도 하지만 괜찮겠지, 하며 하지메는 애써 불안을 떨쳐 냈다.

멀리서 웬 소란이냐고 소리를 지르는 마을 경비병이 하나둘 나타나기 시작해 하지메는 하는 수 없이 시아와 티오의 목덜미를 잡아끌며 그 자리를 떴다.

마을에 들어올 때마다 미녀, 미소녀에게 둘러싸여 있는 하지메에게는 부러움과 질투의 시선이 날아와 꽂혔지만…… 이때만은 왠지 딱하다는 시선이 많다고 느꼈다. 분명히 기분 탓이리라.

경비병과 쏟아지는 시선에서 벗어난 하지메 일행은 겨우 모험가 길드 호르아드 지부에 도착했다.

하지메는 여전히 뮤를 어깨에 태운 채 길드 문을 열었다. 다른 마을 길드와 달리 호르아드 지부의 문은 금속제였다. 둔중한 소리가 울리면 그것이 사람이 들어왔다는 신호가 되는 것 같았다.

전에 하지메가 【호르아드】에 왔을 때는 모험가 길드에 올 필요도 없었고, 그럴 여유도 없었기 때문에 안에 들어온 것은 이번이 처음이었다. 호르아드 지부의 내부 장식 및 분위기는 처음 하지메가 품던 모험가 길드의 이미지 그대로였다.

벽과 바닥은 군데군데 부서져 있거나 얼렁뚱땅 수리한 흔적이 있었고 진흙 같은 것으로 보이는 얼룩이 여기저기 있어서 비위생적인 인상을 줬다. 내부 구조 자체는 다른 지부와 같아서 들어가면 정면에 카운터, 왼쪽에는 식당이 있었다. 하지만 다른 지부와 다르게 술도 판매하는지 대낮부터 주정뱅이들이 진을 치고 있었다.

2층에도 좌석이 있어서 난간 너머로 아래층을 내려다보는 모험가 같은 이들도 있었다. 2층에 있는 사람은 모두 강자의 분위기를 내고 있었다. 그런 제도가 있는 건지 암묵의 룰인지는 모르겠지만 고랭크 모험가는 기본적으로 2층을 쓰는 듯했다.

모험가 자체의 분위기도 다른 마을과는 달랐다. 누구랄 것 없이 모두 눈매가 매서워 【브룩】 같은 훈훈한 분위기는 찾아볼 수 없었다. 모험가나 용병처럼 마물과의 전투를 전문으로 하는 싸움꾼들이 제 발로 대미궁에 들어가고자 온 것이니까 기백이 있는 것은 당연하다면 당연한 일이었다.

하지만 그것을 감안하더라도 길드에 감도는 살벌함은 예사롭지 않았다. 분명 역전의 모험가를 심각하게 만드는 무슨 일이 벌어진 것이겠지 싶었다.

하지메 일행이 길드에 발을 들인 순간, 모험가들의 시선이 일제히 그들에게 모였다.

그 안광이 너무나도 날카로운 나머지 하지메 어깨 위에 탄 뮤가 짧은 비명을 지르며 하지메의 머리에 바짝 매달렸다.

모험가들은 미녀, 미소녀에게 둘러싸인 것도 모자라 아이까지 목말을 태우고 나타난 하지메에게 여러 의미가 담긴 살기를 날렸다.

하지메는 점점 더 떠는 뮤를 어깨에서 내려 한 팔로 안았다. 뮤는 하지메의 가슴팍에 얼굴을 묻고 바깥세상에서 오는 공포를 완전히 차단했다.

일부 모험가가 혈기, 혹은 취기로 자리를 박차고 일어나기 시작했다. 그들의 눈빛이 「장난질 치러 온 꼬맹이를 손봐주겠다」는 의지를 무엇보다 또렷하게 말해줬다. 길드를 감싼 심상치 않은 분위기로 볼 때 스트레스를 해소하기 위한 화풀이와 단순한 질투 섞인 괴롭힘이란 것은 자명했다.

하지메 일행이 단순한 의뢰자일 가능성도 있지만…… 이미 그들의 머릿속에 그런 생각은 없나 보다. 일단 이야기는 손봐준 다음에 듣겠다는, 불량배나 다름없는 생각으로 하지메에게 다가오려고 했다.

하지만 최근 부쩍 과보호 아빠가 되어 가는 하지메가 임시라고는 해도 딸을 겁주는 인간을 가만히 놔둘 리 없었다. 이미 하지메의 이마에는 핏줄이 울룩불룩 불거져 나왔고 뮤를 달래는 다정한 손길과는 반대로 그 눈을 흉악하게 치켜뜨고 있었다.

그리고―.

쿵, 하는 충격음이 들릴 것만 같은 농밀하고 강대하며 흉악한 위압감이 하지메 일행을 노려보던 모험가들을 인정사정없이 강타했다.

방금 모험가들이 날리던 살기가 마치 어린애 장난처럼 느껴질 만큼 막대한 압력. 물리적인 힘마저 가진 것 같은 그 압력은 미숙한 모험가의 의식을 순식간에 끊어 버렸고, 일어선 모험가들을 손도 대지 않고 다시 앉게 만들었다.

하지메의 『위압』과 『마력 방사』를 받고 가까스로 의식을 잃지 않은 자조차, 태반이 몸을 덜덜 떨며 의식과 몸을 지탱하느라 시퍼런 얼굴로 폭포수 같은 땀을 흘리고 있었다.

그리고 영원히 이어질 것 같던 위압이 별안간 약해졌다. 그 틈에 모험가들은 거의 멎을 뻔한 호흡을 죽기 살기로 재개했다. 그중에는 실금하거나 구토한 자도 있었지만…… 그런 그들에게 하지메는 빙그레 웃으며 말을 걸었다.

"어이, 지금 여기 노려본 녀석."

""""""……!""""""""

하지메의 목소리에 흠칫 몸을 떤 모험가들이 쭈뼛쭈뼛 하지메를 봤다. 그 눈은 괴물이라도 본 듯한 공포에 뒤덮여 있었다. 하지만 그런 것은 개의치 않고 하지메는 그들에게 요구…… 아니, 명령했다.

"웃어."

""""""""네?""""""""

생뚱맞은 명령에 당황하는 모험가들을 보고 하지메가 다시 말을 이었다.

"못 들었어? 웃으라고, 싱글벙글. 안 무섭다고 어필해. 그리고 손도 흔들고. 너희 때문에 우리 애가 겁먹었잖아. 트라우마가 되면 어쩔 생각이야? 엉? 책임을 지라고."

그럼 처음부터 이런 곳에 애를 데리고 오지 말라고 강하게 항변하고 싶었지만 괴물 같은 상대에게 그런 말을 꺼낼 배짱은 없었다. 어쩔 줄 몰라 당혹스러워하는데 하지메의 안광이 더욱 날카로워지자 모험가들은 얼굴을 뻣뻣하게 굳히면서도 필사적으로 웃으려고 했다. 더불어 손도 흔들기 시작했다.

험상궂고 우락부락한 사내들이 한데 모여 뻣뻣한 웃음을 지으며 깜찍하게 손을 흔드는 모습은 기괴하기 짝이 없었지만 역시나 하지메는 그런 것은 개의치 않고 만족스레 고개를 끄덕였다. 그리고 가슴에 얼굴을 묻은 뮤의 귓가에 살며시 말을 걸었다.

무슨 말을 들었는지 뮤는 조심스럽게 얼굴을 들어서 글썽이는 눈망울로 하지메를 올려다봤다. 그리고 하지메의 시선을 따라 천천히 그들을 돌아보았다.

그곳에는 당연히 필사적으로 아양 떠는 험상궂은 면면이—.

"힉!"

아니나 다를까, 뮤는 겁먹고 하지메의 가슴에 도로 얼굴을 파묻었다. 하지메의 눈썹이 치켜 올라갔다. 눈에 더욱 날을 세우고 이게 어떻게 된 일이냐고 모험가들을 째려봤다. 모험가들은 울 것 같은 얼굴로 터무니없는 소리 하지 말라며 속으로 외쳤고, 결국 하지메 옆에 있는 여성들에게 도움을 바라는 애원의 눈빛을 보냈다.

그 시선을 받은 유에가 깊은 한숨을 쉬고는 뮤에게 다가가 조금 전 하지메가 한 것처럼 귓가에 무슨 말을 속삭였다. 그러자 뮤는 이번에도 조심스럽게 고개를 들어 다시 모험가들을 봤다. 모험가들은 당황하며 아양을 떨었다.

잠시 그런 모험가들을 물끄러미 보던 뮤가 무언가를 이해한 듯 헤벌쭉 웃으며 앙증맞게 손을 흔들었다. 그 미소와 몸짓이 너무 귀여운 나머지 험상궂은 남자들이 지금 처한 상황도 잊고서 흐뭇해했다. 하지메도 만족한 듯 다시 뮤를 어깨 위에 태우고, 모험가들에게는 더 이상 흥미가 없다는 양 카운터로 걸어갔다.

하지메 일행이 카운터로 향한 순간, 우당탕탕 쓰러지는 소리가 여기저기서 들렸지만 하지메는 그것을 무시하고 카운터 접수원에게 용건을 전달했다.

덧붙여 접수원은 귀여웠고 하지메와 엇비슷한 나이의 명랑해 보이는 아이였다. 판타지의 정석은 이곳에 있었나 보다. 문제는 평소에는 매력적일 접수원의 표정이 긴장으로 잔뜩 굳어 있다는 것이지만.

"지부장 있어? 휴렌 길드 지부장한테서 편지를 맡아 왔는데…… 본인에게 직접 전하라고 들었어."

하지메는 그렇게 말하며 자신의 스테이터스 플레이트를 접수원에게 건넸다. 접수원은 긴장하면서도 프로답게 자세를 바로잡아 스테이터스 플레이트를 받았다.

"아, 네. 그럼 확인하겠습니다. 휴, 휴렌 지부 길드 지부장님께 받은 의뢰……인가요?"

보통 일개 모험가가 길드 지부장에게 의뢰를 받는 일은 없기 때문에 접수원은 조금 수상쩍다는 표정을 보였다. 하지만 건네받은 스테이터스 플레이트의 정보를 보고 눈을 번쩍 떴다.

"그, 『금색』 랭크?!"

모험가 중에 『금색』 랭크를 가진 자는 열에 한 명도 되지 않으며 『금색』 랭크로 인증받은 자는 길드 직원에게도 정보가 알려진다. 당연히 이 접수원도 모든 『금색』 랭크 모험가를 파악하고 있었지만 하지메는 처음 보는 사람이었기에 저도 모르게 경악하고 말았다.

그 목소리에 모험가와 직원을 포함한 길드 내 모든 사람이 접수원과 마찬가지로 경악한 채 하지메를 응시했다. 건물 안이 조금 소란스러워졌다.

접수원은 자신이 개인 정보를 큰 소리로 떠들었다는 사실을 깨닫고 순간 새하얗게 질리더니 번개처럼 머리를 숙였다.

"죄, 죄송합니다! 정말로 죄송합니다!"

"아니야, 딱히 상관없어. 일단 지부장과 만나게 해줄래?"

"네, 넷! 잠시만 기다리세요!"

그대로 두면 끝도 없이 사과할 것 같은 접수원을 보고 하지메는 싱겁게 웃었다. 【우르 마을】에서 가볍게 전쟁을 치르고 【휴렌】에서 범죄 조직을 괴멸시키며 난리를 피운 이상, 이제 와서 자신의 비밀을 감춰 봤자 소용없는 일이라고 생각했다.

미녀, 미소녀 하렘을 거느리고 애까지 딸린, 소년 외모의 『금색』랭크 모험가에게 길드 안의 시선이 모두 몰렸지만 주목받는 건 일상다반사인지라 그러려니 하며 접수원을 기다렸다.

하지만 주목받는 데 익숙하지 않은 뮤는 불편해 보였고 그동안 다 함께 뮤를 달래야 했다. 티오의 달래는 방법은 정서 교육에 좋지 않을 것 같아 따귀를 날린. 그 일로 더욱 소란스러워졌지만 역시 무시했다.

그리고 5분도 지나지 않아 길드 안쪽에서 누군가가 급속도로 달려오는 소리가 들렸다.

무슨 일인가 싶어서 일행이 소리가 나는 쪽을 주목하자, 카운터 옆 통로에서 온몸을 검은 옷으로 감싼 소년이 바닥을 미끄러지며 맹렬히 뛰쳐나와 누군가를 찾듯이 주위를 두리번거렸다.

하지메는 그 인물이 낯이 익었다. 이런 곳에서 재회하리라고는 생각지도 못한 터라 무심결에 눈을 휘둥그렇게 뜨고 중얼거렸다.

"……엔도?"

그랬다. 그곳에 있던 사람은 하지메와 같은 반이었던 엔도 코스케였다.

하지메가 중얼거린 말에 모 골판지 박스를 좋아하는 용병 게임의 적병처럼 머리에 『!』를 띄운[8] 엔도는 다시 주위를 두리번거렸다. 하지만 좀처럼 그 인물을 찾지 못하자 짜증이 난 듯 큰 소리로 외치기 시작했다.

"나구모? 여기 있어?! 너야?! 어딨어, 나구모! 살아 있으면 튀어나와! 나구모 하지메에에!"

기차 화통을 삶아 먹은 듯한 소리에 무심코 귀를 손가락으로 틀어막는 사람이 속출했다. 그 목소리에는 그저 죽은 줄 알았던 반친구가 살아 있을지도 몰라 확인하고 싶다는 마음 이상으로 절실함이 묻어 있었다.

일행의 시선이 일제히 하지메에게 쏟아졌다. 하지메는 아직도 자신의 이름을 고래고래 불러 대는 엔도를 보고 볼을 긁

#8 머리에 『!』를 띄운 게임 『메탈 기어』 시리즈. 적병이 수상한 소리를 듣거나 주인공을 발견하면 머리 위에 느낌표가 출현한다.

적이며 그다지 관여하고 싶지 않다는 표정을 지으면서도 말을 걸었다.

"어…… 엔도? 귀 안 먹었으니까 그렇게 큰 소리로 사람 이름 외치지 말아줄래?"

"……?! 나구모! 어디야?!"

엔도는 하지메의 목소리에 반응해서 고개를 하지메 쪽으로 휙 돌렸다. 너무나도 절실한 그 얼굴에 하지메는 자기도 모르게 인상을 찌푸렸다.

엔도는 한순간 하지메와 눈이 마주쳤지만 곧장 하지메에게서 눈을 돌려 다시 주변을 두리번거리기 시작했다.

"젠장! 목소리는 들리는데 모습이 안 보여! 귀신이냐? 역시 한이 맺혀서 떠돌고 있냐?! 나한테는 안 보이는 거냐고!"

"아니, 눈앞에 있잖아, 멍청아. 그보다 좀 진정해. 존재감 흐릿함 랭킹 세계 1위."

"……?! 또 목소리가?! 그보다 누가 편의점 자동문조차 반응하지 않을 만큼 존재감이 흐릿하다 못해 존재 자체가 흐릿해서 언젠가 사라질 것 같은 사람이냐! 자동문은 세 번에 한 번은 열리거든!"

"세 번에 두 번은 안 열리는 거냐……. 명불허전이군."

거기까지 말을 나누고 나서야 겨우 눈앞에 선 백발 안대 남자가 대화하는 본인이라고 눈치챈 듯 엔도는 하지메의 얼굴을 뚫어지게 바라봤다. 하지메는 남자가 쳐다본다고 기뻐하는 취향은 없어서 싫은 표정으로 고개를 돌렸다. 엔도는 설마설마하며 말을 건넸다.

"너, 너…… 네가 나구모……야?"

"……그래. 생긴 건 이 모양이지만, 누가 뭐래도 나구모 하지메야."

엔도는 머리부터 발끝까지 뜯어봐도 기억 속 하지메와 너무 달라 반신반의했지만, 얼굴 윤곽이나 자신의 흐릿한 존재감을 알고 있는 것을 보아 겨우 믿기로 한 모양이었다.

"너…… 살아 있었어?"

"지금 눈앞에 있는 거 보면 알잖아."

"뭔가, 많이 변했는데……. 생긴 것도, 분위기도, 말투도……."

"나락 밑바닥에서 자력으로 기어 올라왔으니 어느 정도는 변하지."

"그, 그런가? 아니, 그래도…… 정말로 살아 있었어……. 다행이다."

엔도는 무심한 하지메의 태도에 당혹스러웠지만, 그래도 죽은 줄 알았던 반친구가 사실 살아 있었다는 것을 알고 안도한 듯 눈가를 누그러뜨렸다.

아무리 카오리의 관심을 받아서 다른 남자들과 마찬가지로 질투심을 가지고 있었다고 해도, 그리고 히야마 패거리의 괴롭힘을 못 본 척해 왔다고는 해도, 죽어도 상관없다는 무시무시한 생각을 할 리가 없었다. 하지메의 죽음은 큰 충격이었다. 그래서 엔도는 순수하게 그의 생존이 기뻤다.

"그런데 너…… 모험가를 하고 있었어? 게다가 『금색』이라

니……."

"그냥 그렇게 됐어."

하지메의 대답에 엔도의 표정이 급변했다. 반친구가 살아 있었다는 사실에 안도하는 표정에서 궁지에 내몰린 표정으로…….

그제야 하지메는 엔도의 온몸이 엉망이라는 것을 깨달았다. 대체 무슨 일이 있었나 싶어 속으로 고개를 갸우뚱거렸다.

"……즉, 미궁 심층부에서 자력으로 생환할 수 있는 데다가 모험가 최고 랭크를 받을 정도로 강하다는 뜻이지? 믿어지지 않지만……."

"뭐, 그렇겠지."

엔도가 진지한 표정으로 묻자 하지메는 긍정했다. 엔도는 하지메에게 뛰어들다시피 하여 어깨를 붙잡고, 전보다 더 절실한 목소리로 표정을 비통하게 일그러뜨리며 애걸했다.

"그럼 부탁이야! 같이 미궁에 들어가 줘! 빨리 안 가면 다 죽을 거야! 싸울 사람이 한 명이라도 더 필요해! 켄타로와 쥬고도 죽을지 몰라! 부탁이야, 나구모!"

"자, 잠깐 있어 봐. 갑자기 뭐야?! 상황을 전혀 모르겠다고. 죽는다니 무슨 소린데? 아마노가와가 있으면 어지간한 일은 해결되잖아? 게다가 멜드 단장이 있으면 두 번 다시 베히모스 때와 같은 실수도 안 할 테고……."

하지메는 평소 눈에 띄지 않는 엔도의 심상치 않은 절박함에 당황하며 되물었다. 그러자 엔도는 멜드 단장의 이름이 나온 순간, 몹시 어두운 표정을 짓고 털썩 주저앉았다. 그 후 치솟는 감정을 억누르는 듯 낮고 탁한 목소리로 중얼거렸다.

"……었어."

"뭐? 안 들려. 크게 말해 봐."

"……죽었다고! 멜드 단장도, 앨런 씨도, 다른 사람도 전부 다! 미궁에 들어간 기사는 다 죽었어! 날 도망가게 하려고! 나 때문에! 죽었어! 죽었다고!"

"그래……."

하지메는 경기를 일으킨 아이처럼 「죽었다」를 되풀이하는 엔도에게 단 한마디로 답했다.

하지메의 천직이 비전투 계열인 까닭에 하지메와 멜드 단장의 접점은 그다지 많지 않았다. 하지만 멜드 단장이 훌륭한 성품을 가진 인물이란 사실은 기억하고 있었고, 하지메가 나락에 떨어진 날의 마지막 순간에 『무능』한 자신을 믿어줬다는 것도 기억하고 있었다.

나락에서 막 나왔을 때의 하지메라면 그가 죽었다는 말에 그저 무심한 대답만 하고 말았을지도 모른다. 하지만 지금은 가슴속에 조금 아쉬움이 스쳤다. 적어도 마음속으로 명복을 빌 정도로는…….

"그래서, 무슨 일이 있었는데?"

"그건……."

하지메의 질문에 엔도는 무릎을 꿇은 채로 정황을 이야기하려고 했다. 그런데 그때 누군가가 쉰 목소리로 제지했다.

"그 뒷야기는 안쪽에서 들려줘야겠어. 그쪽은 내 손님 같군."

목소리의 주인은 예순을 넘은 듯한 남자였다. 체격이 좋고 왼쪽 눈에 큰 상처가 있어 박력을 느끼게 했다.

하지메는 아까 그 접수원이 옆에 있는 것을 보고 그가 길드 지부장이라고 짐작했다. 그리고 엔도의 통곡에 가까운 부르 짖음으로 길드에 들어왔을 때 맛본 흉흉한 분위기가 되살아 나는 것을 느꼈다. 이곳에서 할 이야기가 아니라는 판단에 고 분고분 따르기로 했다.

아마 엔도는 이미 이곳에서 같은 소란을 피웠을 테고 용사 일행과 기사단에게 무슨 일이 있었다는 것을 알리고 말았을 것이다. 길드에 들어왔을 때 느낀 이상한 분위기는 그 때문이 리라.

길드 지부장으로 생각되는 남자는 엔도의 팔을 잡고 억지 로 일으켜 세워 다짜고짜 길드 안쪽으로 데리고 갔다. 엔도는 상당히 정서가 불안한지 지금은 탈진한 사람처럼 맥없이 축 늘어져 있었다.

분명 이야기 내용이 예삿일은 아닐 것이라는 불길한 예감 을 느끼며 하지메 일행은 그 뒤를 따랐다.

"……마인족이라……."

모험가 길드 호르아드 지부의 응접실에 하지메의 중얼거리 는 목소리가 울렸다.

맞은편 소파에는 호르아드 지부장 로어 바와비스와 엔도가 앉았고 엔도의 정면에 하지메, 그 양옆에 유에와 시아, 시아의 옆에 티오가 앉아 있었다. 뮤는 하지메의 무릎 위에 있었다.

방금 그것이 엔도에게 정황을 다 듣고 하지메가 처음 꺼낸 말이었다. 마인족에게 습격당해 용사 파티가 벼랑 끝에 몰렸다는 이야기에 엔도와 로어 모두 심각한 표정을 짓고 있었다. 실내는 마치 공기가 진탕으로 변해 짓누르는 듯한 답답한 분위기로 차 있었다.

……그런데 하지메 무릎 위에 앉은 어린애가 다람쥐처럼 볼을 빵빵하게 부풀리며 과자를 먹는 탓에 심각함이 결여되었다. 뮤에게 그들의 이야기는 조금 이해하기 어려웠던 모양이지만 심각한 분위기는 느꼈는지 처음에는 불안해하고 있었다. 하지메가 그걸 보다 못해 과자를 준 것이었다.

"아니, 근데 그 애는 뭐야! 지금이 과자나 먹일 때냐?! 상황 파악 안 돼?! 다 죽을지도 모른다고!"

"히윽?! 아빠아!"

분위기를 깨는 뮤의 존재에 결국 참지 못한 엔도가 벌떡 일어나 손가락질하며 소리쳤다. 그것에 놀라 뮤가 작게 비명을 지르며 하지메에게 와락 안겼다.

당연히 하지메에게서는 상식을 벗어난 살기가 뿜어져 나왔다. 아빠는 딸의 적을 용서하지 않는다.

"이 자식이…… 이게 어디서 뮤한테 해코지야? 엉? 죽는다?"

"히윽?!"

엔도는 뮤와 같은 비명을 지르고 도로 소파에 앉았다.

"……아빠 다 됐어."

"아까는 은근슬쩍 『우리 애』라고 했잖아요~."

"이거야 원, 주인님은 에리센에서 얘랑 헤어질 수나 있을는지."

양옆에서 그런 소리가 들려왔지만 하지메는 무시했다. 그런 것보다 겁먹은 뮤를 어르는 것이 중요했다.

소파에 쓰러져 부들부들 떠는 엔도를 본체만체 하며 뮤를 어르는 하지메를 보고, 로어가 기가 막힌다는 표정을 짓고 끼어들었다.

"나구모. 이루와에게 받은 편지로 너에 관해서는 대충 알았다. 많이도 날뛴 모양이군?"

"뭐, 전부 본의 아니게 그렇게 된 거지만."

대답만큼 얼렁뚱땅 해낼 수 있는 일은 절대 아니었지만 아무렇지도 않게 어깨를 으쓱이는 하지메를 보고 로어는 재밌다는 듯 입꼬리를 올렸다.

"편지에는 네 랭크를 『금색』으로 승격시키는 것에 대한 지지 요청과, 가능한 한 편의를 봐 달라는 내용이 적혀 있었다. 나도 일단 사태의 개요 정도는 파악하고 있었지. ……그도 그렇게 고작 몇 명이서 마물 6만 대군을 섬멸하고 한나절 만에 휴렌에 뿌리 내린 범죄 조직을 괴멸시켰으니까. 쉽게 믿어지지 않는 일뿐이지만, 이루와 그 녀석이 확실하지도 않은 얘기를 편지까지 써서 전하리란 생각은 안 들어. 이제 나는 네가 실은 마왕이라고 해도 놀랍지 않을 거다."

로어의 말에 엔도가 눈을 크게 뜨고 경악했다. 자력으로 【오르크스 대미궁】 심층부에서 탈출했으니까 제법 강해졌을 거라고는 생각했지만 자신보다는 약하리라 생각했던 것이었다.

괜한 자만심이 아니라 하지메의 천직은 『연성사』라는 비전투 계열 직업이며, 원래 『무능』이라고 불렸던 인물이다. 『금색』 랭크라고는 해도 그것은 이세계 모험가의 기준이라서 자신들처럼 소환된 자와는 비교 대상이 되지 않는다. 그래서 기껏해야 파괴한 전이진 복구와 전투 보조 정도라면 가능하지 않겠느냐는 인식이었다.

원래 엔도가 모험가 길드에 있는 이유는 고랭크 모험가에게 코우키 일행의 구조를 부탁하기 위해서였다. 물론 심층부까지 데리고 갈 수는 없지만 적어도 전이진 보호 정도는 맡기고 싶었다.

주둔하는 기사단원도 있기는 하지만 그들은 왕국에 보고를 올리는 등 달리 해야 할 일이 있었고, 무엇보다 레벨이 너무 낮아서 고작해야 30계층 전이진을 지키는 게 한계였다. 70계층 전이진을 지키기 위해서는 적어도 『은색』 랭크 이상인 모험가 팀이 필요했다.

그렇게 생각한 엔도는 모험가 길드에 난입하여 2층 모험가들에게 자신들의 정황을 죄다 폭로했다. 그들의 협력을 요청하기 위함이었지만 인간족의 희망인 용사가 궁지에 몰린 것도 모자라 기사단 정예는 전멸, 더불어 의뢰는 70계층 전이진을 경비하라는 터무니없는 내용이었다. 모두가 엔도를 외면했고 동시에 인간족은 앞으로 어떻게 되느냐는 불안을 확산 시켰다.

그리고 소동을 깨달은 로어가 엔도의 목덜미를 잡고 안쪽

방으로 끌고 와서 사정을 캐내던 중에 하지메의 스테이터스 플레이트를 든 접수원이 달려온 것이었다.

그리하여 엔도는 자기가 하지메의 실력을 과소평가했다는 것을 깨달았고, 과거의 하지메를 아는 사람으로서 어쩌면 자기보다 실력이 뛰어날지도 모른다는 사실에 경악을 금할 수 없었다.

엔도가 놀란 나머지 굳어 있는 동안에도 로어와 하지메의 이야기는 진행되었다.

"그런 소리 하지 마. 일국의 왕 따위와 같은 취급받기 싫어."

"……마왕이 『따위』라니, 제법 큰소리를 치는군. 하지만 그것이 사실이라면 내 의뢰를, 모험가 길드 호르아드 지부장의 지명 의뢰를 받아줬으면 한다."

"……용사 일행을 구출하라고?"

엔도가 구출이라는 말을 듣고 퍼뜩 제정신으로 돌아왔다. 그리고 몸을 앞으로 쭉 빼면서 흥분하여 하지메에게 외쳤다.

"그, 그래! 나구모! 같이 구하러 가자! 네가 그렇게 강하다면 분명 애들을 구할 수 있을 거야!"

"……."

엔도는 희망이 보이기 시작하자 눈을 빛냈지만 하지메의 반응은 좋지 않았다. 다른 곳을 바라보며 무언가 생각을 하는 듯했다. 하지메가 두말없이 함께 구출에 나설 줄 알았던 엔도는 바로 대답이 돌아오지 않자 당황했다.

"왜 그래! 지금 이러고 있는 동안에도 애들이 죽어 가고 있을지도 모른다고! 동료잖아!"

"……동료?"

하지메는 생각을 하느라 돌리고 있던 시선을 원래대로 돌리고 흥분한 엔도를 차가운 표정으로 바라봤다. 그 눈동자에 서린 싸늘함에 엔도는 무심코 몸을 뒤로 뺐다. 조금 전의 살기를 떠올리고 주춤했지만 그래도 하지메라는 귀중한 전력을 놓칠 수는 없다고 반쯤 오기로 되받아쳤다.

"그, 그래. 다들 동료잖아! 그럼 도우러 가는 건 당연……."

"누구 마음대로 너희 동료래? 확실하게 말하겠는데, 내가 너희에게 가진 인식은 그냥 『동향 사람』 정도야. 그거 말곤 아무것도 없어. 남이나 마찬가지지."

"뭐?! 아니…… 너 무슨 소릴……."

하지메는 예상과 다른 냉담한 말에 당황하는 엔도에게서 눈을 돌리고 방금 하던 생각, 즉, 코우키 일행을 도왔을 경우의 손해를 생각했다.

스스로 말했다시피 하지메는 이미 반 아이들을 지인 정도로만 생각했다. 이제 와서 과거의 일을 들추어내어 복수하겠다는 생각도 없거니와, 반대로 가능한 한 힘이 되고 싶다는 생각도 없었다.

그렇다고 해서 무작정 버릴 것이냐고 하면 그것도 아니었다. 아이코 선생님이 말한 『쓸쓸한 삶』으로 이어지는 길이라고 생각하기 때문이었다. 그러지 않으면 【우르 마을】에서 경험한 모든 것이 허사가 된다.

더불어서 하지메는 그날 달빛 아래에서 나눈 대화를 떠올렸다. 이세계에 와서『무능』과『최약』이라는 딱지가 붙은 하지메를 직접 지키겠다던 여자아이. 결국 그녀가 느낀 불안대로 하지메는 무리한 행동 끝에 나락으로 떨어졌다. 그녀의 불안을 없애기 위해서『지켜 달라』고 약속했는데 결국 그 약속은 이루어지지 못했다.

그 마지막 순간 나락으로 떨어지는 하지메에게 이성을 잃고 비통한 표정으로 손을 뻗은 그녀를, 하지메는 왠지 이 마을에 돌아온 이후 빈번히 떠올렸다.

"시라사키는…… 걔는 아직, 무사했어?"

"어?"

하지메가 당황하는 엔도에게 작게 물었다. 엔도는 갑작스러운 질문에 한순간 의아하다는 반응을 보였지만, 일단 뭐라도 이야기를 하지 않으면 하지메가 협력하지 않을 것만 같아서 카오리에 관한 이야기를 주워섬겼다.

"그, 그래. 시라사키는 무사해. 걔가 없었으면 우리도 무사하지 못했을 거야. 처음 습격으로 쥬고와 야에가시가 죽었을 테니까……. 시라사키는 정말 대단해. 회복 마법이 장난 아니야……. 그날, 네가 떨어진 그날부터, 뭐라고 할까, 집중력이 광적이라고 해야 하나? 보는 사람이 말리고 싶어질 만큼 훈련에 몰두하더라니까……. 분위기도 조금 변했지. 조금 어른스러워지고 항상 무슨 상념에 잠긴 것 같아서 옛날처럼 맹한 분위기가 없어진 느낌이야."

"그래……?"

하지메는 묻지 않은 것까지 필사적으로 말하는 엔도에게 그 한마디만 돌려줬다. 그리고 잠깐의 침묵이 흘렀다.

하지메는 한 차례 크게 숨을 내쉬고 머리를 거칠게 긁으며 옆에서 자신을 보고 있던 사랑하는 파트너를 봤다.

"……하지메가 하고 싶은 대로 해. 나는 어디든 따라갈게."

"……유에."

유에는 자애로운 눈빛으로 살며시 하지메의 손을 잡고 그렇게 말했다. 하지메는 손을 마주 잡으며 말로 못 다할 감사를 눈빛에 담아서 마주 봤다.

"저, 저도요! 어디든 따라갈게요! 하지메 씨!"

"흠, 물론 나도 가마. 주인님."

"어, 어어…… 뮤도!"

하지메와 유에가 또 둘만의 세계를 만들기 시작하는 바람에 시아가 황급히 주장했다. 뮤는 뭐가 뭔지 잘 모르는 눈치였지만 일단 혼자 빠지기는 싫어서 하지메를 꽉 끌어안고 똑같이 따라했다.

하지메는 맞은편에서 어안이 벙벙하여 「뭐야, 이 하렘……」이라고 중얼거리는 엔도에게는 눈길도 주지 않고 동료들에게 자신의 의지를 전했다.

"다들 고마워. 신에게 선택받은 용사한테 굳이 관여하고 싶지는 않고, 너희를 끌어들이고 싶지도 않지만…… 의리를 지키고 싶은 사람이 있어. 그러니까 잠깐 도우러 갈까 해. 뭐,

다른 사람도 아니고 그 녀석들이니까 의외로 자기들끼리 해결하고 있을 것 같지만."

본심을 말하자면 하지메는 코우키 일행이 어떻게 되든 알 바 아니었고, 용사의 곁은 미치광이 신에게도 가깝다는 느낌이 들어서 굳이 다가가고 싶지 않았다.

하지만 하지메를 마음에 두고 무리하고 있을 카오리에게는 얼굴이라도 비치고 싶었다. 그리고 정말로 위기라면 겸사겸사 도울 생각이었다. 자신을 지켜주려고 한 일이나 아직도 생존에 대한 희망을 버리지 않은 카오리에게 의리를 지키고 싶다는 것은 그런 뜻이었다.

위험은 딱히 신경 쓰지 않았다. 엔도의 이야기에 따르면【우르 마을】에서 싸운 네눈박이 늑대가 나온 것 같은데 그것을 기준으로 생각하면 마물들의 수준은 뻔했다. 아마 나락의 미궁으로 치면 10층 이하의 힘을 가졌을 것이다. 아무런 문제도 되지 않는다.

"그, 그럼, 결론은 같이 가주는 거지?"

"그래. ……로어 지부장. 일단 대외적으로는 의뢰라고 해 두고 싶은데……."

"상층부가 무조건으로 도와준다고 생각하는 게 싫어서로군?"

"맞아. 그리고 하나 더. 돌아올 때까지 뮤를 위해 방을 빌려줘."

"좋아. 그 정도야 상관없지."

결국 하지메가 함께 가준다는 사실에 안도하여 깊은 숨을 토하는 엔도를 무시하고 하지메는 로어와 이야기를 일사천리로 진행했다.

아무리 문제가 되지 않는다고 해도 미궁 심층부까지 아이를 데리고 갈 수도 없는 노릇인지라 뮤는 길드에 맡기로 했다. 그때 뮤가 자신을 남겨 두고 간다는 것에 격한 저항을 보였지만 모두가 달래고 보모로 티오를 두고 가기로 하여 겨우겨우 말릴 수 있었다. 하지메, 유에, 시아는 엔도의 안내에 따라 미궁으로 출발했다.

"야, 빨랑 안내해, 엔도."

"으악, 엉덩이 걷어차지 마! 너 변해도 너무 변했잖아!"

"시끄러. 얼른 가서 하루…… 아니, 한나절 안에 끝낼 거야. 어쩔 수 없는 일이라지만 뮤를 두고 가는 거니까 빨리 돌아와야지. 같이 있는 게 변태라서 걱정이야."

"……정말로 애 아빠 행세를 하고 있네. 미소녀 하렘까지 만들질 않나……. 대체 무슨 일이 있었길래 그 나구모가 이렇게 됐는지 원……."

엔도는 대미궁 심층부를 향해서 질주하며 하지메의 태도와 주변 환경이 이해되지 않는 양 투덜거렸다.

강력한 도우미가 있다는 상황에 조금은 마음의 여유를 되찾은 듯했다. 떠들 시간이 있으면 더 빨리 달리라고 툭툭 치는 하지메에게 민첩 능력치가 높다는 자신감이 박살 나긴 했지만 엔도는 친구들이 무사하길 빌었다.

"윽……."

"앗, 스즈!"

"스즈!"

스즈가 신음 소리와 함께 몸을 뒤척이면서 천천히 눈을 떴다. 그런 스즈 옆에서 한시도 떨어지지 않던 카오리와 에리가 기쁨을 드러내며 이름을 불렀다. 스즈는 잠깐 멍하게 눈만을 데굴데굴 움직였지만 머지않아 천천히 입을 열었다.

"모, 모르는 천장이다~#9."

"스즈, 네 예능 정신은 알았으니까 이런 때까지 웃기려고 할 필요 없어."

스즈는 목이 바싹 말랐는지 갈라진 목소리로 힘겹게 개그를 펼쳤지만 그녀의 목소리를 듣고 달려온 시즈쿠가 황당함과 감탄이 반씩 섞인 표정으로 한마디 했다. 그리고 옆에 있는 가죽 물통을 입가에 가져가 수분을 섭취하도록 했다.

꼴깍꼴깍, 귀엽게 목을 울리며 물을 마신 스즈는「되살아났다! 말 그대로!」라고 웃지 못할 농담을 하면서 어렵사리 자리에서 몸을 일으켰고 카오리와 에리가 몸을 부축했다.

빈사 상태에서 의식을 찾자마자 곧바로 밝은 분위기를 퍼뜨리는 학급 제일의 분위기 메이커를 보고, 조금 전까지 가라앉아 있던 아이들도 입가에 미소를 지었다.

하지만 그 밝은 분위기와는 반대로 스즈의 안색은 좋지 않았다. 피로도 있겠지만 피가 부족해서 그런 것이리라. 얼굴은

#9 모, 모르는 천장이다~ 애니메이션「신세기 에반게리온」의 주인공인 신지의 대사.

창백했고 눈 아래에도 흐릿한 다크서클이 생겨 미소가 조금 애처로웠다. 몸 몇 군데를 관통당하고도 자리를 털고 일어나기가 무섭게 웃음을 보이는 점은 틀림없이 스즈의 강인함이었다. 시즈쿠와 카오리도 그런 스즈에게 존경 섞인 눈빛을 보냈다.

"스즈, 아직 누워 있어. 상처는 아물어도 흘린 피는 돌려놓을 수 없으니까……."

"음~, 이 어질어질한 느낌은 그거 때문이구나~. 그 녀석 두고 봐~. 이렇게 프리티한 스즈에게 구멍을 뚫다니……『뚫렸어♡』는 침대 위에서 하고 싶었는데!"

"스즈! 상스럽게! 말 좀 가려서 해!"

스즈가 원통한 시선을 허공으로 보내며 말하자 에리가 볼을 붉히고 스즈를 나무랐다. 노무라와 나카노가 그만 픕 웃음을 터뜨렸지만 시즈쿠가 한번 노려보자 눈을 슬그머니 돌렸다.

"스즈, 눈을 떠서 다행이야. 걱정했어."

"야, 괜찮아? 얼굴 새파란데?"

코우키와 류타로가 일어나자마자 소란스러운 스즈에게 미소 지으며 다가왔다.

코우키는 한때 『한계 돌파』의 후폭풍과 뼈아픈 패배로 침울해 있었지만 이 즉석 은신처에 도망친 후로 제법 시간이 지나 컨디션이 돌아온 모양이었다.

"안녕, 코우키, 류타로! 어떻게 도망쳤나 봐? 보자, 다들 무사…… 응? 한 명 부족한 것 같은데…… 기분 탓인가?"

"아, 그건 엔도야. 걔만 먼저 보냈어. 은형이 있으니까 혼자서도 계층을 돌파할 수 있을 거라고 생각해서."

코우키와 류타로에게 웃으며 인사한 스즈는 주위 사람을 둘러보고 인원이 부족하다는 것을 깨달았다. 스즈는 전투 중 의식을 잃었기에 그녀 주위에 모인 아이들은 의문에 답하고 현재 상황을 설명했다.

참고로 콘도와 사이토도 이미 석화가 해제되어 스즈보다 일찍 눈을 떴고 먼저 사정을 설명받았다.

"아하, 내가 기절하고 시간이 제법 지났나 보네……. 아, 그렇지. 카오링, 고마워! 카오링은 내 생명의 은인이야!"

"스즈, 치료는 내 역할이야. 당연한 일을 한 것뿐이니까 은인이라고 생각할 거 없어."

"크으, 자신에게 엄격한 카오링도 멋져! 결혼하자."

"스즈…… 창백한 얼굴로 말해도 무섭기만 해. 일단 누워서 좀 더 쉬어."

카오리에게 달라붙고 에리에게 혼난다. 과하면 시즈쿠에게 물리적 제재를 받는다. 평소와 무엇 하나 다르지 않았다. 두 번 다시 살아서 지상으로 돌아갈 수 없는 게 아닐까 하고 생각하던 다른 아이들도, 패배에는 신경 쓰지 않는다는 듯한 그들의 대화에 차츰 마음의 여유를 찾기 시작했다.

하지만 그렇게 밝아지기 시작한 분위기에 찬물을 끼얹는 인간은 언제 어디에나 있게 마련이다.

"……뭐가 좋아서 실실 웃고 있어? 우린 죽을 뻔했다고. 심지어 상황은 전부 그대로야! 장난칠 시간 있으면 어떡할지를 생각해!"

스즈를 노려보며 고함친 사람은 콘도였다. 말은 하지 않아도 옆에 있는 사이토도 비난하듯 쳐다보고 있었다.

"이봐, 콘도. 그렇게 말할 건 없잖아? 스즈는 분위기를 띄우려고……."

"시끄러워, 인마! 네가 나한테 무슨 말 할 처지냐? 네가, 네가 져서! 나는 죽을 뻔했다고! 빌어먹을! 용사는 무슨……."

콘도를 다그치려고 코우키가 입을 열자 콘도는 불에 기름을 부은 것처럼 대뜸 격앙하였고 이번에는 코우키를 비난했다.

"이 자식이…… 누구 덕분에 도망칠 수 있었다고 생각하냐? 코우키가 길을 터줘서 살았잖아!"

류타로가 당장에라도 달려들 것 같은 노성으로 받아쳤다. 그에 지지 않겠다고 콘도가 맞대꾸했다.

"애당초 이겼으면 도망칠 필요도 없을 거 아니냐고! 처음부터 위험하다는 게 뻔히 보였어. 마인족의 제안을 받아들이는 척하고 나중에 쓰러뜨리면 됐는데! 멋대로 싸움부터 시작한 게 누구야! 전부 네 탓 아니냐고! 책임져!"

콘도가 벌떡 일어섰고 류타로와 마주 서서 눈싸움을 벌였다. 콘도에게 공감하는지 사이토와 나카노도 일어서서 류타로와 대치했다.

"류타로, 나는 됐으니까 참아. 콘도, 책임은 질게. 이번에야말로 지지 않겠어! 이미 마물의 특성은 파악했고 기습은 안 통해. 이번에는 반드시 이길 거야!"

코우키는 주먹을 쥐며 그렇게 역설했지만 사이토가 어두운 눈빛으로 조용히 말했다.

"……하지만 『한계 돌파』를 써도 못 이겼잖아?"

"그, 그건…… 이, 이번에는 괜찮아!"

"무슨 근거로?"

"이번에는 처음부터 『카무이』를 놈에게 먹일 거야. 그러니까 다들 그걸 엄호해주면……."

"그래도 긴 영창을 외면 성가신 공격을 해 올 게 뻔하잖아? 저쪽도 대책을 세우지 않았겠어? 게다가 마물이 그게 다라는 보장도 없고."

코우키가 괜찮다고 말해도 세 사람은 코우키의 실력에 대한 불신감이 싹텄는지 의구심을 드러내며 저마다 꼬투리를 잡았다.

지금 코우키에게 책임이나 반드시 이긴다는 보장을 바라 봤자 소용이 없지만 죽을 뻔했다는 사실, 상대의 상상을 초월하는 힘과 머릿수에 평정을 잃은 듯했다.

금방 감정이 격해지는 류타로가 거품을 물고 반론하는 것 또한 그들을 흥분시키는 요인일 것이다. 차츰 격해지는 그들의 언쟁을 말리고자 끼어든 츠지와 요시노, 노무라도 포함해서 험악한 분위기가 흘렀다.

끝내는 류타로가 주먹을 들고 콘도가 창을 겨누기에 이르렀다. 은신처 안이 단숨에 긴장감으로 팽만해졌다. 코우키가 류타로의 이름을 외치며 그의 어깨를 잡아 제지하려고 했지만,

류타로는 어지간히 열이 올랐는지 이마에 핏대를 세운 채 콘도를 노려볼 뿐 말을 듣지 않았다. 콘도도 거의 오기로 물러서지 않았다.

"다들 진정해! 무슨 말을 해도 살아남으려면 코우키를 믿을 수밖에 없어! 코우키의『한계 돌파』제한 시간 안에 어떻게든 그 여자를 쓰러뜨려야 해. 그 여자가 우리를 놓칠 생각이 없다면 그 수밖에 없어. 잘 알잖아?"

시즈쿠가 두 사람 사이에 끼어들어 냉정해지라고 필사적으로 설득했지만 역시 별 효과가 없었다. 스즈가 비틀거리며 일어나서 콘도에게 사과를 해도 들을 생각이 없는 모양이었다. 카오리가 차라리 모두를 한번 구속해야 할지도 모르겠다고 생각해서 몰래『박광인』을 준비하기 시작했을 때…… 그 소리가 들렸다.

"그르르르르르……"

""""……?!""""

짐승이 으르렁거리는 소리였다. 어디서 많이 들은 낮게 울리는 소리.

모든 이의 머릿속에 키메라와 검은 네눈박이 늑대의 모습이 스쳤고 지금까지 험악하던 분위기가 순식간에 사라지며 경직됐다. 미세한 숨소리마저 괜스레 크게 들리는 기분이 들어 자연스럽게 호흡이 가늘어졌다. 시선이 통로 앞에 위장한 벽으로 집중됐다.

벅! 벅! 후욱! 후욱!

벽 너머에서 무언가를 긁는 소리와 거친 숨소리가 들렸다. 누군가가 침을 꿀꺽 삼켰다. 냄새 등의 흔적은 엔도가 없애줬을 테니, 설령 강력한 마물이라도 벽 안쪽에 있는 일행을 감지할 수는 없을 것이다. 머리로는 그렇게 생각해도 긴장으로 몸이 뻣뻣해지고 식은땀이 흘러나왔다.

완전히 회복되려면 아직 조금 시간이 필요했다. 스즈의 경우는 도저히 전투가 가능한 상태가 아니었고, 카오리와 츠지도 치료로 마력을 너무 많이 소비해서 거의 회복되지 않았다. 전방조는 대부분 완치되었지만 마법이 주체인 후방조는 절반 정도밖에 마력을 회복하지 못했다. 회복 계열 약도 거의 바닥나서 적어도 앞으로 몇 시간은 회복을 기다리고 싶었다.

특히 회복 담당인 카오리와 츠지, 그리고 방어의 주축인 스즈가 빠지는 것은 간과할 수 없는 구멍이었다. 그래서 코우키 일행은 제발 아직 발견하지 말라고 애원하는 마음으로 바깥쪽 방과 은신처를 나누는 벽을 바라봤다.

잠시 바깥을 배회하던 마물의 기척이 서서히 멀어져 갔고 다시 정적이 돌아왔다. 그런데도 한동안은 모두 미동조차 하지 않았다. 완전히 떠난 것을 알자 참았던 숨을 한 번에 토했고 몇 명은 그 자리에 풀썩 쓰러졌다. 극도의 긴장으로 땀이 폭포수처럼 흘렀다.

"……그대로 떠들었으면 들켰을 거야. 부탁이니까 지금은 조용히 회복에 전념해줘."

"그, 그래……."

"아, 알았어……."

시즈쿠가 볼을 타고 흐르는 땀을 손으로 거칠게 털어 내며 말했다. 말썽을 일으키던 아이들도 어색한 표정으로 감정을 누그러뜨렸다. 그야말로 난데없이 찬물을 뒤집어쓴 기분이리라.

일단 위기를 벗어났다고 모두가 어깨에서 힘을 뺐다. ……그 순간─.

"크아아아아아아!"

살 떨리는 포효와 함께 은신처와 바깥을 가르는 벽이 산산조각 났다.

"으악?!"

"꺄아아!"

충격으로 튄 벽의 잔해가 총알이 되어 은신처 안으로 날아들었고 직선상에 있던 콘도와 요시노에게 직격했다. 두 사람은 비명을 지르며 그만 엉덩방아를 찧었다.

다음 순간, 아연실색한 일행 앞에 아직 마주하고 싶지 않던 일렁이는 공간이 뛰어들었다.

"전투태세!"

"젠장! 왜 들킨 거지?!"

코우키가 호령하며 곧장 성검을 뽑아 키메라에게 달려갔다. 움직임이 멈추면 보이지 않게 되므로 거리를 둘 수 없었다. 류타로는 욕을 내뱉고 바깥으로 이어진 통로 앞에 자리 잡아 마물이 더 침입하지 못하도록 막으려고 했다.

하지만─.

"우오오오오오오!"

"으윽!"

직후 브루탈이 그 강철 같은 몸을 포탄처럼 날려 태클을 걸었다. 그리고 류타로를 덥석 끌어안아 그대로 쓰러졌다.

그 틈에 검은 고양이 몇십 마리가 한꺼번에 침입했고, 즉각 몇십 개의 촉수를 뻗었다. 탄막처럼 빼곡한 촉수는 말싸움하던 상태로 그 자리에 굳어 있던 콘도 패거리 쪽을 향해 가차 없이 날아왔다. 순간 손에 든 무기로 받아치려고 했으나 그러기에는 촉수의 수가 너무 많았다. 그대로 몸이 벌집이 되는가 싶었지만······.

"······『천절』!"

"······『천절』!"

서른 장의 빛나는 장벽이 그들 눈앞에 비스듬히 출현했고 아슬아슬하게 궤도를 비켜나게 했다. 극적으로 짧은 영창으로도 간신히 장벽을 발동한 기량은 누구나 혀를 내두를 정도였다. 스무 장의 장벽은 스즈가 열 장은 카오리가 만든 것이었다.

다만 역시나 순간적으로 만든 것인 데다가 스즈는 몸 상태가 좋지 않았고 카오리는 마력이 거의 소진된 상태였다. 그 사실은 장벽의 강도로 여실히 드러났다.

장벽이 부서지는 소리가 연속으로 메아리쳤다. 각도를 비스듬히 틀어 충격을 완화하고 있을 텐데도 촉수의 맹공에 버티지 못하고 잇따라 깨졌다. 그리고 촉수 중 몇 개가 비스듬한 장벽을 직선으로 관통하여 그 너머에 있던 표적, 나카노와 사이토에게 엄습했다.

두 사람은 반사적으로 몸을 틀었지만 모두 후방조라서 신체 능력은 그다지 좋지 않았다. 그래서 치명상은 피했어도 나카노는 어깻죽지, 사이토는 허벅지 살이 도려져 나가 비명을 지르며 나가떨어졌다.

"신지! 요시키! 제길! 다이스케, 도와줘!"

"아, 알았어."

히야마는 은신처에 숨은 후 쭉 뭔가 생각에 빠져 있었다. 콘도는 그런 히야마에게 마음을 써서 말을 붙이지 않았지만 지금은 그럴 처지가 아니었다.

콘도는 부상당한 나카노와 사이토를 스즈 옆으로 끌고 갔다. 상태가 좋지 않다고는 해도 마력은 제법 남은 스즈 옆이 가장 안전지대기 때문이었다. 게다가 옆에 있는 쪽이 카오리의 치료도 받기 쉬웠다.

"큭, 코우키! 『한계 돌파』를 써서 밖으로 나가! 방 안에 있는 녀석들은 우리가 알아서 할게!"

"하지만 못 움직이는 애들이……."

"이대로 가면 밀릴 거야! 부탁해! 집중 돌파해서 마인족을 쳐!"

"코우키! 이쪽은 맡겨 둬! 절대로 죽게 놔두진 않을 테니까!"

"……알았어! 여긴 맡길게! 『한계 돌파』!"

시즈쿠와 류타로의 말에 잠깐 고민했으나, 확실히 지금 상황을 타개하려면 그 방법밖에 없을 듯했다. 코우키는 결연한 표정으로 오늘 두 번째 『한계 돌파』를 발동했다.

『한계 돌파』를 하루 이상 시간을 두지 않고 연속 사용하면 몸에 상당한 부담을 초래한다. 그렇기 때문에 보통 『한계 돌파』의 지속 시간은 8분 정도지만 어쩌면 지금은 더 짧을지도 모른다. 그렇게 예상한 코우키는 다른 모든 것에서 관심을 끊고 마인족 여성을 쓰러뜨리는 것에만 집중한 채 은신처를 뛰쳐나갔다.

은신처에서 커다란 정팔각형 방으로 나온 코우키의 눈에, 떼거리로 모인 마물과 그 안쪽에서 흰 까마귀를 어깨에 앉히고 주위를 마물로 철저하게 둘러싼 마인족 여성이 차가운 눈빛으로 서 있는 게 보였다.

코우키는 자신들을 이런 궁지에 몰리게 한 분노와 친구를 구하겠다는 사명감에 마음을 부추기며 여성을 똑바로 노려봤다.

"흥, 번거롭게 하기는……. 나는 이것 말고도 중요한 임무가 있다고."

"닥쳐! 너는 내가 반드시 쓰러뜨린다! 각오해라!"

코우키가 그렇게 선언하고 짧은 영창과 함께 성검에 마력을 주입했다. 영창을 한 『카무이』보다 훨씬 약해 그녀에게는 닿지 않겠지만, 길을 뚫을 수는 있으리라 믿고 무영창 『카무이』를 쏘려고 했다.

하지만 빛이 강해지는 성검을 앞에 둔 여성은 희미하게 웃음 짓고는, 자신의 주위에서 대기 중인 브루탈에게 명령해 무언가를 뒤쪽에서 끌고 왔다.

코우키는 미심쩍어했지만 그『무언가』의 정체를 보고 놀라지 않을 수 없었다. 하마터면 들고 있는 성검을 떨어뜨릴 뻔했다. 그리고 눈을 크게 뜨며 떨리는 목소리로 그의 이름을 불렀다.

"……메, 멜드 씨?"

그랬다. 브루탈이 목덜미를 잡고 있는 사람은 온몸을 피로 물들이고 죽어 가는 멜드 단장이었다. 척 보기에는 몸 전체가 이완되어 이미 죽은 것 같았지만 드문드문 들리는 약한 신음이 그의 생존을 증명했다.

"이, 이 자식이! 멜드 씨를 놔──!"

코우키가 멜드 단장의 몰골에 격앙해서 이성을 잃은 듯 여성에게 돌진하려던 순간, 노리고 있었던 것처럼 절묘한 타이밍에 대뜸 거대한 그림자가 코우키를 덮쳤다. 아차 싶어 돌아본 코우키의 눈에 벽처럼 거대한 주먹이 공기마저 파열시킬 만큼 무시무시한 속도로 다가오는 광경이 비쳤다.

코우키는 본능적으로 왼팔을 들어 방어했지만 그 막대한 위력을 동반한 주먹은 방어한 왼팔을 아무렇지 않게 뭉개 버리고 코우키의 몸에 강렬한 충격을 고스란히 전달했다. 코우키는 덤프트럭에 부딪친 것 같은 속도로 튕겨 나가 꽝음과 함께 벽에 격돌했다. 등을 부딪친 벽이 그 충격을 견디지 못하고 거미집처럼 갈라졌다.

"커헉!"

충격으로 폐 속 공기를 강제로 토하며 벽에서 미끄러져 내린 코우키는 멀쩡한 오른팔로 땅을 짚어서 쓰러지려는 몸을 아득바득 지탱했다. 그 입에서 선지피를 토하는 것으로 보아 방금 일격 때문에 내장까지 상한 듯싶었다.

뇌진탕도 일으켰는지 코우키의 초점이 맞지 않는 시선이 필사적으로 사태를 파악하고자 주변을 헤맸다. 그리고 발견했다. 방금까지 코우키가 있던 장소에 주먹을 내민 채 아쉬워하는, 몸길이가 3미터는 될 거대한 마물을……

그 마물은 육식 동물 같은 이빨이 자란 말 머리에, 근육으로 우락부락한 상반신에는 터질 듯이 두꺼운 팔이 네 개 자랐고 하반신은 고릴라 같은 괴물이었다. 핏발 선 눈으로 코우키를 노려보며 기다란 말 주둥이로 숨을 쉴 때마다 김을 뿜었다. 명백히 지금까지 본 마물과는 비교가 안 되는 분위기였다.

그 말 머리는 내지른 주먹을 거두고 아직도 일어서지 못하는 코우키에게 자비 없는 살기를 내비치면서 돌진했다. 그리고 코우키가 웅크린 곳 조금 앞에서 도약해 힘껏 젖힌 주먹을 코우키의 머리 위로 세차게 내려찍었다.

코우키는 급하게 경종을 울리는 본능에 따라서 바닥을 데굴데굴 굴러 죽자 살자 그 자리를 벗어났다.

그 직후 말 머리의 주먹이 바닥에 꽂혔고 그와 동시에 검붉은 파문이 퍼지는가 싶더니 굉음과 함께 바닥이 폭발했다. 그야말로 폭쇄라는 표현이 어울릴 공격이었다.

그것은 말 머리의 고유 능력 『마충파(魔衝波)』였다. 효과는 단순히 마력을 충격파로 변환하는 것이었지만 단순하기에 무서우리만큼 강력한 고유 마법이기도 했다.

가까스로 뇌진탕만은 회복한 코우키가 필사적으로 일어서서 성검을 세워 들었다. 하지만 그때는 이미 말 머리가 눈앞까지 다가와 다시 주먹을 뻗고 있었다.

코우키는 성검을 방패로 삼았지만 왼팔이 완전히 부러져 오른팔 하나로는 충격을 흘려 넘기지 못해 다시 날아가게 됐다. 그 후로도 코우키는 겨우겨우 치명상만은 피했으나 네 팔에서 나오는 『마충파』를 피하는 것만으로 힘에 부쳤다. 그리고 처음 일격의 피해가 생각보다 심각해서 몸놀림이 둔해져 반격의 실마리를 잡지 못했다.

"으윽! 뭐야, 이 힘은! 나는 『한계 돌파』까지 썼는데?!"

"루아아아아!"

괴롭게 인상을 찌푸리며 『한계 돌파』 발동 중인 자신을 압도하는 말 머리 마물에게 초조함을 더해 가던 코우키는, 이대로는 점점 밀릴 뿐이니 살을 주고 뼈를 취하자는 각오로 반격에 나서려고 했다.

하지만 그 결의를 실행하기 직전 코우키의 다리에서 힘이 쭉 빠졌다.

"윽?!"

기어이 코우키의 『한계 돌파』가 끊긴 것이었다. 단시간에 두 번이나 사용한 폐해일까. 지금까지 겪은 것보다도 격심한 권태감에 휩싸여 앞으로 내디디려던 다리에 힘이 들어가지 않았다.

말 머리가 그 틈을 놓칠 리 없었다. 갑자기 힘이 풀려 쓰러진 코우키의 배에 말 머리의 주먹이 쿵 하는 충격음을 내며 파고들었다.

"컥!"

토혈을 흩뿌리며 몸이 90도로 꺾여서 날아간 코우키는 다시 벽에 부딪쳤다. 『한계 돌파』의 부작용으로 약화된 코우키의 의식은 맥없이 끊겼다. 육체적으로도 빈사의 중상을 입어 쓰러진 채로 손가락 하나 까딱하지 않았지만, 즉사하지 않은 것은 아마 말 머리가 힘을 뺐기 때문이리라.

말 머리가 코우키에게 다가가서 목덜미를 잡아 들었다. 그리고 완전히 의식을 잃고 늘어진 코우키를 마인족 여성에게 바치듯이 보이자, 여성은 그것에 만족한 듯 고개를 끄덕이고 은신처에 돌입시킨 마물들을 불러들였다.

얼마 안 있어 시즈쿠를 필두로 경계심을 띤 일행이 나타났다. 그리고 처음 보는 거대한 말 머리 마물이 축 늘어진 코우키를 들고 있는 것을 보고 표정이 절망으로 물들었다.

"뭐야……? 코우키가…… 졌어?"

"그, 그럴 수가…….."

의미 없는 말들이 흘러나왔다.

시즈쿠와 카오리, 스즈조차 말이 나오지 않는지 그저 멍하니 서 있을 뿐이었다. 전의를 상실한 그들에게 여성이 냉랭한 태도를 유지하며 말을 걸었다.

"흥, 이런 단순한 방법에 걸리다니……. 세상을 우습게 보는 꼬맹이라고는 생각했지만, 정말로 그랬나 보네."

시즈쿠가 새파란 낯빛으로도 목에 꼿꼿하게 힘을 주고 마인족 여성에게 물었다.

"……무슨 짓을 한 거야?"

"응? 이거야, 이거."

여성은 그렇게 말하며 아직 브루탈에게 잡혀 있는 멜드 단장에게 눈길을 줬다. 그 시선을 좇은 시즈쿠는 죽어 가는 멜드 단장을 본 순간 이해했다. 여성이 코우키의 허점을 만들기 위해 멜드 단장을 이용했다는 것을……. 아는 사람이 빈사 상태로 잡혀 있으면 코우키는 반드시 반응할 것이다. 그것도 상당히 냉정함을 잃고서…….

아마 여성은 이전 싸움에서 코우키의 감정적인 성격을 파악했을 것이다. 그리고 온존해 둔 강력한 마물을 키메라의 고유 능력 같은 것으로 숨겨 놓고 코우키가 격앙해서 달려든 순간을 노린 게 아닐까.

"……그래서? 우리에게 뭘 원해? 구태여 살려 놓고 이렇게 대화까지 받아주는 걸 보면 뭔가 볼일이 남은 거지?"

"아, 역시 네가 제일 상황 판단을 잘하는 모양인걸. 뭐, 별 건 아니고, 전에 너희 반응을 봐서 한 번만 더 권유해 볼까 했거든. 전에는 용사가 멋대로 다 정해 버렸잖아? 너희 중에도 제법 우수한 인재는 있는 것 같으니까 한 번만 더 기회를 주려는 거야. 자, 어때?"

마인족 여성의 말에 몇 명이 반응했다. 그것에 개의치 않고 시즈쿠는 주눅 드는 일 없이 다시 의문을 표했다.

"……코우키는 어떻게 할 생각이야?"

"후후, 똑똑하네……. 미안하지만 용사는 살려 둘 수 없어. 이쪽에 붙으리란 생각도 안 들고 설득도 안 되잖아? 이 애는 남의 말을 듣지 않는 인간 같거든. 그러니까 이런 위험인물을 살려 둘 이유는 없어."

"……그건 우리도 마찬가지잖아?"

"물론 그렇지. 후환이 된다는 것을 알면서도 살려 둘 리 있겠어?"

"당장은 말을 듣는 척하다가 나중에 배신할 거라고는 생각 안 하나 봐?"

"왜 안 하겠어? 그러니까 목줄 정도는 채울 거야. 아, 안심해도 돼. 저항하지 못하게 할 뿐이지 자율성까지 빼앗는 건 아니니까."

"자유로운 노예 같은 건가? 자유의사는 인정하지만, 주인은 해칠 수 없는……."

"그래, 바로 그거야. 이해력이 좋아서 다행인걸. 그리고 용사와 달리 말이 통하는 게 마음에 들어."

시즈쿠와 마인족 여성의 대화를 묵묵히 듣던 다른 멤버들이 불안과 공포로 흔들리는 눈동자를 감추지 못하고 눈빛을 주고받았다. 여성의 제안을 받아들이지 않으면 코우키조차 감당하지 못한 마물들에게 공격받아 십중팔구 죽을 것이고, 그렇다고 마인족에게 붙으면 목줄에 매여 두 번 다시 그들과 싸울 수 없게 된다.

그것은 다시 말해 실질적으로 『신의 사도』가 아니게 된다는 뜻이었다. 그렇게 되어 생환했을 때, 과연 성교 교회는 도움이 되지 않는 자신들을 보호해줄 것인가……. 그리고 원래 세계로 돌아갈 수 있을 것인가…….

어느 쪽이 됐건 희망적 미래가 보이지 않는다. 하지만—.

"나, 나는 저 사람의 권유를 받아들여야 한다고 생각해!"

아무도 말을 꺼내지 못하는 가운데, 의외로 에리가 떨면서 강하게 말을 쥐어 짜냈다. 아이들은 에리의 반응에 놀란 듯 눈을 크게 떠서 그녀를 주목했다.

필사적으로 제안한 에리에게 분노로 붉으락푸르락하는 류타로가 고함쳤다.

"에리, 너 인마! 코우키를 버릴 작정이냐!"

"꺄?!"

"류타로, 진정해! 에리, 왜 그렇게 생각해?"

에리는 서슬 퍼런 류타로에게 겁먹은 듯 뒷걸음질 쳤지만 시즈쿠가 류타로를 달래자 간신히 멈춰 섰다. 그리고 심호흡 후 주먹을 꽉 쥐며 속내를 털어놓았다.

"나, 나는 그냥…… 여기서 다 죽는 게 싫어서…… 코우키는…… 나는 어떡하면 좋을지…… 우, 흑……."

에리는 눈물을 뚝뚝 흘리면서 열심히 말을 쥐어짰고 그런 그녀를 본 다른 아이들의 마음이 흔들렸다. 추가로 에리에게 찬동하는 사람이 한 명 나타났다.

"나도 나카무라와 같은 의견이야. 이미 우리 패배는 확정됐어. 전멸하든가, 살아남든가. 고민할 필요도 없잖아?"

"히야마…… 그건 코우키는 어떻게 되든 상관없다는 뜻이냐? 어?"

"그럼 사카가미, 너는 이미 싸울 수 없는 아마노가와랑 동반 자살 하라는 소리냐? 우리 전부?"

"그게 아니야! 그건 아니지만……!"

"대안이 없으면 입 다물고 있어. 지금은 한 명이라도 더 살아남는 게 중요한 거 아니야?"

히야마의 발언으로 분위기는 더욱 권유를 받아들여야 한다는 쪽으로 기울었다. 히야마 말대로 죽고 싶지 않으면 제안을 받아들일 수밖에 없었다.

그래도 순순히 그것을 선택하지 못하는 것은, 코우키를 버리고 자신들만 살아남아도 되는가 하는 죄책감이 원인이었다. 마치 자신들이 코우키를 적에게 팔아넘기고 살아남는 것 같아서 선뜻 결정을 내리지 못했다.

그런 그들을 향해 마인족 여성이 기막힌 타이밍에 다시 제안해 왔다.

"흐응? 용사 하나 때문에 그렇게 고민하는 거라면…… 살려 줄까? 물론 너희와는 비교가 안 되게 강한 목줄을 채우겠지만. 그 대신 다들 마인족 측에 붙어줘야겠어."

시즈쿠는 그 제안을 듣고 속으로 혀를 찼다. 마인족 여성이 처음부터 그렇게 제안할 생각이었단 것을 짐작한 것이다. 정말 코우키를 죽일 생각이었다면 지금 이 시점에 살아 있다는 것 자체가 이상했다. 귀찮게 생포할 것 없이 곧바로 죽이면 됐을 테니까.

그러지 않고 지금까지 살려 둔 것은 바로 이 순간을 위해서였다. 아마도 마인족 여성은 저번 싸움을 보고 자신들이 유용한 인재임을 인정했을 것이다. 하지만 대화의 여지조차 주지 않는 코우키는 넘어오지 않으리라 확신했고 다른 이들은 알 수 없었다. 그래서 나머지 사람들을 마인족에 끌어들이고자 작전을 짠 것이었다.

그 작전이란 첫째, 코우키를 죽이지 않아 반감을 사지 않는 것. 둘째, 생사의 갈림길까지 내몰아 선택을 강요하는 것. 그리고 셋째, 『그것만 아니면』이라는 생각을 품도록 유도하고 적절한 타이밍에 그 문제점을 없애주는 것이었다.

실제로 코우키를 살려준다는 말에 아이들은 살아남을 수도 있고 죄책감도 들지 않는다며 마인족에게 따르자는 분위기로 넘어가기 시작했다.

정말로 코우키를 살려줄지에 관해서는 아무런 보장도 없다. 죽은 후에 후회해 봤자 그때는 이미 마인족에게 거스를 수 없다. 그래도 그냥 죽는 것보다는 낫지 않을까?

시즈쿠 또한 위험성을 알면서도 제안을 받아들이는 쪽으로 마음의 천칭이 기울어 있었다. 지금 이 순간 살아남기만 한다면 코우키를 구할 가망도 있을지 모른다.

마인족 여성도 이곳에서 용사 일행을 끌어들이는 것에는

큰 이점이 있었다. 하나는 두말할 것도 없이 인간족에게 안겨 줄 충격이었다. 인간족의 희망인『신의 사도』가 고스란히 마인 족에게 넘어가는 것이니 그 충격…… 아니, 절망은 보통이 아 닐 것이다. 이것은 마인족에게 대단히 큰 이점이었다.

두 번째는 전력 보충이었다. 마인족 여성이【오르크스 대미 궁】에 온 진짜 목적은 미궁 공략으로 얻을 수 있는 거대한 힘 이었다. 이곳까지는 수중의 마물로 간단히 소탕할 수 있는 수 준이었지만 앞으로도 그럴 것이라는 보장은 없었다. 게다가 몇 마리는 코우키 일행이 죽여서 수도 줄었기 때문에, 전력 보 충이라는 의미에서도 그들을 손에 넣는 것은 도움이 되었다.

이대로만 가면 그들이 손아귀에 떨어진다. 분위기로 그것을 깨달은 여성이 희미한 미소를 머금었다.

하지만 그 미소는 갑작스럽게 울린 힘겨운 목소리에 곧 사 라졌다.

"다, 다들…… 안 돼……. 따르지 마……."

"코우키!"

"아마노가와!"

목소리를 낸 사람은 공중에 매달린 코우키였다. 아이들의 눈이 일제히 코우키 쪽으로 향했다.

"……속지 마……. 기사단 사람들을…… 죽였어……. 믿으 면…… 안 돼……. 인간과 싸우게 돼……. 노예가 된다고……. 도망쳐……. 나는 됐으니까…… 한 명이라도 더…… 도망……."

코우키가 금방이라도 끊어질 것 같은 숨소리로 거래의 위험성을 알리며 그런 거래를 할 바에야 자신을 두고 죽기 살기로 도망치라고 주장했다. 하지만 히야마가 고개를 저었다.

"……이 상황에서 대체 몇 명이 살아남을 수 있을 줄 알고? 제발 현실을 봐! 우리는 이미 졌어! 기사들은…… 원래 서로 죽고 죽이는 관계잖아! 어쩔 수 없다고! 한 명이라도 더 살아 남고 싶다면 따르는 것 말고 무슨 방법이 있어?!"

히야마의 노성이 울렸다. 이 마당에 이르러서 아직도 물러 서려고 하지 않는 코우키를 증오스럽게 쳐다봤다. 히야마는 뭐가 어찌 되든 확실하게 살아남고 싶었다. 최악의 경우 다른 멤버가 모두 죽는다고 해도 자신과 카오리만은 살아남길 바랐다. 이판사판 도주극으로는 살아남을 가능성이 낮았다.

마인족에게 붙어도 열심히 자신의 유용성을 증명하면 중요 시될 가능성은 충분히 있고 그렇게 되면 카오리를 가질 수 있 을지도 모른다. 물론 목줄을 채워 자유의사를 제한한 상태 로……. 히야마는 딱히 카오리에게 자유의사가 없어도 전혀 상 관없었다. 어쨌든 카오리를 자기 소유물로 만들면 충분했다.

아이들은 히야마의 노성에 더욱 확실한 미래로 마음이 기 울어 갔다.

그런데 그때 또 한 번 고통스러운, 하지만 힘찬 목소리가 방 에 울려 퍼졌다. 작은 목소리인데도 왠지 잘 울리는 낮은 목 소리. 싸움터에 서면서 대체 몇 번이나 그 목소리가 용기를 주고 마음을 지탱해줬던가. 어떤 상황에서도 정확하게 판단 하며 힘차고 망설임 없이 전해지는 말. 커다란 등으로 모범을 보이는 그 모습이 얼마나 믿음직스러웠던가. 모두가 형, 오빠처럼, 혹은 아버지처럼 따르던 남자. 멜드 단장의 목소리였다.

"으…… 너희…… 너희는 살아남는 것만 생각해라! ……너희가 믿는 길로 가거라! ……우리 전쟁에…… 말려들게 해서 미안하다……. 너희와 지낸 시간이 길어질수록…… 후회가 커져갔다……. 그러니까, 살아서 고향으로 돌아가거라……. 인간족에 관해선 신경 안 써도 된다……. 처음부터…… 이건 우리의 전쟁이었다!"

멜드 단장의 말은 하일리히 왕국 기사단 단장의 말이 아니었다. 그저 한 남자의, 멜드 로긴스의 말이었다. 입장을 버린 멜드 단장의 본심. 그것을 드러낸 이유는 이것이 마지막임을 깨달았으니까…….

코우키 일행이 멜드 단장의 이름을 중얼거리며 눈을 휘둥그렇게 뜬 것과, 그가 몸에서 빛을 발하며 브루탈을 뿌리치고 뛰쳐나가 마인족 여성을 붙잡은 것은 동시였다.

"마인족…… 함께 가줘야겠다!"

"으, 그건……. 오호라, 자폭하시겠다? 장렬한걸. 그런 거 싫진 않아."

"맘대로 지껄여라!"

빛이 멜드 단장을 감쌌다. 언뜻 코우키의 『한계 돌파』처럼 몸에서 마력을 뿜어내는 것 같았지만 정확히는 몸이 아니라 목에 건 보석에서 나오는 듯했다.

마인족 여성은 관련 지식이 있었는지 그것을 보자마자 정체를 간파했다. 그리고 멜드 단장의 행동을 차라리 시원시원해서 좋다며 칭찬했다.

그 보석의 이름은 『마지막 충성』. 마인족 여성이 말했다시피 자폭용 마도구였다. 왕국과 성교 교회의 고위급 인물은 당연히 그만큼 중요한 정보도 가지고 있다. 그런 높은 지위에 있는 자가 전선에 나갈 경우 강제적으로 지참하게 되는 물건이었다. 어둠 계열 마법 중에는 기억을 일부 읽는 것이 존재하기 때문에, 여차하면 기억을 읽을 수 없도록 적과 함께 자폭하라는 의도로…….

말 그대로 멜드 단장의 목숨을 건 마지막 공격에 코우키 일행은 비명처럼 그의 이름을 불렀다. 하지만 그런 일행의 반응과는 반대로 자폭에 말려들어 죽을지도 모르는 마인족 여성은 전혀 여유를 잃지 않았다.

그리고 멜드 단장이 가진 『마지막 충성』의 빛이 한층 더 강해지며 발동하려는 그 직전에 한마디 중얼거렸다.

"먹어치워라, 앱소드."

여성의 목소리가 들린 직후, 임계 상태에 달한 『마지막 충성』에서 흘러나오던 빛이 급속도로 사라졌다.

"아닛?! 대체 무슨……!"

자세히 보니 흘러나온 빛은 어디론가 서서히 흘러들어 가는 것 같았다. 멜드 단장이 필사적으로 마인족 여성을 붙잡은 채 시선만 그쪽으로 돌리자, 그곳에는 다리가 여섯 개 달린 거북형 마물이 커다란 입을 벌린 채 멜드 단장을 감싼 빛을 몽땅 흡수하고 있었다.

육족 거북 마물, 앱소드. 그 고유 마법은 『마력 저축』. 임의의 마력을 흡수해서 체내에 비축할 수 있는 능력이다. 동시에여러 속성 마력을 흡수하거나 다른 마법으로 재이용할 수는없고 기껏해야 압축해서 다시 입으로 뱉는 게 전부다. 하지만그 저축량은 상급 마법조차 남김없이 빨아들일 정도라서 마법을 주력으로 하는 자에게는 천적이라고 할 수 있었다.

멜드 단장을 감싼 『마지막 충성』의 빛이 급속도로 사라지며결국 단순한 보석으로 전락해 버렸다. 멜드 단장이 마지막 발버둥을 예상치 못한 방법으로 저지당해 망연자실해 있을 때갑자기 충격이 덮쳤다. 그다지 강하지 않은 충격이었다. 멜드단장은 대체 뭔가 하고 충격이 퍼진 곳인 자신의 배를 내려다봤다.

그곳에는 적갈색의 꺼끌꺼끌한 칼날이 돋아 있었다. 정확하게 말하면 모래로 된 칼날이 멜드 단장을 배부터 등까지 꿰뚫은 것이었다. 등으로 튀어나온 칼날에는 걸쭉한 피가 묻었고 칼끝에는 핏방울이 맺혀 떨어졌다.

"……멜드 씨!"

코우키가 피를 토하면서도 목청껏 멜드 단장의 이름을 외쳤다. 멜드 단장이 그 목소리에 반응하여 자신의 배에서 코우키에게로 눈길을 옮겼다. 그리고 눈썹을 내리깔며 입만 움직여미안하다고 전한 후 원통한 웃음을 지었다.

그 후, 마인족 여성이 모래 칼날을 옆으로 휘둘러 멜드 단장을 날려 버렸다. 인형처럼 힘을 잃고 바닥에 부딪친 멜드 단장을 중심으로 조금씩 피 웅덩이가 넓어졌다. 누가 봐도 치명상이었다. 빈사의 몸으로 그만큼 움직인 것도 경이적이었지만 이번에는 정말로 끝이라고 모두가 생각했다.

순간, 이미 늦었다는 것을 알면서도 카오리가 원격으로 회복 마법을 멜드 단장에게 사용했다. 미세하게 출혈량이 준 것처럼 보였지만 카오리 본인의 마력이 이미 거의 남지 않아서 상처는 아물 기미가 보이지 않았다.

"제발, 부탁이야! 나아라!"

카오리는 마력이 고갈되다시피 하여 격심한 권태감에 무릎을 꿇으면서도 사력을 다해 회복 마법을 사용했다.

"설마 저 상처로 일어나서 달라붙을 줄은 몰랐어. 과연 왕국의 기사단장이야. 높이 평가하겠어. 하지만 이번에야말로 끝…… 이게 하나의 말로야. 너희는 어떻게 할 거지?"

마인족 여성이 붉게 물든 모래 칼을 가볍게 털면서 코우키 일행을 흘겼다. 또 눈앞에서 가까운 사람이 죽는 광경을 보고 일부를 제외한 모두가 소스라쳤다. 마인족 여성의 제안을 받아들이지 않으면 다음엔 자신이 그렇게 될지도 모른다는 것을 싫어도 알게 되었다.

히야마가 대표로 제안을 받아들이고자 마인족 여성에게 말을 꺼내려고 했다. 그런데 그때—

"……지 마."

아직 말 머리에게 잡혀 공중에 힘없이 늘어져 있는 코우키가 나지막한 목소리로 무슨 말을 중얼거렸다. 만신창이라 아무런 위협도 되지 않을 터인데 왠지 무시할 수 없는 압력을 느낀 히야마는 말을 도로 삼켰다.

"응? 뭐라고? 다 죽어 가는 용사님."

마인족 여성도 코우키의 목소리를 들었는지 어차피 또 부질없는 소리를 외칠 뿐이라고 코웃음 치며 물었다. 코우키는 떨구고 있던 고개를 들어 똑바로 마인족 여성을 노려보았다.

마인족 여성은 코우키의 안광을 보고 덜컥 숨을 삼켰다. 그 눈동자가 은백색으로 변해 빛나고 있었던 것이다. 정체 모를 위압감에 무심코 뒷걸음질 치며, 본능이 울리는 경종에 따라서 말 머리에게 명령을 내렸다. 다른 이들을 회유하는 데 유리하다 불리하다 따위를 따질 상황이 아니라고 본능적으로 깨달았기 때문이었다.

"아하트드! 죽여!"

"루오오오!"

말 머리, 아하트드는 마인족 여성의 명령을 충실히 실행하여 『마충파』를 발동한 두 주먹으로 코우키를 찍어 죽이려고 했다.

하지만 그 순간 코우키에게서 빛이 터져 나왔고, 눈부신 빛줄기가 회오리처럼 돌며 천장으로 솟구쳤다. 그리고 코우키가 오른손 주먹을 날리자 자신을 잡은 아하트드의 팔이 으드득 소리를 내며 나뭇가지처럼 부러져 버렸다.

"루오오오!"

아하트드는 아까와는 다른 톤으로 절규하면서 그만 코우키를 놔 버렸고, 코우키는 부상을 당했다고는 믿어지지 않는 몸놀림으로 아하트드에게 돌려 차기를 꽂았다.

대포 같은 충격음을 내며 직격한 발차기는 아하트드의 거구를 90도로 꺾어 포탄처럼 뒤쪽 벽을 향해 날려 버렸다. 꽝음과 함께 벽에 박힌 아하트드는 충격으로 몸이 마음대로 움직이지 않는지 아득바득 벽에서 탈출하려고 했지만 몸을 달싹거리는 게 고작이었다.

코우키는 천천히 몸을 흔들며 손을 뻗었다. 그러자 바닥에 떨어진 성검이 반응해서 날아와 코우키의 손으로 돌아왔고 코우키는 꿰뚫어 죽일 듯한 안광으로 마인족 여성을 쏘아봤다. 동시에 회오리처럼 솟구치던 빛줄기가 코우키의 몸에 모이기 시작했다.

—『한계 돌파』 최후의 파생 기능 [+패궤(覇潰)].

보통 『한계 돌파』가 제한 시간 안에 한하여 기본 스테이터스를 세 배로 끌어올리는 데 비해, 『패궤』는 기본 스테이터스의 다섯 배 힘을 얻을 수 있다. 그러나 이미 한계 돌파를 한 상태에서 억지로 힘을 끌어내야만 하는 관계로, 지금 코우키의 상태로는 30초 발동이 한계였고 효과가 끊긴 후의 부작용도 막심했다.

하지만 코우키는 그런 위험을 개의치도 않고 분노에 몸을 맡겨 마인족 여성에게 돌진했다. 지금 코우키의 머릿속에 있는 것은 멜드 단장의 원수를 갚겠다는 일념, 복수의 감정뿐이었다.

여성이 당황하여 주위 마물을 코우키에게 보냈다. 키메라가 기습을 걸었고, 검은 고양이가 촉수를 날렸으며, 브루탈이 메이스를 휘둘렀다. 하지만 코우키는 그런 마물들에게는 눈길조차 주지 않고 성검으로 단칼에 휩쓸어버렸다. 그리고 성난 고함을 지르면서 단 한 번도 멈추지 않고 마인족 여성의 코앞까지 뛰어갔다.

"네가! 감히 멜드 씨를!"

"쳇!"

코우키는 머리 위까지 쳐든 성검을 주저 없이 내리쳤다. 마인족 여성은 혀를 차며 냉큼 모래의 밀도를 높여 방패를 만들었지만…… 눈부신 빛을 발하는 성검은 모래 방패를 종잇장처럼 잘라 버리고 그 뒤에 있는 여성을 베었다.

모래 방패를 만들고 뒤로 물러난 덕분에 두 동강 나는 꼴은 면했으나 몸이 사선으로 깊게 찢긴 여성은 피를 흩뿌리며 뒤로 날아갔다. 그리고 뒤쪽 벽에 격돌한 후 부서진 벽에 등을 맞대고 주르륵 미끄러져 내렸다.

코우키가 성검을 치켜들고 여성 곁으로 다가갔다.

"웬걸…… 그 상황에서 역전할 줄이야……. 마치 삼류 연극이라도 보는 기분이야."

위기에 빠지면 숨겨진 힘이 각성해서 역전한다는 뻔하디뻔한 전개. 마인족 여성이 다가오는 코우키를 체념한 눈으로 바라보며 빈정거리듯 입을 이죽거렸다.

옆에 있는 흰 까마귀가 고유 마법을 발동해도 상처가 깊어서 바로는 낫지 않을 것이고 코우키도 그런 여유는 주지 않으리라. 마인족 여성은 완전히 체크메이트라며 오른손을 움직여 품속에서 로켓 펜던트를 꺼냈다.

그것을 본 코우키가 설마 멜드 단장처럼 자폭이라도 할 속셈인가 하고 험악한 표정으로 단숨에 접근했다. 마인족 여성 혼자만 죽는다면 몰라도 그 자폭이 아이들까지 말려들게 하지 않으리란 보장은 없었다. 그래서 발동하기 전에 해치우겠다는 생각으로 마지막 일격을 휘두르고자 했다. 하지만―.

"미안…… 먼저 갈게……. 사랑해, 미하일……."

마인족 여성은 사랑하는 이를 그리는 표정으로 손에 든 펜던트를 보며 중얼거렸다. 그 말에 코우키는 무심코 손을 멈춰 버렸고, 여성은 각오한 충격이 오지 않자 의아함에 고개를 들어 자신의 머리 몇 밀리미터 위에서 정지한 성검을 봤다.

코우키는 무언가에 놀란 듯 눈이 튀어나올 만큼 크게 뜨고 여성을 내려다보고 있었다. 그 눈동자에는 무엇인가를 깨달은 코우키의 공포와 망설임이 맺혀 있었다.

그 눈동자를 본 마인족은 무엇이 코우키의 검을 멈추게 했는지 정확하게 알아차렸고 경멸의 눈빛을 돌려줬다. 그 눈빛에 코우키는 더욱 동요했다.

"어이가 없어서……. 설마 이제 와서 겨우 눈치챈 거야? 『사람』을 죽이려고 한다는 걸……."

"……?!"

그랬다. 코우키에게 마인족이란 이슈타르에게 배운 대로 잔인하고 비열하며 교활한 마물의 상위 존재, 혹은 진화한 마물 정도로 인식했었다. 실제로 마물과 함께 있으며 마물을 부리는 것이 그 인식을 부추겼다. 자신들과 마찬가지로 누군가를 사랑하고, 누군가에게 사랑받으며, 무언가를 위해 아둥바둥 살아가는, 싸우는 『사람』이라고는 생각하지 않았다. 혹은 무의식중에 그렇게 생각하길 꺼렸을지도 모른다…….

하지만 여성이 사랑하는 이를 그리며 그의 이름을 부르는 목소리에 그 인식이 뒤집혔다. 자신이 지금 죽이려고 하는 상대가 마물이 아니라 자신들과 같은 『사람』이란 사실을 불가피하게 깨달아 버렸다. 자신이 하려는 일이 『살인』이라고 인식하고야 만 것이다.

"설마 우리를 『사람』으로조차 생각하지 않았다니…… 참 오만하군그래."

"아, 아냐……. 나는 그저 몰라서……."

"하, 『알려고도 하지 않았던』 거겠지."

"나, 나는……."

"자, 뭐해? 어차피 싸움도 아니라 그냥 『사냥』이잖아? 눈앞에 죽어 가는 **한 마리**가 있어. 얼른 죽이지그래? 네가 이때까지 그래 왔듯이……."

"……마, 말로 하자……. 마, 말을 나누면 분명……."

코우키가 성검을 내리고 그렇게 말했다. 마인족 여성은 그런 코우키를 진심으로 경멸스럽게 쳐다보고 대답 대신 큰 소리로 명령을 내렸다.

"아하트드! 여자 검사를 노려! 전 부대, 공격!"

충격에서 회복한 아하트드가 여성의 명령에 따라 시즈쿠에게 맹돌진했다. 사람을 끌어들이는 카리스마로는 코우키에게 미치지 못할지언정, 일행 중 가장 냉정한 상황 판단력을 가진 시즈쿠가 제일 성가신 상대라고 판단해 가장 먼저 노린 것이었다.

다른 마물들도 일제히 시즈쿠 외의 멤버를 공격하기 시작했다. 우수한 인재에게 목줄을 채워 배신하게 만드는 것보다 코우키를 죽이는 데 이용해야 한다는 판단에서였다. 그만큼 마인족 여성에게 코우키의 마지막 공격은 위협적이었다.

"아니, 왜?!"

"자기가 뭘 하는지도 모르나 보군. 우리는 『전쟁』을 하고 있다고! 미숙한 정신에 강대한 힘, 너는 너무 위험해! 무슨 일이 있어도 여기서 죽어줘야겠어! 자, 네 친구들을 구하지 않으면 전멸할 거다!"

코우키는 자신의 제안을 무시한 마인족 여성에게 의문을 던졌지만 마인족 여성은 말을 받아주지 않았다.

그리고 여성의 말에 코우키가 돌아보자 마침 시즈쿠가 나가떨어져 바닥을 구르고 있었다.

아하트드는 강력한 마물들조차 상대가 되지 않는 괴물 중의 괴물이다. 기습으로 부상당했다고는 하나 『한계 돌파』 중인 코우키가 꼼짝없이 당했을 정도인 괴물이기에 시즈쿠가 홀로 대항할 수는 없었다.

새파랗게 질린 코우키가 『패궤』의 힘을 사용해 순식간에 시즈쿠와 아하트드 사이에 끼어들어 간발의 차로 『마충파』를 받아 냈다. 그리고 반격으로 성검을 휘둘러 팔 하나를 날려 버렸다.

하지만 그대로 결정타를 가하고자 가까이 파고든 순간, 방금 전 일을 재현하듯 무릎에서 힘이 빠져 그대로 앞으로 고꾸라졌다.

『패궤』의 제한 시간이 다 된 것이었다. 그리고 최악의 사태가 이어졌다. 무리에 무리를 거듭한 대가는 약체화처럼 녹록하지 않았다. 몸이 마비된 듯 손가락 하나 옴짝달싹할 수 없게 되고 말았다.

"하, 하필 이럴 때!"

"코우키!"

쓰러진 코우키를 감싸기 위해 시즈쿠가 아하트드의 팔 절단면을 노리고 참격을 날렸다. 제아무리 아하트드라도 상처를 칼로 도려내자 참지 못하고 절규하며 후퇴했다. 그사이에 시즈쿠는 코우키를 잡아서 일행 쪽으로 던졌다.

코우키가 움직일 수 없게 되었고 아이들은 마물 무리에게 포위당해 버티는 것이 고작인 상황. 그렇다면…… 자기가 할 수밖에 없다며 시즈쿠는 마인족 여성을 노려봤다. 그 눈동자에 깃든 것은 틀림없는 살기였다.

"……그래, 너는 사람을 죽인다는 걸 자각하고 있나 보군.

오히려 네가 용사라고 불려야 할 것 같은데?"

마인족 여성은 흰 까마귀의 고유 마법으로 완치되었는지 비틀거리지도 않고 똑바로 일어나서 시즈쿠를 평가했다.

"……그런 건 아무래도 상관없어. 코우키에게 자각이 없던 건 우리 잘못이기도 해. 그 책임은 내가 지겠어!"

시즈쿠는 코우키의 감정적이고 맹목적인 성격을 뻔히 알고 있었다. 지금까지 진짜 사람을 상대할 기회가 없었다고는 하나, 코우키의 행동과 인식을 통일시키지 않은 것, 즉, 자신들이 살인을 저지르는 것이라고 알려주지 않은 것에 책임을 느끼며 이를 갈았다.

시즈쿠도 살인을 저지른 경험은 없었다. 경험하고 싶다는 생각도 결코 없었다. 하지만 전쟁을 한다면 언젠가 이런 날이 오리라 각오는 하고 있었다. 검술을 배우면서 사람을 해하는 일의 『무거움』도 철저하게 교육받았다.

하지만 막상 때가 닥치니 각오는 여지없이 흔들렸고 자신이 하려는 행위의 무게에 겁먹어 체면도 없이 울음을 터뜨릴 것만 같았다. 그래도 시즈쿠는 이를 악물고 그 공포를 필사적으로 억눌렀다.

그리고 신속의 발도술로 마인족 여성을 베고자 『무박자』를 발동하기 위한 준비에 들어갔다.

하지만 그 순간, 등에 오한이 확 끼치며 본능이 급박하게 경종을 울렸다. 지체하지 않고 공중제비를 돌아 그 자리에서 물러나자 검은 고양이의 촉수가 방금 있던 자리를 꿰뚫었다.

"너를 아하트드만 공격할 거란 소린 안 했어. 결의는 대견하지만 아하트드와 다른 마물을 상대하면서 나를 죽일 수 있을까?!"

"큭."

"물론 나도 가만히 있지는 않을 거야."

그러면서 마인족 여성은 마법을 영창하기 시작했다.

시즈쿠는 『무박자』로 예비 동작 없는 급격한 가속과 감속을 반복하면서 마물의 파상 공격을 피해 어떻게든 마인족 여성에게 파고들 틈을 노렸지만 그 표정은 차츰 절망으로 물들어 갔다.

무엇보다 괴로운 것은 아하트드가 시즈쿠의 속도를 따라온다는 점이었다. 그 둔해 보이는 거구와 반대로 그 눈은 시즈쿠를 놓치지 않았고, 시즈쿠가 허점을 노리고 여성에게 뛰어들려고 해도 어느샌가 시즈쿠 옆으로 와 충격을 동반한 폭격을 퍼부었다.

시즈쿠는 속도에 특화한 검사여서 방어력은 매우 낮았다. 공격은 피하거나 받아넘기는 것이 방어의 기본이었다. 그 때문에 완전히 피할 수도 받아넘길 수도 없는 『마충파』의 여파만으로 조금씩 피해가 축적되었다.

그리고 결국 축적된 피해에 시즈쿠의 몸놀림이 아주 조금 둔해졌다. 그것은 아슬아슬한 줄다리기에서는 치명적 허점을 낳았다.

"아으으윽!"

순간적으로 칼과 칼집을 방패로 썼지만 아하트드의 주먹은 시즈쿠의 파트너를 반쯤 분쇄하고 그대로 시즈쿠의 어깨에 박혔다.

시즈쿠는 바닥과 수평을 이루며 날아가 몸을 세차게 부딪친 뒤 땅에 미끄러졌고 결국 힘없이 드러누웠다. 오른쪽 어깨가 크게 내려앉았고 팔이 본래 꺾이지 않을 각도로 꺾여 있었다. 뼈가 완전히 으스러진 모양이었다. 몸에도 충격이 전해졌는지 쿨럭거릴 때마다 피를 토했다.

"시즈쿠!"

카오리가 초조한 목소리로 시즈쿠를 불렀지만, 시즈쿠는 부러진 검의 칼자루를 쥐면서도 웅크린 채 움직이지 않았다.

그때 카오리의 머리에서 멤버 간의 진형이나 마력 잔량, 자신이 가 봤자 의미가 없다는 이성적 판단은 죄다 사라졌다. 있는 것은 오직 『소중한 친구 곁으로 가야만 한다』는 마음뿐이었다.

카오리는 충동에 이끌려 달렸다. 마력이 거의 남지 않아 몸이 무겁고 걸음이 위태로웠다. 뒤에서는 만류하는 목소리가 울려 퍼졌지만 카오리의 귀에는 들어오지 않았다. 그저 가야만 한다는 일념으로 시즈쿠를 향해 무모한 돌격을 시도했다. 당연히 마물들이 무방비한 카오리를 가만히 둘 리 없었고 인정사정없이 공격이 쇄도했다.

하지만 그 공격들은 모두 빛나는 장벽에 가로막혔다. 무수한 장벽이 통로처럼 늘어서서 카오리와 시즈쿠를 하나의 길로 이었다.

"에헤헤. ……역시, 혼자는 싫지?"

스즈였다. 창백한 표정으로 오른손을 시즈쿠를 향해 들고 모든 장벽을 카오리와 시즈쿠를 잇는 데 사용했다. 그 표정에는 옅은 웃음이 떠올라 있었다.

스즈는 깨달은 것이다. 자신들은 이미 틀렸단 것을……

그래서 좋아하는 친구들을 마지막 순간까지 함께 있게 해주기 위해 자신의 마력을 쓰자고 생각했다. 당연히 그만큼 다른 아이들의 방어가 허술해졌지만…… 스즈는 마음속으로 미안하다고 사과하면서도 카오리와 시즈쿠를 위해 계속 장벽을 펼쳤다.

스즈의 장벽으로 카오리는 다소 상처를 입으면서도 시즈쿠 곁에 도착했다. 그리고 웅크린 시즈쿠의 몸을 살며시 끌어안아 받쳤다.

"카, 카오리…… 뭐하는 거야……? 어서, 돌아가. 여기 있으면 안 돼."

"아니야. 어디든 똑같아. 그럴 거면 시즈쿠 옆에 있는 게 나아."

"……미안해. 나 못 이겼어."

"나야말로 이런 것밖에 못 해줘서 미안. 이미 마력이 거의 없어서……"

난처한 듯 미소 지은 카오리는 시즈쿠의 몸을 받치며 통증을 완화하는 마법을 썼다. 시즈쿠도 자신을 떠받치는 카오리의 손을 무사한 왼손으로 잡으며 카오리와 똑같은 미소를 지었다.

그런 두 사람 앞에 그림자가 드리웠다. 아하트드였다. 핏발선 눈으로 카오리와 시즈쿠를 내려다보고 특유의 포효를 지르며 그 두꺼운 팔을 뒤로 쭉 뺐다.

스즈의 장벽이 아하트드의 접근을 막고자 어느샌가 그들 사이에 펼쳐졌지만 아하트드는 그런 장벽은 신경조차 쓰지 않는 모양이었다. 자신의 주먹을 한 번 휘두르면 장벽을 종잇장처럼 찢어 버리고 그 충격파만으로 둘을 날려 버릴 수 있다는 확신이 있기 때문이리라.

당장에라도 날아들 것 같은 죽음의 철퇴를 눈앞에 두고 카오리의 머릿속에는 다양한 광경이 스쳐 지나갔다. 카오리는 「아, 이게 주마등인가?」 하며 묘하게 차분한 마음으로 추억에 잠겼지만 마지막에 떠오른 광경에 마음이 술렁거렸다.

그것은 달빛 아래의 다과회. 두 사람만의 대화, 추억. 자신에게 맹세한 달밤의 기억. 난감하단 듯이 웃던, 지금은 없는 그. 없어지고 처음으로 『좋아한다』는 것을 알았다. 살아 있으리라 믿고 그의 흔적을 좇았다.

하지만 그것도 여기서 끝난다. 결국 또 맹세를 어겼다는 마음이 어느 순간 눈물이 되어 카오리의 볼을 타고 흘러내렸다.

재회하면 우선 서로의 이름을 부르고 싶다고 생각했었다.

그 마음으로 적어도 마지막으로 그의 이름을…… 자연스럽게 불러 본다.

"……하지메."

그 순간이었다.

엄청난 소리와 함께 아하트드의 머리 위 천장이 무너졌다.

원인은 붉은 스파크를 내뿜는 칠흑빛 거대 말뚝.

그것이 천장을 뚫고 날아든 것이다.

스파크를 일으키는 120센티미터의 말뚝은 바로 아래에 있던 아하트드에게 직격했다. 아무런 저항도 없이 흡사 두부를 뭉개듯, 코우키 일행을 일방적으로 몰아붙이던 마물은 허망하게 꿰뚫려 말 그대로 짓뭉개졌다.

천장에서 날아든 기세 그대로 바닥에 박힌 말뚝은 거의 땅속에 묻히다시피 했고, 아하트드는 그곳을 중심으로 피와 살점을 흩뿌려 원형을 알아볼 수 없을 정도로 으깨졌다.

바로 앞에 있던 카오리와 시즈쿠는 물론이거니와 다른 일행과 그들을 덮친 마물, 그리고 마인족 여성마저도 시간이 멈춘양 정지했다.

전장에 어울리지 않는 정적이 공간을 휩쌌다. 다들 어찌 된 영문인지 몰라 얼떨떨하게 서 있는데 무너진 천장에서 사람이 뛰어내렸다.

그 인물은 카오리와 시즈쿠에게 등을 보이며 아하트드의 잔해 위로 사뿐히 착지해 주위를 흘겨봤다.

그리고 고개만 뒤로 돌려 함께 있는 카오리와 시즈쿠를 봤다.

어깨 너머로 돌아본 그 인물과 눈이 맞은 순간 카오리는 번개를 맞은 기분이었다.

슬픔과 함께 차갑게 식은 마음이…… 아니, 어쩌면 소중한 사람이 사라진 그날부터 시간이 멈춰 있던 마음이 갑자기 불이 붙은 듯 열을 띠며 쿵, 쿵, 격하게 맥박 치기 시작했다.

"……여전히 사이좋아 보인다?"

싱겁게 웃으면서 그런 말을 하는 그를 보고 머리보다 먼저 카오리의 마음이 환희로 차올랐다.

머리색이 달랐다. 분위기가 달랐다. 말투가 달랐다. 눈매가 달랐다.

하지만 알았다. 카오리는 알 수 있었다.

그 애다. 살아 있으리라 믿고 찾아 헤매던, 그 애다.

바로 그—.

"하지메!"

"응? 하지메? 하지메라면, 나구모? 어? 뭐야?! 어떻게 된 거야?!"

카오리의 환희에 찬 외침에 옆에 있던 시즈쿠가 혼란스러워 하며 카오리와 하지메를 번갈아 봤다. 앞에 있는 백발 안대의 검은 코트를 한눈에 하지메라고 간파한 카오리와 대조적으로, 시즈쿠의 머리는 아직 현실을 쫓아오지 못한 모양이었다.

하지만 어깨 너머로 싱겁게 웃으며 자신들을 보는 소년의 인상이 기억 속 나구모 하지메와 겹쳐지자 눈을 휘둥그렇게 뜨고 경악했다.

"어? 어어?! 진짜로? 정말로 나구모야? 잠깐만, 뭐야? 정말로 어떻게 된 거야?!"

"아니, 좀 진정해, 야에가시. 냉정하고 침착한 게 네 장점이 잖아?"

카오리와 마찬가지로 죽음을 각오한 직후에 벌어진 일련의 사태에 시즈쿠도 혼란한 머리가 수습되지 않는지 아픈 것도 잊고 말을 더듬었다.

하지메는 그런 시즈쿠의 이름을 부르며 진정시키다가 문득 인기척을 느끼고 머리 위를 올려다봤다. 그리고 낙하한 유에를 두 팔로 받아서 정중하게 옆에 내린 뒤 이어서 뛰어내린 시아도 마찬가지로 받아 들어 옆에 내렸다.

그리고 마지막으로 내려온 것은 엔도였다.

"나, 나구모! 너 인마! 충격파에 나까지 날아갔잖아! 아니, 그보다 지금 그거 뭐야! 난데없이 미궁 바닥을 박살 내다니, 무슨 생각이야?! ……우왓?!"

불평하며 주위를 둘러본 엔도는 친구들과 마물 무리가 경직한 채 자신들을 보고 있는 것을 알고 괴성을 질렀다. 그런 엔도에게 재회의 기쁨 반, 왜 돌아왔느냐는 분노 반이 섞인 목소리가 들렸다.

"" 코스케!""

"쥬고! 켄타로! 도와줄 사람을 불러왔어!"

『도와줄 사람을 불러왔다』. 그 말에 반응해 마인족 여성을 비롯한 모든 이가 겨우 정신을 추스렀다. 그리고 다시 하지메와 두 소녀를 응시했다.

하지만 하지메는 그런 주위 사람의 시선에는 아랑곳하지 않고 조금 귀찮다는 표정으로 유에와 시아에게 재빠르게 지시를 내렸다.

"유에, 미안한데 저기 멍하니 서 있는 애들 좀 지켜줘. 시아는 저쪽에 쓰러져 있는 기사 갑옷 남자한테 가서 상태를 살펴보고."

"응…… 맡겨줘."

"알았어요!"

유에는 주위 마물을 전혀 신경 쓰는 기색도 없이 유유히 걸어갔고, 시아는 경이적인 도약력으로 마물 무리 위를 단숨에 뛰어넘어 쓰러져 있는 멜드 단장 곁에 착지했다.

"하, 하지메……."

카오리가 떨리는 목소리로 다시 하지메의 이름을 불렀다. 만감이 포화하여 당장 흘러넘칠 것을 꾹 참는 목소리였다. 재회의 환희는 말할 것도 없었고 쌓이고 쌓인 연정이 애절함과 함께 배어났다. 하지만 그 마그마처럼 뜨거운 열정과는 반대로 그 목소리엔 얼어붙을 것 같은 비통함이 함께 묻어났다. 그것은 하지메가 이 사지에 찾아왔다는 이유 때문이리라. 어떤 경위로 왔는지는 모르지만 바로 도망가 달라는 마음이 표정으로 전해졌다.

하지메는 카오리를 힐끔 보고 어깨를 으쓱이며 괜찮으니까 거기 가만히 있으라고만 짧게 말했다. 그리고 바로『순광』을 발동해 지각 능력을 폭발적으로 끌어올리고는『보물 창고』에서 크로스 비트 세 대를 출현시켜 카오리와 시즈쿠 주변에 방패처럼 배치했다.

카오리와 시즈쿠는 뜬금없이 허공에 출현한 십자가 모양의 부유 물체에 눈을 깜빡깜빡했다. 그런 두 사람을 등진 하지메는 원흉인 마인족 여성에게 오만하기 짝이 없는 제안을 했다. 그것은 마인족 여성이 아직 **하지메의** 적이 아니기 때문에 주어진 자비였다.

"거기 빨간 머리 여자. 지금 당장 물러나면 쫓진 않겠어. 죽기 싫으면 얼른 꺼져."

"……뭐라고?"

그것은 평범한 인간이 마물에게 포위당한 상태로 할 발언이 아니었다. 그래서 여성은 무심결에 되묻고 말았다. 그에 대해 하지메는 어이없다는 표정으로 말을 반복했다.

"싸움에서 판단은 신속하게 해야지. 지금이라면 봐준다고 했잖아. 알아들었어?"

잘못 들은 게 아니란 걸 새삼스럽게 안 마인족 여성은 표정을 쓱 없앴다. 그리고 단 한마디, 하지메를 가리키며 마물에게 명령했다.

"죽여."

너무나도 갑작스러운 사태, 특히 애지중지하던 아하트드가 정체불명의 공격 한 방에 죽었다는 사실에 냉정함을 잃은 여성은 치명적인 실수를 범하고 말았다.

하지메의 말투도 문제였지만 경애하는 상사에게 받은 아하트드는 잃고 싶지 않은 마물이었다. 그것을 지금도 짓밟고 있는 하지메에게 화가 치밀었다는 게 주된 원인이었다. 그 외에는 사람이 미궁 천장을 무너뜨리고 아래층으로 내려왔다는 비현실적인 사태에 머리가 혼란스럽기 때문이었다.

좌우지간 평소의 그녀라면 조금 더 신중한 판단이 가능했을 것이다. 하지만 이미 주사위는 던져졌다.

"그래, 『적』이라 이거지?"

하지메가 그렇게 중얼거린 것과 일렁이는 공간이 덤벼든 것은 동시였다.

뒤쪽에서 황급하게 하지메의 이름을 부르는 소리가 들렸다.

하지만 하지메는 왼쪽에서 덤벼든 키메라를 왼손 의수로 대수롭지 않게 낚아채고는 마치 새끼 고양이라도 잡듯이 공중에 들었다.

키메라가 소스라치며 구속에서 빠져나가려고 발버둥 치는지 공간이 격심하게 울렁거렸다. 그것을 본 하지메가 어처구니없다는 눈빛을 보냈다.

"이 이도 저도 아닌 고유 마법은 또 뭐야? 서커스냐?"

기척과 모습을 없애는 고유 마법일 텐데 움직일 때마다 공간이 울렁거려서야 무슨 의미가 있느냐고, 하지메는 따지지 않을 수 없었다.

나락 속에도 기척과 모습을 없애는 마물은 있었지만 하나같이 골치 아프기 그지없는 은신 능력을 자랑했다. 그것들에 비하면 움직이기만 해도 들통나는 은신 따위 하지메에게는 형편없이 조잡한 능력으로 느껴졌다.

수백 킬로그램은 나갈 거구를 한 손으로 들고, 키메라가 공중에서 몸부림치며 날뛰는 데도 눈 하나 깜짝하지 않는 하지메에게 방 안의 모든 이가 아연실색했다.

하지메는 그런 그들을 본체만체하며 관찰할 가치도 없다는 듯 의수에 힘을 줬다. 그 직후, 뼈가 으스러지는 소리가 선명하게 울려 퍼지며 격하게 울렁이던 공간이 멈췄다. 그리고 머리를 붙잡힌 키메라가 모습을 드러냈다. 지금까지의 위용은 티끌만큼도 없이 찌부러진 머리를 잡힌 채 축 늘어져서 꼼짝도 하지 않았다.

"말도, 안 돼……."

누군가가 쉰 목소리로 중얼거렸다.

하지메는 죽은 키메라를 아무렇게나 던져 버린 뒤 너무나도 자연스러운 동작으로 돈나를 뽑았다. 마치 물이 위에서 아래로 흐르듯, 부자연스러울 정도로 자연스러운 조준. 그 총구는 언뜻 아무것도 없는 허공을 겨누고 있는 듯했지만—.

투팡! 투팡!

그 총구는 결코 목표를 놓치지 않는다.

메마른 파열음을 울리며 허공을 가른 두 줄기의 붉은 섬광은 표적을 단번에 꿰뚫었다. 공간이 한순간 일렁이더니 그곳에서 머리가 터진 키메라와 심장을 꿰뚫린 브루탈이 나타났고 잠시 후 휘청 쓰러졌다.

"어, 어떻게 안 거지……?"

마인족 여성이 자기도 모르게 의문을 입 밖으로 꺼냈다.

하지메는 코웃음 칠 뿐 대답하지 않았다. 하지메에게 있어 설령 움직이지 않아도 기류, 지면의 진동, 시선, 살의, 마력의 흐름, 체온 등이 전혀 은폐되지 않은 마물들은 그저 우두커니 서 있는 허수아비에 불과했다.

하지메는 죽인 마물에게는 눈길도 주지 않고 싸움터로, 아니, 처형장으로 걸음을 한 발 내디뎠다.

이제부터 시작되는 것은 죽고 죽이는 싸움이 아니다. 적으로 돌려선 안 될 나락의 괴물에 의한 일방적 처형이다.

쉽게 믿어지지 않을 만큼 허무하게 죽은 마물을 보고 넋을 놓은 마인족 여성과, 이 세계에 있을 리 없는 무기에 화들짝 놀라 멀뚱히 서 있는 아이들.

마물들은 돌처럼 굳은 이들을 내버려 두고 마인족 여성의 명령을 충실히 실행하고자 잇따라 하지메에게 달려들었다.

먼저 검은 고양이가 배후에서 몰래 접근해 촉수를 뻗으려고 했다. 하지만 하지메는 돌아보지도 않고 아래로 쭉 늘어뜨린 팔의 손목만을 뒤로 꺾어 돈나를 발포했다. 음속을 가볍게 넘어선 총알은 검은 고양이의 두개골을 쉽사리 관통했다.

네눈박이 늑대가 튕겨 나간 동료 마물에게는 눈길도 주지 않고 좌우에서 동시에 뛰어들었다. 그러자 어느새 뽑혀 있던 슈라크가 왼쪽 적을, 돈나가 오른쪽 적을 총구가 닿을 듯한 거리에서 날려 버렸다.

그 찰나 죽은 네눈박이 늑대 바로 뒤에 숨어 있던 검은 고양이가 촉수를 날렸지만 힘을 빼고 몸을 비튼 하지메에게는 스치지도 않았다. 오히려 레일 건에 감추어 발사했던 일반 총탄이 땅에 도탄되어 아래쪽에서 검은 고양이를 기습했고, 그 턱 끝에 헤비급 권투 선수와 같은 어퍼컷을 먹였다.

검은 고양이가 강제로 공중제비를 도는 가운데 검은 고양이와 연계하여 하지메의 등 뒤에서 달려든 키메라는 하지메의 『호각』에 내려찍혀 격추됐다.

그리고 하지메는 아직도 바닥에 떨어지지 않은 검은 고양이와 뇌진탕으로 눈이 핑핑 도는 키메라를 쳐다보지도 않고 섬광을 발사해 마무리했다.

"크롸아아아아아아!"

"우오오오오오오!"

브루탈이 포효하며 좌우에서 협공을 시도했다. 지나가는 곳의 모든 것을 때려 부술 듯한 메이스가 사신의 낫처럼 바람을 가르며 엄습했지만 하지메는 회전하며 쭈그려 앉아 오른쪽 브루탈에게 다리를 걸었다. 우스꽝스럽게 팔을 휘두르면서 허공을 허우적거리는 브루탈은 앞쪽에서 달려오는 동족에게 들이박듯이 쓰러졌다.

"꾸어?!"

그것은 당혹스러움에 외친 소리였을까? 동족끼리 사이좋게 포옹한 브루탈은 직후 한 줄기 섬광에 꿰뚫려 함께 숨이 끊어졌다.

곧바로 공중을 종횡무진 누비는 검은 고양이 여덟 마리가 하지메를 동시에 공격해 왔다. 이번에도 촉수가 아니라 불규칙한 고속 공중 이동을 구사해서 발톱으로 직접 할퀼 작정인 듯 보였다.

하지메의 양손이 각각 다른 생물처럼 움직였다. 오른손의 돈나가 정면을 쏘면 왼손의 슈라크는 등 뒤를, 돈나가 오른쪽을 쏘면 슈라크는 왼쪽을, 오른쪽 옆구리를 가로지르며 돈나가 불을 뿜으면 슈라크는 정면을 난사, 슈라크가 오른쪽 적을 격파하면 돈나는 등 뒤로 새빨간 꽃을 피운다. 두 자루의 레일 건이 어김없이 다른 방향의 표적에게 격멸의 섬광을 발사했다.

그것은 하나의 극치였다.

멜드 단장이 쓰는 왕국 기사단의 검술이나 시즈쿠의 야에 가시류 검술처럼 오래도록 명맥을 이어 온 무술 특유의 정제된 움직임은 아니었다. 오히려 거칠다고 할 수 있는 움직임이었다.

하지만 합리적이었다. 한없이 극도로 합리적이었다.

항상 적의 공격이 맞기 어려운 위치로 물 흐르듯 자연스럽게 이동하여 1초도 되지 않는 판단으로 수많은 표적에 우선순위를 정하고 한 동작을 반드시 다음 동작으로 연결했다. 그저 무술의 형식을 아는 것만으로는 도달할 수 없는, 압도적인 경험이 가져다주는 합리성의 극치가 그곳에 존재했다.

하지메의 입가에는 웃음이 지어져 있었다.

적을 짓밟는 희열의 발로는 아니었다. 그것은 죽일 수 있으면 죽여 보라는, 이 부당한 세상에 대한 선전 포고였으며 이 세상 모든 고난, 존재를 향한 생존의 결의와 멸살의 각오를 보이는 웃음이었다.

하지메의 돈나와 슈라크의 총알이 바닥난 타이밍을 노려 네눈박이 늑대와 키메라가 또다시 돌진해 왔다.

하지메는 제자리에서 몇 미터나 점프하여 공중에서 몸을 거꾸로 돌리고는 위아래가 반전된 세계에서 건 스핀을 선보였다. 총을 돌리는 그 한순간에 재장전을 마친 돈나와 슈라크는, 예비 동작 없이 뛰어오른 하지메를 찾지 못해 엉뚱한 곳을 보는 네눈박이 늑대 두 마리와 키메라 한 마리를 먹잇감으로 삼았다.

피와 살점이 붉은 꽃보라처럼 흩날리는 가운데 착지하는 순간을 노리려는 것인지 브루탈 두 마리가 달려와 메이스를 쳐들었다.

하지만 그런 뻔한 예측이 이 괴물, 하지메에게 통할 리 없었다. 하지메는 『공력』을 써서 공중으로 더욱 높이 올라가 팽이처럼 회전하며 돈나와 슈라크를 연사했다.

살의의 바람이 작렬해 아래에서 기다리던 브루탈 두 마리뿐 아니라 그 뒤로 따라오던 키메라와 네눈박이 늑대의 머리까지도 관통해 터뜨렸다. 마물들은 저마다 피와 살을 흩뿌리면서 관성의 법칙에 따라 하지메의 아래에서 교차하여 조금 더 앞에서 힘을 잃고 쓰러졌다.

하지메는 사체가 나뒹굴고 피와 살로 덧칠된 십자로 한가운데에 소리도 없이 착지했다. 그리고 다시 허공에서 꺼낸 총알을 건 스핀으로 장전했다.

하지메가 장전을 마친 직후 갑자기 「큐와아아아!」라는 기괴한 소리가 울려 퍼졌다.

하지메가 그쪽을 보자 앱소드가 하지메를 향해 입을 쩍 벌리고 있었고 그 입 안에는 순백색 빛이 반짝이며 급속도로 모여들고 있었다.

그것은 조금 전 멜드 단장의 『마지막 충성』으로 축적된 방대한 마력이었다. 범위는 주변 몇 미터로 한정되지만 사람 하나를 증발시키기에는 충분하고도 남을 위력이다.

그 강대한 마력이 극한까지 집중된 다음 순간 레이저 포가 되어 발사됐다.

사선상의 지면을 도려내면서 날아드는 죽음의 빛. 하지만 하지메는 냉정하게 허공에서 관 모양의 거대한 방패를 꺼내 왼팔에 장착하고 『금강』을 발동했다. 땅에 뿌리박은 거목과도 같은 부동의 의지를 보이는 하지메의 눈동자에서 초조한 기색은 조금도 찾아볼 수 없었다.

마력 포격이 직격한 순간, 귀가 먹먹해지는 굉음과 심장을 압박하듯 진동하는 공기가 그 가공할 위력을 절감케 했다. 하지만 직격한 당사자인 하지메는 그 의지를 증명하듯 한 발짝도 자리에서 움직이지 않았고 그걸로도 모자라 장난스러운 웃음을 머금은 채 방패의 각도를 틀어 포격을 옆으로 흘리기 시작했다. 비껴간 포격이 향한 곳은 마인족 여성이 서 있는 곳이었다.

"큭?! 젠장!"

여성은 하지메가 마물을 소탕하기 시작한 순간부터 위기감에 떠밀려 고위력 마법을 쓰기 위한 거창한 영창을 외고 있었다. 그것을 알고 있던 하지메가 앱소드의 포격을 지시했을 여성에게 영창을 방해할 겸 포격을 흘려보낸 것이었다.

예상치 못한 사태에 서둘러 자리를 피하는 여성을 향해 하지메는 방패의 각도를 조정해서 그 뒤를 쫓듯 포격을 굴절시켰다. 벽을 파괴하며 쫓아오는 빛의 격류에 휩쓸릴세라, 벽에 붙어 전속력으로 도망가는 그녀의 표정에는 일말의 여유도 없었다.

하지만 포격은 기어코 등 뒤까지 바짝 다가왔고 마인족 여성이 자기가 지시한 공격에 휩쓸린다고 생각한 직후, 포격이 멎어 버렸다. 앱소드가 비축한 마력이 바닥난 것이다.

"쳇……."

마인족 여성은 혀를 차는 하지메에게 반응할 여력도 없이 식은땀을 쏟으며 안도의 숨을 내뱉었지만 그 다음 순간 얼어붙었다.

무언가가 터지는 소리가 울려 퍼지며 오른쪽 뺨에 충격과 열풍이 스쳤고 시야 한쪽에서 흰 물체가 날아왔기 때문이었다.

그 물체란 방금 전까지 여성의 어깨에 머물던 흰 까마귀 마물의 잔해였다. 생각하던 대로 일이 풀리지 않은 하지메가 분풀이로 돈나를 앱소드에게, 슈라크를 흰 까마귀에게 발포한 것이었다.

소리조차 저 멀리 두고 온 초속의 탄환은 앱소드가 벌리고 있던 입 속을 휘젓고 들어가 죽음을 인식할 시간도 주지 않은 채 의식을 영원한 어둠 속으로 떨어뜨렸다.

흰 까마귀도 몸통이 파열된 순간 즉사하여 그 흰 날개를 혈육과 함께 흩뿌렸다.

레일 건의 여파를 받은 마인족 여성은 충격으로 균형을 잃고 엉덩방아를 찧었다. 그리고 얼이 빠진 것처럼 자신의 뺨을 쓱 만지자, 그곳에는 열풍이 남기고 간 심한 화상 자국 위로 흰 까마귀의 파편이 진득하게 들러붙어 있었다.

몇 센티미터만 더 옆으로 왔었다면…… 그렇게 생각하자 등에 소름이 좍 끼쳤다.

자신이 바라보는 앞에서 적수가 없다고 칭송받던 마물 군단을 마치 장난삼아 벌레라도 죽이듯 해치우는 남자는 언제든 자신을 죽일 수 있다. 지금 이 순간에도 그 남자가 자신의 목숨을 쥐고 있는 것이다.

그 사실이 전사로서 강인한 정신을 가졌다고 자부하는 여성을 전율하게 했다. 어찌할 도리가 없는 죽음의 예감과 이 세상의 존재라고는 믿어지지 않는 괴물에게 이성이 갈려 나가는 기분이었다.

저건 뭐지? 어떻게 저런 게 존재하지? 어떡해야 저 괴물에게서 살아남을 수 있지?!

마인족 여성의 머릿속에는 그런 생각이 어지러이 소용돌이쳤다.

그것은 코우키 일행도 마찬가지였다. 그들은 백발 안대 소년의 정체가 하지메란 걸 바로 알아차리지 못했고, 정체불명의 인물이 갑자기 들이닥쳐서 자신들을 괴롭히던 마물을 대수롭지 않게 해치운다는 것밖에 이해하지 못했다.

"뭐야……? 저 사람 대체 정체가 뭐야?"

코우키가 움직이지 않는 몸을 옆으로 눕히며 중얼거렸다. 그곳에 있는 모든 사람의 생각을 대변한 것이었다. 그 답을 알려준 것은 먼저 이곳을 벗어났음에도 스스로 다시 이 싸움터로 돌아온 동료, 엔도였다.

"하하, 믿어지지 않겠지만…… 저건 나구모야."

"""""""어?"""""""

엔도의 말에 일행이 일제히 어리벙벙하게 대답했다. 엔도를 보고 머리가 어떻게 된 거 아니냐고 생각하는 것이 훤히 들여다보였다. 엔도는 그럴 만도 하다고 생각하면서 사실인데 별수 있겠느냐며 어깨를 으쓱했다.

"그러니까 나구모라고. 나구모 하지메. 그날 다리에서 떨어진 나구모 말이야. 미궁 밑바닥에서 살아남아 자력으로 기어 올라왔다나 봐. 여기까지 오는 길에도 미궁의 마물을 완전히 갖고 놀더라고. 말하는 나도 믿어지지는 않지만…… 사실이야."

코우키가 경악했다. 그리고 다른 이들도 일제히 현재 진행형으로 섬멸전을 치르고 있는 괴물 같은 소년을 다시 보고…… 또 일제히 부정했다. 저게 어딜 봐서 나구모냐고……. 그런 심정도 잘 이해하는 엔도는 메마른 웃음을 짓고 그가 나구모 하지메란 사실을 재차 전했다.

"거참, 진짜라니까? 엄청 변했지만, 스테이터스 플레이트도 확인했어."

누구 하나 믿어지지 않는다는 듯이 적들을 홀로 쓸어버리는 하지메를 얼떨떨하게 바라보는 가운데, 몹시 당황한 목소리로 엔도를 걸고넘어지는 인물이 나타났다.

"거, 거짓말하지 마. 나구모는 죽었어. 내 말 틀려? 다 보고 있었잖아? 살아 있을 리가 없다고! 어디서 되지도 않는 헛소리야!"

"뭐, 뭐야?! 스테이터스 플레이트도 봤고, 본인이 인정했으니까 틀림없겠지!"

"헛소리 집어치워! 뭔가 수작이라도 부렸겠지! 아니면 본인인 척 행세하면서 뭔가 꾸미고 있는 거야!"

"아니, 너 무슨 소리야? 그런 짓을 해 봤자 아무 의미도 없잖아."

엔도의 멱살을 잡고 되는대로 말을 지껄이는 사람은 히야마였다. 히야마는 창백하게 질린 얼굴로 입에 거품을 물고 하지메의 생존을 부정했다. 콘도를 비롯해 근처에 있던 아이들도 히야마를 보고 왜 저러냐는 식으로 조금 꺼림칙해했다.

그런 반 착란 상태의 히야마는, 비유가 아니라 진짜로 찬물을 뒤집어쓰게 됐다. 갑자기 히야마의 머리 위에 나타난 대량의 물이 작은 폭포가 되어 쏟아진 것이다. 호흡할 타이밍이 나빴는지 약간 물을 들이마신 히야마는 물에 젖은 생쥐 꼴로 쿨럭쿨럭 기침을 쏟았다. 무슨 일이 일어났는지 몰라 혼란에 빠진 히야마에게 찬물 이상으로 차가운 목소리가 날아들었다.

"……얌전히 있어. 방해되니까."

그 말투에 히야마는 다시 격앙할 뻔했으나, 목소리가 들린 방향으로 눈을 돌린 순간 목까지 올라왔던 말이 도로 쑥 들어갔다. 그 목소리의 주인공 유에가 히야마를 바라보는 눈빛이 마치 벌레라도 보는 듯 차가웠기 때문이었다.

그리고 이상적인 소녀상을 본뜬 최고급 인형 같은 미모에 화를 내는 것을 잊었다는 이유도 적잖이 있었다.

그것은 코우키 일행도 마찬가지여서 갑자기 나타난 미모의 소녀에게 남녀 불문하고 시선이 고정되었다. 스즈에 이르러서는 넋을 잃고 후와, 하며 괴상한 감탄사를 내고 있었다. 단순히 아름답기만 한 게 아니라 앳된 겉모습에 반해 어딘가 요염한 분위기를 띤 것 또한 그들의 눈길을 사로잡는 요인일 것이다.

하지만 그때, 마인족 여성이 지시를 내렸는지 마물 몇 마리가 코우키 일행에게 달려들었다. 멜드 단장에게 그랬던 것처럼 인질로 삼으려는 요량이었으리라. 단순히 맞붙어서는 하지메에게 이길 가망이 전혀 보이지 않으니 상투적 수단을 쓰기로 한 것이다.

그에 맞춰 스즈가 바로 장벽을 발동하려고 했다. 거듭된 마법 사용으로 가뜩이나 좋지 않은 몸이 비명을 질렀고 긴장을 놓으면 의식이 그대로 픽 꺼질 것 같았다. 정신을 잃을세라 입술을 깨물면서 버티려고 했지만…… 유에의 부드러운 손길이 스즈를 제지했다. 머리를 부드럽게 쓰다듬는 손길에 스즈가 「엥?」 하며 맥 빠진 소리를 내고 얼떨결에 영창을 중단해 버렸다.

"……괜찮아."

유에가 속삭인 그 단 한마디에 스즈는 아무런 근거도 없이 「아, 이젠 괜찮구나」 하며 몸에서 힘을 뺐다. 본인도 왜 그렇게 쉽게 유에의 말을 믿었는지는 알 수 없었지만 마치 믿음직스러운 언니가 지켜주는 것 같은 기분이 들었다.

유에가 스즈에게서 눈을 돌려 당장에라도 그 이빨과 발톱,

촉수, 메이스를 휘두르려는 마물들을 흘겨봤다. 그리고 딱 한 마디로 마법을 발동했다.

"……『창룡(蒼龍)』."

그 순간, 유에의 머리 위에 지름 약 1미터 크기의 푸르스름한 구체가 생겼다. 그것은 불 속성 마법을 다루는 자라면 모르는 사람이 없는 최상급 마법 중 하나. 온갖 사물을 불살라 버리는 푸른 불꽃 마법, 『창천』이었다.

그것을 영창도 없이 곧바로 발동하는 것은 상식적으로 이해할 수 없는 일이었다. 특히 후방조는 무슨 일이 일어난 것인지 몰라서 얼떨떨하게 머리 위의 푸른 태양을 쳐다봤다.

하지만 그들이 정말 놀라야 할 것은 지금부터였다. 왜냐하면 찬란하게 이글거리는 푸른 불꽃이 문득 꿈틀대며 뱀처럼 변했고, 메이스를 내리치려던 브루탈들을 그대로 삼켜서 순식간에 재도 남기지 않기 않고 없애 버렸기 때문이었다.

공중을 헤엄치듯 형태를 바꾸던 푸른 불꽃은 이윽고 명확하게 그 모습을 드러냈다.

그것은 푸르게 불타는 용이었다.

전체 길이 약 30미터의 창룡은 유에를 중심에 두고 코우키 일행을 지키는 모양새로 똬리를 튼 채 고개를 쳐들었다. 그리고 모든 것을 불살라 멸하는 푸른 업화에 막혀 접근조차 하지 못한 채 우왕좌왕하는 마물들을 향해 그 입을 크게 벌렸다.

쿠와아아아아아!

폭발과 같은 포효가 울렸다. 그 직후, 쩔쩔매던 마물들의 몸이 갑자기 중력이 사라진 것처럼 공중에 떴고, 잇따라 창룡의 입 속으로 날아갔다. 도망치려고 공중에서 악을 쓰며 몸부림치는 것을 보면 자살은 아니겠지만, 일직선으로 날아들어 재조차 남기지 않고 소각되는 모습은 흡사 스플래터 영화의 한 장면으로밖에 보이지 않았다.

"뭐야, 이 마법은……."

그건 누가 한 말이었을까. 주위 마물을 남김없이 빨아들여 강제로 소각하는, 지식에 없는 그 마법에 코우키 일행은 아직도 입을 다물지 못했다.

그야 그럴 것이다. 이 마법은 『뇌룡』과 마찬가지로 불 속성 최상급 마법 『창천』과 중력 마법을 복합한 유에의 오리지널 마법이니까.

참고로 왜 『뇌룡』이 아니라 『창룡』을 선택했냐면 사실 단순한 훈련의 일환이었다. 한정된 공간 내에서 고열을 내는 『창룡』을 쓰려면 공기 조절과 열기로부터 아군을 보호할 필요가 있다. 즉, 『뇌룡』보다 훨씬 손이 많이 간다.

당연히 그런 사정을 모르는 코우키 일행은 마법을 사용한 유에에게 설명을 부탁하려고 『창룡』에게서 눈을 돌렸다.

하지만 푸른 용의 불꽃에 비쳐 당당하고 여유로운 자태로 뽐내는 유에는 신성해 보였고, 모두 그 모습에 말문이 막혀 설명을 바란다는 말을 감히 꺼내지 못했다.

그런 유에에게 벌써 마음을 빼앗긴 이가 몇 명 있었고…… 특히 스즈 마음속의 작은 아저씨가 침을 흘렸다.

한편, 마인족 여성은 멀리서 『창룡』의 위용을 목격하고 내심 이것들은 다 괴물이냐며 내씹었다. 잇따라 쓰러져 가는 마물을 본 뒤 초조함을 느끼고, 표적을 멜드 단장 곁을 지키는 토인족 소녀와 조금 멀지만 어깨를 맞대고 있는 두 소녀로 변경했다.

하지만 마인족 여성은 이후 더욱 절망적인 현실과 마주하게 된다.

시아에게 덤빈 브루탈은 시아가 돌아보며 휘두른 드뤼켄에 머리가 핀 볼처럼 날아갔고, 반대 방향에서 덮친 네눈박이 늑대도 처음 일격의 원심력으로 몸을 팽이처럼 회전시킨 드뤼켄에 머리를 맞고 두개골이 산산조각 나서 즉사했다.

카오리와 시즈쿠에게는 키메라와 검은 고양이가 달려들었다.

시즈쿠는 살의를 내뿜으며 엄습하는 마물에게 이를 악물고 반으로 부러진 검을 들었지만, 그것을 제지하듯 주위를 떠다니던 크로스 비트가 조용히 시즈쿠와 키메라 사이에 끼어들었다.

시즈쿠가 자신을 지키듯이 움직인 정체 모를 십자가에 살짝 동요하는데, 갑자기 십자가가 길쭉한 아랫부분을 앞으로 들어 키메라에게 굉음을 토했다. 시즈쿠가 이건 또 뭐냐고 속으로 절규하는 사이 무언가가 그녀의 뺨을 스치듯이 빙글빙글 날아와서 땡그랑 소리를 내며 바닥에 떨어졌다. 카오리 옆에서도 같은 굉음이 터졌고, 역시나 마찬가지로 땡그랑, 하며 쇳소리가 났다.

카오리와 시즈쿠가 혼란스러워하면서도 다가오는 마물에게 주의를 돌렸지만 그곳에는 머리가 터져서 사라진 마물들이 있었다.

두 사람은 어안이 벙벙하여 방금 쇳소리가 난 곳으로 고개를 돌려 그 정체를 확인했다.

"이건…… 탄피?"

"탄피라면…… 총에서 나오는 그거?"

카오리와 시즈쿠가 익숙하지 않은 지식을 꺼내며 얼굴을 마주 봤다. 그리고 하지메가 양손에 총을 들고 날뛰는 모습을 본 뒤 확신했다. 공중에 떠서 자신들을 지키는 십자가가 어디선가 많이 본 올 레인지 병기란 것을……

"우, 우와…… 하지메, 판○#10을 쓸 수 있구나……"

"저 애는 언제 뉴○입#11이 됐대……"

주위 마물이 순식간에 정리되어 다소 여유를 되찾은 카오리와 시즈쿠가 두 사람에게 어울리지 않는 화제를 꺼냈다. 사실 그 대화는 크로스 비트를 통해 하지메에게 전해지고 있었고, 하지메야말로 어떻게 두 사람이 그걸 아느냐고 묻고 싶었지만 동료들과 지내며 단련된 정신력으로 무시했다.

"정말로…… 이게 무슨 날벼락인지……"

그런 허탈한 말을 중얼거린 사람은 마인족 여성이었다. 무슨 수를 써도 모든 것을 힘으로 눌러 버리는 절망적인 현실에

#10 판○ 판넬. 애니메이션 「기동전사 건담」 시리즈에 등장하는 가공의 병기.
#11 뉴○입 뉴타입. 「기동전사 건담」 시리즈에 등장하는 진화한 인간.

체념이 가슴을 잠식했다. 이미 마물도 거의 남지 않아 누가 봐도 승패는 자명했다.

여성은 마지막 희망을 걸고 도주를 위해 온존해 둔 마법을 하지메에게 날린 후 네 개의 출구 중 한 곳으로 쏜살같이 달렸다. 하지메가 있는 곳으로 날린 마법은 『낙뢰』였다.

하지메는 다가오는 회색 구체를 곁눈질로 확인하고는 그냥 무시해 버리고 마지막 학살극에 전념했다. 그 직후 하지메 바로 옆에서 『낙뢰』가 작렬해 석화 연기가 하지메를 뒤덮었다. 코우키 일행이 화들짝 놀랐고 카오리와 시즈쿠가 하지메의 이름을 비명처럼 외쳤다.

마인족 여성은 동요하는 코우키 일행을 안중에도 두지 않고 마침내 한 출구에 도착했다.

하지만―.

"하하…… 이미 막다른 골목이었단 거군."

"맞았어."

여성이 선 통로 앞쪽에 십자가가 떠 있었고, 그 어두운 총구로 표적을 노리고 있었다. 이미 체크메이트였던 것이다. 하지메에게 공격을 건 바로 그 순간부터. 그 사실을 이제야 눈치챈 여성은 무심결에 허탈한 웃음을 흘렸다. 그런 그녀의 뒤에서 밉살스러울 만큼 무덤덤한 목소리가 들렸다.

마인족 여성이 완전히 체념한 눈으로 돌아보자 석화 연기 속에서 아무 일도 없었다는 양 걸어 나오는 하지메가 보였다. 그리고 석화 연기가 붉은 파동, 『마력 방사』에 의해 다른 통로로 흘러가는 것을 보고 기가 막혀 고개를 치켜들었다.

"……이런 괴물 자식 같으니라고. 상급 마법이 전혀 먹히지 않는다니, 너 정말로 인간이야?"

"실은 나도 잘 모르겠어. 그런데 괴물이란 것도 의외로 나쁘진 않더라고."

하지메와 마인족 여성은 그런 우스갯소리를 나누며 약간 거리를 둔 채 마주 봤다. 마인족 여성이 방 안을 힐끔 보자 어느샌가 마물이 전멸해 있었다. 여성은 새삼스럽게 착잡한 표정을 보이며 괴물 자식이라고 작게 욕을 뱉었다.

하지메는 그것을 무시하고 돈나의 총구를 마인족 여성에게 조준했다. 눈앞으로 다가온 죽음에 여성은 때가 되었음을 깨닫고 미련을 떨친 눈빛을 보냈다.

"보통 이럴 때는 남기고 싶은 말이라도 묻는 게 예의겠지만…… 공교롭게도 네 유언 따위를 들을 생각은 없어. 그보다도 마인족이 이런 곳에서 뭘 하고 있었는지…… 그리고 그 마물을 어디서 났는지…… 그쪽을 불어 보실까?"

"내가 말할 거 같아? 인간족에게 유리해질지도 모르는 정보를? 나도 참 우습게 보였군그래."

비웃듯 콧방귀 뀐 마인족 여성에게 하지메는 차가운 눈빛을 돌려줬다. 그리고 아무 망설임도 없이 돈나를 발포해 여성의 두 다리에 구멍을 냈다.

"아아악!"

마인족 여성은 비명을 지르며 쓰러졌다. 마물이 숨을 거두어 정적이 찾아온 방에 비명이 울려 퍼졌다. 하지메의 무자비한 처사에 뒤에 있던 코우키 일행이 숨을 죽이는 것이 느껴졌다. 하지만 하지메는 그러거나 말거나 돈나를 여성에게 조준하며 다시 말했다.

"인간족이니 마인족이니, 너희 세계 사정은 내 알 바 아니야. 나는 인간족으로서 묻는 게 아냐. 내가 알고 싶으니까 묻는 거뿐이지. 빨리 불어."

"……."

여성은 고통에 이를 악물면서도 하지메를 노려보았다. 그 눈동자를 보고 입을 열 것 같지 않다고 생각한 하지메는 누가 묻지도 않은 자신의 추측을 풀어 놓았다.

"뭐, 대강 예상은 돼. 『진짜 대미궁』을 공략하려고 왔지?"

마인족 여성이 하지메의 말에 눈썹을 까딱 움직였다. 하지메는 그것을 주의 깊게 관찰하며 말을 이었다.

"그 마물들은 신대 마법의 유산…… 정곡을 짚었나 보군. 그래, 마인족 측이 급변한 건 대미궁 공략으로 마물 사역에 관한 신대 마법을 얻었기 때문인가……. 그렇다면 마인족은 용사 일당 조사, 회유와 병행해서 대미궁 공략에 나섰다 이거군……."

"어떻게…… 설마……."

하지메가 입에 담은 추측은 모두 정곡을 찌른 것 같았다. 마인족 여성은 분함에 인상을 쓰고 어떻게 그렇게 자세하게 아는 것인지 의문을 품었다. 그리고 하나의 가능성에 생각이 미쳤다. 그 표정을 보고 하지메는 여성이 하지메 또한 대미궁 공략자임을 추측했으리라 깨닫고 눈빛으로 긍정했다.

"그랬군. 그분과 같다면…… 그 괴물 같은 힘도 이해가 돼……. 이제 됐지? 죽이려면 단숨에 죽여. 나는 포로가 될 생각은 없으니까……."

"그분이라……. 마물은 공략자에게 받았단 건가……."

마인족 여성의 표정이 포로가 될 바에야 무슨 수를 써서라도 자살하겠다는 의지를 대변해줬다. 그리고 바로 그렇기에, 그럴 수만 있다면 싸움터에서 죽고 싶다는 것도……. 하지메는 대미궁 공략자가 더 있다는 정보를 들은 것만으로 충분해서 이미 볼일은 없다며 눈동자에 살의를 담았다.

마인족 여성은 뜻을 이루지 못하고 죽는 분풀이로 유치한 오기란 걸 알면서도 하지메에게 말을 내뱉었다.

"언젠가, 내 애인이 널 죽일 거야."

그 말에 하지메는 입가를 일그러뜨리며 당당하게 웃음 지었다.

"내 적이라면 신이라도 죽일 거다. 그 신에게 놀아나는 수준이면 어차피 나한테는 안 돼."

서로 더는 할 이야기가 없는지 입을 다물었다. 하지메는 돈나의 총구를 마인족 여성의 머리에 조준했다.

하지만 막상 방아쇠를 당기려는 순간, 갑자기 제지가 들어왔다.

"잠깐! 기다려 봐, 나구모! 그 사람은 이미 싸울 수 없어! 죽일 필요는 없다고!"

"……."

하지메는 돈나의 방아쇠에 손가락을 건 채로 저 녀석이 지금 무슨 소리를 하느냐는 표정을 하고 고개를 돌렸다. 코우키는 조금 회복한 듯 비틀거리면서도 힘겹게 일어나서 다시 목청을 끌어올렸다.

"포로…… 그래, 포로로 잡으면 돼. 저항하지 않는 사람을 죽인다니, 그건 절대로 안 돼. 나는 용사야. 나구모 너도 우리 동료잖아? 이번에는 날 봐서라도 물러나줬으면 해."

따질 곳이 너무 많아 말문이 막힌 탓에 하지메는 들을 가치도 없다며 귓등으로 흘려버렸다. 그리고 아무 말도 없이…… 방아쇠를 당겼다.

메마른 파열음이 방 안에 메아리쳤다. 총구를 통해 나온 살의는 여지없이 마인족 여성의 이마를 꿰뚫었고 그녀의 목숨을 한순간에 앗아 갔다.

정적이 주변을 감쌌다. 코우키 일행은 새삼스럽지만 동급생이 눈앞에서 아무 거리낌 없이 사람을 죽인 광경에 숨을 죽였고 당황스러운 듯 멀거니 서 있을 뿐이었다. 그런 그들 중에서도 가장 충격을 받은 것은 카오리 같았다.

사람을 죽여서가 아니었다. 그것은 카오리 본인도 각오한 바였다. 이 세계에서 전쟁에 몸을 던진다면 당연한 일이었다. 미궁에서 마물을 상대한 것은 어디까지나 실전 **훈련**이었으니까.

그래서 사람과 적대하면 반드시 사람을 죽여야만 하는 날이 오리라 각오하고 있었다. 자신이 후방조며 치유사인 이상 직접 그 일을 맡는 것은 시즈쿠나 코우키 같은 아이들이라고 생각했기에, 그때가 오면 손을 피로 더럽힌 친구들을 설령 한 순간이라도 기피하지 않겠노라 결심하고 있었다.

카오리가 충격을 받은 것은 하지메에게 살인에 대한 기피감이나 혐오감, 망설임이 전혀 없다는 점이었다. 하지메는 숨을 쉬듯 자연스럽게 사람을 죽였다.

카오리가 아는 하지메는 약해서 저항할 수단이 없더라도 타인을 위해 위험 속으로 뛰어들 수 있는 자상하고 강한 사람이었다.

그 『강함』이란 결코 폭력적인 것이 아니었다. 언제, 어떤 상황에서도 『타인을 배려할 수 있는』 정신이었다. 그렇기에 전의를 상실한 무저항의 상대를 아무런 주저 없이 죽이는 그가, 자신이 아는 하지메와 너무나도 달라 보여서 충격을 받은 것이었다.

시즈쿠는 둘도 없는 친구로서 카오리가 강한 충격을 받았다는 것을 자기 일처럼 알 수 있었다. 그리고 일본에 있을 때부터 귀에 딱지가 앉도록 하지메의 이야기를 들은 터라 무엇에 충격을 받았는지도 알았다.

시즈쿠는 아무런 감정 변화도 없는 하지메를 보고 확실히 많이 변했다고는 생각했지만 아무런 사정도 모르는 자신이 비판할 처지가 아니란 것도 잘 알았다. 그래서 결국 아무 말도 하지 못한 채 그저 카오리에게 몸을 붙이는 데 그쳤다.

하지만 당연히 정의감으로 뭉친 용사는 그냥 넘어갈 리가 없었다. 정적이 깔린 공간에 북받치는 감정을 억누른 코우키의 목소리가 들렸다.

"왜, 왜 죽였어? 꼭 죽여야만 했어……?"

하지메는 시아 쪽으로 걸어가면서 자신을 예리한 안광으로 노려보는 코우키를 시야 한쪽에 두었다. 한순간 어떻게 대답할지 고민했지만 바로 대답할 필요는 없다고 생각하며 슬쩍 무시하기로 했다.

필사적으로 감정을 억누른 코우키의 목소리가 울리는 가운데, 하지메는 마치 그 말이 들리지 않는 양 쓰러져 있는 멜드 단장과 곁에 있는 시아 쪽으로 성큼성큼 걸어갔다.

유에도 코우키 일행의 호위는 이미 됐다고 생각하여 하지메 쪽으로 갔다. 뒤에서 마음속에 작은 아저씨를 키우는 스즈가 「아앗, 언니!」라고 외쳤지만 그건 무시했다.

"시아, 멜드의 용태는 어때?"

"위험했어요. 조금만 늦었어도 큰일 났을 거예요. ……지시대로 『신수』를 쓰긴 했는데…… 괜찮은 건가요?"

"괜찮아. 이 사람에게는 나름대로 신세를 졌거든. 게다가 멜드가 빠지면 구멍이 너무 커. 특히 용사 파티 교육 담당으로 이상한 녀석이 붙어도 곤란해. 뭐, 저 상태를 봐선 멜드의 교육 방침에도 문제가 있었던 모양이지만…… 인격자인 건 틀림없어. 죽게 내버려 두기엔 아까운 사람이야."

하지메는 류타로에게 부축받으며 반 아이들과 함께 다가오는 코우키가 아직 자신을 노려보는 것을 힐끗 보면서 멜드 단장에게 신수를 쓰게 한 이유를 설명했다. 덧붙여서 『이상한 녀석』이란 이를테면 성교 교회 교황 이슈타르 같은 인물을 말한다.

"……하지메."

"유에. 고마워, 부탁을 들어줘서."

"응."

시아와 말하는 사이 유에가 옆으로 다가왔다. 하지메는 자신의 이름을 부르며 올려다보는 유에의 볼을 부드럽게 쓰다듬고 감사의 인사를 했다. 그에 대해 유에는 눈빛으로 신경 쓰지 말라면서도 기쁜 듯 눈꼬리를 내렸다. 자연스럽게 펼쳐지는 두 사람만의 세계.

"……두 분 다 때와 장소를 좀 가리세요……. 자, 정신 차려요, 정신! 다들 몰려왔다구요!"

이미 병이라고 해도 무방할 정도로 평소처럼 두 사람만의 세계를 만드는 하지메와 유에에게 시아가 손뼉을 짝짝 치며 정신을 돌려놓았다.

아무래도 코우키와는 다른 의미로 노려보는 시선이 늘어난 것 같다. 특히 코우키 일행과는 다른 방향에서 오는 시선에 하지메는 왠지 등골이 오싹했다.

"이봐, 나구모. 왜 그 사람을—."

"하지메…… 묻고 싶은 건 많지만, 우선 멜드 씨는 어떻게 된 거야? 분명 치명상이었을 텐데…… 보기에는 상처가 아물고 호흡도 안정된 것 같아."

하지메를 추궁하려던 코우키의 말허리를 끊고 카오리가 진지한 표정으로 멜드 단장 옆에 무릎 꿇어 용태를 살피며 물었다.

하지메는 한순간 자신을 보던 카오리의 시선에 간담이 서늘했지만 기분 탓으로 생각하고 카오리의 의문에 답했다. 자연스레 『하지메』라고 이름을 불렀지만…… 일단 넘어가도록 하자.

"아, 그건…… 조금 특별한 약을 써서 그래. 먹으면 빈사 상태라도 순식간에 완치되는 물건이야."

"그, 그런 약은 들어본 적도 없는데?"

"그야 전설로 전해질 정도니까 보통은 못 구하지. 그러니까 야에가시 넌 회복 마법이라도 써 달라고 해. 마력 회복약은 줄 테니까."

"어, 응…… 고, 고마워."

하지메가 말을 걸자 시즈쿠는 조금 말을 더듬으며 약을 받고 감사했다. 아직도 기억 속의 하지메와는 달라도 너무 다르다고 당혹감을 감추지 못하는 모습이었다. 하지메는 그런 시즈쿠의 반응을 딱히 마음에 두지 않고 카오리에게도 마력 회복약을 던졌다. 카오리도 허둥지둥하면서도 약병을 제대로 받아 하지메에게 고맙다고 하고 내용물을 쭉 들이켰다. 리포비○ 같은 맛이 퍼지며 조금씩 활력이 돌아왔다. 카오리만 회복한다면 다른 멤버도 곧 치료될 것이다.

일단 멜드 단장은 무사하다는 것을 알고 모두 안도의 숨을 내쉬었다. 그리고 코우키가 다시 입을 열었다.

"이봐, 나구모. 멜드 씨 일은 고맙지만, 왜 그 사—."

"하지메. 멜드 씨를 살려줘서 고마워. 우리도…… 구해줘서 고마워."

그리고 다시 카오리에게 가로막혔다. 코우키가 엄청 거북한 표정이 되어 있었다.

하지만 카오리는 그런 코우키에게 전혀 개의치 않고 똑바로 하지메만을 바라보고 있었다. 하지메의 변모에 심한 충격을 받기는 했지만 그래도 반드시 전하고 싶은 말이 있었다. 카오리는 멜드 단장과 자신들을 구해줘서 고맙다고 하면서 하지메 앞까지 걸어왔다.

그리고 해일처럼 밀려오는 감정을 참듯이 옷자락을 양손으로 꽉 쥐었지만 결국은 참지 못하고 눈물을 뚝뚝 흘리기 시작했다.

오열하며 눈앞에 있는 하지메가 헛것이 아니라고 확인하듯 한시도 눈을 떼지 않았다. 감정이 눈물이 되어 넘쳐흐르는 그 눈은 마치 수만 개의 별을 수놓은 것 같았다.

카오리는 총총히 빛나는 눈동자로 분홍빛 입술을 작게 떨며 말을 짜냈다.

"하지메…… 살아 있어줘서, 고마워. 그때, 지키지 못해서…… 흐윽…… 미안해…… 흑."

시즈쿠뿐 아니라 여자들은 모두 카오리의 마음을 눈치채고 있었기 때문에 따뜻한 눈빛을 보냈다. 남자 중에서도 대강 짐작하고 있던 나가야마나 노무라는 여자들과 같은 눈빛을, 콘도 및 몇 명은 벌레를 씹은 것 같은 얼굴을, 코우키와 류타로는 카오리에게 좋아하는 사람이 있으리라고는 생각하지 못해 어리둥절한 표정을 짓고 있었다. 만화 속 둔감한 주인공을 그대로 현실로 옮겨 놓은 코우키와 근육 뇌 류타로를 보고 있노라니 시즈쿠의 고생이 눈에 훤했다.

시아는 「음, 설마 새로운 라이벌?」이라며 고민스러운 표정을 지었고, 유에는 평소보다도 무표정하게 카오리를 물끄러미 바라보았다.

그리고 하지메 본인은 눈앞에서 엉엉 우는 카오리를 그저 조용히 바라보고 있었지만, 엔도에게 들은 대로 그날부터 쭉 자신을 걱정해 왔다는 것을 깨닫자 금세 뭐라고 표현하지 못할 표정이 되었다.

유에에게는 자신의 처지를 설명하며 카오리의 이야기를 한 적이 있었지만 그것은 나락에 있었을 때의 일이었다. 솔직히 그 이후 【우르 마을】에서 아이코 일행과 재회할 때까지 카오리에 관해서는 완전히 잊고 살았다. 그래서 이렇게나 자신을 생각해줬다는 사실에 조금 죄책감이 밀려왔다.

하지메는 난처한 듯한, 방황하는 듯한 표정을 지은 후 억지웃음을 짓고 카오리에게 말을 돌려줬다.

"……으음, 걱정 끼쳤나 보네. 바로 연락 안 해서 미안. 뭐, 보다시피 멀쩡히 살아 있으니까 사과할 필요는 없고…… 그, 뭐냐, 울지 마."

그렇게 말하며 카오리를 보는 하지메의 눈빛에는 언젠가 보았던, 지켜 달라고 말했을 때처럼 카오리를 배려하는 자상함이 깃들어 있었다.

카오리는 그 눈빛에 약속을 나눈 그날 밤을 떠올리고 가슴이 먹먹해졌다. 그리고 저도 모르게 울음을 터뜨리면서 그대로 하지메의 가슴에 뛰어들었다.

하지메는 가슴에 매달려 우는 카오리 때문에 어쩔 줄 모르고 양손을 위로 든 채 쩔쩔맸다. 다른 아이들이라면 귀찮다며 냅다 던져 버리거나 명치를 발로 차서 기절시키겠지만, 이렇게까지 순수하게 변함없는 호의를 보내 오면 나락에 떨어지기전 일도 있다 보니 함부로 대하기가 어려웠다.

다만 유에가 보는 앞에서 다른 여자를 끌어안는 것도 꺼려져서 총구를 들이댄 사람처럼 양손을 들고 카오리가 울도록 내버려 두는 애매모호한 대응이 되고 말았다. 참으로 하지메답지 않았다.

옆에 있는 시즈쿠에게 「내 친구가 울고 있잖아! 안아주기라도 해!」라는 시선이 날아와 꽂혔지만 말없이 바라보는 유에의 시선도 있어서 움직일 수가 없었다.

하는 수 없이 타협안으로 머리를 가볍게 쓰다듬어 봤다. 정말로 전에 없이 숙맥 같았다.

"……카오리는 정말로 착하구나. ……그래도 나구모는 저항하지 않는 사람을 죽였어. 이야기를 나눠야 해. 이제 그만하고 나구모한테서 떨어져 있어."

나가야마 파티가 제발 분위기 파악 좀 하라고 코우키에게 비난의 눈빛을 날렸다. 이 남자는 이 상황에 이르러서도 아직 카오리의 마음을 눈치채지 못한 모양이었다. 어딘가 하지메를 비난하듯 노려보며 하지메에게서 카오리를 떨어뜨리려고 했다.

단순히 카오리와 붙어 있는 것이 마음에 들지 않는 것인지, 혹은 살인자 옆에 두는 것은 위험하다고 생각한 것인지……아니면 둘 다일지도 모른다.

"잠깐, 코우키. 나구모는 우리를 구해줬잖아. 말을 꼭 그렇게 해야겠어?"

"그래도 시즈쿠, 그 사람은 이미 전의를 상실했었다고. 꼭 죽일 필요는 없었어. 나구모가 한 짓은 용서받지 못할 일이야."

"코우키, 너 진짜 작작 좀 해. 애당초……."

코우키의 말투에 시즈쿠가 눈꼬리를 치켜세우고 반론했다. 나가야마 파티는 이걸 어쩌느냐며 눈을 이리저리 굴릴 뿐이었지만 히야마 파티 쪽은 원래부터 하지메가 마음에 들지 않아서 코우키에게 가세했다.

차츰 하지메의 행동에 대한 논박은 격해졌다. 카오리는 이미 하지메의 가슴에서 떨어져 눈물을 닦은 뒤였지만, 조금 전 하지메의 행동에 충격을 받기도 해서 무언가 곰곰이 생각에 빠진 표정으로 입을 다물었다.

그런 그들에게 이번에는 비유적인 의미로 찬물을 끼얹는 한마디가 나왔다.

"……한심하긴. 하지메, 그만 가자."

"아, 응. 알았어."

피까지 얼어붙을 만큼 차가운 음성으로 코우키 일행을 『한심하다』고 잘라 말한 사람은 유에였다. 그 목소리는 나지막한 혼잣말 정도였지만 코우키 일행의 소란에도 관계없이 유난히 명료하게 울렸다. 순식간에 주위가 고요해지며 코우키 일행이 유에를 봤다.

 하지메는 원래 엔도에게 이야기를 듣고 카오리에게 갚아야 할 은혜가 있다고 생각해서 온 것뿐이라 이미 용무는 없었다. 그러므로 하지메의 손을 잡아끄는 유에를 따라서 방을 나가려고 했고 시아도 주위를 신경 쓰면서 따라왔다.

 "잠깐만 있어 봐. 내 얘기 안 끝났어. 나구모가 본심을 말해주지 않으면 동료로 인정할 수 없어. 그리고…… 넌 누구야? 구해준 건 고맙지만, 초면에 한심하다는 건 예의가 아니잖아? 대체 뭐가 한심하다는 건데?"

 "……."

 코우키가 또 논점이 어긋난 말을 했다. 항상 그렇듯 하는 말 자체는 옳았지만, 상황을 놓고 보면 네 가슴에 손을 얹고 생각해 보라고 말하고 싶어질 지경이었다. 이쯤 되면 뭔가에 씌었다고 해도 과언이 아니다.

 유에는 이미 코우키와는 대화할 가치도 없다고 결론지었는지 눈길조차 마주치지 않았다. 코우키는 그런 유에의 태도에 조금 짜증이 난 것처럼 눈살을 찌푸렸지만 곧 평소 여자아이를 대할 때처럼 상큼하게 미소 지으며 다시 유에에게 말을 붙이려고 했다.

이대로 가면 끝이 안 나는 것을 넘어서 유에가 불쾌해지겠다고 느낀 하지메는 귀찮다는 표정으로 한숨 쉬고 대신 조금만 상대해주기로 했다.

"아마노가와. 존재 자체가 만화 같은 너한테 일일이 대응해줄 필요도 없고, 그럴 생각도 없지만 안 그러면 네가 거머리처럼 물고 늘어질 것 같으니까 내가 조금만 지적한다."

"지적이라고? 내가 잘못했다고 말할 셈이야? 나는 사람으로서 당연히 해야 할 말을 했을 뿐이야."

하지메가 귀찮아 죽겠다는 표정을 지어 보이자 코우키는 못마땅하게 반론했다. 하지만 하지메는 거기에 대답하지 않고 자신의 말을 이었다.

"얼버무리지 마."

"갑자기 무슨 소릴……."

"너는 내가 그 여자를 죽여서 화가 난 게 아니야. 사람이 죽는 꼴이 보기 싫었을 뿐이지. 하지만 너희를 죽일 뻔하고 기사단원까지 살해한 저 여자를 「죽였다」는 이유만으로 따져봤자 번지수가 틀리다는 걸 너도 알 텐데. 그래서 **저항하지 않는** 상대를 죽였다고 논점을 바꾼 거 아냐? 보고 싶지 않은 걸 보았다, 자기가 못 한 일을 떡하니 해냈다…… 넌 그 화풀이를 하고 있을 뿐이야. 마치 바른말을 하는 것처럼 포장해서 말이지. 더 웃긴 건 너 자신이 그걸 모른다는 거고. 예나 지금이나 변하질 않네. 그 숨 쉬듯 자연스럽게 자기한테 유리하게 해석하는 버릇."

"아, 아니야! 마음대로 지어내지 마! 네가 저항하지 않는 사람을 죽인 건 사실이잖아!"

"적을 죽인다, 그게 뭐가 잘못됐어?"

"뭐?! 몰라서 물어? 살인이라고! 잘못돼도 한참 잘못됐지!"

"……너랑 말싸움 벌일 생각 없으니까 여기서 끝내자, 응? 난 적대한 녀석에게 인정사정 봐줄 생각 없어. 적대한 시점에서 명확한 이유라도 없는 한 반드시 죽일 거야. 선악이니, 저항하느니 마느니 그런 건 관계없어. 조금이라도 틈을 보이면 그 순간 죽는다는 걸 뼈저리게 알고 있거든. 그런데 그게 마음에 안 들어서 내 앞을 가로막는다면……."

하지메가 순식간에 간격을 좁혀 코우키의 이마에 총구를 들이밀었다. 동시에 하지메의 『위압』이 발동하여 주위에 짙은 살기가 거대한 폭포처럼 쏟아졌다.

코우키 일행이 호흡을 멈췄다. 코우키는 일행 중 가장 빠른 시즈쿠의 움직임조차 눈으로 쫓을 수 있지만 지금 하지메가 움직이는 모습은 전혀 보이지 않았다는 점에 전율했다.

"설령 같은 반이었더라도 망설이지 않고 죽일 거야."

"너, 너……."

"착각하지 마. 나는 돌아온 게 아니고, 하물며 너희 동료도 아니야. 시라사키에게 의리를 지키러 온 것뿐이지. 여기서 나가면 떠날 거야. 나에게는 나의 길이 있어."

하지메는 아무 대답도 못하고 마른침을 삼키는 코우키를 노려본 뒤 돈나를 홀스터에 넣었다. 『위압』도 풀리자 아이들은 참았던 숨을 몰아쉬며 복잡한 심경으로 하지메를 바라보았지만 코우키는 그래도 받아들일 수 없는지 계속해서 물고 늘어지려고 했다. 하지만 그것은 유에가 치를 떨며 던진 따끔한 한마디에 가로막혔다.

"……싸운 건 하지메야. 무서워서 도망친 겁쟁이가 왈가왈부할 자격은 없어."

"아니, 난 도망친 적……."

실은 하지메가 정확하게 이곳으로 낙하한 것은 우연이 아니었다. 마침 위층을 이동하던 도중 막대한 마력이 터져 나오는 것을 느끼고 코우키 일행임을 짐작한 하지메가, 감지 능력을 총동원해 아래층의 기척을 살핀 후 연성과 파일 벙커로 바닥을 꿰뚫은 것이었다.

그리고 그때 느낀 마력이란 코우키의 『패궤』였다. 느낀 힘의 크기로 볼 때 그 상태의 코우키라면 마인족 여성을 쓰러뜨릴 수 있었으리란 것을 하지메 일행은 알고 있었다. 그래서 그 뒤 현장의 상황을 보고 코우키가 살인을 주저했으며 그 때문에 그런 위기를 초래했다고 간파했다.

코우키가 유에에게 반론하려고 했을 때 낮게 깔린 목소리가 끼어들었다.

"그만해라, 코우키."

"멜드 씨!"

멜드 단장은 조금 전에 의식을 되찾고 그들의 이야기를 듣고 있었던 모양이다. 아직 조금 기운이 없었지만 의식은 또렷

한지 고개를 흔들며 일어났다. 그리고 자신의 배나 상처가 있었을 부분을 보고서 이상하다는 얼굴로 고개를 갸웃거렸다.

카오리가 멜드 단장에게 무슨 일이 있었는가를 간략하게 설명했다. 멜드 단장은 자신이 무슨 귀중한 약을 먹고 기적적으로 살아났다는 것을 알았고, 또 그 상대가 하지메란 말을 들었을 때 하지메의 생존을 진심으로 기뻐했다.

그리고 목숨을 구해준 사실에 감사하며 그때 구해주지 못한 것을 무릎이라도 꿇을 기세로 사죄했다.

하지만 그 사죄를 받는 하지메는 거북했다. 사실 전혀 신경 쓰지 않던 일이었다. 오히려 멜드 단장이 「반드시 구해주겠다」고 말한 것 자체를 까맣게 잊고 있었다. 그저 머리를 깊이 숙여 사과하는 멜드 단장 앞에서 괜한 말을 삼가기로 했을 뿐이었다.

하지메에게 사과를 마친 멜드 단장은 코우키에게 돌아서서 하지메에게 한 것처럼 또 머리를 숙였다.

"메, 멜드 씨? 왜 멜드 씨가 사과를 해요?"

"당연하잖아? 나는 너희 교육 담당이다. 그런데 싸우는 자에게 있어서 중요한 것을 가르치지 않았어. 바로 사람을 죽일 각오다. 때가 오면 우연을 가장해 도적을 보내서 살인을 경험하게 하려고 했어…… 마인족과의 전쟁에 참전한다면 반드시 필요한 일이니까…… 하지만 너희와 많은 시간을 보내고, 많은 이야기를 나누는 사이 정말로 너희에게 그런 경험을 시켜도 되는 건가…… 망설이게 됐다. 기사단 단장이라는 입장을 생각하면 진작 가르쳐야 했겠지만…… 조금만 더, 앞으로 조금만, 이것만 끝내고 나서, 그런 식으로 차일피일 미루는 사이에 이번 일이 터진 거다. ……내가 어리숙했어. 교육자로서 그릇된 선택을 한 거야. 그 탓에 너희를 죽게 할 뻔했다. …… 정말로 미안하구나."

그러면서 다시 머리를 깊숙이 숙이는 멜드 단장에게 코우키 일행은 허둥지둥 위로의 말을 건넸다. 아무래도 멜드 단장도 자기 나름대로 아이들에 관해 상당히 고심했던 모양이다. 항상 단장의 본분과 개인의 감정 사이에서 흔들리고 있었으리라.

멜드 단장도 왕국에 속한 인물인 이상 성교 교회의 신자였다. 그래서 『신의 사도』라고 불린 아이들이 마인족과 싸우는 것은 당연하다거나, 명예로운 일이라고 생각해도 이상하지 않았다. 그런데도 불구하고 아이들이 싸운다는 점에 의문을 느낀 시점에서 그의 인품을 가늠할 수 있었다. 하지메가 말한 대로 인격자라고 불러 마땅한 인물이었다.

코우키는 멜드 단장의 속내를 듣고 입을 다물었다.

그리 머지않아 사람을 죽여야만 했다는 말을 듣고 마인족 여성에게 칼을 들이댔을 때 느낀 공포를 떠올린 것 같았다. 그와 동시에 설령 도적이라고 해도 훈련을 위해 사람을 죽이게 하려고 한 멜드 단장에게도 충격을 받았다. 도적 정도라면 압도할 힘이 있는데 굳이 죽여야 한다니?

한편, 카오리도 입을 다물고 있었다. 그것은 멜드 단장의 이야기를 들어서가 아니었다. 줄곧 하지메가 한 말에 대해 생각하고 있기 때문이었다.

나락의 밑바닥에서 형성된 가치관. 적이라면 망설이지 않고 죽인다, 설령 반친구라고 해도…… 예전의 하지메에게서는 생각할 수 없는 발언이었다. 하지만 방금 살기가 그 말이 진심임을 증명했다. 타인을 위해 희생할 수 있는 상냥한 하지메가 자신들에게마저 주저 없이 살의를 내비쳤다. 자신이 아는 하지메와 눈앞에 있는 하지메의 차이에 카오리의 마음이 당혹감으로 흔들렸다. 방금 카오리에게 마음을 썼을 때 느낀 예전의 하지메는 자신의 착각이었나 싶어 불안해졌다.

카오리가 그런 생각에 빠져 있을 때, 문득 시선을 느꼈다. 카오리가 그쪽을 보자 그곳에는 금발에 붉은 눈을 가진 미모의 소녀가 있었다. 카오리도 무심코 눈길을 사로잡힐 만큼 아름다운 그 소녀가 감정이 느껴지지 않는 눈동자로 카오리를 물끄러미 관찰하고 있었다.

그러고 보니 하지메와 상당히 친밀해 보였다. 카오리도 그것을 떠올리고 관심이 생겨 유에를 봤다. 그리고 잠시 그렇게 마주 보았다.

"……후."

"으……."

하지만 그 눈싸움은 유에 쪽에서 끝냈다. 그것도 비웃음을 날리며…….

카오리는 자기도 모르게 움츠러들었다. 비웃음에 담긴 뜻을 깨달았기 때문이었다. 즉, 이 정도로 마음이 흔들릴 정도면 그냥 하지메는 잊어버리라는 것을…….

유에는 당연히 카오리의 태도를 보고 그녀가 하지메를 어떻게 생각하는지 눈치챘다. 하지메가 나락에 떨어지고 나서도 생존을 믿으며 힘쓰고 있었다는 이야기를 듣고 혹여 강력한 연적이 나타난 게 아닐까, 도전한다면 받아들이겠다고 내심 벼르고 있었다.

하지만 막상 카오리를 만나 보니 하지메가 예전과 다르다는 점에 당혹감과 불안을 느끼며 한 발 물러서는 게 아닌가. 그 반응은 사람으로서 당연하다면 당연한 반응이었지만…… 유에는 거들떠볼 필요도 없다고 생각한 모양이었다.

너 같은 건 상대가 되지 않는다. 하지메는 앞으로도 내 남자다. 하지메의 『특별』한 사람은 나다. 유에가 그런 뜻을 태도로 선언하자 카오리는 얼굴을 새빨갛게 물들였다. 그것은 분노일까, 수치심일까. 그래도 반론할 수 없는 것은 카오리가 생각하는 하지메의 인간상이 완전히 무너져 버렸기 때문이었다. 유에와 카오리의 첫 만남은 유에의 승리로 끝난 듯했다.

미묘한 분위기의 코우키 일행을 얼핏 본 하지메가, 유에와 시아를 데리고 파일 벙커의 말뚝 등 물건을 몇 개 회수한 뒤 천장에 뚫린 구멍으로 나가려고 했다.

그것을 눈치챈 코우키 일행도 세 사람을 따라가기 시작했다. 엔도가 모두 지칠 대로 지쳤으니까 지상으로 나갈 때는 하지메에게 편승하자고 제안했고 멜드 단장이 하지메에게 부탁해서 승낙을 얻은 것이었다.

하지메는 지상으로 가는 도중 방해되는 마물을 보이는 족족 순식간에 정리했다. 그 기막힐 만큼 강한 능력을 새삼스럽게 실감한 아이들은 이것이 한때 『무능』이라고 불리던 인간이 맞느냐며 각양각색의 표정을 보였다.

히야마는 새파랗게 질린 채 하지메를 노려봤고 콘도 파티는 질투의 시선을, 나가야마 파티는 감탄의 눈빛을 보내면서도 자신들과 함께하지 않겠다고 분명하게 선을 그은 데 대해 심란한 표정을 짓고 있었다.

콘도 파티는 하지메의 실력을 코앞에서 보아 위축되긴 했으나, 예전 하지메에 대한 인식이 미처 사라지지 않은 것 같았다. 나가야마 파티는 하지메가 히야마 패거리에게 어떤 취급을 받았는지 알면서도 못 본 척해 왔기에 뒤가 켕겨서 동료로 생각하지 않더라도 별수 없다는 생각이었다.

하지메는 뒤를 줄줄이 따라오며 이런저런 시선을 보내오는 코우키 일행을 깔끔하게 무시하고 제 갈 길만을 갔다.

도중에 스즈 안에 사는 아저씨가 흥분해서 유에게 집적대거나, 하지메에게 무슨 일이 있었는지 질문 공세를 펼치거나, 두 사람이 상대해주지 않자 시아의 거유와 토끼 귀를 노리기 시작하여 시즈쿠에게 물리적 제재를 받거나, 콘도 파티가 유에와 시아에게 흑심을 품고 말을 걸었다가 완전히 무시당하거나, 그래도 집요하게 달라붙어 결국 무단으로 시아의 토끼 귀를 만지려다 하지메에게 고무탄 세례를 받는 등…… 많은 일을 겪은 끝에 마침내 일행은 지상으로 나올 수 있었다.

카오리는 아직도 고개를 숙이고 생각에 빠져 있었고 시즈쿠는 그런 카오리 옆에 붙어서 그녀를 걱정스럽게 바라보고 있었다. 하지만 곧 카오리의 고민을 날려 버리는 충격적인 사건이 발생했다. 하지메에게 마음이 있는 한 명의 여자로서는 절대로 간과할 수 없는 사건이……

그것은 【오르크스 대미궁】 입장 게이트를 나온 순간 찾아왔다.

"앗! 아빠아! 다녀오셨어요오!"

"음?! 뮤."

하지메를 아빠라고 부르는 아이의 등장이었다.

모험가와 상인들의 시끌벅적함에 지지 않겠다는 양 기운차게 울리는 뮤의 목소리. 주위에 있는 살벌한 모험가나 호객으로 바쁜 상인들도 훈훈하게 눈웃음 짓고 있었다.

다다다다, 귀여운 발소리를 내며 하지메에게 일직선으로 달려온 뮤는 그대로 하지메에게 뛰어들었다. 하지메가 받아 내지 못하리라고는 꿈에도 생각하지 않는 것 같았다.

만화라면 로켓처럼 뛰어든 아이의 박치기가 배에 꽂혀 끙끙거릴 장면이지만 공교롭게도 하지메의 육체는 그렇게 약하지 않았다. 오히려 뮤가 다치지 않도록 충격을 완전히 흘려보내면서 확실하게 받았다.

"뮤, 마중 나왔어? 티오는 어쩌고?"

"응. 티오 언니가 슬슬 아빠가 돌아올지도 모른대서 마중 나왔어. 티오 언니는……"

"나는 여기 있다."

인파를 헤치고 흑발에 금색 눈을 가진 묘령의 미녀가 나타났다. 두말할 것도 없이 티오였다. 하지메는 언제 아이를 잃어버릴지 모를 인파 속에서 뮤와 떨어진 티오를 비난했다.

"야, 티오. 이런 데서 뮤랑 떨어지면 어떡해?"

"눈에 보이는 곳에는 있었으니 걱정 말거라. 다름이 아니라 조금 몹쓸 것들이 있어서 말이야. 뮤에게 자극적인 장면을 보여줄 수는 없지 않느냐."

아무래도 어떤 멍청이가 뮤를 유괴하려고 했나 보다. 뮤는 해인족 아이라서 이런 공공장소에서는 눈에 띄지 않도록 만일을 위해 후드를 쓰고 다닌다. 그래서 왕국이 보호하는 해인족 아이인 줄 모르고 몹쓸 생각을 품는 자도 있었다. 나이는 어리지만 후드 안으로 살짝 엿보이는 얼굴이 단정해 대단히 귀엽다는 것 또한 원인 중 하나일 것이다. 목적이 몸값인지 뮤 본인인지는 모르겠지만……

"그래? 그럼 어쩔 수 없지. ……그래서? 그 자살 희망자들 어딨어?"

"어허, 주인님. 내가 따끔하게 혼쭐을 냈으니 진정하거라."

"……쳇, 그럼 됐어."

"……정말로 애랑 헤어질 때 어쩌려고 이러나 모르겠구먼."

하지메가 어두운 웃음을 짓고 범인이 어디 있는지 물었지만 죽일 것이 뻔히 보이는 터라 티오가 반쯤 어이없어하며 달랬다. 처음에는 아빠라고 부르면 싫어 죽으려고 하더니 지금은 당연하단 듯 아빠 행세다. 【바다 위 마을 에리센】에서 정말로 헤어질 수 있을까…… 뮤보다 하지메가 더 불안할 정도였다.

그런 하지메와 티오의 대화를 듣던 코우키 일행은 강해진 것도 모자라 설마 애 아빠가 되어 있었을 줄은 몰랐다며 하나 같이 얼빠진 표정이었다. 특히 남자들은 대체 어떤 경험을 한 거냐며 자연스럽게 유에와 시아, 그리고 갑자기 나타난 흑발 거유 미녀에게 시선을 돌려 상상의 나래를 펼쳤다. 하지메가 미궁에서 날뛰었을 때보다 더 놀라고 있는지도 모르겠다.

냉정하게 생각하면 행방불명된 4개월 사이에 서너 살배기 아이가 생길 리 없지만 충격적 사실의 연속과 거듭된 전투, 이제 막 사지에서 생환한 여파로 코우키 일행에게는 그 냉정함이 결여되어 있었고 모두가 짠 것처럼 착각에 빠졌다.

그리고 얼이 빠진 그들 가운데서 한 명이 비척거리며 앞으로 나왔다. 얼굴은 분명 웃고 있는데 눈에는 전혀 웃음기가 없는…… 카오리였다. 카오리는 흐느적흐느적 걸어와서는 대뜸 눈을 부릅뜨며 하지메에게 달려들었다.

"하지메! 이게 어떻게 된 거야?! 진짜 하지메 아이야?! 애 엄마는 누구고?! 유에 씨?! 시아 씨?! 아니면 저기 머리가 검은 사람?! 설마 더 있어?! 대체 몇 명이나 낳은 거야?! 바른대로 말해! 하지메!"

"카오리, 진정해! 나구모 애일 리가 없잖아!"

카오리가 하지메의 멱살을 잡고 흔들면서 착란을 일으켰다. 하지메는 오해라고 말하면서 벗어나려고 했지만 카오리는 어

디서 그런 힘이 나오는지 꽉 붙잡고 떨어지지 않았다. 카오리
의 뒤에서 시즈쿠가 뜯어말리며 진정하라고 외쳐도 들리지 않
는 모양이었다.

그러는 사이 주위에서 수군수군 입방아를 찧는 소리가 들
렸다.

"저거 뭐야? 치정 싸움?"

"들어 보니까 여자가 있는데 다른 여자랑 애를 만들었다는군."

"그것도 한둘이 아니래."

"다섯 명을 동시에 임신시켰다는데?"

"아니, 나는 하렘을 만들어서 몇십 명이나 애를 배게 했다
고 들었는데?"

"그래도 아내한테는 쭉 숨기고 있었대."

"옳거니…… 그게 오늘 꼬리가 밟힌 거군."

"하렘이라니…… 부러운 자식."

"남자네, 남자야……. 귀신은 뭐하나, 저런 놈 안 잡아가고."

아무래도 하지메는 아내가 있는데도 하렘을 만들어 몇십
명의 여자를 임신시킨 끝에 그것을 아내에게 숨겨 온 인간쓰
레기가 되어 있는 모양이었다. 아직도 멱살을 잡고 흔드는 카
오리를 놔두고 먼눈으로 하늘을 우러러본 하지메는 어리둥절
하게 고개를 갸웃거리는 뮤의 머리를 쓰다듬으며 깊은 한숨
을 내쉬었다.

카오리가 새빨갛게 물든 얼굴을 시즈쿠의 가슴에 파묻고

있는 모습은 그야말로 쥐구멍에라도 숨고 싶은 꼴이었다. 냉정을 되찾고 자신이 허튼소리를 고래고래 외쳤다는 것을 깨닫자 수치심이 하늘을 찌른 것이었다. 「괜찮아~, 옳지, 그만뚝」이라고 어르는 시즈쿠의 모습은 영락없는 엄마였다.

하지메 일행은 입장 게이트를 떠나서 마을 입구 부근 광장에 와 있었다. 남자로서 능력을 인정받는 대신 사회적 가치가 폭락한 하지메는 로어 지부장에게 의뢰 달성을 보고하고 이야기를 두세 마디 주고받은 후, 여러 일로 소란을 일으켰다는 이유로 빨리 마을을 뜨기로 했다. 원래 이루와의 편지를 전하기 위해서 들른 것뿐이므로 보충할 여행용품도 없어 바로 떠나도 문제는 없었다.

마을을 나가려는 하지메 뒤를 코우키 일행이 줄줄이 따라온 것은 카오리가 따라왔기 때문이었다. 카오리는 여전히 수치심에 몸부림치면서도 머릿속으로는 어떻게 해야 할지 필사적으로 고민하고 있었다. 이대로 하지메와 헤어질 것인가, 아니면 따라갈 것인가. 심정으로는 따라가고 싶었다. 좋아하는 사람과 겨우 재회했는데 헤어지고 싶을 리가 없었다.

하지만 확실하게 결단을 내리지 못하는 것은 파티에서 빠진다는 죄책감과 변해 버린 하지메에 대한 마음의 동요 때문이었다. 게다가 그 동요를 간파당하고 비웃음을 산 것도 한몫했다.

유에가 그랬던 것처럼 카오리도 유에가 하지메를 진심으로 사랑한다는 것을 느끼고 있었다.

하지만 무엇보다 가시처럼 마음에 박힌 것은 하지메도 유에를 특별하게 생각한다는 것이었다.

서로를 사랑하는 두 사람. 그중 한 명에게 네 마음은 고작 그 정도라며 깔보였고 카오리 본인도 동요하는 마음에 자신의 감정을 의심하고 말았다.

자신이 하지메를 생각하는 마음은 유에보다 떨어지는 것이 아닐까? 이제 와서 자신이 마음을 털어놓은들 폐만 되는 것은 아닐까? 무엇보다 과연 자신은 지금의 하지메를 보고 있는 것일까? 과거의 하지메를 보고 있을 뿐인 게 아닌가?

거기에 더해 유에의 예사롭지 않은 실력과 하지메의 파트너임을 뽐내는 위풍당당한 자세에 카오리는…… 위축되었다.

요컨대 여자로서도, 마법으로도, 하지메에 대한 마음에 있어서도 카오리는 자신을 잃었다.

고민에서 헤어나지 못한 카오리를 두고서 하지메 일행이 기어코 마을을 나가려던 그때, 무언가 불온한 분위기가 감돌았다. 그것을 깨닫고 고개를 든 카오리의 눈에 열 명쯤 되는 남자가 길을 막아선 것이 보였다.

"야, 어딜 그냥 가려고? 우리 식구를 걸레짝으로 만들어 놓고 사과 한마디도 없냐? 앙?!"

무기를 든 꾀죄죄한 차림의 남자가 얼굴을 보기 싫게 일그러뜨리며 티오에게 말을 걸었다. 아마도 아까 뮤를 유괴하려고 한 패거리의 동료가 티오에게 보복하러 온 것 같았다. 하지만 그 천박한 시선에는 단순한 보복만이 아니라 달리 바라는 게 있다는 속마음이 뻔히 들여다보였다.

하지메 일행이 약해 빠진 불량배가 시비를 걸어온다는 틀에 박힌 상황에 기막혀하고 있자, 아마도 퇴역 용병 같은 그들은 하지메 일행이 무서워서 말도 꺼내지 못한다고 착각한 듯 더욱 기고만장해졌다.

그리고 그 눈을 유에와 시아에게도 돌리니 유에와 시아는 끈적한 시선에 노출되자 끔찍이도 싫은 티를 내며 하지메 뒤에 몸을 숨겼다. 하지만 남자는 역시나 겁먹었다고 착각했고 유에와 시아에게 둘러싸인 하지메를 협박했다.

"꼬맹아, 말 안 해도 알지? 죽고 싶지 않으면 여자는 두고 얼른 꺼져. 아, 걱정은 마, 제대로 보상만 받고 돌려줄 테니까."

"뭐, 그때는 이미 회까닥했겠지만."

뭐가 그리 웃긴지 남자들은 귀에 거슬리게 웃어 젖혔다. 그중 한 명이 뮤까지 겁먹게 한 시점에서 그들의 운명은 결정되었다.

평소와 같이 공간마저 일그러뜨리는 착각을 일으키는 위압감이 남자들을 짓눌렀다. 도저히 그냥 들어주지 못할 그들의 발언에 분개하여 앞으로 나온 코우키가 그 위압감에 휘말려 비틀거리는 게 얼핏 보였지만 하지메는 아랑곳하지 않고 남자들에게 다가갔다.

뒤늦게 자신들이 절대로 손을 대서는 안 될 상대에게 싸움을 걸었음을 깨달은 남자들이 허겁지겁 사과하려고 들었지만, 위압감에 눌려서 바닥에 네발로 엎드린 채 입도 뻥긋할 수 없었다.

하지메는 이미 그들에게 변명을 들을 생각이 없었다. 뮤에게 악의를 내보여 겁먹게 한 것이 하지메로 하여금 그들에게 죽음보다 괴로운 인생을 걷게 하겠다는 결단을 내리게 했다.

하지메는 위압감을 조금 풀어서 전원 엉덩이를 들고 무릎 꿇게 했다. 그리고 일렬로 정렬한 후 끝에서부터 순서대로 남자의 상징에 총알을 박아 넣는다는, 악마 같은 소행을 거리낌 없이 자행했다.

너무나도 무자비한 반격에 코우키 일행은 식겁하며 뒷걸음질 쳤다. 특히 남성진은 모두 사타구니를 붙잡고 얼굴을 새파랗게 물들였다.

유에 및 세 사람은 그런 아이들은 본체만체하며 돌아오는 하지메에게 달려갔다.

"또 가차 없이 저질렀구먼그래. 과연 주인님이야. 짐승 같은 종자들이라고는 하나 조금 딱한 마음이 들었어."

"평소보다 더 화내던데요? 과보호가 날로 심해지는 느낌이⋯⋯."

"⋯⋯응, 그것도 있지만⋯⋯ 우리 일로도 화냈어."

"네?! 저도요? 에헤헤, 하지메 씨도 참⋯⋯ 고마워요오~."

"⋯⋯유에는 못 속이겠네."

"⋯⋯응. 항상 하지메를 보고 있으니까."

"유에⋯⋯."

결국 또다시 둘만의 세계를 만들기 시작하는 하지메와 유에에게 시아가 태클을 걸었고, 뮤가 관심을 사려고 하지메에게 뛰어들었으며, 티오가 변태 발언으로 하지메의 눈총을 사 헉 헉댔다. 그 광경은 하지메를 중심으로 이어져 있었다.

카오리는 세 여성에게 둘러싸여 뮤를 안아 달래는 하지메를 가만히 바라봤다.

방금 그 광경.

하지메는 역시 폭력을 휘두르는 데 거리낌이 없어졌다. 그 것은 예전의 하지메와는 큰 차이였고 언뜻 보기에는 하지메의 상냥함을 부정하는 것 같았다.

하지만 지금 하지메가 화를 내며 힘을 쓴 것은 무엇을 위해 서였던가. 그것은 하지메에게 다가가 즐겁게, 기쁘게 웃는 그 녀들을 위해서였다.

과연 상냥한 마음을 잃은 사람이 그런 웃음 속에 둘러싸일 수 있을까? 저렇게 어린 아이가 아빠라고 부르며 따를까?

그리고 하지메의 변모에 동요하여 잊고 있었지만 애당초 하지메는 자신의 생존을 알려서 카오리를 안심시키고자 다시 미궁에 들어왔다. 거기다가 카오리를 위해 미궁에 들어왔으면서 다른 사람도 버리지 않았다. 치명상을 입은 멜드 단장을 구했고 코우키 일행을 동료에게 지키게 했다.

거기서 카오리는 깨달았다. 하지메가 폭력을 휘두르는 데 거리낌이 없는 것은, 그리고 적에게 자비를 보이지 않는 것은, 소중한 무언가를 확실하게 지키기 위함임을……. 물론 그 무언가에는 본인의 목숨도 포함되어 있겠지만, 다른 사람을 위하는 마음이 존재하는 것은 확실했다. 그것은 하지메를 둘러싼 그녀들의 미소가 증명하고 있었다.

카오리는 상상했다. 하지메는 머리색을 잃었다. 오른쪽 눈과 왼팔도 없었다. 분명 상상을 초월하는 가혹한 환경에서 살아남은 것이 틀림없으리라. 심신이 몇 번이나 망가질 뻔했던 게 분명하다. 아니, 어쩌면…… 한 번 망가져 버렸기에 변심했는지도 모른다. 그래도 하지메는 저렇게 웃음에 둘러싸이는 길을 걷고 있다.

그 사실이 카오리의 마음에 낀 안개를 걷었다. 빠진 퍼즐 조각이 들어맞는 소리가 난 느낌이 들었다. 자신은 무엇을 망설였던 걸까. 눈앞에 『하지메』가 있다. 마음에 품었던 사람이 있다. 『무능』이라고 불리면서도 나락 밑바닥에서 기어 올라왔고 큰 힘을 얻어서 자신을 구하러 와준 사람이 있다.

변한 부분도 있는가 하면 변하지 않은 부분도 있다. 하지만 그것은 당연한 일. 사람은 시간과 경험, 만남으로 변해 가는 법이니까. 그렇다면 무엇을 두려워할 필요가 있는가. 왜 물러날 필요가 있단 말인가.

모르는 부분이 있다면 옆에 있으면서 알아 가면 된다. 지금까지 그 교실에서 그래 왔듯이.

이 마음이 남보다 못할 리 없다! 하지메를 둘러싼 저들 사이에 끼지 말란 법이 어디 있단 말인가! 더 이상 누군가가 이 마음을 비웃게 할 수 있을쏘냐!

카오리의 눈동자에 결의와 각오가 깃들었다. 옆에 있는 시즈쿠가 친구의 변화에 싱그레 입꼬리를 올리며 살며시 등을

밀었다. 카오리는 시즈쿠에게 감사를 담아 고개를 끄덕이곤 눈동자에 더욱 강한 힘을 품으며 또 하나의 전쟁터로 발을 내디뎠다. 바로 여자의 전쟁터로…….

하지메 일행은 카오리가 다가오는 것을 알아차렸다. 하지메는 배웅인가 생각했지만 옆에 있는 유에는 문득 경계심을 띠며 눈썹을 까딱 올렸다. 시아도 호기심에 찬 눈으로 카오리를 보았고 티오도 「오호, 폭풍이 오는구나~」 같은 소리를 지껄였다.

하지메는 아무래도 평범한 배웅은 아닌 것 같다며, 불길한 예감에 미간을 좁히고 카오리를 맞았다.

"하지메, 나도 데려가주면 안 될까? ……아니지, 무조건 따라갈 거니까 잘 부탁해."

"…………………엉?"

와서 대뜸 한다는 소리가 인사도 부탁도 아니라, 그저 「그렇게 됐으니 잘 부탁해」였다. 뜬금없는 전개에 하지메는 눈을 끔뻑거리며 무심코 어리벙벙하게 되묻고 말았다. 좀처럼 사태를 이해하지 못해 말문이 막힌 하지메 대신 유에가 앞으로 나섰다.

"……너한테 그럴 자격은 없어."

"무슨 자격? 하지메를 얼마나 좋아하는지 말이야? 그럼 아무한테도 지지 않는데?"

유에의 말에 카오리는 태연히 대답했다. 유에가 더욱 경계하며 입을 시옷 자로 꺾었다.

카오리는 한 번 유에와 똑바로 눈을 맞췄다. 눈동자 안쪽에서 폭발할 듯 타오르는 뜨거운 결의가 보였다. 카오리는 분명 제 인생 최대의 난적이 될 황금빛 소녀에게 가만히 결의를 담은 시선을 쏘았다.

카오리는 유에가 그 시선에 살짝 눈을 찌푸린 것을 보고 눈길을 거두었다. 그리고 그 흔들림 없으면서도 보는 이의 가슴이 옥죌 만큼 애절한 눈빛을 하지메에게 돌렸다.

마치 기도를 올리듯 가슴 앞에서 양손을 깍지 끼고, 긴장과 부끄러움으로 볼을 새빨갛게 물들인 채 크게 숨을 들이쉬었다. 단 한마디를 쥐어짜기 위한 깊고 긴 심호흡. 분명 그날, 거리에서 무릎 꿇은 하지메를 봤을 때부터 태어난 감정.

떨리는 목소리를 애써 추스르며 그것을 분명하게…… 전했다.

"하지메, 처는 당신을 좋아해요."

"……시라사키."

각오와 성의가 담긴 말에 하지메도 성의 있게 대답했다.

"나는 좋아하는 여자가 있어. 네 마음에는 부응해줄 수 없어. 그러니까, 데리고 가진 않을 거야."

하지메의 명료한 대답에 카오리는 한순간 눈물이 날 것 같아 아랫입술을 지그시 깨물고 고개를 숙였다. 하지만 곧 나올 것 같던 눈물을 집어넣고 눈에 힘을 주며 얼굴을 들었다.

그리고 알고 있다는 듯 고개를 끄덕였다. 카오리의 뒤에서는 코우키 일행이 아연실색, 망연자실, 아비규환을 연출했지만 카오리는 아랑곳하지 않고 마음을 말로 표현했다.

"……응. 알아. 유에 씨 말이지?"

"그래. 그러니까……."

"하지만 그건 옆에 있으면 안 될 이유는 아니라고 생각해."

"뭐?"

"시아 씨도, 확실하진 않지만 티오 씨도 하지메를 좋아하지? 특히 시아 씨는 상당히 진지하게. 내 말 틀렸어?"

"그건……."

"하지메에게 특별한 사람이 있는데도 포기하지 않고 하지메 옆에 있잖아. 하지메도 그걸 용인하고 있고. 그럼 거기에 내가 있어도 문제없지? 널 좋아하는 마음은…… 누구에게도 밀리지 않아."

카오리는 그렇게 말하고 불꽃이 깃든 게 아닐까 싶은 뜨거운 눈빛으로 유에를 봤다. 그 눈에서는 내 마음은 너에게도 밀리지 않는다, 더는 비웃게 하지 않겠다는 카오리의 강한 의지가 엿보였다. 그것은 의심의 여지가 없는 선전 포고이자 오직 하나뿐인 『특별한 자리』를 빼앗고야 말겠다는 의사 표명이었다.

카오리의 불꽃 같은 시선을 똑바로 바라보는 유에는, 웬일로 누가 봐도 알 수 있을 만큼 크게 입을 움직여 기세등등하게 웃었다.

"……그럼 따라와. 그리고 알려줄게. 나와 너의 차이를……."

"『너』가 아니라 카오리야."

"……그럼 나는 유에라고 불러. 카오리의 도전, 받아줄게."

"후후. 잘해보자, 유에. 져도 울진 말고."

"……후, 후후후후홋."

"아하, 아하하하하핫."

유에와 카오리가 하지메와는 다른 의미로 둘만의 세계를 만들어 냈다. 고백받은 건 자신인데 어느샌가 개밥에 도토리 신세에다가 카오리의 파티 참가가 결정되었다. 하지메가 먼 산을 봤다. 옆에서는 웃어 대는 유에와 카오리를 보며 시아와 뮤는 부둥켜안고 부들부들 떨고 있었다.

"하, 하지메 씨! 제 눈이 이상한 건가요? 유에 씨 뒤에 먹구름과 번개를 등진 용이 보이는데요?!"

"……멀쩡한 거 같은데? 나도 시라사키 뒤에 칼 든 한냐가 보이거든."

"아빠~! 언니들 무서워!"

"하악, 하악, 둘 다 제법…… 저런 눈으로 쳐다보면…… 으음, 좋구나."

유에와 카오리는 가슴을 앞으로 쭉 내밀고 저마다 스오드#12를 등 뒤에 불러내어 웃었다. 하지메는 「너희가 언제부터 그런 캐릭터였냐」며 태클을 걸고 싶었지만, 긁어 부스럼이 될까 봐 뮤와 시아를 토닥이며 자연스럽게 수습될 때까지 기다리기로 했다. ……숙맥이라고 하진 말아 줬으면 한다.

#12 스오드 스탠드. 만화 『죠죠의 기묘한 모험』에서 나오는 기술. 등 뒤나 곁에 유령처럼 무언가가 나타난다.

하지만 그런 카오리의 의사에 이의를 단 사람이 있었으니…… 물론『용사』아마노가와 코우키였다.

"자, 잠깐만! 잠깐 기다려 봐! 뭐가 뭔지 모르겠어. 카오리가 나구모를 좋아해? 따라간다고? 아니, 그게 무슨 말이야? 왜 갑자기 그런 이야기가 나와? 나구모! 너 대체 카오리한테 무슨 짓을 한 거야!"

"……이건 또 뭔 소리래?"

아무래도 코우키는 카오리가 하지메에게 반했다는 현실을 인정하지 못하는 모양이었다. 갑자기 이렇게 된 것이 아니라 단순히 코우키가 눈치채지 못한 것뿐이었지만, 코우키의 눈에는 뜬금없이 카오리가 기행을 벌였고 그 원흉이 하지메인 것으로 보였나 보다. 하지메는 정말로 끝까지 자기 좋을 대로만 해석하는구나, 하며 저도 모르게 되묻고 말았다.

하지메가 카오리에게 무슨 짓을 했다고 철석같이 믿는 코우키는 분개하여 거의 성검을 뽑을 기세로 다가왔다. 하지만 시즈쿠가 두통을 참는 얼굴로 코우키를 말렸다.

"코우키. 나구모가 무슨 짓을 했을 리가 없잖아? 냉정하게 생각해. 너는 몰랐나 본데 카오리는 훨씬 전부터 쟤를 좋아했어. 원래 세계에 있을 때부터 말이야. 왜 카오리가 나구모한테 그렇게 수시로 말을 걸었을 것 같아?"

"시즈쿠…… 너 무슨 소리야? 그건 카오리가 착하니까, 혼자 있는 나구모를 불쌍하게 생각해서 그런 거잖아? 협조성도 없고 매사에 의욕도 없는 오타쿠 나구모를 카오리가 좋아할

리 있어?"

코우키와 시즈쿠의 대화를 듣는 하지메는 사실이지만 면전에서 들으니 의외로 열 받는다며 뺨을 실룩거렸다.

그때 소동을 알아차린 카오리가 스스로 사태를 수습하고자 코우키와 그 뒤에 있던 아이들에게 설명했다.

"코우키, 애들아, 미안. 이기적이란 건 알지만…… 난 꼭 하지메랑 같이 가고 싶어. 그러니까 파티에서 빠질게. 정말로 미안해."

그렇게 말하고 머리를 깊숙이 숙이는 카오리에게 스즈와 에리, 츠지, 요시노 등 여성진은 환호성을 지르며 응원을 보냈다. 나가야마, 엔도, 노무라 세 사람도 카오리의 심정은 짐작하고 있었기에 신경 쓰지 말라고 쓴웃음 지으며 손을 흔들었다.

하지만 당연히 코우키는 카오리의 말에 고개를 끄덕이지 않았다.

"거짓말이지? 아니, 이상하잖아. 카오리는 항상 내 곁에 있었고…… 앞으로도 그럴 거잖아? 카오리는 나랑 어릴 적부터 쭉 함께 지낸 친구고…… 그러니까…… 나랑 같이 있는 게 당연해. 카오리, 맞지?"

"……코우키. 우리가 어릴 때부터 쭉 친구인 건 맞지만…… 그렇다고 앞으로도 계속 함께 있으란 법은 없어. 그거야말로 당연하다고 생각하는데……."

"그만 좀 해, 코우키. 카오리는 딱히 네 소유물이 아니야. 뭘 어떡할지를 정하는 건 카오리 본인이라고."

소꿉친구 둘에게 그런 말을 듣자 코우키는 어리벙벙했다. 그리고 문득 하지메를 보았다.

하지메는 자기는 모르는 일이라며 다른 곳을 바라보고 있었다. 그런 하지메의 주위를 둘러싼 미녀, 미소녀를 보자 코우키가 차츰 눈을 치켜떴다. 저 안에 **나의** 카오리가 들어간다고 생각하자 지금껏 느낀 적 없는 시커먼 감정이 치밀어 올랐다. 그리고 충동에 이끌려 아전인수식 해석에 박차를 가했다.

"……카오리. 가면 안 돼. 이건 카오리를 위해서 하는 말이야. 한번 봐. 저기 있는 나구모를. 여자를 몇 명이나 끼고 있고 저런 어린애까지…… 심지어 토인족 여자애는 노예 목줄까지 차게 했어. 흑발 여성도 방금 나구모를 『주인님』이라고 부르더라. 분명 그렇게 부르라고 강요한 거야. 나구모는 여자를 무슨 수집품 같은 거로 착각하고 있어. 혐오스러워. 사람도 아무렇지 않게 죽이고, 강력한 무기를 가졌으면서 동료인 우리에게 협력하려고 하지도 않아. 카오리, 저 녀석을 따라가도 불행해질 뿐이야. 그러니까 여기 남는 게 나아. 아니, 남아. 내가 원망받더라도 너를 위해서 나는 널 못 가게 할 거야. 절대로 못 보내!"

코우키의 너무나도 생뚱맞은 발언에 모두가 할 말을 잃었다. 하지만 흥분한 코우키는 이미 멈추지 않았다. 설득하기 위해 카오리를 바라보던 눈길은 무슨 생각에서인지 하지메 옆의 여성들에게 옮겨 갔다.

"너희도 그래. 더는 그 남자랑 같이 있지 마. 나랑 함께 가자! 너희 실력이라면 환영이야. 함께 사람들을 구하자. 시아라고 했던가? 걱정 마. 나를 따라오면 바로 노예에서 해방시켜줄게. 티오도 이제는 주인님이라고 부르지 않아도 돼."

코우키는 그렇게 말을 늘어놓고는 상큼한 미소를 지으며 그녀들에게 손을 내밀었다. 시즈쿠는 얼굴을 손으로 가린 채하늘을 봤고 카오리는 입을 다물지 못했다.

그리고 코우키가 스마일과 손을 내미는 것을 본 세 여성은……

""".……".""

아무 말도 나오지 않았다. 코우키의 눈길을 외면하고 양손으로 팔뚝을 문지르고 있었다. 잘 보니 온통 닭살투성이였다. 어떻게 보면 제법 타격이 있었나 보다. 티오조차 「이건 좀 아니구나……」라며 눈썹을 늘어뜨리고 오싹해했다.

코우키는 그런 그녀들을 보고 손을 내민 채 웃는 얼굴을 실룩거렸다. 눈을 맞추기는커녕 기분 나쁜 듯 냉큼 하지메 뒤로숨는 것을 보고 약간 충격을 받았다.

그리고 그 충격은 분노로 변하여 행동으로 나타났다. 무모하게도 하지메를 노려보며 성검을 뽑아…… 바닥에 꽂았다. 코우키는 사생결단하자는 식으로 하지메에게 손가락을 척 들이밀며 선언했다.

"나구모 하지메! 결투를 신청한다! 무기를 버리고 맨손으로승부를 가르자! 내가 이기면 두 번 다시 카오리에게는 접근하지 마! 그리고 거기 여성들도 모두 해방할 것!"

"와, 소름이……. 이 용사 예상 이상으로 중증이네. 이젠 진짜 눈 뜨곤 못 보겠는데……."

"뭘 구시렁거려! 겁먹었어?!"

성검을 바닥에 꽂고 맨손 승부를 제안한 것은 분명 검을 뽑은 후 하지메가 무기를 쓰면 이길 가망이 없다고 생각했기 때문이리라. 의식적으로 그랬는지 무의식적으로 그랬는지는 모르겠지만…… 보고 있는 모두가 코우키의 언동에 눈살을 찌푸렸다.

하지만 코우키는 자신의 정의를 굳게 믿으며, 하지메 때문에 불행에 빠진 여성들과 소꿉친구를 구하고야 말겠다고 벼르는 터라 주변 분위기를 눈치채지 못했다. 본디 맹목적이고 저돌적인 성격에 처음 느낀 『질투』가 합쳐져 완전히 통제 불능이었다.

코우키는 하지메가 승낙한다는 말도 하지 않았는데 맹렬히 달려왔다.

하지메는 한숨 쉬면서 두세 발짝 뒤로 물러났고, 그것을 본 후 무기를 쓰지 못해 겁먹었다고 생각한 코우키는 더욱 힘차게 뛰어들었다. 앞으로 몇 발짝이면 주먹이 닿을 거리인데도 하지메는 양손을 축 늘어뜨리고 별다른 반응을 보이지 않았다. 코우키는 하지메가 미처 반응하지 못하는 것이라고 생각하여 승리를 확신했다. 그 순간—

"응?!"

코우키가 사라졌다.

정확히는 주먹에 힘을 실으려고 있는 힘껏 마지막 한 걸음을 내디딘 순간, 떨어졌다. 땅바닥의 구멍으로…… 하지메는 처음 두세 발 물러났을 때 신발에 설치해 둔 마법진을 사용해 연성을 행했고 바닥에 약 4미터 깊이의 구멍을 만들었다.

그 함정은 코우키를 집어삼키더니 순식간에 본래 돌바닥으로 돌아갔다. 그리고 땅 아래에서 폭발음이 둔하게 울렸다. 구멍을 연성했을 때 덤으로 섬광 수류탄과 충격 수류탄, 마비 수류탄과 최루 수류탄을 『보물 창고』에서 바닥 아래로 전송시켜 둔 것이었다.

아마 땅 아래서는 탈출하려고 한 코우키에게 폭발의 충격이 덮치고, 섬광이 시야를 빼앗고, 최루 성분이 눈과 코를 괴롭히며, 마비 성분이 몸부림도 치지 못하게 몸을 경직시키고 있으리라.

그래도 공기가 안 통하면 죽을지도 모르니까 하지메는 묵묵히 다시 연성으로 얼굴 주변은 막지 않게끔 작은 숨구멍만 터줬다.

이 일이 일어나는 동안 제삼자의 눈에는 하지메가 아무 짓도 하지 않고 멀뚱히 서 있는 것으로만 보였다. 그리고 혼자 화내고 혼자 돌진했다가 혼자 떨어져서 사라진 코우키는 무척이나…… 안쓰러운 사람처럼 보였다.

"아~, 야에가시. 일단 살아는 있으니까 이따가 파내줘."

"……하고 싶은 말은 산더미 같지만…… 알았어."

코우키에 관한 귀찮은 일은 야에가시 시즈쿠에게 상담하

라. 원래 세계에 있을 때부터 존재한 암묵의 룰에 따라 하지메는 시즈쿠에게 뒷일을 모두 떠넘겼고, 시즈쿠는 손으로 눈을 가리며 한숨 쉬었다.

드디어 출발을 방해하는 것이 사라졌다……고 생각했더니 이번에는 히야마 패거리가 아우성이었다. 그들의 말인즉 카오리가 빠지는 구멍이 너무 크다는 것이었다. 카오리가 빠지면 이번에야말로 사망자가 나올지도 모른다. 그러니까 제발 남아 달라고 설득을 반복했다. 특히 히야마의 이의 제기가 극성스러웠다. 마치 오랜 세월 원하던 것이 곧 손에 들어올 것 같은데, 그것이 제 손아귀에서 빠져나가는 것에 안달을 내는…… 그런 느낌이었다.

히야마를 포함한 네 사람은 카오리의 굳은 결의에 설득이 어렵다는 것을 알자, 이번에는 하지메를 남아 보게 하려고 구슬리기 시작했다. 옛날 일은 사과할 테니까 앞으로 친하게 지내자는 등 당치도 않은 소리를 태연히 해 댔다.

그럴 생각은 추호도 없는 주제에 아주 친한 친구인 양 웃음 지어 하지메의 눈치를 살피는 그들에게 하지메뿐 아니라 다른 아이들까지도 불쾌하다는 표정을 지었다. 그런 가운데 하지메는 재회한 이래 처음으로 히야마의 눈을 가까이서 보았다. 카오리가 빠져나간다는 사실도 영향을 미친 건지, 그 눈은 광적인 빛을 발하고 있는 듯 느껴졌다.

아이들이 네 사람을 말리려다가 다시 언쟁을 벌일 것 같은 단계에 이르렀다. 하지메는 기왕 이렇게 됐으니 그날의 진상을 확인할 겸, 현 상황의 해결을 위해 히야마에게 말을 걸어 보기로 했다. 입가에 빈정거리는 웃음을 띠면서—.

"근데 히야마. 불 속성 마법 실력은 좀 늘었어?"

"……어?"

불시에 날아든 질문에 히야마가 몇 초간 말을 잃었다. 하지 만 질문의 의도를 깨달았는지 서서히 낯빛이 파래졌다.

"무, 무슨 소리야? 나는 근접 전투원이고…… 가장 적성에 맞는 건 바람 속성인데."

"아, 그래? 난 또 불 속성인 줄만 알았네."

"차, 착각이겠지. 생뚱맞게, 무슨 소릴 하는가 했더니……."

"그럼 좋아하나 봐? ……특히 화구 같은 걸. 무심코 툭 써 버릴 정도로."

"……."

히야마의 낯빛은 파랗다 못해 하얬다. 그 반응을 보고 하지 메는 확신했다. 그리고 카오리가 파티를 빠지려고 하자 초조 해하는 그 태도에서 사건의 동기도 짐작했다. 하지메는 용케 지금까지 무사했다며 카오리를 곁눈질했다.

하지메는 이제 와서 복수하고 싶다는 마음은 전혀 없었다. 적대한다면 용서하지 않겠지만 그렇지 않다면 방치할 생각이 었다. 여기서 보복했다가는 코우키 일행과 마찰을 빚게 될 테 고 히야마 때문에 그럴 수고를 감수할 이유는 없었다. 지금 하지메에게 히야마 패거리는 정말로 길가의 돌멩이 만큼의 가 치도 없기 때문이었다.

하지메는 입을 다문 히야마에게서 떨어져서 그들 패거리에게 직설적으로 고했다.

"옛날 일은 신경도 안 쓰거니와 너희 사과 같은 건 필요도 없어. 나한테 너희는 다 동등하게 무가치하거든. 그러니까 무슨 말을 하건 내 알 바 아니야. 알아먹었으면 빨랑 꺼져! 시끄럽게 굴지 말고!"

네 사람은 하지메의 말투에 분노를 드러냈다. 하지메가 히야마에게 만면에 웃음을 띠고 말했다.

"히야마. 너라면 내 말 알겠지?"

히야마는 흠칫하더니 아무 말도 없이 고개를 끄덕이고는 나머지 세 사람에게 그만하라고 말렸다. 히야마도 하지메가 자신이 범인임을 깨달았단 것을 알고 그 말에 숨은 의도를 파악해 하지메와 말을 맞춘 것이었다.

세 사람은 히야마의 태세 전환에 의아해했지만 히야마가 감정을 꾹꾹 억누르는 모습이 심상치 않아 마지못해 하지메의 설득을 단념했다.

마침내, 정말로 마침내 하지메 일행의 출발을 막는 방해꾼이 없어졌다. 카오리는 여관에 맡겨 놓은 자신의 짐을 챙기러 간 짧은 시간 동안(히야마 패거리가 따라가려고 했지만 하지메의 『위압』으로 저지당했다), 류타로 및 몇 사람이 코우키를 파내는 걸 슬쩍 본 시즈쿠가 하지메에게 말을 걸었다.

"뭐라고 해야 할지 모르겠네……. 이것저것 미안해. 그리고 다시 한 번 말할게. 고마워. 구해준 것도 그렇고, 살아서 카오리를 만나러 와준 것도……."

하지메는 사과와 감사를 전하는 시즈쿠에게 무심코 실소했다. 갑자기 웃음을 터뜨린 하지메에게 시즈쿠는 의아하다는 표정으로 왜 웃느냐고 눈빛으로 물었다.

"아니, 미안. 그냥, 여전히 사서 고생이구나 싶어서. 원래 세계에 있을 때도 몰래 사과하거나 고맙다고 하러 왔었지. 이세계에서도 여전하네. ……융통성도 좀 가져. 미간에 주름 생길라."

"……너야말로 괜한 참견이거든? 그러는 너는 많이 변했어. 저렇게 여자를 거느리고 거기에 딸까지……. 일본에 있을 때의 널 생각하면 상상이 안 돼……."

"내가 반한 사람은 한 명뿐인데 말이지……."

"……내가 이런 말 할 처지는 아니고, 할 얘기도 아니란 건 알지만…… 가능한 한 카오리도 좀 봐줘. 부탁할게."

"……."

하지메는 대답하지 않았다. 카오리의 마음을 받아들일 생각이 없는 이상, 솔직히 데리고 가지 말아야 한다고도 생각했다. 결국 유에에게 떠밀려 허락하긴 했지만…… 어째서 반한 여자 쪽에서 잇따라 다른 여자의 동행을 허가하는 것인지……. 하지메는 자신이 유에의 말을 거절하지 못하는 것은 생각도 하지 않고 어쩌다가 이렇게 됐을까, 하며 상념에 잠겼다.

이야기를 진지하게 듣지 않는 하지메의 태도가 시즈쿠의 우정에 불을 붙였다.

"……똑바로 봐주지 않으면…… 힘들어질 거야."

"……? 힘들어져? 뭐야, 그—."

"『백발 안대의 처형인』같은 건 어때?"

"……뭐?"

"아니면 『파괴 순회』라고 쓰고 『아웃브레이크』라고 읽는다, 같은 건?"

"잠깐만, 너 대체 무슨……."

"그거 말고도 『칠흑의 포학』이나 『붉은 번개의 연성사』같은 것도 있는데."

"너, 너, 너, 설마……."

시즈쿠가 갑자기 의미 모를 명칭을 열거하자 하지메는 처음 엔 의아하다는 표정을 지었지만, 시즈쿠가 재밌다는 듯 하지 메를 머리부터 발끝까지 뜯어보는 것을 보고 그 의도를 깨달 았다. 하지메의 얼굴이 순식간에 새파래졌다.

"후후후, 지금 나는 『신의 사도』인 용사 파티 일원이야. 무 슨 말만 하면 어찌나 빨리 퍼지는지……. 동네 아줌마들 입소 문 같다니깐. 그럼, 나구모. 너는 어떤 별명이 마음에 들어? 제법 이름 붙이기 좋은 모습이 되었으니까 내가 널리 널리 퍼 뜨려줄게."

"기다려, 잠깐 기다려! 네가 어떻게 그런 공격법을 알고 있어?!"

"카오리가 공부하는 걸 도왔거든. 카오리는 너랑 이야기하 고 싶어서 네가 말한 만화나 애니메이션을 보고 오타쿠 문화 를 공부했었어. 나도 그때 자주 같이 있었으니까 지식만이라 면 상당히 잘 알아. 지금 나구모 같은 사람을 두고 하는 말이 있었지? 뭐라더라, 중2—."

"그마아아안! 그만해애애애!"

"어, 어머, 상상 이상으로 약발이 잘 듣네……. 스스로도 사실 그렇게 생각했나 봐?"

"이, 이 악마가……."

하지메는 이미 무릎 꿇고 온몸을 덜덜 떨고 있었다. 되살아나는 중학생 시절의 흑역사. 기억 속 깊숙이 봉인한 그것이 「불렀어?」 하며 얼굴을 쏙 내밀었다.

"후후, 그럼 카오리는 잘 부탁할게."

"……."

"후우, 파멸 만가, 부활 재앙……."

"아, 알았어! 알았으니까 그런 민망한 별명 붙이지 마!"

"카오리는 잘 부탁할게."

"……적어도 매몰차게 대하진 않겠다고 약속할게."

"그래, 그거면 충분해. 더 몰아붙였다간 발광할 것 같기도 하고……. 대신 약속 어기면 이 세계와 일본에 널 소재로 한 소설이라도 낼 생각이니까 각오해."

"너 사실 최종 보스지? 맞지?"

수치심에 통렬한 일격을 받아 발광 직전인 하지메는 머리를 부여잡았다. 조금 떨어져서 그런 하지메를 보던 유에 일행과 아이들은 압도적 강자인 하지메를 대화만으로 무릎 꿇게 한 시즈쿠에게 전율했다.

하지메가 자기 안에 잠든 흑역사와 현재 자신의 외모에 관한 번뇌와 싸우고 있는데 카오리가 타박타박 발소리를 내며 돌아왔다. 그리고 시즈쿠 앞에서 끙끙거리는 하지메를 보고 눈을 휘둥그렇게 떴다.

유에는 하지메를 무릎 꿇게 한 시즈쿠가 신경 쓰여 카오리와 정보를 교환했다. 유에는 스스럼없는 대화를 주고받은 뒤 세 치 혀만으로 하지메를 꺾은 시즈쿠를 보며 도통 모르겠다는 듯 신음했고, 카오리는「그러고 보니 둘이서 몰래 이야기하는 일이 자주 있었던 것 같은데……」라며 하지메와 시즈쿠를 번갈아 봤다. 그리고 두 사람은 결론을 내렸다.

어쩌면 여자의 싸움에서도 최종 보스가 아닐까, 라고…….

하지메는 뭐라고 형언하기 어려운 표정을 짓는 유에와 카오리를 신경 쓰면서 마침내 출발하기로 했다. 시즈쿠와 스즈 등 여성진과 나가야마 파티, 그리고 보고를 끝내고 달려온 멜드 단장이 배웅을 위해【호르아드】입구에 모였다.

여성진도, 나가야마 파티도, 그리고 멜드 단장도 약간의 거북함과 아직 가시지 않는 당혹감을 표정에 비추면서도 하지메 일행의 여행길 안녕과 함께 감사의 말을 전했다.

그리고 하지메가 꺼낸 브리제에 놀라움을 넘어서 어이없다는 시선을 보냈다.

시즈쿠와 카오리가 서로 손을 잡고 잠시 이별을 아쉬워하는데, 하지메가『보물 창고』에서 까만 칼집에 든 칼을 꺼내 시즈쿠에게 건넸다.

"뭐야?"

"야에가시 너 무기 부서졌지? 줄게. 가뜩이나 고생인데 시라사키가 빠지면 『(정신적) 위안거리』가 없잖아. 원래 세계에 있을 때 이것저것 도와준 답례야."

시즈쿠가 하지메에게 받은 칼을 칼집에서 천천히 뽑자 마치 빛을 흡수하는 듯한 칠흑빛 날이 나타났다. 문양은 없었으며 완만하게 굽었고 칼끝이 짧게 양날로 되었다. 코가라스라고 불리는 일본도 양식과 흡사했다. 하지메는 일본도 자체에는 식견이 없었지만 하우리아에게 건넨 소태도와 마찬가지로, 연성 단련 과정에서 만화에 등장한 칼을 참고로 만든 물건이었다.

"세계에서 가장 단단한 광석을 압축해서 만들었으니까 강도는 확실하고, 초보자가 대충 휘둘러도 강철이 잘릴 수준이야. 다룰 땐…… 너한테 할 소린 아니겠지만, 조심해서 써."

"……이런 엄청난 걸……. 역시 연성사는 연성사구나. 고마워. 잘 쓸게."

시즈쿠는 칼을 두어 번 휘둘러보고 전체적인 균형과 바람조차 가르는 듯한 손맛에 감탄해 미소 지으며 솔직하게 고마워했다. 사실 시즈쿠가 쓰는 야에가시류 검술은 당연하게도 일본도를 전제로 한 것이라서, 전에 쓰던 검으로는 아무래도 기술을 쓸 때 어색함이 있었다. 그래서 일본도를 얻은 것은 솔직하게 기뻤고 자연스럽게 미소에도 애틋함이 묻어났다.

"……최종 보스?"

"……시즈쿠."

"응? 왜 그래? 왜 둘 다 날 그렇게 쳐다봐?"

유에의 경계심으로 가득한 눈빛과 카오리의 난처하다는 눈빛에 시즈쿠는 영문을 몰라 당황했다. 마지막으로 뭐라고 말하기 힘든 분위기를 남긴 채 하지메 일행은 아이들에게 배웅받으며【여관 마을 호르아드】를 뒤로했다.

　쾌청한 날씨. 목적지는【그류엔 대사막】에 있는 7대 미궁 중 하나,【그류엔 대화산】. 기적 같은 재회 끝에 새로운 동료를 맞이한 하지메 일행은 서쪽으로 진로를 잡았다.

"젠장! 젠장! 이게 뭐냐고! 제까짓 게 날……!"

심야. 【여관 마을 호르아드】 외곽에 있는 공원. 그곳에 무수하게 자란 나무 중 한 그루를 주먹으로 치면서 억누른 목소리로 욕을 퍼붓는 남자가 있었다. 히야마 다이스케였다.

히야마의 눈동자는 증오와 동요와 초조함으로 심하게 흔들렸다. 그것은 이미 광적이라고 해도 과언이 아닌, 추하고 탁한 눈동자였다.

"아니나 다를까 약이 단단히 올랐네……. 하긴, 무리도 아니지. 사랑하는 카오리 공주님을 눈앞에서 다른 남자가 채 갔으니까."

그런 히야마의 뒤에서 비웃음을 듬뿍, 그리고 조그만 동정심을 담은 목소리가 들렸다. 확, 하는 소리가 날 것 같은 기세로 히야마가 돌아보고선 주먹을 꽉 쥐고 마치 짐승이 으르렁거리듯 말을 받았다.

"닥쳐! 젠장! 이게 아니야…… 이럴 예정이 아니었다고! 왜 그 자식이 살아 있어! 내가 뭐 때문에 그런 짓을 했는데……."

"혼자 입에 거품 물지 말고 대화를 하고 싶은데? 밀회를 들키면 변명하기 힘들다구."

"……이제 네 말을 들을 이유는 없어……. 나의 카오리는 이미……."

그 인물은 달빛이 나무 사이에 만든 그림자 속에 마치 실루엣처럼 서 있었다. 히야마는 옆에 선 나무를 주먹으로 치면서 속이 뒤집힌다는 투로 말했다.

히야마가 그 인물의 계획에 협력한 것은 카오리를 자기 손아귀에 넣을 수 있다는 말 때문이었다. 당사자인 카오리가 없어진 이상 이미 협력할 이유는 없었고 하지메에 대한 살인 미수를 폭로한다고 협박한들 피해자 본인이 폭로할 위험도 있는 이상 그게 그거였다.

하지만 그자는 어둠 속에서 입을 초승달 모양으로 찢으며 다시 히야마에게 악마의 유혹을 속삭였다.

"빼앗겼으면 다시 빼앗으면 돼. 그렇지 않아? 다행히 이쪽에는 좋은 미끼도 있어."

"……미끼?"

히야마는 말뜻을 이해하지 못해 미심쩍어하는데 그 인물은 입가를 이죽거리며 고개를 끄덕였다.

"그래, 미끼. 비록 자신의 마음을 우선해서 동료와 떨어졌다고 해도…… 과연 카오리는 같은 반 아이들을, 소꿉친구들을…… 놔둘 수 있을까? 그들이 궁지에 빠진 걸 알아도 말이야."

"너……."

"카오리를 다시 불러오는 건 쉬워. 그렇게 비관할 일이 아니야. 특히 이번 일은 나도 가슴이 철렁하긴 했지만…… 결과만 놓고 보면 오히려 잘됐어. 그래, 요행이라고 해도 좋을 정도야. 왕도로 돌아가면 마무리에 들어가 볼까? 그러면…… 네 소망은 이루어져."

"……."

히야마는 소용없다는 것을 알면서 그림자 속에 숨은 공범자를 노려봤다. 그 눈초리에도 눈앞의 인물은 변함없이 입을 찢어 웃을 뿐이었다.

히야마는 그 계획을 모두 파악하고 있지는 않았지만 지금 들은 이야기라면 그 계획이 반 아이들을 해하려는 것임을 알 수 있었다. 자신의 목적을 위해서 동고동락한 친구들을 눈 하나 깜짝하지 않고 배신하려는 것이다. 그리고 그 일에 쥐꼬리만 한 죄책감조차 느끼지 않는다. 그것을 깨닫자 히야마의 등에 오한이 쫙 끼쳤다.

'여전히 기분 나쁜 자식이야. ……하지만 나도 이미 돌이킬 수 없어. **나의** 카오리를 다시 찾기 위해선 할 수밖에 없는 일이야……. 그래. 망설일 필요가 어딨어? 이건 카오리를 위한 일이라고. 난 틀리지 않았어.'

히야마는 자신의 사고가 이미 파탄 났다는 것을 깨닫지 못했다. 공범자가 되어 지시받은 대로 명령을 따른 것을 외면하고 언제나 자신의 행동을 정당화하며 그 근거를 모두 카오리에게서 찾았다.

그림자 속 인물에게는 입을 다문 히야마의 심정이 손바닥 들여다보듯 훤히 보였다. 그래서 입가에 웃음을 띠며 뻔히 돌아올 대답을 기다렸다.

"······알았어. 지금까지 한 대로 협력할게. 그래도······."

"아, 그래, 나도 알아. 나는 내가, 너는 네가 원하는 것을 손에 넣는다. 기브 앤드 테이크, 참 좋은 말이지? 지금부터가 중요한 국면이야. 왕도에서도 잘해 보자."

히야마는 인상을 찌그렸지만 그 인물은 딱히 신경 쓰는 내색도 없이 빙글 돌아서서 나무 사이로 녹아들듯 사라졌다.

그 후 시궁창처럼 탁하고 어두운 눈을 형형하게 번득이는 타락한 소년만이 홀로 남았다.

한편, 마을 외곽 공원에서 수상한 밀담이 이루어지던 무렵, 다른 장소에서도 두 소년 소녀가 달빛을 받으며 서 있었다.

한쪽의 밀담 장소와는 달리 이곳은 아치를 그리는 작은 다리 위였다. 음식점이나 숙박 시설이 많은 마을의 특성상 수로가 많았고, 마을 뒷골목이나 상점 사이를 구불구불 지나는 수로에는 이렇게 다리가 걸려 있었다.

다리 아래로 지나는 수로의 물은 잔잔히 흘렀고, 그 수면에 반사된 하현달의 달빛이 다리 위에서 수면을 들여다보는 소년의 곱상한 얼굴을 비추었다.

아니, 정확하게 말하자면 들여다보는 것이 아니라 『고개를 떨어뜨리고 있다』는 표현이 어울릴 것이다. 또 곱상한 얼굴은 암울하게 그늘져 평소의 빛나는 외모와는 거리가 멀었다.

마치 회사가 파산하여 거액의 빚더미에 앉은 영세 기업 사장 같은 모습을 한 소년은 『용사』 아마노가와 코우키였다.

"……아무 말도 안 해?"

코우키가 수면에 비친 달을 보며 말을 건넸다. 그 상대는 그의 십년지기, 떠나 버린 여자아이의 반쪽, 야에가시 시즈쿠였다.

시즈쿠는 코우키와 달리 다리 난간에 등을 기대고 살짝 몸을 젖혀 하늘에 뜬 달을 바라보고 있었다. 난간 너머로 그녀의 트레이드마크인 포니테일이 바람에 한들한들 나부꼈다.

눈길을 주지 않는 소꿉친구의 말에 시즈쿠도 눈을 돌리지 않고 달을 바라보며 조용히 대답했다.

"무슨 말을 했으면 좋겠어?"

"……."

코우키는 아무 대답도 하지 않았다. 아니, 할 수 없었다. 수면에 비친 달을 봐도 머리에 떠오르는 것은 카오리가 마음을 털어놓을 때의 광경이었다. 불안과 환희를 가슴에 품고서 기도하듯 전한 마음은 그 표정과 어우러져 한 치 거짓도 없는 진심임을, 병적으로 둔감한 코우키마저 확신하게 만들었다.

코우키는 카오리와 십 년을 함께한 사이였지만 지금껏 단한 번도 그렇게 애틋하면서도 힘찬, 그리고 보는 이를 애달프게 하는 표정은 본 적이 없었다. 청천벽력이 이런 것이라고 생각했다.

그 표정을 떠올릴 때마다 코우키의 가슴에 이루 말하기 어려운 감정이 치솟았다. 그것은 어둡고 무거우며 몹시 추악한 감정이었다.

무조건적으로 아무런 근거도 없이, 하지만 당연하게 믿어

온 것. 카오리라는 소꿉친구는 언제나 자기 옆에 있으며 그것은 앞으로도 변하지 않으리라는 마음. 더 나아가면 카오리는 자기 것이었다는 마음. 쉽게 말하면 질투였다.

그 질투가 연정에서 온 것인지, 아니면 그냥 독점욕에서 온 것인지는 코우키 본인도 잘 알 수 없었지만 아무튼『빼앗겼다』는 생각이 가슴속에서 격하게 소용돌이쳤다.

하지만『빼앗은』장본인인 하지메(본인은 결코 인정하지 않겠지만)와 함께 가겠다고 정한 것은 다름 아닌 카오리였다. 게다가 그럴 리가 없다는 생각에 현실을 부정하고 싶어 신청한 결투에서는 제대로 상대조차 해주지 않았다. 자신의 비참함이나 하지메에 대한 분노, 카오리의 마음에 대한 의구심, 온갖 생각이 뒤섞여 코우키의 머릿속은 쓰레기통의 내용물이 죄다 쏟아진 것처럼 뒤죽박죽이었다.

그래서 어느샌가 옆에 와서 아무 말도 않고 서 있는 한 명의 소꿉친구에게 말을 던져 보았지만…… 대답은 쌀쌀맞기 짝이 없었다. 할 말이 떠오르지 않아서 코우키는 입을 다물 수밖에 없었다.

시즈쿠는 그런 코우키를 힐끗 곁눈질하고 눈썹을 내리깔며 못 말리겠다는 식으로 말문을 텄다.

"지금 코우키가 느끼는 그건 착각이야."

"……착각?"

시즈쿠에게서 예상하지 못한 말이 튀어나와 코우키는 복창하듯 되뇌었다. 시즈쿠는 달에서 눈을 떼고 코우키를 보며 말을 이었다.

"맞아. 카오리는 처음부터 네 것이 아니었어."

"그건……. 그럼, 나구모 거였다는 소리야?"

속마음을 정확하게 지적당하자 코우키는 눈이 파르르 떨렸고 대답이 궁해 거의 시비조로 반론했다. 거기에 시즈쿠는 눈앞이 번쩍하는 딱밤으로 대응했다. 자기도 모르게 비명을 지르면서 이마를 잡는 코우키를 놔두고 시즈쿠는 쌀쌀맞게 질책했다.

"바보야. 당연히 카오리는 카오리 거지. 무엇을 선택하든, 어디로 가든, 그걸 정하는 건 카오리야. 당연히 누구 곁에 있을지 정하는 것도……."

"……언제부터야? 시즈쿠는 알고 있었지?"

『무엇을』이라고는 묻지 않았다. 시즈쿠는 고개를 끄덕였다.

"카오리가 나구모와 만난 건 중학교 때였어. 그래도 나구모는 잊고 있었다……기보다 만났다는 것 자체를 몰랐나 보지만."

"……무슨 소리야? 어떻게 된 건데?"

"그건 언젠가 카오리 본인에게 들어. 내가 마음대로 말해도 되는 게 아니야."

"그럼 카오리가 교실에서 나구모에게 수시로 말을 걸었던 건 정말로…… 그…… 좋아해서……였어?"

"응, 맞아."

"……."

코우키는 듣고 싶지 않은 사실을 너무나도 쉽게 말하는 시즈쿠를 원망스럽게 바라봤다. 시즈쿠는 그러거나 말거나 아랑곳하지 않았지만……

　그 태도에도 화가 났는지, 코우키는 떼쓰는 아이처럼 속마음을 쏟아 냈다.

　"……왜 하필 나구모야? 일본에 있을 때 그 녀석은 오타쿠에, 의욕은 없지, 운동도 공부도 그저 그렇지, 특출한 점은 아무것도 없었잖아? ……항상 헤실헤실 웃으면서 그 자리만 얼렁뚱땅 넘어가려고 하고…… 카오리가 말을 걸 때도 건성으로 대했고…… 오타쿠고……. 나라면 카오리를 그렇게 성의 없이 대하지 않았을 거야. 언제나 소중히 생각했고 카오리를 위해서 가능한 일을 해 왔는데……. 게다가 나구모는 그런 식으로 여자들을 거느리고 물건처럼 다루는 저질스러운 녀석이라고. 그뿐만이 아니야. 그 녀석은 살인자야! 저항하지 않는 여성을 망설임 없이 죽였어. 머리가 어떻게 됐어! 그래, 그런 녀석을 카오리가 좋아한다니, 역시 이상해. 무슨 짓을 당한 게 틀림없, 아얏?!"

　이야기 도중 점점 흥분한 코우키가 하지메의 욕을 넘어서서 있는 말 없는 말까지 지어내기 시작하자, 다시 시즈쿠의 딱밤(무박자 버전)이 작렬했다. 코우키는 갑자기 무슨 짓이냐고 노려봤지만, 시즈쿠는 가볍게 무시하고 어이없는 표정을 지어 보였다.

　"또 나쁜 버릇 나왔어. 일을 전부 네 입맛대로 해석하지 말라니까, 내가 그렇게 주의를 줬는데."

"입맛대로 해석한다니…… 내가 언제……."

"하고 있잖아? 코우키가 나구모에 관해 뭘 아는데? 원래 세계에서 있었던 일도, 이곳에서 있었던 일도 아무것도 모르면서. 그 여자애들도 즐거워 보였어. 아니, 그 이상으로 행복해 보였어. 그 사실을 무시하고 마음대로 이상한 소리만 하고……. 지금 넌 나구모를 카오리에게 어울리지 않는 악역으로 만들려는 것뿐이란 거 알아? 그걸 입맛대로 해석한다고 하지, 아니면 뭐겠어?"

"그, 그래도…… 사람을 죽인 건 사실이잖아!"

코우키의 궁색한 반론에 시즈쿠는 잠깐 주저한 후 결심을 굳힌 것처럼 말꼬리를 이었다.

"……그때 나는, 그 여자를 죽일 생각이었어. 그럴 능력이 없어서 못했을 뿐이지. 그리고 앞으로도…… 같은 일이 있으면 나는 분명 상대를 죽일 생각으로 칼을 휘두를 거야. 살아남기 위해서. 나 자신과 내가 소중하게 생각하는 사람들을 위해서. 정말로 할 수 있을지는 그때가 되어 봐야 알겠지만……. 일단 살인 미수란 뜻인데…… 나도 살인자라고 경멸할래?"

코우키는 시즈쿠의 고백에 말문이 막혔다.

소꿉친구가, 남을 잘 챙기고 책임감과 정의감도 남보다 훨씬 강한 시즈쿠가 정말로 사람을 죽일 생각이었다는 말을 듣자 덜컥 먼 사람처럼 느껴졌다. 하지만 시즈쿠의 착잡한 웃음 속에 사람을 해하는 행위에 대한 근심과 공포의 그림자가 얼핏 드리운 기분이 들어…… 코우키는 결국 아무 말도 하지 못하고 고개를 저었다.

시즈쿠는 그런 코우키를 보며 독백처럼 말을 계속했다.

"확실히 그 애가 그렇게 변해서 놀라긴 했어. 원래 세계에 있을 때 성격을 생각하면 딴사람이라고 해도 과언이 아닌걸. ……뭐, 카오리는 그래도 걔한테서 『나구모 하지메』를 느낀 모양이니까 전부 변해 버린 건 아니겠지만……. 잊으면 안 되는 건 걔가 우리를 구하기 위해 그 여자와 싸웠고, 우리 대신 죽었다는 거야."

"……죽인 게 옳은 일이었다고 할 생각이야?"

"옳진…… 않겠지. 살인은 살인이니까…… 정당화할 순 없고, 해서도 안 될 거야."

"그렇다면……."

"그래도 우리가 나구모를 비난할 자격은 없어. 힘이 부족해서 그 결과를 떠넘겨 버린 건 다름 아닌 우리니까……."

요컨대 불만이 있으면 스스로 어떻게든 해야 했다는 말이었다. 바라는 결과를 이끌어 내지 못한 것은 단순히 그럴 능력이 없었기 때문이다. 타인에게 모든 일을 떠넘겨 놓고 그 결과에만 불만을 토로한다면 그것은 번지수가 틀린 것이다.

은연중에 그렇게 말한 것을 깨달은 코우키는 하지메가 날뛰는 동안 아무것도 하지 못하고 바닥에 쓰러져 있던 자신을 떠올려 반론하지 못한 채 불퉁히 입을 다물었다. 그 표정에는

「그래도 살인이 잘못인 건 사실이다!」라는 불만이 그대로 드러났다.

시즈쿠는 완고한 코우키에게 타이르는 듯한 어조로 지금까지도 넌지시 충고해 오던 말과 이 세계에 와서 자기 자신이 느낀 바를 함께 말했다.

"코우키의 올곧은 성격이나 강한 정의감은 싫지 않아."

"……시즈쿠."

"그래도 있지, 이제 슬슬 자신이 옳다는 걸 의심할 수도 있어야 한다고 봐."

"옳다는 걸 의심해?"

"그래. 분명 강한 마음은 무언가를 이루어 내는 데 필요해. 그래도 그걸 항상 의심하지 않고 맹신하며 달려가면 어딘가에서 탈선하게 돼. 그러니까 그때 그 자리에 있는 모든 것을 받아들이고 자신의 마음을 고수하는 것이 옳은지, 혹은 잘못을 알면서도 『그래도』 해야만 할 일인지, 그걸 계속 생각해야 하지 않을까? ……정말로 올바르게 살아가는 건 엄청 어려워. 이 세계에 와서 마물이라고는 해도 생명 있는 것에 칼을 대면…… 그런 생각이 들더라고."

시즈쿠가 마물을 죽일 때마다 그런 생각을 했으리라고는 꿈에도 몰랐던 코우키가 놀라움에 눈을 휘둥그렇게 떴다.

"코우키. 항상 네가 옳은 건 아니고, 만약 옳다고 해도 그 올바름이 흉기가 될 수 있다는 건 알아줘. 뭐, 그래도 이번 아전인수식 해석은 네 착각에서 생긴 『정의』가 원인이 아니라 그냥 질투 같지만."

"아, 아니, 나는 질투 같은 건……."

"거기서 얼버무리거나 변명하면 못나 보인다?"

"……"

다시 고개를 숙인 코우키는 수면에 뜬 달을 바라보았다. 다만 아까와 달리 어두운 분위기는 희석됐고 무언가 곰곰이 생각에 빠진 분위기였다.

걸핏하면 격정에 사로잡히는 소꿉친구의 버릇을 아는 시즈쿠는, 일단 나쁜 생각에 빠져 허튼짓을 벌이는 사태는 면했다고 가슴을 쓸어내렸다.

그리고 지금은 혼자 있을 시간이 필요할 거라는 생각에 난간에서 몸을 떼고 조용히 그 자리를 떠나려 했다. 발길을 돌린 시즈쿠 뒤에서 코우키가 불쑥 말을 걸었다.

"시즈쿠, 너는…… 아무 데도 안 갈 거지?"

"……뜬금없이 무슨 소리야?"

"가지 마, 시즈쿠."

"……"

코우키의 말은 어딘가 애원하는 듯한 분위기를 띠었다. 코우키에게 반한 일본의 여학생들이나 왕국 영애들이 들으면 환성을 꺅 지를 것 같은 말이었지만, 안타깝게도 시즈쿠가 보인 표정은 『실망』이었다.

카오리가 없어져 상실감에 마음이 약해졌는지도 모르겠지만…… 시즈쿠는 고개만 뒤로 돌려 일렁이는 달을 힐끔 봤다.

아까부터 쭉 코우키가 보고 있던 물에 비친 달이었다.

"적어도 나는 그『달』은 아니지만…… 매달리는 남자는 사양이야."

시즈쿠는 그 말만 남기고 떠났다. 남겨진 코우키는 시즈쿠가 사라진 골목을 얼마간 바라본 후 다시 물에 비친 달로 눈을 돌렸다. 그리고 그 말의 의미를 알았다.

"……경화수월……이란 건가."

경화수월. 거울에 비친 꽃과 물에 비친 달처럼, 눈에는 보이나 손으로 잡을 수 없는 것을 가리키는 말. 손으로 잡지 못한다는 점에서는 무의식중에 바라보던 수면의 달과 카오리는 같을지도 모른다.

시즈쿠는 자신이『달』이 아니라고 했다. 손으로 잡을 가능성이 있다는 말이었다. 하지만 그 뒷말은 통렬했다. 코우키는 무심코 헛웃음을 쳤다. 자기는 소꿉친구에게 대체 무슨 소릴 한 거냐며…….

코우키는 달의 허상에서 눈을 떼고 하늘을 올려다봤다. 손을 뻗으면 무조건 닿으리라 믿어 의심치 않았던『그것』이 유난히도 멀게 느껴졌다. 코우키는 깊은 한숨을 내쉬고 엄하면서도 다정한 소꿉친구의 말을 차분히 곱씹었다.

변할 것인가, 변하지 않을 것인가…… 그것은 코우키만이 알 일이다.

시간이 조금 흘러, 코우키 일행이【여관 마을 호르아드】에서 재회로 받은 충격과 이별로 얻은 심란함에 잠을 이루지 못하던 밤으로부터 약 3주가 지났다.

현재 코우키 일행은 왕도로 돌아와 있었다. 이유는 단 하나. 그들의 치명적 약점, 『사람을 죽인다』는 행위를 극복하기 위함이었다. 마인족과의 전쟁에 참가한다면 『살인』 경험은 필수다. 극복하지 못하면 전쟁에 참가해도 도리어 당할 뿐이니까.

게다가 이미 고민할 시간도 그리 많지 않을 것이다. 【우르 마을】의 사건은 진작 코우키 일행의 귀에도 들어갔고 자신들이 습격당한 사실로 미루어 보아도 마인족의 행동이 활발해진 것은 자명한 사실이었다. 그것은 바꿔 말하면 개전이 머지않았다는 뜻이기도 했다. 따라서 코우키 일행은 가급적 빨리, 어떤 방식으로라도 이 문제를 극복해야만 했다.

그런 코우키 일행은 현재 멜드 단장이 이끄는 기사들과 하염없이 대인전 훈련을 받고 있었다. 류타로와 콘도 파티, 나가야마 파티도 어느 정도 각오는 있었지만 실제로 하지메가 마인족 여성의 머리를 총으로 쏘는 순간을 보자 그 각오가 흔들렸다. 과연 자신도 할 수 있을까, 대인전을 거듭하면서 자문자답을 반복했다.

시간은 없다지만 억지로 살인을 시켜 정신적으로 문제를 앓게 되면 말짱 도루묵이기에 기사단원들도 골머리를 썩이고 있었다.

그렇게 가슴 울적한 나날을 보내던 그들에게 어느 날 소소한 희소식이 날아들었다.

아이코와 호위 팀의 귀환이었다. 평소라면 코우키의 카리스마에 이끌려 갈 아이들도 정작 용사 본인이 패기를 잃자 모두 어딘가 침체된 분위기였다. 뼈아픈 패전과 직면한 문제에 좌절하지 않는 것은 시즈쿠와 나가야마처럼 사려 깊은 이들의 배려와 스즈의 쾌활한 분위기 덕분이겠지만, 그래도 마음에 짙게 깔린 안개를 걷는 데는 믿을 수 있고 친근한 어른이 필요했다. 모두 언제든 자신들을 위해 몸을 던지는 선생님을 무척 만나고 싶어 했다.

아이코의 귀환 소식을 듣고 곧장 행동에 나선 사람은 시즈쿠였다. 시즈쿠는 상담을 하고 싶다며 먼저 훈련을 마쳤다. 하지메에게 느끼는 바가 있는 아이들보다 먼저 만나서, 아이코가 억측과 편견에 빠지지 않도록 객관적인 정보를 교환하고 싶었던 것이었다.

시즈쿠는 하지메에게 건네받은 칠흑의 칼집에 든 칠흑의 칼을 허리 벨트에 차고 왕궁 복도를 늠름하게 걸었다. 그런 그녀의 모습에 왠지 남자보다도 귀족 영애나 메이드가 홍조를 띠고 있었다. 세계를 넘어서도 시즈쿠가 끌어안은 골치 아픈 문제였다. 제발 자기보다 연상인 여성이 「언니」라고 부르진 말아줬으면 좋겠다.

시즈쿠는 【우르 마을】에서 하지메가 이것저것 문제를 일으켰다는 이야기를 들은 터라, 아이코가 하지메를 어떻게 생각하는지도 직접 듣고 싶었다. 아이코의 인상에 따라서는 지금도 삐걱삐걱 흔들리는 코우키의 마음속 천칭이 바람직하지 않은 방향으로 기울지도 모른다는 생각에서였다. 변함없이 사서 고생을 떠안는 성격이었다.

"분명 우르에서도 별의별 문제를 다 일으켰겠지. 이런 칼을 홱 던져줄 정도니까. 하여간 어딜 봐서 『그냥 튼튼하고 잘 잘 릴 뿐』이야? 국보급 아티팩트잖아."

시즈쿠는 혼잣말을 하며 허리춤에 찬 칼을 손으로 살며시 훑었다. 아이코의 방으로 가면서 이 칼의 관리를 상담하기 위해 국왕 직속 대장장이들을 찾았을 때의 일을 떠올렸다.

시즈쿠가 단순히 『흑도』라고 부르는 이 칼을 왕국 대장장이의 리더에게 보여줬을 때였다.

그는 처음엔 『신의 사도』 중 한 명인 시즈쿠를 앞에 두고 예의를 갖추었으나 감정 계열 기능을 사용해 흑도를 조사하자마자 태도가 급변했다. 시즈쿠의 어깨에 매달릴 기세로 달려들어 이걸 어디서 손에 넣었는지, 누구의 작품이냐며 지금까지 보인 것과 180도 달라진 태도로 질문 공세, 아니, 신문을 해 왔다.

시즈쿠는 당황스러워 눈을 깜빡거리다가 어떻게든 그를 진정시켰고, 무슨 일인지 되물었다. 그러자 그가 말하길, 이만한 검은 왕궁 보물고를 다 뒤져도 성검 정도밖에 없다, 출력이나 마력 수용량은 성검에 미치지 못할지언정 기능성과 정밀함은 더 뛰어나다는 것이었다.

그리고 자세히 조사한 결과, 흑도는 마력을 불어넣으면 칼끝에 최대 6센티미터의 바람 칼날을 만들거나 칼날 양옆에 두 개의 바람 칼날을 더 만들 수 있으며, 더 나아가서는 그 칼날을 날릴 수 있다는 걸 알게 됐다.

또 칼집에도 장치가 있어서 마찬가지로 마력을 불어넣으면 전기를 두르고, 그 상태로 칼집 입구 가까이 있는 스위치를 누르면 칼집 끝에서 고위력의 바늘을 발사한다는 것도 알았다.

칼날 부분은 아잔티움으로 만들어져 이가 빠질 염려가 없고 관리를 받을 필요도 거의 없다고 했다. 굳이 따지자면 소비한 바늘을 보충하는 정도뿐.

다만 문제가 있다면 마력을 불어넣을 마법진이 없다는 것이었다. 그것도 당연한 일인 것이 하지메는 직접 마력을 조작할 수 있고 이 칼도 처음부터 다른 사람에게 양도할 계획은 없었다. 그래서 시즈쿠가 쓰기에는 『그냥 튼튼하고 잘 잘릴 뿐』이라는 말이 틀리진 않았다.

그리고 이만한 기능을 갖추었으면서 무슨 연유에서인지 마력을 직접 조작이라도 하지 않는 한 기동할 수 없는 불가사의한 칼(대장장이들에게는 그렇게 보였다)에 왕국 직속 대장장이들은 투지를 불태웠다. 이 정도의 기능성, 정밀성을 가진 무기를 만들어 낼 수는 없겠지만 이 칼은 쓸 수 있게 만들고야 말겠다면서……. 쉽게 말해 어떻게 해서든 사용자의 마력을 불어넣을 수 있도록 하겠다는 것이었다. 그 결과 대장장이 리더를 중심으로 왕국 직속 대장장이들이 다른 일을 전부 내팽개치고 3일 밤낮으로 한숨도 자지 않으며 총력을 기울인 끝에, 간신히 마법진을 추가하는 데 성공했다.

이리하여 시즈쿠도 영창을 하면 흑도의 성능을 끌어낼 수 있게 되었다. 그 후 거의 모든 대장장이가 마력 고갈로 며칠간 자리에 드러누웠지만 그들의 표정은 실로 뿌듯해 보였다고 한다.

시즈쿠가 아련한 눈으로 그 놀라운 장인 정신을 떠올리고 있자니 어느새 목적지인 아이코의 방에 도착했다. 하지만 노크를 해도 반응이 없었다. 국왕에게 보고를 하러 간다고 들었으니까 아직 돌아오지 않았는지도 모른다. 시즈쿠는 벽에 기대어 아이코가 돌아오길 기다리기로 했다.

그리고 아이코가 돌아온 것은 그로부터 30분 정도 뒤였다. 복도 멀리서 왠지 앞도 보지 않고 터벅터벅 힘없이 걸어오는 아이코가 보였다. 그녀의 표정은 필사적으로 머리를 굴리는 것을 알 수 있을 만큼 심각했다.

그리고 자신의 방과 문 옆에 선 시즈쿠도 알아차리지 못하고 그대로 지나치려 했다. 시즈쿠는 대체 무슨 일이 있었던 걸까 의아해하면서 아이코를 불러 세웠다.

"선생님…… 선생님!"

"흐엑?!"

괴성을 지르며 화들짝 놀란 아이코는 주변을 두리번거렸고 간신히 시즈쿠를 알아차렸다. 그리고 시즈쿠의 건강한 모습에 안도의 한숨을 쉼과 동시에 표정을 환하게 폈다.

"야에가시! 오랜만이에요. 잘 지냈나요? 다치진 않았고요? 다른 아이들도 무사한가요?"

바로 직전까지만 해도 침울해 있었으면서 입을 열자마자 나오는 말은 학생에 대한 걱정뿐이었다. 변함없는 『아이 선생님』의 모습에 시즈쿠의 입에도 자연스럽게 미소가 걸렸고, 동시에 가슴이 안도감으로 차올랐다.

한동안 두 사람은 재회와 서로의 무사를 기뻐한 후, 정보 교환과 상담을 위해 아이코의 방으로 들어갔다.

"그랬나요…… 시미즈가……."

시즈쿠와 아이코는 둘뿐인 방에서 귀여운 카브리올 다리 테이블을 사이에 두고 홍차를 마시며 서로 무슨 일이 있었는지 정보를 교환했다. 그리고 아이코에게【우르 마을】에서 있었던 사건을 들은 시즈쿠가 처음으로 꺼낸 말이 그것이었다.

실내에는 답답한 분위기가 감돌았다. 의기소침하게 어깨를 떨어뜨린 아이코가 시미즈의 죽음을 마음에 두고 있다는 것은 일목요연했다. 시즈쿠는 아이코의 성격과 가치관을 생각하면 어떤 사정이 있든 시미즈를 신경 쓰는 것은 어쩔 수 없다고 생각해 무슨 말을 건네야 할지 몰랐다.

하지만 이대로 우울해한다고 해결될 일은 아니었다. 시즈쿠는 일부러 밝게 아이코의 무사를 기뻐했다.

"시미즈 일은 안타깝지만…… 그래도 선생님께서 살아 계셔서 천만다행이에요. 나구모에게는 정말로 고마워해야겠네요."

아이코는 미소 짓는 시즈쿠를 보고 또 학생에게 마음을 쓰게 했다고 반성하며 따라서 미소 지었다.

"그러게요. 재회한 당초에는 우리에게도, 이 세계에도 전혀 관심이 없다는 식으로 행동했는데…… 아이들을 구해주러 갔었군요. 게다가 어린아이까지 보호하고……. 후후, 조금씩 옛날 성격을 되찾고 있는 건지도 모르겠네요. 혹은 변한 뒤로 성장하고 있는 걸지도……. 믿음직스러울 따름이에요."

그렇게 말하며 예전 일을 떠올리는 아이코의 뺨은…… 왠지 희미하게 붉었다. 시즈쿠는 일개 학생을 떠올리는 것치고는 뭔가 분위기가 묘하다고 의아해하며 이따금 무슨 생각을 하는지 후후, 웃음을 흘리는 아이코를 주시했다.

그 눈길을 깨달은 아이코가 헛기침을 하고 자세를 고쳤다. 하지만 애써 태연한 척하는 느낌을 지울 수 없었고 시즈쿠는 어쩐지 불길한 예감에 얼굴을 굳히며 살짝 캐 보기로 했다. 설마 아무리 그래도 그건 아니겠거니, 반쯤 자신을 달래면서…….

"……선생님, 아까 위험한 상태에서 살아나셨다고 했는데, 구체적으로 어떤 방법이었죠?"

"넷?!"

"아뇨, 하마터면 죽었을지도 모른다고 하시길래 어떻게 나으신 건지 조금 궁금해서요."

"그, 그건, 저……."

시즈쿠는 빈사 상태에 놓인 멜드 단장을 순식간에 낫게 한 비약을 떠올리고 아마 그것이 아닐까 예상했지만 구태여 시치미를 떼고 물어봤다. 그러자 아이코의 뺨이 아까보다 한층 붉어졌다. 눈을 어디에 둬야 할지 모르고 입을 우물우물할 뿐

좀처럼 말문을 열지 않았다. ……너무 수상하다. 시즈쿠는 검사답게 단칼에 승부를 내기로 했다.

"……선생님. 나구모랑…… 무슨 일 있었나요?"

"……?! 어, 없는데요? 무, 무슨 일이 뭐예요?! 저와 걔는 평범한 선생님과 학생 사이어요!"

"선생님, 진정하세요. 말투가 이상해졌어요."

"으!"

아이 선생님이 심하게 동요하고 있다! 게다가 필사적으로 「나는 교사, 나는 교사……」라며 염불처럼 되뇌고 있다! 본인은 마음속으로 중얼거린다고 생각하는 모양이지만 입 밖으로 줄줄이 새고 있었다.

시즈쿠는 확신했다. 어느 정도인지는 아직 모르겠지만, 아이코가 하지메에게 다른 학생과는 다른 특별한 감정을 품었다는 걸!

'나구모! 너란 인간은……! 아이 선생님한테 대체 무슨 짓을 한 거야!'

이미 누가 봐도 알 수 있을 만큼 경악한 시즈쿠가 마음속으로 절규했다.

이제는 하지메도 여자 홀리기로는 코우키에게 뭐라고 못할 수준이었다. 코우키와 다른 점이라면 상대의 호의에 둔감하지 않고 확실하게 답을 내는 점이겠지만…… 아이코에게는 그러기도 뭐하다.

생각지도 못한 곳에 친구의 라이벌이 숨어 있었다는 사실을 알고, 시즈쿠는 굳은 얼굴을 손으로 가리며 천장을 올려다봤다. 왠지 공연히 하지메에게 화가 났다. 정말로 부끄러운 별명을 확 퍼뜨려 버릴까 하는 위험한 생각이 머리를 스쳤지만…… 간신히 참았다.

아이코와 시즈쿠는 함께 헛기침을 반복한 뒤 마음을 다잡고 방금 대화는 없었던 셈치며 이야기를 이어갔다.

"그런데 선생님. 폐하께 보고하는 자리에서 무슨 일이 있었나요? 표정이 꽤 심각해 보이시던데……."

시즈쿠의 질문에 아이코는 헉, 숨을 삼킴과 동시에 벌레 씹은 표정으로 분노와 불신을 쏟아 냈다.

"……정식으로, 나구모가 이단자로 지정되었어요."

"네?! 그건……! 무슨 뜻이죠? 아니, 대충 예상은 가지만…… 너무 경솔한 판단 아닌가요?"

하지메의 힘은 강대하다. 고작 몇 명에서 미지의 아티팩트로 마물 6만 대군을 격퇴했다. 하지메의 동료도 일반적으로는 생각할 수 없는 힘을 가졌다. 그런데도 불구하고 성교 교회에 비협력적이며 때에 따라서는 적대도 마다치 않겠다는 입장이었다. 왕국과 성교 교회가 위험시하는 것도 이해할 수 있었다.

하지만 그렇다고 해서 곧바로 이단자로 지정하는 것은 경솔해도 너무 경솔하지 않은가?

이단자 지정이란 성교 교회의 가르침을 등진 이단자에게 신의 적이라는 낙인을 찍는 것이다. 이것은 언제, 어디서든, 누구에게나 하지메의 토벌이 법적으로 용인된다는 말이다. 때에 따라서는 신전 기사나 왕국군이 동원될 수도 있다.

그리고 이단자 지정을 이유로 하지메를 공격하면 그것은 동시에 하지메에게 적대자로 지정되는 것이며, 그 무자비한 응징을 받게 된다는 뜻이기도 했다.

상층부가 그 위험성을 이해하지 못할 리 없었다. 그런데 아이코의 보고를 듣고도 즉석에서 결정을 내려 버렸다니 시즈쿠가 놀라는 것도 당연했다.

시즈쿠가 거기까지 생각이 미쳤다는 것을 알자 아이코는 여전히 머리 회전이 빠른 아이라고 감탄하며 고개를 끄덕였다.

"제 말이 그 말이에요. 심지어 아무리 교회에 따르지 않는 거대한 힘이라고는 해도 결과적으로 우르 마을을 구한 데다, 제가 아무리 항의해도 이야기를 들으려고 하지 않았어요. 이런 사태까지 예상한 나구모가 우르 마을에서 가뜩이나 높은 『풍작의 여신』의 명성을 더 높여 놨는데도 말이에요."

아이코는 한번 말을 끊고 고민스럽게 머리를 절레절레 저었다.

"호위대 사람에게 들었는데, 『풍작의 여신』과 『여신의 검』이라는 이름은 이미 상당히 퍼졌다고 해요. 지금 나구모를 이단자로 지정하는 건 자신들을 구한 『풍작의 여신』 자체를 부정하는 일이나 다름없어요. 그러니 제 항의를 그렇게 간단히 무시할 수는 없었을 테죠. 그런데도 그들은 이단자 지정을 강행했어요. 명백히 이상해요. ……지금 생각하면 교회 측은 몰라도 왕국 측 사람들의 태도가 이상했던 것 같기도……."

"······신경 쓰이네요. 그들이 대체 무슨 생각인 건지······. 그래도 우선 생각해야 할 건 강한 나구모에게 『누굴』 보내려는 것인가, 아닐까요?"

"······! 그러네요. 그건 아마도······."

"예. 저희겠죠. ······죽어도 사양하겠어요. 전 아직 죽고 싶지 않다고요. 나구모와 적대하라니······ 상상도 하기 싫어요."

시즈쿠가 부르르 몸을 떨었고, 아이코는 그 맘 안다며 쓴웃음 지었다.

그리고 코우키 일행이 왕국과 교회 측의 구슬림에 넘어가서 하지메와 적대하기 전에 아이코는 아이들에게 하지메에게서 들은 미치광이 신의 이야기와, 하지메의 여행이 무엇을 위한 것인지 말하기로 결심했다. 증거는 아무것도 없으므로 아이들이 믿어줄지는 미지수였다. 그도 그럴 것이 지금까지는 마인 족과의 전쟁에 승리하면 신이 원래 세계로 돌려보내 준다고 믿으며 싸워 왔기 때문이었다.

실은 이 모든 게 그 신이 재미 삼아 벌인 일이며 돌려보내 줄 가능성은 한없이 낮다. 그러니 옛날에 신에게 반역한 이들의 은신처를 찾아서 자력으로 돌아갈 방법을 찾자. 그런 소리를 뜬금없이 해도 믿지 못할 것이다.

아이들이 이야기를 들은 후 헛소리로 치부하고 변함없이 싸울지, 아니면 아이코의 말을 믿고 다른 방법을 취할지······ 그것은 아이코에게도 알 수 없었다. 하지만 어쨌든 교회를 너무 믿지 말라고 단단히 일러둘 필요는 있었다. 아이코는 이번 일로 그것을 확신했다.

"야에가시. 나구모는 자기가 말해도 믿지 않을뿐더러 아마 노가와에게 반감을 사리라 예상하고 저에게만 살짝 해준 이 야기가 있어요."

"이야기……요?"

"네. 교회가 받드는 신과, 나구모가 여행을 하는 목적이에 요. 증거는 아무것도 없지만…… 대단히 중요한 이야기니까 오늘 밤…… 아니, 저녁에 다들 모아서 이야기하려고요."

"그건…… 아뇨, 알겠습니다. 정 그러시면 지금부터 다들 모 이라고 할까요?"

"아니에요. 교회 측에 그다지 알리고 싶지 않은 이야기라서 자연스럽게 모두가 모이는 시간, 저녁 식사 자리에서 말하고 싶어요. 오랜만에 학생들과 시간을 보내고 싶다고 하면 우리 끼리만 이야기할 수 있겠죠."

"아아…… 네. 그럼 저녁 식사 때 이야기하는 걸로……."

그 후 시즈쿠와 아이코는 잠깐 잡담을 나누고 헤어졌다.

그 저녁 약속을 지킬 수 없으리라고는 꿈에도 생각하지 못 한 채…….

저녁 시각.

태양이 선명한 주황색 하늘을 하루의 마지막 선물로 남기 며 지평선 너머로 저물 무렵, 아이코는 홀로 아무도 없는 복 도를 걷고 있었다. 복도 창문으로 들어오는 저녁 햇살이 반대쪽 벽과 바닥에 극명한 색채 대비를 만들어 냈다.

아름다운 석양에 눈길을 빼앗긴 채 저녁 식사 자리로 향하던 아이코는 문득 인기척을 느끼고 걸음을 멈췄다. 앞을 보자 짙게 드리운 그림자에 여성으로 보이는 실루엣이 있었다. 그녀는 복도 한가운데에서 등을 꼿꼿이 세우고 발을 모아 우아하게 서 있었다. 복장은 성교 교회의 수도복 같았다.

그 여성이 아름다우나 어딘가 기계적인 차가움을 느끼게 하는 음성으로 아이코에게 말을 걸었다.

"처음 뵙겠습니다, 하타야마 아이코. 당신을 데리러 왔습니다."

아이코는 그 목소리를 듣고 왠지 등줄기에 얼음을 쑤셔 넣은 듯한 기분을 맛보면서도, 초면의 상대에게 실례를 범할 순 없기에 평정을 가장했다.

"아, 네. 처음 뵙겠습니다. 마중 나왔다고 하셨는데…… 지금부터 학생들이랑 저녁을 먹기로 해서요."

"아니요, 당신이 갈 곳은 총본산입니다."

"네?"

마치 네 의사는 중요하지 않다는 듯한 말투에 아이코는 무심코 당황하며 되물었다. 그때 여성이 그림자 속에서 햇빛이 드는 곳으로 나왔다. 아이코는 그 인물을 보자 숨이 턱 막혔다. 여성인 아이코가 봐도 저도 모르게 넋을 잃을 정도로 아름다운 여성이었다.

저녁 햇살을 반사해 눈부시게 반짝이는 은발과 크고 길게 째진 푸른 눈, 소녀로도 어른으로도 보이는 신기하며 신비한 얼굴은 이목구비가 모두 완벽한 위치에 정렬되었다. 키는 170센티미터 정도로 여성치고는 큰 편이라서 아이코는 살짝 고개를 들어야만 했다. 백자처럼 매끄러운 흰 피부에 날씬하게 뻗은 팔다리. 가슴은 너무 크지도 너무 작지도 않아 전체적인 균형을 생각하면 그야말로 절묘한 크기였다.

다만 아쉬운 점이 있다면 표정이 전혀 없었다. 무표정이라기보다 가면 같다는 표현이 어울렸다. 저명한 조각가가 만든 최고 걸작이라고 해도 의심할 자는 없으리라. 그만큼 인간미가 없이 미술품 같은 아름다움을 지닌 여성이었다.

그 여자는 넋을 잃은 아이코에게 무표정으로 담담하게 말을 이었다.

"주인님께서는 당신이 지금부터 하려는 행동이 바람직하지 않다고 하십니다. 그리고 당신의 학생이 하려는 일이 더 『재미있겠다』고 말씀하십니다. 그러하니 때가 도래할 때까지 당신은 일시적으로 주인님의 무대 위에서 퇴장해 주셔야겠습니다."

"무, 무슨 소릴……."

아름다운 수녀가 천천히 발소리도 내지 않으며 다가오자 아이코는 무의식중에 뒤로 물러섰다. 그 찰나, 수녀의 푸른 눈이 빛난 것처럼 보였다. 그러자 아이코의 의식에 안개가 끼었고 본능적 위기감으로 마법을 쓸 때처럼 정신을 집중하자 안개는 튕겨 나가듯 흩어졌다.

"……주인님을 두려워하지 않고 『신』을 자처하는 이유가 있군요. 저의 『매료』를 이겨 내다니……. 하는 수 없지요. 직접 끌고 가도록 하겠습니다."

"오, 오지 마! 바, 바라는— 윽?!"

정체 모를 위압감에 아이코는 순간적으로 마법을 쓰려고 했다. 하지만 영창이 끝나기도 전에 수녀가 순식간에 접근하여 아이코의 명치에 강렬한 주먹을 꽂았다.

쓰러지는 아이코는 의식이 어둠 속으로 빨려 들어가는 것을 느끼면서 수녀가 속삭이는 말을 들었다.

"안심하십시오. 죽이지는 않습니다. 당신은 우수한 말입니다. 게다가 그 불량품을 배제하는 데에 도움이 될지도 모르거든요."

아이코의 뇌리에 백발 안대의 소년이 떠올랐다. 그리고 닿지 않을 줄 알면서도 완전히 의식이 끊기기 직전 마음속으로 그의 이름을 불렀다.

—나구모!

"……?"

아이코를 마치 깃털처럼 가볍게 들쳐 멘 수녀는 문득 복도 앞쪽을 살피듯 눈을 천천히 굴렸다. 잠시 빤히 관찰하던 수녀는 느릿느릿 복도 앞에 있는 객실 문을 열었다.

그리고 안으로 들어가서 방 전체를 둘러보고 일부러 발소리를 내면서 옷장으로 다가가 벌컥 열었다.

하지만 안에는 아무것도 없었다. 수녀는 고개를 갸웃거리고 다시 주위를 둘러보며 이곳저곳을 살폈다. 그리고 이윽고 아무것도 없다고 결론지었는지 아이코를 다시 메고 방을 나갔다.

정적이 돌아온 방 안에서 떨리는 목소리가 나지막이 말을 중얼거렸다.

"……알려야 해…… 누군가에게……."

방 안에는 아무도 없었다. 하지만 어디선가 서서히 멀어지는 발소리가 희미하게 울렸다.

몇 초 후, 방은 다시 정적을 되찾았다.

흔해빠진 **직업**으로

ARIFURETA SHOKUGYOU DE SEKAISAIKYOU

세계최강

그를 처음 본 것은 소음과 고함, 인파와 구경꾼으로 가득 찬 길거리였다.

나는 그날 학교를 마치고 옆 동네에 있는 대형 슈퍼마켓에 가고자 혼자 길을 걷고 있었다.

주머니에서 꺼낸 휴대폰의 메시지 화면에는 혀를 깨물 것 같은 조미료 이름이 적혀 있었다. 요리사 뺨치는 엄마의 요구를 충족시켜 주는 가게는 그곳밖에 없었다.

대신 우리 집 식탁에는 매일 레스토랑에서나 볼 법한 음식이 올라왔다. 기쁘기도 한 반면, 이렇게 학교를 마치고 반찬거리나 조미료를 찾아 헤매는 건 좀……. 그래도 내가 미식 탐험가가 된 기분도 드니까, 좋은 게 좋은 거 아니겠어?

게다가 엄마의 『부탁』은 거절할 수 없었다. 거절할 생각도 없었다. 우리 엄마는 평소엔 무척 온화하고, 정숙하고, 자상한, 내 이상과도 같은 분이지만…… 화가 나면 정말로 무섭다. 정체 모를 무언가가 노려보는 듯한 말로는 잘 표현하지 못할 박력이 있다. 아빠는 「배, 백야차 님, 백야차 님이……! 죽을죄를 지었습니다! 제가 주제도 모르고 까불었습니다!」라면서 비명을 지르며 바닥에 넙죽 엎드리곤 하지만…… 백야차 님이 대체 뭘까?

왠지 깊이 생각하면 안 될 것 같아서 나는 일단 생각을 그만두었고 그러는 사이 목적지인 슈퍼가 보이기 시작했다. 그런데 그때 대뜸 흉흉한 소음이 귀에 들어왔다.

"이것 보셔, 할머니. 이거 빈티지란 거거든? 완전 귀한 거야. 사과하고 끝낼 문제가 아니라고! 알아들으시겠어요? 자알 이해하셨냐고요."

"아유, 정말로 죄송합니다……. 세탁비는 내가 낼 테니까……."

"아니, 그러니까~, 세탁소 맡긴다고 어떻게 될 물건이 아니라잖아, 지금!"

쩌렁쩌렁 울리는 서슬 퍼런 고함에 나는 불쾌함을 느끼면서도 그곳을 보았다. 그곳에는 겁먹은 조그만 남자아이와 그 아이 앞에 서서 연신 고개를 숙이는 할머니가 있었다.

할머니가 머리를 숙이는 상대는 대학생쯤 되어 보이는, 그다지 가까이하고 싶지 않은 분위기의 남자들이었다. 조금 미안하지만 불량배라고 부르자.

불량배와 할머니 사이에 무슨 일이 있었길래 저러는 걸까? 자세히 보니 불량배 발밑에 타코야키가 질퍽하게 뭉개져 있고, 『완전 귀한』 바지에도 소스가 흥건하게 묻어 있었다.

……대충 알겠다. 아마도 보이는 그대로의 상황 같았다.

"어떡해……. 어쩐지 분위기가 안 좋은데, 돕는 편이 좋겠지?"

나는 누구에게랄 것 없이 혼자 중얼거렸다. 먹음직스러운 냄새가 나는 그 바지가 불량배 말만큼 고가인지, 나로선 판단할 수 없었다. 하지만 세탁해도 소용없을 만큼 귀한 물건이라면 이렇게 사람이 많이 다니는 곳에서 그것도 이 자리에서 변상하라는 것은…… 조금 이상하다고 생각했다. 적어도 어린아이를 겁먹게 하고 사과하는 할머니에게 큰소리치는 건 잘못됐다.

그렇긴 하지만—.

'……무서워.'

한심하게도 내 발은 한 발짝도 앞으로 가주지 않았다. 구해야 한다고 생각하면 생각할수록 매서운 눈매에 화려한 복장, 염색한 머리, 사람을 협박하는 데 익숙한 분위기, 폭력적인 느낌을 풍기는 그들이 무서워서…… 다리가 후들거렸다.

"누, 누가 좀……."

나는 기어드는 목소리로 말조차 제대로 맺지 못하며 주위에 도움을 구했다. 스스로 창피한 줄 알면서도 눈을 이리저리 돌리며 도와주는 사람이 나타나기만을 빌었다.

하지만 주위 사람들은 한순간 할머니에게 눈길을 보내다가도 그 상대를 보고 은근슬쩍 외면해 버렸다.

……나에겐 그것을 매정하다고 규탄할 자격이 없었다. 나 또한 그들과 마찬가지였다.

"그, 그렇지. 시즈쿠한테 전화하자. 그리고 코우키랑 류타로한테도……."

나는 왠지 이런 싸움에 자주 맞닥뜨리는 소꿉친구를 떠올렸고 서둘러 휴대폰 번호를 찾았다. 하지만 내 손가락이 통화

버튼을 누르기 전에 사태가 진전되고 말았다.

"아, 됐어. 일단 지갑이나 꺼내. 지금 가진 돈도 얼마 안 되지? 같이 은행까지 가서 손해배상비 뽑아. 그동안 도망 못 가게 지갑은 우리가 맡겠어."

"아, 아니, 그래도……"

"뭐?! 자기 손자가 잘못을 했으면 할멈이 책임을 지는 게 도리잖아! 뭐가 불만이야? 어?!"

아무래도 남자들은 할머니를 직접 은행까지 끌고 가서 돈을 찾을 생각 같았다. 가슴이 타들어 갔다. 안절부절못해 전화를 거는 것도 잊었다.

"애들은…… 불러 봤자 늦어. 내, 내가, 내가 어떻게든 해야 해."

머리가 뒤죽박죽이었다. 정말 도움 안 되는 내 머리……. 으으, 무서워. 무섭지만…… 에이, 모르겠다. 여자는 배짱이랬어! 누군진 모르겠지만! 망설여질 때는 돌격!

시즈쿠나 코우키에게 귀에 못이 박히도록 야단맞은 내 나쁜 버릇이 도지려고 한 바로 그때였다.

"저기~, 아무리 그래도 지갑째로 가져가는 건 참아주실 수 없을까요?"

언제부터인가 그들 옆에는 남자아이 한 명이 있었다. 나이는 나와 비슷하지 않을까? 우리 학교 교복은 아니니까 이 근처에 다니는 학생일지도 모르겠다.

나는 내디디려던 걸음을 우뚝 멈췄다. 그리고 그 남자아이를 물끄러미 응시했다.

평범한 남자아이였다. 소꿉친구인 코우키처럼 반짝반짝 빛이 나지도 않았고, 류타로처럼 곰 같이 크지도 않았다. 난감함에 늘어진 팔자 눈썹과 입가에 띤 어설픈 웃음이 이상하리만큼 어울린다는 점 빼고는, 정말 어디에나 있을 법한 느낌의 남자아이였다. 그런데도 내 눈은 마치 자석이라도 된 것처럼 그에게 이끌렸다.

"뭐?! 넌 또 뭐야? 상관없으면 꺼져! 맞아 죽기 전에!"

"아, 그게, 저, 상관이 없긴 한데요…… 그, 그래도 말이죠, 세탁비 정도로 봐주시면 누이 좋고 매부 좋은 일 아닐까, 싶어서……."

두서없이 더듬거리면서도 슬그머니 할머니와 불량배 사이에 끼어든 남자아이는 점점 더 난처하다는 표정을 지으며 머리를 굽신굽신 숙였다.

분위기를 파악하지 못하는 것처럼 능청맞게 구는 남자아이에게 불량배는 되레 짜증을 부리며 말했다.

"그럼 네가 대신 내든가. 백만 엔."

"아, 그건 못 냅니다."

왠지 「데헷」이라는 의성어가 들릴 것 같은 분위기로 더없이 직설적인 대답을 돌려줬다. ……조금 귀엽다…….

더욱 짜증이 난 불량배가 남자아이의 멱살을 잡았다. 남자아이는 식은땀을 흘리며 약간 새파랗게 질린 얼굴로 말을 주절주절 늘어놓았다.

그래도 불량배는 시끄럽다는 듯 인상을 써서 남자아이를 떠밀고는 아까보다 훨씬 험악한 눈빛을 쏴 대기 시작했다. 나는 친구들이 곧잘 말려드는 싸움에서 그런 눈빛을 한 사람이 다음에 무엇을 할지 경험상 알고 있었다.

그래서 무심코 남자아이에게 소리를 지르려고 했는데—.

"윽!"

남자아이가 작게 비명을 흘렸다. 배를 걷어차인 것이다. 역시 그들은 폭력을 주저하지 않는 사람들이었다.

할머니가 걱정해서 남자아이에게 그만 됐다며 다가갔다. 손자는 눈물을 글썽이며 남자아이의 옷을 꼭 잡고 있었다.

주위 사람들도 직접적인 폭력을 보자 한층 크게 술렁거렸다. 개중에는 휴대폰을 꺼내서 어딘가에 연락하는 사람도 있었다. ……연락…… 아마도 경찰이 아닐까?

'맞아, 경찰이 있었지! 처음부터 경찰 아저씨를 부르면 됐잖아! 나 바본가 봐!'

항상 코우키나 친구들이 솔선해서 싸움에 뛰어들어 해결해 버리는 탓에 가장 먼저 기대야 할 사람이 누군지 깜빡 잊고 있었다. 역시 내 머리는 도움이 안 돼!

내가 자신의 멍청함에 내심 머리를 쥐어뜯는데 웅크린 남자아이가 갑자기 고개를 들었다. 그때 본 깜짝 놀랄 정도로 진지한 표정에 왠지 내 머리는 순식간에 백지가 되었다. 무슨 이유에서인지 갑자기 기온이 상승한 느낌이 들었다. 봄이 오려면 아직 몇 달은 있어야 할 텐데……. 그런 나를 놔두고 사태는 진전됐다.

남자아이가 고통을 참느라 이마에 땀을 흘리며 입을 열었다.

"제발, 세탁비만으로 넘어가 주세요. 안 그러면 저도 생각이 있어요."

그 도발적이기도 한 말에 내 눈은 휘둥그레졌다. 겉보기에 싸움은 전혀 못할 것 같은데, 혹시 저 애도 격투기를 하고 있나?

불량배들도 나와 같은 생각을 했는지 입꼬리를 올리거나 불쾌함으로 눈살을 찌푸렸다.

"허, 해보자고? 좋아, 어디 덤벼—."

선두에 서서 고함을 지르던 타코야키 바지 불량배가 남자아이를 노려보며 주먹을 우두둑 울렸다. 그리고 어디 덤벼 보라고 하려던 그 순간—.

"저어어엉말로! 죄송합니다아아아아아아!"

불량배의 말을 끊고 기차 화통을 삶아 먹은 듯한 사과가 울려 퍼졌다.

—예술적이기까지 한 오체투지와 함께⋯⋯.

"으잉?"

본때를 보여주겠다며 당장에라도 싸울 자세를 취하던 불량배는 너무나도 비굴한 그 자세에⋯⋯ 그만 그런 소리를 내며 한두 걸음 뒤로 물러났다.

주위 사람들도 얼떨결에 걸음을 멈추고 이마를 땅에 박은 남자아이를 응시했다. 일상생활에서는 이런 장면을 목격할 기회가 거의 없으니 무리도 아니라고 생각했다.

정작 나도 처음 보는 진귀한 장면에 눈이 고정되었다.

남자아이는 주위 사람이 보거나 말거나 신경 쓰지 않으며 전 세계에 울려 퍼지도록 소리 질렀다.

"저엉말로! 저어엉말로! 죄송합니다아아! 제아무리 어린아이가, 할머니가 사주신 타코야키에 정신이 팔려서, 선생님의 바지에 소스를 묻혔다고 해도! 그것으으은, 선생님 말씀대로, 절대 용서받지 못할 일입니다아아! 그야말로, 천인공노할 악행입니다아아아아!"

"어, 아, 그, 그러게……."

불량배가 동요하고 있어?! 어린아이가 부딪쳐서 바지를 버린 정도로 『천인공노할 악행』이라고 고래고래 외치면…… 부끄러울 법도 하다. 심지어 길 한복판에서 머리까지 조아리고 있고…….

하지만 무언가에 씐 양 패기(?) 넘치는 남자아이의 사과는 멈추지 않았다!

"본래라며언! 선생님 말씀대로, 백만이든 오백만이든, 아니, 천만을 물어서라도 성의를 보여야 하겠습지요!"

"처, 천만?! 아니, 잠깐만, 딱히 그렇게까지―."

불량배들이 당황하고 있다. 아, 할머니가 기겁했어! 주위 사람들도 불량배들에게 「저것들 제정신인가?」하는 눈빛을 보내고 있다.

……뭐지? 분위기가 점점 혼돈 속으로 빠지는 것 같은데…….

"하지만! 하지만 말입니다! 여기 계신 할머니는 그럴 수가 없습니다! 남편분이 남긴 빚에 쫓기고, 드센 며느리가 눈치를 주고, 1년에 한 번 손자와 지낼 수 있는 이 시간을 버팀목 삼아 연금으로 근근이 생계를 이어가는 나날! 오늘 타코야키만으로도, 대체 얼마나 자신의 식비를 쪼개야만 했겠습니까!"

뭐?! 할머니에게 그런 사정이?! 나는 눈이 튀어나올 만큼 놀랐다. 잘 보니 주위 사람들과 불량배들도 나와 마찬가지로 경악한 표정을 짓고 있었다.

할머니만이 「우, 우리 영감은 살아 있고 빚도 없어요. 무슨 소리를—」이라며 왠지 전전긍긍하고 있었다. ……그런데 며느리 부분은 정정하지 않는구나.

할머니가 뭔가 더 말을 하려고 했지만 그것을 끊고 남자아이의 절규가 울려 퍼졌다.

"그러니, 그러하오니! 부디 관용을 베풀어주십사! 제발, 제발 자비를 빕니다아아아아아아!"

……이게 대체 무슨 상황일까. 아마 이 자리에 있는 모든 사람이 그렇게 생각했을 것이다.

그래도 한편으로는 효과가 있는 것 같았다.

불량배들의 얼굴이 홍당무처럼 빨갰다. ……응, 이해해. 서 있기가 민망하지? 이렇게 사람이 잔뜩 모인 곳에서 땅에 넙죽 엎드리게 한 것도 그렇지만, 사과 내용이…… 꼭 사극에 나오는 탐관오리 사또라도 된 기분이지?

"야, 너, 이상하잖아! 뜬금없이 튀어나온 네가 이 할멈을 언제 알았다고—"

불량배는 지극히 당연한 반론을 했다. 하지만 그 말이 끝나기 전에 다시 사과의 말이 울려 퍼졌다. 성심성의, 전심전력의 절규 사과. 그것도 땅에 머리를 비비며……

"죄송합니다아아아아아아!"

"이, 입 다물어! 장소를 바꿔ㅡ."

"제바아알, 천만 엔 변상은 용서해주십시오오오오오! 생사가 걸렸사옵니다아아아!"

"잠깐, 야! 아무도 천만 엔을 달라고는ㅡ."

"제발, 제발 부탁드립니다! 용서해주십시오오오오오! 자비를 빕니다아아아아아!"

"시끄러워! 좀 닥ㅡ."

"용서해주십시오오오오오오오오오오오!"

불량배들은 어떻게든 전심전력 절규 사과를 그만두게 하려고 남자아이를 밟거나, 머리를 잡아당겨 억지로 세우려고 하거나, 침을 뱉는 등 백방으로 노력(?)했지만 바닥에 달라붙은 것처럼 떨어지지 않으며 사과를 반복하는 남자아이에게 차츰 애가 타기 시작했다.

아마 보는 눈도 있기에 수치심이 한계에 달한 것이리라. 할머니는 얼굴을 가리고 부들부들 떨고 있었다. 당사자 쌍방의 수치심이 벼랑 끝에 몰린 것 같았다.

그리고 나의 그 감상은 적중했다.

"에이, 이딴 곳에 더는 못 있겠어! 집에나 가야지!"

타코야키 바지 남자가 그렇게 외치면서 부리나케 자리를 떴다. 그리고 남은 두 사람도 「히, 히데?! 같이 가!」라며 부랴부랴 뒤를 쫓았다.

사건 현장은 뭐라고 표현하기 힘든 어색한 분위기로 충만했다. 왠지 모두가 먼저 움직이지 않고 눈치를 살피는데 땅에 엎드린 남자아이가 느릿하게 일어났다. 불가피하게 주목을 사는 가운데, 남자아이는 떨어져 있던 지갑을 주워서 할머니에게 건넸다.

할머니는 조금 뻣뻣하게 굳은 표정이었으나 그래도 미소 지으며 고맙다는 말을 전했다.

남자아이는 자기야말로 죄송하다며 왠지 사과했고, 그 직후 「더는 이곳에 못 있겠어요! 집에 갈래요! 안녕히 계세요!」라는 말을 남긴 후 엄청난 기세로 달려갔다. 할머니가 아차 싶어 손을 뻗었지만 그때는 이미 남자아이가 사라진 뒤였다.

"……뭐랄까, 대단한 사람이구나……."

차츰 해산하는 주위 사람들 사이에서 나는 혼자 미동도 하지 않은 채 그가 사라진 방향을 계속 바라보았다. 어째선지 붕 뜨는 가슴을 꼭 쥐면서…….

"그래서 있지, 그다음에 글쎄 그 사람이 바로 없어져 버리는 거 있지? ……시즈쿠, 듣고 있어? 아까부터 반응이 없는데……."

『……듣고 있어. 열 번째 「대단한 오체투지 하는 사람」 이야기.』

"그게 아니야, 시즈쿠. 「오체투지 하는 대단한 사람」 이야기야! 그럼 대단하게 오체투지 하는 사람 같잖아."

『아, 그러게. 미안. 그래도 카오리, 내일도 학교에 가야 하는데 새벽 두 시까지 같은 이야기를 열 번이나 듣는 내 입장도 조금만 고려해주면 안 될까?』

"응? ……헉, 벌써 이렇게 됐어?! 미, 미안, 시즈쿠."

소꿉친구이자 가장 친한 친구이기도 한 야에가시 시즈쿠의 졸음 섞인 목소리에 나는 퍼뜩 정신을 차렸다. 낮에 있었던 일과 이 붕 뜬 기분을 누군가에게 이야기하지 않고는 배길 수 없던 내가 시즈쿠에게 전화를 건 게 밤 10시의 일이었다. 이미 네 시간이나 이야기에 빠져 있던 셈이다.

이렇게 늦은 시간까지 전화를 붙잡게 해서 무척이나 미안했다.

『응, 아니야, 괜찮아. 했던 얘길 또 하는 건 참아줬으면 하지만…… 카오리한테는 중요한 일이잖아? 후후, 설마 카오리한테서 남자 이야기를 듣는 날이 올 줄은…… 고백해 오는 남자들을 천연덕스레 내치던 카오리에게도 드디어 봄날이 왔구나.』

시즈쿠가 대체 무슨 소리를 하는 거지? 왠지 말투가 무척 즐거워 보이는데……. 전화 너머로 히죽거리는 시즈쿠의 모습이 눈에 보이는 듯했다.

"시즈쿠? 무슨 뚱딴지같은 소리야? 시즈쿠처럼 검술을 하지도 않는데 내가 어떻게 사람을 쳐. 그리고 아직 겨울인데?"

『……카오리. 너다운 발언 잘 들었어. 그래도 있지, 나는 검술을 배우고 있지만 사람은 안 쳐! 이 무자각 폭탄 발언녀!』

시즈쿠에게 혼났다. ……결국 시즈쿠는 무슨 말이 하고 싶었던 걸까?

『후우. 그래, 넌 아직 자각이 없단 얘기구나. 뭐, 내가 아는 한 이게 처음일 테고…… 아직은 「마음에 걸린다」 정도일지도 모르니까……. 이런 건 자기가 눈치채겠지? 그래도 이런 데 둔감한 카오리가 자력으로 눈치챌 수 있을까? 다른 사람도 아니고 「카오리」인데? 그렇담 친구인 내가 나서야 하나? 하지만…….』

전화 너머로 시즈쿠가 뭐라고 혼잣말을 중얼중얼했다. 잘은 모르겠지만 날 흉보는 듯한 기분이…….

"저, 저기, 시즈쿠?"

『헉?! 크흠. 어, 왜?』

겨우 대화로 돌아와준 시즈쿠에게 나는 연락한 또 하나의 이유를 꺼내기로 했다. 어쩐지 몹시 부끄러움이 밀려왔다. 으으, 얼굴이 화끈거려. 왜 이러지?

"그, 그게, 실은 이번에, 좀 같이 가고 싶은 곳이 있어서……."

『왜 그렇게 눈치를 봐, 서운하게. 사양할 것 없어.』

그 말에 용기를 얻은 나는 부탁을 입 밖으로 꺼냈다.

"고마워, 시즈쿠. 나중에 그 남자애가 다니는 학교까지 같이 가줘."

『What(뭐라고)?』

왠지 시즈쿠가 외국인이 되었다.

"그 애가 다니는 학교까지 같이 가줬으면 해. 저, 그게…… 걔랑 이야기해 보고 싶다고 해야 하나…… 가, 가능하면 친구가 되, 되면 좋겠다, 싶어서…….”

안 되겠다. 얼굴이 화끈거려. 이유는 모르겠지만 얼굴이 후
끈후끈해서 까닭도 없이 다리로 허공을 뻥뻥 차 댔다. 담요만
있다면 데굴데굴 말아서 구르고 싶었다. 내가 그렇게 몸부림
치는데 조금 굳은 시즈쿠의 목소리가 들렸다.

『잠~깐만 기다려줄래? 카오리, 그 애는 오늘 처음 만났다
고 했지?』

“응. 이야기도 못 나눴어.”

『……근데 학교를 어떻게 알아?』

“그야 당연히 조사했지. 그 시간에 그곳을 걸어 다닐 수 있
는 범위의 중학교를 선별해서 각 학교 교복을 알아볼 뿐이라
간단했어.”

『…….』

언제나 날카로운 시즈쿠답지 않은 질문이었다. 더불어 어쩐
일인지 대답도 없었다. 역시나 졸린가 보다.

“여보세요? 시즈쿠~? 미안, 역시 이제 졸리지?”

『아, 아냐, 미안. 잠깐 친구의 무서운 일면을 엿본 것 같아
서…….』

수화기 너머로 헛기침 소리가 들렸다.

『좌우지간 나는 괜찮아. 같이 갈게. 카오리의 돌격 모드에
는 익숙하니까. 하지만 이름도 모르잖아? 어떻게 찾으려고?』

“수색하고 다니느라 걔한테 피해 주는 것도 싫으니까……
정문이 보이는 곳에서 나올 때까지 몰래 확인하는 게 좋으려

나? 그게 아니면 오늘 만난 장소에서 잠복하거나."

『……약간 스토커 느낌이 들지만…… 뭐, 이름을 모르면 할 수 있는 건 그 정도밖에 없겠네.』

시즈쿠도 참, 스토커라니 너무하잖아. 그래도 잘 생각해 보면 반론하기도 힘들었다. 나는 약간 빨라진 말투로 얼버무렸다.

"으, 응. 이럴 줄 알았으면 걔 사진을 몰래 찍어 뒀어야 했는데……. 다음에 보면 놓치지 말고 찍어야지."

『그건, 참아.』

왠지 엄청 강경한 목소리로 제지당했다. 수화기에서 「대박, 내 친구 무자각 완전 대박」이라며 시즈쿠의 이미지가 붕괴하는 듯한 말소리가 흘러나왔다. 시즈쿠, 피곤한가? 괜찮은 걸까? 슬슬 전화를 끊어야겠다.

"어쨌거나 내일 방과 후에 바로 그 애 학교로 돌격이야. 꼭 찾아서 치, 친구가 될 거야. 그래서 이런저런 이야기도 하고, 휴일이나 방과 후엔 같이 지내고, 그, 그 애 집에도 가고…… 에헤헤. 시즈쿠, 나 열심히 할게!"

『친구의 망상을 걷잡을 수가 없어……. 아직 보지 못한 오체 투지남, 미안해요. 내겐 힘이 없어.』

시즈쿠의 참회가 들렸다. 오늘따라 시즈쿠가 조금 이상하다. 역시 이런 늦은 시간까지 전화에 매달리게 해서 피곤한가 보다. 시즈쿠, 미안.

내가 이름도 모르는 그 애를 본 날로부터 1년이 지났다.

그동안 나는 평소처럼 친구들의 소동에 말려들거나, 제 발로 말려들거나, 내가 말려든 소동에 친구들이 말려들거나…… 아무튼 하염없이 말려들며 중학교 생활의 마지막 한 해를 보냈다.

그 아이를 찾으려고 잠복하고, 배회하고, 잠복하고, 배회했지만…… 결국 한 번도 만날 수 없었다.

스스로 생각해도 왜 이렇게 그 애가 신경 쓰이는지는 모르겠지만, 그때 본 것이 처음이자 마지막이라고 생각하면 가슴 안쪽이 꽉 죄어들어서 잊으려야 잊을 수가 없는 걸 어떡하겠는가.

정말로 그때 불러 세우지 않은 것이 후회되었다. 적어도 사진만이라도 찍었더라면 좋았을 걸. 바보 같은 나.

내 잠복과 배회에 시즈쿠는 항상 같이 어울려줬다. 「상시 돌격 소녀 모드인 카오리를 혼자 둘 수는 없다」며 왠지 진이 빠진 눈빛으로……. 코우키나 남자애들에게 말하면 귀찮아질 수 있으니까 입단속 하라는 충고에 따라 그 애를 찾는 것은 나와 시즈쿠만의 비밀이었다.

그 비밀 수색으로 허탕만 치는 사이 약 1년이 지났고 새로운 봄이 찾아왔다.

나는 고등학생이 되었다. 오늘은 고등학교 입학식이다.

만발한 벚꽃. 하늘하늘 바람에 날리는 분홍빛 하트 모양 꽃잎이 무척 귀여웠다. 새 학교생활의 시작에 내 마음은 그를 찾지 못한 쓸쓸함과 미래에 대한 기대감으로 가득했다.

"카오리. 뭐해? 어서 강당에 가야지. 입학식 시작될라."

"시즈쿠. 에헤헤, 벚꽃 보느라 시간 가는 줄 몰랐나 봐. 그리고 왠지 마음이 붕 떠서."

"후후. 어쩐지 알 것 같아. 나도 조금 들뜬 기분인걸."

시즈쿠가 내 옆에 나란히 서서 함께 벚나무를 올려다봤다.

산들거리는 봄바람이 시즈쿠의 트레이드마크, 곱게 뒤로 묶은 포니테일을 살랑살랑 흔들었다. 순하게 누그러뜨린 긴 눈매와 머리를 귀 뒤로 넘기는 몸짓이 어쩐지 몹시 어른스러웠다. 중학교와 고등학교라고 해 봤자 크게 다르지 않을 거라는 생각도 했지만 내 자랑스러운 친구는 단숨에 어른이 된 것 같았다.

"……예쁘다."

얼떨결에 말이 튀어나왔다. 시즈쿠가 벚나무를 올려보며 정말 그렇다고 맞장구쳤다. 나는 그런 시즈쿠의 자신에 대한 무심함에 웃음을 흘렸다.

"그게 아니라, 시즈쿠가 예쁘단 거야. 꼭 벚나무의 여신님 같아."

"으, 얘, 얘가 갑자기 웬 이상한 소리야."

시즈쿠가 고개를 픽 돌려 버렸다. 귀와 뺨이 홍당무처럼 빨갰다. 쑥스러운가 보다. 귀여워라.

그래도 조금 걱정이었다. 이렇게 귀엽고 예쁜데 시즈쿠에겐 지금까지 『그런 이야기』를 들은 적이 없었다. 코우키와는 나보다 오래 알고 지낸 사이다 보니 옛날에는 코우키에게 그런 마음이 없잖아 있지 않을까 했지만, 아무래도 그건 아닌 것 같았다.

고등학교에 들어와서 부쩍 어른스러워진 시즈쿠가 나쁜 남자에게 넘어가면 큰일이다. 내가 친구로서 순진한 시즈쿠에게 충고를 하나 해 두자.

"시즈쿠, 지금부터 내가 하는 말을 유념하세요."

"카오리, 그거 누구 흉내야?"

"아이참, 진지하게 들어! 시즈쿠는 귀엽습니다. 그리고 엄청난 미인입니다. 그러니 분명 남자들은 시즈쿠를 가만히 놔두지 않겠죠. 그래도 아빠가 말하길 남자는 다 늑대입니다. 그러니까 늑대에게 속지 않도록 시즈쿠는 자기가 귀엽다는 걸 좀 더 자각해야만 합니다! 알았어? 다가오는 남자가 있으면 꼭 의심해야 한다?"

"······카오리, 부메랑 알아?"

내가 충고하는데 시즈쿠가 무슨 이유에선지 생뚱맞은 이야기를 꺼냈다.

"던지면 돌아오는 거 말하는 거지?"

"그래. 자기한테 되돌아오는 그거. 지금 카오리가 한 말이 딱 부메랑이야."

왜일까. 시즈쿠의 눈빛에서 측은함이 보였다. 시즈쿠가 주위를 빙 둘러봤다. 나도 같이 주위를 봤다. 어느샌가 주위에는 수많은 신입생과 선배들이 있었다. 비율로는 남자가 많았다. 모두 나와 눈이 맞을 것 같으면 급히 눈길을 돌려서 엉뚱한 곳을 보기 시작했다.

"내가 부르러 왔을 때는 이미 이 모양이었어. 정말 무방비한 것도 정도가 있지. 이 무자각한 여우 같은 계집애."

그렇게 말하고 시즈쿠는 내 뺨을 꼬집었다.

"아, 아화, 시즈구, 하히 마~."

"하여간, 이 몰캉몰캉 볼 같으니라고. 시간이 다 됐는데도 강당에 오는 학생이 적다 싶어서 와 봤더니, 내가 이럴 줄 알았어. 에잇, 에잇."

그 후 내 볼은 류타로가 기가 막힌다는 표정으로 마중 올 때까지 시즈쿠의 마수에 놀아났다.

……나중에 들은 이야기지만 그때 다수의 학생이 코피를 쏟아 양호실에 실려 갔다고 한다. 신기하게도 그, 혹은 그녀들은 코피를 흘리면서 왠지 대단히 행복해 보였다나 뭐라나.

입학식이 시작됐다. 나와 시즈쿠와 류타로는 같은 반이라서 강당에 사이좋게 나란히 앉았다. 코우키는 신입생 대표로 단상에 설 예정이라 이곳에는 없었다.

"코우키, 긴장하지 않았을까?"

"괜찮겠지. 코우키는 그런 거랑 인연 없으니까."

"그래. 중학교에서도 경험했고, 무난하게 끝낼 거야."

시즈쿠와 류타로가 내 소소한 걱정을 부정했다. 그 말마따나 단상에서 바짝 얼어붙은 코우키는 상상도 되지 않았다. 코우키는 언제나 자신감 넘치며 모두를 이끌어 가는 타고난 리

더였다. 중학교 시절에는 여자들 사이에서의 인기도 하늘을 찔렀다. 많은 사람 앞에서도 당당히 해야 할 일을 하는 코우키는 확실히 멋있다.

지적해서는 안 될 물건을 머리에 쓴 게 뻔히 보이는 교장 선생님의 이야기가 끝나자 드디어 코우키가 단상에 올랐다. 그 순간 강당에 지진이 일었다……고 착각할 정도의 환성이 여학생들에게서 터져 나왔다.

"예, 예상은 했지만…… 좀 대단하네."

시즈쿠가 당황스럽게 웃으며 주위를 두리번거렸다. 나도 같은 생각이었다. 마치 아이돌 콘서트 회장 같았다. 코우키의 이름을 외치는 여학생들의 모습은 조금 무서울 정도였다.

하지만 그런 와중에도 코우키는 후광 같은 것을 발하며 웃는 얼굴로 손을 흔들었다. 당황한 기색도, 겁먹은 기색도 전혀 없었다. 역시 코우키였다.

그리고 코우키의 신입생 대표 인사가 시작됐다. 여학생들은 가슴 앞에 손을 맞잡고 일언일구도 놓치지 않겠다는 기백이 넘쳤다. 살짝 위험한 신흥 종교를 떠올리고 말았다.

그런데 그때, 뒤쪽에서 어이가 없다는 듯한, 혹은 감탄하는 듯한 남학생들의 목소리가 내 귀에 살며시 들어왔다.

"이 녀석 진짜로 자네? 완전히 곯아떨어졌어."

"입학식에서 자는 것도 대단하지만 어떻게 방금 그 소리에도 안 일어나냐? ……대단하다, 대단해."

아무래도 이 상황에서 자는 사람이 있는 것 같았다. 나는 이상하게 자꾸만 신경이 쓰여서 고개만 뒤로 돌려 보았다. 바로 뒤에 있던 남학생이 어깨를 움찔하고 볼을 조금 물들이며 눈을 이리저리 굴렸다. 나는 갑자기 돌아봐서 미안하다는 뜻을 담아 한 번 웃음 지어 보였다. 남학생의 눈이 빙글빙글 돌기 시작했다. ……사람 눈이 저렇게도 움직이는구나.

나는 살짝 감탄하면서도 무슨 사연인지 갑자기 개인기를 선보이는 남학생을 무시하고 한 줄 더 뒤쪽으로 눈길을 돌렸다. 그리고―.

"아."

내 심장이 뛰는 소리를 들었다.

팔짱을 끼고 의자에 엉덩이를 깊숙이 넣어 앉은 남자아이가 고개를 숙인 채 조용히 눈을 감고 있었다.

"……그 애다."

나는 마치 자석에 이끌리는 것처럼 잠든 그의 모습을 응시했다. 한 번 더 만나고 싶다. 만나서 이야기하고 싶다. 요 1년 사이 그렇게 생각해 온 상대가 바로 뒤에 있었다.

아아, 심장이 시끄럽다. 귀 안쪽에서 쿵, 쿵, 북을 친다. 단상에 있는 코우키의 목소리가 점점 멀어지고 주위 배경이 하얗게 물들어 내 시야에 보이는 건 그 애뿐이었다. 소리가 사라지고, 주위 사람들이 사라지고, 고요하고 새하얀 세계에는 돌아보는 나와 잠든 그 애 두 사람뿐.

"카오리. 카오리, 애!"

"엄마야?!"

하얀 세계가 순식간에 흩어져 사라졌다. 갑자기 귀에 물밀 듯 쏟아져 들어오는 폭발할 듯한 소음. 코우키의 인사말이 끝났는지 다시 여학생들이 열광하고 있었다. 흔들리는 시야 속에 열광하는 여학생들의 모습이 비쳤고 시즈쿠가 내 어깨를 흔들고 있었다.

"정신 차리고 앞을 봐! 선생님이 노려보고 있어! 그리고 이대로 가면 뒷줄 남자애가 코로 행복을 쏟을 거야!"

"아, 으, 응."

나는 아쉬운 마음을 간신히 집어넣고 시선을 앞으로 돌렸다. 도중에 시야에 들어온 뒷줄 남학생이 코를 붙잡고 참는 것처럼 보였는데…… 시즈쿠 말대로 선생님이 똑바로 나를 노려보고 있으니 무시하자.

"대체 왜 그래?"

시즈쿠가 선생님의 눈총에서 벗어나길 기다렸다가 걱정스러운 표정으로 물었다. 나는 가슴에 손을 올려 주위 소음보다 시끄럽게 느껴지는 심장 소리를 추스르며, 솟아오르는 형언하기 힘든 감정을 떨리는 목소리로 힘겹게 말했다.

"그, 그게, 그 애가, 있어. 그 애가, 저기 있어. 나 어쩌지? 시즈쿠."

"그 애? 그 애라니…… 뭐, 정말? 『그 애』? 어디?!"

"뒷자리. 두 줄 뒤에서 자는 사람."

시즈쿠가 돌아보며 「설마 코피 흘리는 이 녀석인가?!」라는 표정으로 바로 뒷자리에 앉은 남학생을 봤다. 남학생이 「여,

역시 나한테 관심이?!」라고 웅얼거리더니 팔과 다리를 꼬고 새침한 표정을 지었다. 하필 코피를 흘리면서⋯⋯. 옆에 앉은 남학생이 가엾고 딱하다는 눈빛을 보내고 있었다.

시즈쿠는 그들을 무시하고 한 줄 뒤의 『그 애』를 봤다.

"이런 소란스러운 곳에서 미동도 없이 자는 사람이 카오리가 찾던 『그 애』야?"

"으, 응. 틀림없어. 어떡해, 시즈쿠. 저 자리에 있으면 같은 반이란 거지? 아아, 나 어떡해, 시즈쿠!"

가슴속이 야단법석이었다. 마음속의 미니 카오리가 꺄악 소리치며 의미도 없이 뛰어다니거나 방방 뛰기도 하고, 볼에 양손을 대고 몸을 배배 꼬았다. 그도 그럴 게 이런 기적을 믿을 수 있겠는가? 1년이나 찾아 헤매도 찾지 못한 사람이 바로 뒤에 있다니⋯⋯ 세계는 어쩜 이리도 짓궂고, 어쩜 이리도 멋진 걸까.

속에서 벅차오르는 크디큰, 도저히 고삐를 잡을 수 없을 것 같은 기분을 드러내듯이 나는 시즈쿠의 팔을 부둥켜안은 채로 꾹꾹 잡아당겼다.

목소리를 낮추어 말한 터라 이야기를 듣지 못한 류타로가 그제야 우리를 이상하다는 듯 쳐다봤다. 주위 사람들도, 방금 그 선생님도 무슨 일인가 하고 우리에게 눈길을 보냈다.

하지만 하늘을 찌를 것처럼 들뜬 내 마음은 거기에 신경 쓸 겨를이 없었다.

시즈쿠는 못 말린다는 양 웃으며 내 머리를 토닥거려 진정시켰다.

"잘됐네, 카오리. 어떡하긴 뭘 어떡해, 사귀…… 어험, 친구가 되겠다며? 3년이나 시간이 생겼으니까 내킬 때까지 이야기하고, 함께 시간을 보내고, 추억도 많이 만들고, 남들이 부러워할 만큼 친해지면 되는 거야. 안 그래?"

나는 시즈쿠의 나긋나긋한 말에 돌풍처럼 휘몰아치던 마음이 진정되는 것을 느꼈다.

그리고 상상했다.

아침에 나란히 등교하는 나와 그 애 모습을……. 아침에 뭘 먹었는가, 숙제는 했는가, 그런 별것 아닌 이야기를 하면서 차가운 아침 공기 속을 걷는다. 그 애는 분위기가 느긋한 사람이니까 머리나 복장이 흐트러지지는 않았을까 내가 확인해주자.

수업이 시작되고, 점심시간에 함께 밥을 먹고, 어쩌면 내가 만들어주기도 하고…… 학교를 마친 뒤에는 목적도 없이 거리를 돌아다니는 것도 좋을지 모른다. 매일 카페에 들르자니 지갑 사정도 걱정되고, 커, 커플로 오해받으면 큰일이야! 큰일!

휴일이나 학교 행사도 벌써부터 기대되어 가슴이 자꾸만 뛰었다.

상상만으로 행복한 기분에 젖었다. 내 고등학교 생활은 이루 말할 수 없을 만큼 멋진 3년이 되리라는 확신이 있었다.

아, 하지만, 문제가 하나…….

"어쩌지, 시즈쿠! 걔 부모님께 어떻게 인사해야 좋을지 모르겠어!"

"어쩌다 그렇게 됐어?! 상상의 나래를 펼치는 건 좋지만 어디까지 간 거야! 결혼이야? 한 10년 후로 갔어? 그래도 어떻게 인사해야 좋을지 모르겠다는 건…… 헉, 설마 속도위반…… 안 돼! 안 돼, 카오리! 화목한 가정은 계획적으로!"

시즈쿠가 이상한 소릴 시작했다! 이런 곳에서 대체 무슨 소리람!

"시즈쿠. 나는 그냥 친구로서 미움받지 않을 인사법을 물었을 뿐인데……."

"……?!"

"시, 시즈쿠, 발랑 까졌어!"

"……?!"

아, 시즈쿠가 의자 위로 무릎을 끌어안고 웅크려 버렸다. 귀가 새빨갛다. 아, 포니테일을 얼굴에 감기 시작했다. 쥐구멍에라도 들어가고 싶은 기분이구나. 나를 보지 말라는 기분이구나.

"너희 아까부터 쫑알쫑알, 쫑알쫑알…… 진짜로 뭐하냐?"

어처구니없어하는 류타로의 목소리에 나는 아차 싶어 류타로를 봤다. 그리고 류타로가 턱으로 가리킨 방향으로 시선을 돌리자 그곳에는 실로 『인자한 미소』를 지은 선생님이…….

……아무래도 내 고등학교 생활은 선생님에게 혼나며 시작될 모양이다.

그로부터 1년이 조금 지났다.

나는 그 애, 나구모 하지메와 많은 시간을 보냈다.

하지만 상상하던 것과는 상당히 거리가 멀었다. 하지메는 흔히 말하는 오타쿠. 학교 외의 시간을 집에서 게임으로 보내는 사람이었고 둘이서 보낼 시간은 전혀 없었다.

아침에는 졸린 듯 수업 시간이 다 되어서야 등교했고, 쉬는 시간에는 이야기할 틈도 없이 꿈나라로 떠나는가 하면, 방과 후에는 마치 물 만난 고기처럼 신이 나서 부리나케 집으로 돌아가 버렸다.

내가 나구모의 중학교에 잠복해도 잡히지 않은 이유가 있었다. 내가 학교를 마치고 찾으러 가 봤자 나구모는 이미 집으로 돌아간 뒤였을 테니까.

그래도 호시탐탐 기회를 엿보다가 돌격해 보았지만 말을 나누어도 피상적인 이야기만 오갈 뿐이었다. ……그다지 생각하고 싶지 않지만 어쩌면 친구는커녕 친한 동급생이라는 말조차 위태로운 관계일지도 모르겠다.

나도 개선을 하고 싶었지만 나랑 이야기할 때면 왜 그러는지 하지메는 표정도 어색하고…… 시선도 자꾸 돌리고…… 대화를 빨리 끝내려는 기분도 들고…… 말하는 내가 아니라 주위 사람을 보는 것 같기도 하고…….

"나구모가 안 놀아줘."

"세상 남자들이 들으면 피눈물을 흘릴 말이네."

예전에 내가 상담했을 때 시즈쿠가 한 말이었다. 덧붙여서 「설마 카오리가 다가가는데 넘어오지 않는 남자가 있다니……」라며 조금 당혹스러운 듯한 여러모로 감탄스럽다는 표정을 지었다. 그리고 조언하길…….

"차라리 카오리 너도 오타쿠가 되어 보면 어때?"

그래서 다음 날 나는 하지메와 주고받은 말 몇 마디 중에서 나온 모 유명 가게로 돌격했다.

……결과는, 나로선 잘 모르겠다.

너무 물건이 많아서 우왕좌왕할 수밖에 없었다. 그저 가 보고 느낀 점은 가게 내에 장식된 여자 일러스트가…… 대부분 속옷이 보였던 것 같았다. 똑바로 보지 못하고 힐끔힐끔 본 것뿐이라서 단언은 못하겠지만…….

"시즈쿠, 돌격해 본 결과인데……. 내가 나구모한테 속옷을 보여—"

"하지 마."

그 말을 했을 때 시즈쿠에게 볼을 꼬집혔다. 솔직히 나도 그건 아니라고 생각했다. 그랬다간 그냥 변태다. 신고당한다.

"그냥 애니메이션이나 게임에 조금 흥미가 있으니까 알려 달라고 하면 되잖아? 상대방의 취미를 이야깃거리로 삼으면 될 뿐이야."

지당한 말이었다. 나는 시즈쿠의 조언에 따라 그날부터 하지메의 취미에 맞는 화제를 꺼내기로 했다.

처음에 하지메는 굉장히 의외? 당혹스러움? 까놓고 말하자면…… 수상쩍어했다. 내 마음도 꺾일 것 같았다. 하지만 끊임없이 돌격을 반복하는 사이 이것저것 알려주게 되었다.

그것이 기뻐서 나는 스스로 서브컬처를 공부하게 됐고, 지금은 꽤 박식하다고 생각한다. 다만 매번 시즈쿠를 끌어들이는 것이 미안할 따름이었다. 실수로 함께 야, 야한 게임 코너로 돌격하거나, 야한 동인지를 파는 가게에 가보거나, 야한 애니메이션을 빌릴 뻔한 적도 있었다.

……정말로 실수였다. 절대로 조금 흥미가 있어서 그랬던 게 아니다.

어, 어쨌든 그런 식으로 조금씩 하지메와 친해지면서 고교 생활의 절반을 보냈고, 앞으로의 시라사키 카오리 돌격 계획을 궁리하며 평소와 다를 바 없는 일상을 보내던 어느 날…….

그 일이 일어났다.

나의, 우리의 인생을 크게 바꾸어 놓은 이세계로의 전락. 비정상적이며, 비상식적이고, 비정한 새로운 일상이 시작됐다.

나는 이세계에 소환되었을 무렵의 일을 그다지 이야기하고 싶지 않다.

돌아보면 후회만이 내 머리를 스치고 쥠쇠라도 물린 것처럼 가슴이 답답하기 때문이다.

마법이 있고, 모두 특별한 재능이 있고, 임금님이나 공주님, 기사가 있는, 그런 동화책 속으로 들어온 것처럼 특이한 일상. 솔직히 마음이 들뜨지 않았느냐고 한다면 부정할 수 없었다.

모두가 강력하고 유용한 재능을 지닌 가운데 하지메만 흔해빠진 천직을 가졌다. 낙담한 하지메를 지탱할 수 있는 사람은, 누구보다도 힘이 되어줄 수 있는 사람은 『나다』라는 자만심과 추한 우월감이 없었느냐고 한다면, 역시 부정할 수 없었다.

만약 과거로 돌아갈 수 있다면 나는 우선 자신을 한 대 때리러 갈 것이다. 있는 힘껏 분노를 담아서 뭘 들떠 있느냐고, 네가 그러니까 하지메가 이런 꼴을 당하지 않았느냐고, 정신을 차릴 때까지 때릴 것이다.

분명 반 아이 중 하지메만이 눈치채고 있었다. 싸울 재능이 없어도 필사적으로 노력하던 것은 누군가를 돌아보게 하기 위해서가 아니란 것을…….

하지메만이 눈치채고 있었다.

―이 세계가 얼마나 죽음과 가까운 곳인지를…….

아이들이 많든 적든 들떠 있는 와중, 하지메만이 『각오』를 품고 있었다고 생각한다.

필요할 때 해야 할 일을 할 『각오』를. 공포에 휩싸여도 『한 발 내딛을』 각오를. 살기 위해, 집으로 돌아가기 위해, 『자신을 내던질』 각오를…….

알고 있었다. 하지메가 그런 사람이란 것은 분명히 알고 있었다. 다름 아닌 그게 내가 하지메에게 끌린 이유니까.

그때, 하지메는 공포로 창백하게 질려 식은땀을 흘리면서도 할머니와 어린아이를 감싸고자 앞으로 나섰다. 내가 마음을 주체할 수 없을 만큼 끌린 강한 부분이자 동시에 주체할 수 없을 만큼 불안을 느낀 부분이었다.

알고 있었다. 분명히 알고 있었다.

죽음과 맞닿은 이 세계에서 정말로 필요할 때 가장 먼저 앞으로 나설 사람이 누구인지. 자신이 가장 위험을 떠안을 곳에서 공포로 창백하게 질려 식은땀을 흘리면서도, 뒤에 있는 누군가를 위해 결코 물러나지 않을 사람이 누구인지.

그런데 나는 그걸 알고 있었을 텐데도『살아가는 데 필사적』이지 않았던 나는,『틀림없이 괜찮을 것』이라는 근거 없는 희망을 맹신한 나는⋯⋯.

그를 잃었다.

첫 번째는 손을 뻗은 하지메가 나락 밑바닥의 어둠 속으로 사라졌을 때. 절망이라는 말의 참뜻이 이 멍청한 머리에 새겨졌을 때⋯⋯.

그리고 두 번째는⋯⋯ 기적 같은 재회를 이룬 그때. 사랑하는 그의 옆에 마치 당연한 것처럼 다가서는 금발과 가넷 같은 눈동자를 가진 무척이나 아름다운 여자아이를 봤을 때.

첫 번째는 일어설 수 있었다. 시즈쿠가 받쳐줬으니까. 자신의 눈으로 그의 현실을 볼 때까지는 멈출 수 없다고, 후회와 참회와 자신에 대한 분노와 그를 바라는 의지가 나를 일으켜 세웠다.

하지만 두 번째 상실은─.

가차 없이, 주저 없이 사람을 죽이는 그의 모습과 그의 마음.

그에게 사랑받는다는 압도적인 자신감, 그의 곁에 서는 데 어울리는 실력을 가졌다는 흔들림 없는 자부심, 누구의 도전이라도 받아주겠다는 강철 같은 의지, 그것을 모두 가진 비겁하리만치 아름다운 여성.

그 모든 것이 내 마음을 산산이 조각냈다.

어떻게 하면 좋을까. 어떻게 해야 할까. 자기 마음조차 알 수 없게 된 나는 그저 상황에 휩쓸려 갈 뿐, 아무것도 하지 못한 채 그가 떠나려는 것을 보고 있을 수밖에 없었다.

하지만 참 얄궂은 일이다. 분하고 부끄러워서 어쩐지 까닭도 없이 소리를 꽥 지르고 싶어지지만, 그런 내 눈을 뜨게 해 준 것은 그의 가장 사랑하는 사람으로 자리매김한 나의 천적이었다.

그「터무니없는 과대평가였다」,「괜히 경계했다」,「훗, 전혀 대단할 게 없다」고 말해 오는 눈빛이,「빼앗을 수 있으면 빼앗아 봐라」라는 도발적인 시선이,「도전이라면 받아들이겠지만…… 이런 겁쟁이는 상대도 안 된다」라고 명백하게 깔보는 모습이! 약 올라 죽을 것 같아아아! 이러고 있을 때가 아니야! 저런 재수 없는 여자보다 무조건 내가 더 하지메를 행복하게 만들 수 있어! 아니, 행복하게 만들 거야!

게다가 천적뿐만이 아니었다. 하지메를 아빠라며 따르는 여자아이와, 좋아한다는 마음을 숨기려고도 하지 않는 토끼 귀 여자아이, 변…… 예쁘고 섹시한 언니, 하지메 곁에 모인 그녀들이 내 둔한 머리와 나약한 마음을 세차게 채찍질했다.

그래서 나는 눈치채야 할 것을 눈치챘다.

그래서 나는 내 마음을, 소중한 것을 확신했다.

그래서 나는…… 그의 마음에 돌격한다.

잃고 나서야 비로소 깨달은 3년간의 마음을 품고서―.

"하지메, 저는 당신을 좋아해요."

하지메, 각오해. 절대로 안 놓칠 거야.

시라사키 카오리, 17세. 특기는 『돌격』입니다.

이 책을 집어주신 여러분께 정말로 감사드립니다. 중2를 좋아하는 시라코메 료입니다.

이번 권에서는 뮤라는 이세계 소녀의 등장뿐 아니라 박복한 정통파 히로인, 스탠O 유저 카오리 외 미궁 공략 팀에게도 스포트라이트를 비추어 꽤 시끌벅적한 이야기가 되었습니다.

이 재회편을 포함해서 앞으로 많은 만남을 반복하며 하지메가 어떻게 성장해 갈지도 주목해주시면 기쁘겠습니다.

웹 연재 쪽에서는 이번에 대활약한 그…… 엔…… 엔…… 존재감이 흐릿한 그를 주인공으로 한 외전 투고도 하고 있으니 관심이 있으신 분은 꼭 한번 읽어주시기 바랍니다.

마지막으로 상상을 초월하도록 멋진 일러스트를 완성해주신 타카야Ki 선생님, 교정자님, 담당 편집자님, 그리고 모든 관계자 여러분, 출판에 힘써주셔서 감사합니다.

그리고 독자 여러분께도 한 번 더 감사의 말씀드립니다.

■역자 후기

　안녕하십니까? 이번 작품의 4권부터 번역을 맡게 된 역자 김장준입니다.

　이번 권의 번역은 어떠셨는지요? 번역이란 건 간단해 보이지만, 열 명이 펜을 잡으면 열 가지 답안이 나오는 법입니다. 특히 라이트 노벨, 그중에서도 본 작품처럼 형식에 얽매이지 않는 텍스트는 그만큼 역자의 색이 드러나게 마련이지요. 작품을 도중부터 이어받은 것은 이번이 두 번째입니다만, 기존의 문체와 이질감이 생기진 않을까 마음을 졸이며 전전긍긍 작업에 임했습니다. 아무쪼록 독자 여러분이 어색함을 느끼지 않고 편안한 기분으로 이번 권을 읽어주셨길 바랍니다.
　하지만 앞으로 이 작품에서 달라지는 점이 있다고 한다면, 바로 역자 후기일 것입니다. 저는 기본적으로 후기를 쓰지 않는 방향으로 가닥을 잡고 있습니다. 아마 필요성을 느끼지 않는 이상 5권부터 역자 후기는 들어가지 않으리라 생각합니다. 이 점만은 부디 여러분의 너그러운 이해를 부탁드립니다.

　그럼 앞으로도 전임 역자님께 실례가 되지 않도록, 그리고 독자 여러분을 실망시켜 드리지 않도록 꾸준히 노력하겠습니다.

감사합니다.

흔해빠진 직업으로 세계최강 4

1판 1쇄 발행 2017년 5월 10일
1판 10쇄 발행 2022년 3월 4일

지은이_ Ryo Shirakome
일러스트_ Takaya-ki
옮긴이_ 김장준

발행인_ 신현호
편집장_ 김승신
편집진행_ 권세라 · 최혁수 · 김경민 · 최정민
편집디자인_ 양우연
관리 · 영업_ 김민원

펴낸곳_ (주)디앤씨미디어
등록_ 2002년 4월 25일 제20-260호
주소_ 서울시 구로구 디지털로 26길 111 JnK디지털타워 503호
전화_ 02-333-2513(대표)
팩시밀리_ 02-333-2514
이메일_ lnovellove@naver.com
L노벨 공식 카페_ http://cafe.naver.com/lnovel11

ARIFURETA SHOKUGYOU DE SEKAISAIKYOU 4
© 2016 by Ryo Shirakome
First published in Japan in 2016 by OVERLAP, Inc.
Korean translation rights reserved by D&C MEDIA Co., Ltd.
Under the license from OVERLAP, Inc., Tokyo JAPAN

ISBN 979-11-278-4122-5 04830
ISBN 979-11-278-1840-1 (세트)

값 7,200원

© 2015 by TATEMATSURI
Illustration Ruria Miyuki

신화 전설이 된 영웅의 이세계담 1~2권

타테마츠리 지음 | 미유키 루리아 일러스트 | 송재희 옮김

오구로 히로는 일찍이 알레테이아라는 이세계로 소환되어
《군신》으로서 동료와 함께 나라를 구하고,
주변 나라들을 정복하여 거대한 제국을 건설했다.
그 후, 히로는 모든 것을 버리기로 각오하고
기억을 잃는 대가로 원래 세계로 귀환한다.
그 후, 매일 행복한 날을 보내던 히로는
무슨 운명인지 또다시 이세계로 소환되고 만다.
그곳은 바로— 1000년 후의 알레테이아?!

자신이 이룩한 영광이 『신화』가 된 세계에서
『쌍흑의 영웅왕』이라 불렸던 소년의 새로운 『신화전설』이 막을 올린다!

창강의 모독자 1권

사카키 이치로 지음 | 아카이 테라 일러스트 | 원성민 옮김

이세계에 환생한 건 마니아 청년 아마노 유키나리는
은인의 여동생인 한 소녀와 함께 여행을 하고 있다.
여행 도중 토지신에게 습격당한 그는
환생했을 때 손에 넣은 능력과 자신의 총기 지식을 활용하여
보통 사람이라면 쓰러뜨릴 수 없는 토지신을 쓰러뜨린다.
그리고 그는 신을 이김으로써 그 토지의 새로운 신으로 숭배 받게 되는데?!

이세계 총 × 검 배틀 액션 등장!!

©Natsume Akatsuki, Kurone Mishima 2016/
KADOKAWA CORPORATION

이 멋진 세계에 축복을! 1~10권

아카츠키 나츠메 지음 | 미시마 쿠로네 일러스트 | 이승원 옮김

게임을 사랑하는 은둔형 외톨이 소년, 사토 카즈마의 인생은
너무하도 허무하게 그 막을 내린…… 줄 알았는데,
정신을 차려보니 눈앞에 여신을 자처하는 미소녀가 있었다.
"이세계에 가지 않을래? 원하는 걸 딱 하나만 가지고 가게 해줄게.",
"그럼 널 가지고 가겠어."
이리하여, 이세계로 넘어간 카즈마의 대모험이 시작……되나 싶었는데,
결국 시작된 것은 의식주 확보를 위한 노동이었다!
카즈마는 그저 평온하게 살고 싶지만,
문제를 연달아 일으키는 여신 때문에 결국 마왕군에게 찍히고 마는데?!

애니메이션 방영 화제작!!

온라인 게임의 신부는 여자아이가 아니라고 생각한 거야? 1~11권

키네코 시바이 지음 | Hisasi 일러스트 | 이경인 옮김

온라인 게임의 여자 캐릭터에게 고백!
→ 아깝네요! 실제로는 남자였답니다☆

그런 흑역사를 감추고 있는 소년·히데키는 어느 날 게임 안에서
한 여자 캐릭터에게 고백을 받는다. 설마 그 흑역사가 다시금 반복되는 것인가?!
그렇게 생각했으나, 게임 안에서 내「신부」가 된 아코 = 타마키 아코는
정말로 미소녀에, 현실과 가상세계를 구분하지 못한⋯⋯다고⋯⋯?!
"안녕, 루시안!"이라니, 하, 하지 마! 창피하니까 캐릭터명으로 부르지 마!
다른 사람들 앞에서도 게임 캐릭터명으로 부르며 게임 속 남편에게 착 달라붙는 아코.
히데키는 너무나도 유감스럽고 위험한 아코를「갱생」하기 위해
길드의 동료들(※단, 다들 미소녀)과 함께 움직이는데—.

유감스러우면서도 즐거운 일상 ≒ 온라인 게임 라이프가 시작된다!

TV애니메이션 방영 화제작!!